재일 한국인 문학 연구

재일 한국인 문학 연구

황봉모 著

어문학사

재일한국인문학에 대해 알게 된 것은 한국외대 외국문학연구소에서 한국연구재단 중점연구소 지원 사업으로 〈소수집단과 소수문학〉의 테마로 연구하게 된 것이 처음이었다.

그리고 2004년에 한국연구재단의 '재일한국인문학의 인프라 구축'이라는 프로젝트를 하면서 본격적으로 연구에 들어갔다. 전북대 이한창 교수님, 부산외대 김정혜 교수님, 신라대 추석민 교수님, 동국대 김환기 교수님, 그리고 전북대 변화영 선생님과 함께 3년 동안 즐거운 시간을 보냈다.

우리는 전주는 물론이고 무주, 통영, 여수, 부산, 경주 등 전국을 순례하면서 공부했다. 전주 전동성당과 당시 최강희의 MBC 드라마 「단팥빵」의 촬영지이기도 했던 한옥마을, 부안 내소사, 변산반도, 손예진의 「여름 향기」의 무주 리조트, 통영, 순천의 낙안읍성, 여수 향일암에서의 일출, 오동도의 동백꽃, 돌산 갓김치, 부산 해운대의 해돋이와 자갈치 시장, 추운 새벽에 올랐던 석굴암, 그리고 경주 모두 즐거운 기억들이다.

우리는 일본에도 갔었다.

우리 연구팀과 규슈대학과의 연합 세미나로 후쿠오카에도 처음 가보고 나가사키 여행도 했다. 나가사키의 어느 조그만 성당에서는 성당 안에서 바다가 보였다. 그리고 도쿄(東京) 호세이(法政)대학과의 연합 세미나 때에는 닛코(日光)에도 가 볼 수 있었다. 닛코에 가니 한국말만 들렸다. 하네다를 출발한 비행기는 후지 산을 빙 돌면서 서울로 갔었다. 기장이 지금 아래에 후지 산이 보입니다 하고 알려주었다. 이 프로젝트에서 한 연구는 재일동포 연구총서로서 『재일동포 문학과 디아스포라』(전 3권, 제이엔씨, 2008년)로 출판되었다.

  이 책은 재일한국인문학 분야에서 그동안 발표한 논문을 모은 것이다. 대부분은 프로젝트 할 때 쓴 것이지만, 그 후에 발표한 논문도 있다. 그러므로 우선 연구 책임자이신 이한창 교수님을 비롯하여 재일한국인문학 연구팀 교수님들께 고맙다는 인사를 드려야 한다. 이한창 교수님이 아니었으면 이 책은 없다. 또 한국외대 일본어과 학생들과 수업에서 함께 공부하기도 했다. 뛰어난 실력과 문학적 감수성으로 수업을 빛내 준 학생들에게 마음으로부터 고마운 마음을 전한다. 그리고 이 책을 출판해 주신 어문학사 윤석전 사장님과 꼼꼼하게 교정을 보아주신 편집자님들께도 정말 감사드린다.

  일본에서 돌아와 12년이 지났다.
  「07 일본현대문학특강」(반장 04 김보라) 수업 카페에서 한 여학생이 말했다.

    ……………
    저희 집은 굉장히 부유해 보기도 또 나락으로 떨어져 보기도 했는데요.
    아빠가 말씀하시길
    정말 열심히 했는데도 제자리걸음일 때가 있다고 하시더라고요

그럴 땐 계속 기다려야 한대요.

기회와 운은 내 의지대로 잡히는 것들이 아니지만

우리를 배신하지 않는다고 하셨어요.

교수님도 젊으시잖아요.

……………

젊지는 않지만

그래도

학생의 말처럼 기다리고 있다.

「쇼생크」는 19년이었다.

개인적으로 힘들었던 시간들

이러한 따뜻한 학생들을 만날 수 있어서 행복했다.

올 가을에는 어떤 학생들을 만날까.

2011년 가을이 오는 계절, 서울에서

차 례

왕초보도
쉽게 이해하는
경매 입문서
푼돈으로 큰돈을 만드는
확실한 비결

생생 경매
성공기 2.0

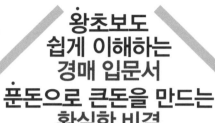

얼마를 써야 **낙찰**이 될까? 가 아니라
얼마를 써야 **수익**이 날까?

개정
증보판

안정일(설마)+김민주 지음

경매는 수익이다
확실한 방법을 찾고 싶은 사람은 이 책을 보라!

지상사

종잣돈 3,000만 원

'재테크의 시작은 종잣돈 마련부터'라고들 하죠.

5년이 걸리든 10년이 걸리든, 일정 금액의 종잣돈을 마련하는 과정 자체가 재테크입니다. 그런데 누군가 나에게 떠~억 하니 1억을 손에 쥐어주면 그걸로 알차게 재테크해서 10억을 만들 수 있을까요? 단언컨대, 자기 스스로 1억을 만들어 보지 못한 사람은 하늘에서 뚝 떨어진 1억 더 크게 불리기는커녕, 어느 순간 빈손만 남은 자신을 바라볼 거라 생각합니다.

물론 마크 트웨인의 《백만 파운드의 지폐》라는 소설에 나오는 주인공은 예외고요.

저는 2004년에 3,000만 원 가지고 시작했습니다. 그리고 3년 후인 2007년 12월에 종부세 1,000만 원을 냈습니다.

3,000만 원이라는 종잣돈이 있었기에 그 돈을 밑천 삼아 조금씩 불려 나갔던 거죠. 그런데 그 돈, 누가 저한테 "옜다! 한번 잘 굴려봐라"하고 인심 쓰면서 던져준 돈이 아닙니다. 제가 군대 제대하고 직장 생활하면서 10년에 걸쳐서 모은 돈입니다.

한심하죠? 10년 동안이나 직장 생활을 했는데, 겨우 3,000만 원이라니요.

직장 생활 10년 하는 동안 월급이 제대로 나온 햇수가 겨우 5년 정도입니다. 가는 회사마다 1년 남짓만 지나면 망했습니다.

예전에 제가 어딘가에 쓴 글 중에 대우그룹이 저 때문에 망했다는 글도 있을 겁니다.

97년 대우증권 입사, 98년 대우그룹 공중분해.

월급도 제대로 못 받고 망해 먹은 회사 중 한 군데, 한 1년간 월급도 없이 일하다가 1년 치 월급 대신에 여자를 데리고 나온 곳(IT업체)이 있습니다.

그 여자가 바로 지금의 제 아내인 희숙이입니다. 사실은 희숙이가 먼저 그 회사를 박차고 나가고, 그 후에 저를 그 회사에서 건져냈죠. 저는 아무 생각 없이 회사를 다녔거든요, 월급도 없이요. 희숙이가 저랑 사귀게 되면서 제게 강요(?)한 게 있습니다.

"경제신문 좀 읽으시죠!"

경제신문 읽어보니 전혀 재미가 없더군요, 모르는 단어투성이고요. 서프라이즈 게시판이나 오마이뉴스 사이트에서 민족의 중대사인 남북통일에 대해 토론하고, 나라의 앞날을 위해 올바른 정치인을 선택하는 문제가 훨씬 흥미진진했고, 딴지일보나 디시인사이드에서 세상을 풍자하며 인생을 논하는 것이 현대를 살아가는 지식인의 길이라 생각했는데, 재미없는 경제신문을 읽으라니…. 그리고 또 강요하더군요.

"이제는 월급 나오는 회사에 다니고, 월급은 몽땅 저축하세요!"

그래서 월급 나올 만한 회사(즉, 대우증권)에 들어가고 월급은 몽땅 저축당했습니다. (대우증권은 망해도 월급은 나오더군요) 월급을 강제로 저축당하면서 성남 상대원동 언덕배기에 전세 3,000만 원짜리 투룸을 얻고 현금 3,000만 원이 만들어졌습니다.

제가 3,000만 원 가지고 부동산 경매 투자를 시작할 때 희숙이의 적극적인 지지를 얻었습니다.

우리 아기가 태어나던 그해, 갓 태어난 아기한테 시달리면서도 주말이면 경매 스터디 세미나에 참가하느라, 재테크 스터디 모임에 나가느라, 또 회사에 출근하느라 무지하게 바쁜 척하는 저에게 불평 한마디 하지 않더라고요. 불평은커녕 오히려 지지옥션에서 물건을 검색해서 프린트로 뽑아 같이 앉아서 의논도 하고, 낙찰 받은 집 세입자(또는 전 주인)를 어떻게 대해야 할까 항상 같이 고민도 하고, 저 대신 전화해서 싸워주기도 하고, 저에겐 정말 든든한 지원군이었습니다.

아기가 6개월쯤 됐을 때, 감기가 한 달 동안 안 낫다가 그게 폐렴으로 발전해서 분당 차병원에 입원한 적이 있었습니다.

병원에 입원한 며칠간 낙찰 받은 집 명도 문제로 병실에 같이 있지 못하는 경우가 많았는데, 아기 주사 맞을 때마다 아기랑 같이 울면서도 저한테는 뭐라고 불만을 표시하지 않았습니다. 만약 희숙이가 그 힘든 시기에 '힘들어 죽겠는데 당신 뭐하는 거야! 다 때려치우고 회사나 착실히 다녀!' 이랬으면 아마 경매고 뭐고 제대로 안 됐을 겁니다.

본격적인 재테크 투자를 시작하려면,
1 종잣돈
2 본인의 의지
3 가족(특히 배우자)의 이해와 지지가 있어야 합니다.

1번과 **2**번은 당연하다고 생각하면서 **3**번은 종종 간과하는 분들이 있습니다. 재테크 제대로 하려면 가족, 특히 배우자에게 이해를 구하고 지지를 얻어야 합니다. 배우자의 지지를 얻지 못하면 그건 반쪽짜리 재테크가 되고, 결국에는 성공하지 못할 확률이 높습니다.

CHAPTER **3** 경매 노하우

2부 경매

CHAPTER **6** **경매의 원리**

CHAPTER **7** **부동산 시장 흐름**

①2004~06년 침체기(경매 물량 증가): 단타 (낙찰 받고 바로 팔기) ②2006~08년 상승기
(경매 물량 감소): 급매 작업 / 갭 투자

③2008년 서브프라임 투자 암흑기 ④2009~13년 침체기(경매 물량 증가) 단타(낙찰 받고
바로 팔기) ⑤2013~18년 상승기(경매 물량 감소): 급매 작업 / 갭 투자

CHAPTER 8 갭 투자란 무엇인가?

- 저자 설마의 생생한 이야기를 담았습니다.
- 경매 초보자 때부터 직접 겪은 이야기입니다.
- 성공사례와 함께 실패사례도 …

1부
생생

무일푼에서
22채 보유까지

집 한 채는
있어야

2008년 6월입니다. 내부 인테리어 다 마치고 아파트에 입주한 지 4주가 훌쩍 지났습니다.

우리가 입주한 아파트 단지는 조용합니다. 전원주택 단지에 와 있는 듯한 느낌이랄까? 제 서재에서 창밖을 내다보면 파릇파릇 봄빛이 한참 물들어 가는 산이 보이는데, 인터넷 하다가 피로해진 눈을 잠깐 돌려서 쉬기에 안성맞춤입니다.

아파트 단지를 휘감아 도는 산을 바라보면 녹음이 우거지는 여름이 기대되고, 울긋불긋 온갖 색으로 물들 가을이 기다려지고, 온 산이 새하얗게 뒤덮일 겨울이 눈앞에 그려집니다.

이 집은 그냥 우리 집입니다. 투자를 목적으로 하는, 가격이 오르면 팔아 버릴 집(house)이 아니라 저의 가족이 거주하는 집(home)입니다. 아내와 아이와 그리고 홀로되신 어머니와 함께 살 우리 가족의 집이죠.

95년도 살던 집을 경매로 잃고 뿔뿔이 흩어진 가족이 이제는 온전하게 한 집에서 살게 된 겁니다. 흩어졌던 가족이 다시 모이는데 13년이란 세월이 걸렸습니다.

제 주변에서 집을 살까 말까 물어보는 사람이 종종 있습니다. 그때 물어보는 사람이 무주택자인 경우에는 무조건 사라고 말합니다. 그 사람은 집값이 떨어지면 어떻게 하냐고 걱정합니다. 그러면 저는 이렇게 말을 합니다.

"집을 한 채만 가지고 있으면, 집값이 오른다고 해서 좋아할 일도 아니고 떨어진다고 해서 슬퍼할 일도 아니지 않습니까?"

"집 한 채 있는데 집값이 오른다고 한들 다른 데도 다 올랐을 테니까 그 집을 팔고 다른 집으로 옮겨갈 수가 없는 노릇이고, 집값이 떨어진다고 해도 다른 데도 같이 떨어졌을 테니까 내 집 가격의 상대적 위치는 마찬가지 아닐까요?"

어차피 한 채만 있으면 오르든 내리든 나와는 아무 상관없는 일이니까 무조건 사라고 얘기합니다. 제 개인적으로는 집 한 채 보유를 인플레이션 햇지˚의 수단으로도 보고 있습니다. 단순하게 생각해서 전세 1억에 살고 있으면 10년 후에도 그대로 현금 1억을 가지고 있겠지만, 1억짜리 집을 사서 보유하고 있으면 10년 후에는 그 집이 얼마가 되어 있을까요?

내 마음 끌리는 곳

정답은 아무도 모르죠. 그래도 최소한 화폐가치가 상대적으로 떨어진 현금 1억보다는 나을 거라고 생각합니다. 그러면 또, "어디를 사면 좋을까요?"하고 묻습니다.

"그냥 가장 좋아하는 동네에서 사세요."

˚인플레이션 햇지 인플레이션에 의한 화폐가치의 하락으로 인해 현금, 예금, 공사채 등 보유자산의 가치가 실질적으로 감소하는 것을 방지하기 위하여 귀금속이나 예술품, 부동산, 주식 등에 투자하는 것입니다.

직장 근처에서 구해도 좋을 것이고, 직장 근처가 너무 비싸면 좀 외곽도 좋을 것이고, 친인척이 사는 동네라서 맘이 편한 곳도 좋을 것이고…. 내가 살고 싶은 곳, 아니면 내가 살기 좋은 곳, 아니면 내 여건에 맞는 곳, 그것도 아니면 소위 재테크 전문가가 꼭 집어 주는 동네, 어디가 됐든 내 집 한 채는 꼭 사두십시오.

전세를 살면서 큰일을 저질러야

제가 신혼 때의 일입니다. 우리는 분당에 살고 싶었습니다. 그래서 분당에서 전세를 구했습니다. 지금 생각하면 그때 전세를 구할 게 아니라 대출을 받아서라도 집을 샀어야 하는 건데, 너무 아쉽습니다! 그때는 직장 생활에만 매달려서 앞뒤 못보고 바쁘게 살 때였고 주변에서 아무도 우리에게 집을 꼭 사야 한다는 얘기를 해 준 분도 없었습니다.

제가 재테크에 눈을 뜨고 분당에 25평 아파트를 장만했을 때 희숙이 친구가 결혼을 했습니다. 역시 그 친구도 전세를 얻을 생각을 하더군요. 집을 사라고 했습니다. 전세에서 조금만 더 보태면 구입이 가능했었거든요.

그 친구는 10평대 소형 평형 아파트를 사서 신혼을 시작했습니다. 그리고 1년 후에 수도권 아파트 가격이 폭등했습니다. 그 친구, 물론 주변의 다른 아파트 가격이 다 올랐기 때문에 자기 아파트 가격 올랐어도 그거 팔고 20평대 아파트 가려면 돈을 더 모아야 합니다.

하지만 그때 전세로 시작했다면 20평대 아파트로 가기 위해서는 돈을 조금 더 모아야 하는 정도가 아니라 아주아주 많이 모아야 할 테고, 아마 거의 포기해야 할지도 모릅니다.

제가 분당에서 17평 아파트를 샀다가 판 적이 있습니다. 그걸 살 때, 그 집에 전세로 살던 분이 있었는데 제가 그걸 팔 때도 여전히 그 집에 전세로 살고 있었습니다. 그걸 팔 시점이 왔을 때 그 세입자 분께 집을 매입할 것을 권했습니다.

"이번에 팔 건데, 사시지요? 시세보다 좀 깎아 드리겠습니다."

그 분은 당연하게도 거절하더군요. 자기한테 집 팔아먹으려는 쪼잔한 집주인으로 생각을 했을 겁니다. 6년 동안이나 한 아파트에서 전세를 살면서 2년마다 꼬박꼬박 전세금 올려주면서 집값이 비싸서 못 사겠다고 하십니다.

세입자는
현대판 노예(?)

세입자는 집주인보다 더 기여를 하면서도 그 집에 관한 모든 권리와 수익은 집주인이 독식합니다.

2006년 말에 제가 분당 수내동에 오피스텔을 하나 산 적이 있었습니다. 그때 매입가는 8,700만 원이었고, 사서 전세 8,000만 원에 세를 놨습니다.

결국 그 오피스텔을 사는 데 들어간 총 비용 8,700만 원(취득세와 등록세 등 등기비용 포함) 중에 8,000만 원은 세입자가 부담하고 실제로 제가 부담한 금액은 1,000만 원 남짓입니다. 총 비용 중 85%에 해당하는 금액을 세입자가 저 대신 부담한 셈입니다. 저는 겨우 15%만 부담했고요. 그런데 더 가관인 것은 매년 전세 만기가 돌아올 때마다 전세금이 500만 원씩 올라갔다는 겁니다. 2년 만에 전세금은 9,000만 원이 됐고, 결국 제 투자금은 제로(0)가 되어버렸습니다.

매입 2년 반이 지난 2009년 여름에 팔았는데, 매가는 1억 2,500만 원이었습니다.

투자금 제로(0)인 상태에서 잔금을 받고, 전세금이랑 양도세를 제하니까 제 손에 3,000만 원이란 돈이 남았습니다.

도대체가 투자 수익률을 계산할 수가 없습니다. (수학적으로 무한대란 값이 나와 버리죠.) 여기서 그 오피스텔 세입자는 전체 집값의 100%를 부담하고도 가격 상승분에 대해서는 단 한 푼의 권리행사도 못했습니다. 단지 등기권리증에 이름을 올린 사람이 아니라는 이유만으로요.

저는 반대로 등기권리증에 이름을 올렸다는 이유만으로 그 오피스텔 가격 상승분의 전부를 가져갔고요.

기회는 언제나 존재

저는 이런 물건이 몇 개 더 있습니다.

고양시 행신동에 있는 오피스텔은 살 때 6,000만 원 주고 샀는데, 전세를 6,000만 원에 놨습니다.

의왕시 내손동에 있는 오피스텔은 3,800만 원에 경매로 낙찰을 받았는데, 지금 현재 전세 5,000만 원이 들어 있습니다.

제 사례뿐만이 아니라, 이 책에서 언급한 전농동 다세대주택 사례도 9,900만 원에 낙찰 받아 전세만 9,000만 원 이상, 도림동 다세대주택 사례는 8,200만 원 낙찰을 받아서 전세 8,000만 원이었습니다.

비단 언급한 사례만이 아니라 제 주변에나 우리 카페 회원들의 사례에서 찾아보면 이와 유사한 사례를 얼마든지 발견할 수 있습니다.

아직까지 전세(또는 월세) 살고 계시는 분이 있다면 하루라도 빨리 세입자의 위치에서 집주인의 위치로 옮겨가도록 노력하실 것을 강력히 권하는 바입니다.

무일푼 25년 전 이야기

25년 전, 1995년 여름 평택.

살던 집에서 이삿짐을 몽땅 실어내 어느 건물 반지하 창고에 때려 넣었습니다. 그리고 그 건물 4층 한 구석방에 어머니와 아버지께서 들어가셨습니다. 2평 남짓한 방에는 깔고 잘 이불이며 요며 전기밥통이며 기타 세간들로 발 디딜 틈도 없었습니다.

군대 제대하고 집에 와보니 집이 경매에 넘어갔습니다. 흔히 하는 말로, 아버지께서 보증을 잘못 서셨죠. 제가 제대하기 1년여 전부터 문제가 불거지기 시작했지만, 아들 놈 군대 생활에 영향을 미칠까봐 한마디 말씀도 없으셨던 아버지, 면회 와서도 아들 녀석 건강만 걱정하며 군대에서 못 먹는 맛있는 먹을거리를 챙겨 오던 어머니, 그 아버지와 어머니께서는 속으로 골병이 들고 계셨던 겁니다.

눈물을 훔치시던 아버지

15년 동안 정든 집에서 누군지도 모르는 사람 집의 한쪽 구석방에 덩그러니 앉아 계시는 어머니와 아버지 (바로 아버지께서 보증을 섰던 그 사람 건물입니다. 그 사람 건물은 멀쩡하게 남아 있더군요.) 이사 나가기 전날 밤새 이삿짐을 싸면서 눈물을 훔치시던 아버지, 아들이 보던 책 고이고이 싸매시는 걸 보면서 이딴 거 싸가서 뭐하냐며 바깥에 들고 나가 태워버리던 아들.

학창 시절의 꿈이 담겨 있는 내 방이며, 시험공부하다 엎드려 자던 내 책상이며, 대학교 때 아르바이트해서 모은 돈으로 산 내 컴퓨터가 모두 사라졌습니다.

그렇게 남의 건물 4층 그 비좁은 방구석에 아버지와 어머니만 덩그러니 남겨놓고 저는 서울에 있는 친구 하숙집으로 달아났습니다. 그러면서도 마지막 뇌리에 남아있던 기억은 '우리집은 없어졌는데 어떻게 저 사람 집은 멀쩡하게 남아 있는가?'였습니다.

그 의문은 그 후로 오랜 시간이 흐른 뒤에야 깨닫게 됐습니다.

바로 '자본주의 사회에서 멍청하게 굴면 당하는구나. 내가 당하지 않으려면 배워서 알아야 하는 구나!' 하는 뒤늦은 깨달음입니다.

학교 공부만이 공부가 아니라 세상 살아가는 법도 배워야 한다는 걸 군대 제대하고 세상에 첫발을 내딛으면서 호되게 경험한 거죠.

서울의 친구 집에 머물면서 한 가지 생각만이 저를 사로잡았습니다.

바로 돈을 벌어야 한다는 생각이었죠. 지금 생각해보면 조급함이 앞선 거죠. 집이 경매에 넘어갔고, 어머니와 아버지는 난방도 안 되고 전기도 끊기기 일쑤인 그런 집에 살고 계셨으니 어서 빨리 돈을 벌어서 집부터 마련하자는 생각에 마음이 조급했습니다.

차근차근 실패를 향해서

대학 동창들이 졸업하고(또는 군 제대하고) 알아주는 대기업에 취직해서 신입사원으로 사회생활을 시작할 때 저는 아는 선배와 함께 사업이란 걸 시작했습니다.

물론 땡전 한 푼 없는 제가 지분이 있을 리도 만무했지요. 지금 생각해보면 선배가 하는 사업에 그냥 일꾼으로 취직한 셈입니다. 게다가 월급도 없는 일꾼으로. 사업을 잘 키워서 대박이 나면 연봉 1억씩 가져가자는 그 말만 믿고 일을 시작했습니다.

선배도 사업 경험이 일천했고, 저도 당연히 아무런 경험이 없는 첫 사회생활이었죠.

결국 사업은 정해진 수순을 따라 진행됐습니다. 차근차근 실패를 향해서….

무슨 사업을 했냐고요?

컴퓨터 조립해서 팔아먹는 사업 즉, 장사를 했습니다. 대학 때 과에서 컴퓨터 프로그래밍을 제일 잘해서 과 선배들마저도 컴퓨터 프로그래밍을 의뢰하던 제가 그 전공을 살려서 컴퓨터 조립을 했던 겁니다.

그 결과는 당연한 실패로 막을 내렸습니다. 그렇게 1년여를 허비했습니다.

송탄이라는 촌(村) 동네 고등학교에서 동문과 선생님들의 기대를 한 몸에 받으며, 부모님의 자랑 속에 대한민국 양대 명문 사학 중 하나인 K대에 입학했던, 앞날이 창창하던 젊은이는 그렇게 사그라져 가고 있었습니다.

만만하게 봤던 세상이 결코 만만하지 않다는 걸 느끼며 그 두터운 세상의 벽 앞에서 점점 숨이 막혀 가고 있었습니다.

조강지처와의 만남

컴퓨터 조립사업(?) 실패 후 컴퓨터학원 강사와 원서 번역으로 근근이 먹고 살던 제게 대학 동창 녀석이 연락을 해왔습니다.

"너 임마, 그 실력을 왜 썩히고 있냐? 우리 회사 와라."

대학 동창의 추천으로 조그만 IT업체에 취직하게 됐습니다.

출근 첫날 회사 회의실에서 신입사원 환영 다과회가 열렸는데, 그 자리에 참석한 10여 명의 직원들 가운데 긴 생머리에 뒷모습이 유난히 예쁜 여직원이 눈에 띄었습니다. 간부 사원들은 '이 대리'라고 부르고, 같은 여직원들은 '희숙아'라고 부르더군요.

'그럼 이름이 이희숙이로구나!'

밝고 맑고 깨끗한 인상이 참 좋게 다가왔었는데, 그 이름 '이희숙' 세 글자가 제 인생을 이렇게 크게 바꿔 놓을 줄 그때는 몰랐습니다.

직원이라고는 10명 남짓한 작은 회사라 부서는 다르지만(저는 S/W개발실, 이 대리는 기획실) 자주 마주칠 수밖에 없었습니다.

아침에 출근하면 직원들과 점심같이 먹고 저녁도 같이 먹고 밤늦게 퇴근도 같이 하는 IT업계의 현실이죠.

가족보다 더 오랜 시간을 함께 보내는 회사생활에 직원도 10명 남짓하니 친해질 수밖에 없는 환경입니다. (실제로 이때 함께 고생했던 직원들과는 지금도 연락이 닿습니다.)

그러던 어느 날, '이 대리'가 컴퓨터 프로그래밍을 배우고 싶어 하는 겁니다. 정확히는 비주얼 베이직이라는 프로그래밍 언어였죠. 비주얼 베이직을 사용하지는 않지만, 제가 C 프로그래머인데다가 중학교 때부터 애플 컴퓨터를 만지면서 애플 베이직을 가지고 놀았었기 때문에 저에게 비주얼 베이직은 눈 감고도 알 수 있는 단순한 언어였걸랑요. 그래서 제가 가르쳐 주겠다고 했죠.

그렇게 해서 일과 외 시간(주로 일요일)에 비주얼 베이직 교습을 빙자한 주말 데이트를 할 기회를 잡았습니다. 대학 동창 녀석이 썩히지 말라던 실력을 드디어 발휘할 수 있는 기회가 온 거죠.

처음에는 프로그래밍 공부로 4시간을 썼는데, 점차 시간이 지나면서 비주얼 베이직 공부 1시간, 영화구경 2시간, 저녁식사 1시간 이렇게 과목이 구성됐습니다. 그렇게 조금씩 조금씩 친해지던 어느 날입니다.

"안정일 씨는 남자가 계획 없이 사는 거 같아요. 그리고 경제신문 같은 거는 보시나요?"

그렇게 해서 계획 없이 살던 제게 제 계획에는 전혀 없던 '경제신문읽기'라는 과제가 추가 됐습니다.

세상에! 분명 한글로 적혀 있건만 내용은 영 딴 나라 얘기였습니다. 전혀 이해할 수 없는 용어들이 난무하는 것이 차라리 온통 영어로 써 있는 컴퓨터 관련 서적이 더 쉬웠습니다.

결핵에 걸리고

'이 대리'랑 같은 회사를 다닐 당시, 저는 회사에서 숙식을 해결하고 있었습니다. 어차피 혼자인 몸, 따로 방을 얻을 것도 없이 그냥 회사 개발실 한 구석에 간이침대 놔두고, 회사 세면장에서 씻고, 간이침대에서 자고, 아침에 일어나면 역시 간단하게 씻고, 다시 컴퓨터 앞에 앉아서 일했습니다.

그러다 보니까 몸이 고장이 났던 모양입니다.

기침이 나오는데 한 달이 지나도 멎질 않고, 아침이면 기침이 심해지면서 피까지 나오는 겁니다. 병원엘 가봤더니, 결핵이라네요. 아니 폐렴도 아니고 결핵이라니! 21세기를 코앞에 둔 1997년도 대명천지 대한민국에서 후진국 병이라는 결핵에 걸리다니 말이 됩니까?

병원 의사가 그럽니다.

"죽기 싫으면 일 줄이고 영양보충하고 푹 쉬세요."

(저는 속으로)

'일 줄이고 푹 쉬면, 결핵으로 죽기 전에 굶어죽을 텐데요?'

첫 발병이기 때문에 약만 꾸준히 잘 먹고 '일 줄이고 푹 쉬면 낫는 다'는 말에 회사를 그만 뒀습니다.

내가 회사를 다니고 싶어도 결핵 환자가 옆에 있으면 다들 불편해 할 것 같아서 어쩔 수 없이 그만 둬야겠더라고요. 회사 그만 두고 의 사 말대로 약을 꾸준히 복용했습니다.

그런데 이 글을 쓰다가 문득 생각난 것이 '이 대리'는 결핵에 걸린 나를 왜 계속 만났을까 하는 점이었습니다.

그래서 글을 쓰다 말고 '애엄마(=이 대리)'에게 전화를 했습니다. 물어봤더니 이따 집에 올 때 순대볶음 좀 사오랍니다.

어쨌든, 약을 1~2개월 복용하니까 증상(기침, 가래, 각혈)이 없어지 는 겁니다.

의사 말대로 약은 꾸준히 복용하기로 하고 다시 취직자리를 알아 봤습니다. 이번에도 역시 아는 사람을 통해서 자리를 구했는데, 대우 증권 전산실이었습니다.

토막상식

결핵은

약을 6개월 이상 꾸준히 복용해야 완치가 됩니다. 1~2개월 약을 먹으면 기침이 멎 는데 그걸로 나았다고 판단하고 약을 끊으면 재발합니다. 그때는 결핵균이 내성균 으로 진화하고, 그럼 약을 더 독한 걸 써야 하는데 그건 사람에게도 해롭습니다. 그 걸 두세 번 반복하면 결핵균이 다재내성균으로 진화하는데, 다재내성균은 약도 없 습니다. 걸리면 그냥 죽어야 합니다.

대기업에서
내 미래를 보니

대우증권 전산실에서 제가 배치된 부서는 그 당시 막 개념이 정립되고 있던 HTS개발 부서였습니다.

모든 IT업체가 그렇듯이 여기도 '월화수목금금금~' 주 7일 근무에 밤 11~12시 퇴근이었습니다. 대신 좋은 점은 야근 수당이 나온다는 거였습니다. 어떨 때는 야근 수당이 월급의 1/3이나 되기도 했습니다.

전에 다니던 조그만 업체는 야근 수당이 없었걸랑요. (사실 월급도 잘 안 나왔습니다.) 한 달, 두 달 월급이 꾸준히 나오는 생활을 하자 저도 이제 정상적인 직장인이 된 느낌이었습니다. 제 대학 동창들은 이런 생활을 벌써 2~3년 전부터 했다는 건데, 제가 한참을 뒤처져 있었던 거죠. 조급한 마음으로 되려 2~3년 뒤처지는 상황이 된 겁니다.

월급을 탔다고 '희숙이'를 불러냈습니다. 언제부턴가 '이 대리'에서 '희숙이'로 바뀌었고, 언제부턴가 '안정일 씨'에서 '오빠'로 바뀌었습니다. 그리고 지금까지 쭉 우리 어머니도 희숙이에게 '네 오빠 어디 갔냐?'고 물으십니다.

"맛있는 거 사줄게 나와!"

(맛있는 거 먹으면서 희숙이가 그럽니다.)

"오빠, 이제부터 월급타면 그거 다 저축해!"

대우증권 다니는 동안 참 열심히 일했습니다.

'월화수목금금금~'에 밤 12시 퇴근이었습니다.

그러다 보니까 희숙이랑 주말에 데이트도 제대로 못하고, 평일에는 저녁 먹을 때 잠깐 나와서 같이 먹고, 희숙이는 집으로 퇴근하고 저는 다시 회사에서 야근하는 생활이 이어졌습니다.

그렇게 한 1년이 지난 1998년, 대우그룹이 공중분해돼 버렸습니다. 물론 대우증권은 그냥 남아 있고 월급도 꾸준히 나왔습니다. 대우증권 입사할 때의 일화입니다. 면접을 보는데 면접관이 제 이력서를 보면서 물었습니다.

"안정일 씨는 왜 이렇게 회사를 자주 옮겼나요?"

"회사가 망해서 옮겼습니다. 저는 안 망할 회사를 원합니다."

"걱정 말아요. 대우그룹은 망할 리 없으니까."

망할 걱정 없다던 대우그룹이 공중분해되는 걸 회사 다니는 동안 지켜보게 되더군요. 대우증권에 있으면서 거대한 조직에 속해 있는 구성원의 다양한 모습을 봤습니다.

고속 승진하는 부장

부하 직원들은 카리스마로 휘어잡고, 업무 추진력도 있으면서, 윗선의 이사급들에게는 일 잘하는 능력 있는 팀장으로 비춰지는 부장님. 그만큼 능력도 있고 또, 정치력도 발휘할 줄 아는 능력의 소유잡니다.

만년 과장

고속 승진하는 부장보다 먼저 입사해서 입사 선배긴 하나 아직까지 과장직에 머물러 있고, 앞으로도 과장직에 머물러 있을 것 같은 만년 과장. 약간 벗겨진 머리에 뒷모습이 상당히 초라해보이던 느낌이 아직까지 뇌리에 남아 있습니다. 이 만년 과장님의 생존전략은 차장으로 승진하지 않고 계속 과장으로 남는 겁니다.

차장급들

과장에서 차장으로 승진은 했는데, 부장으로 올라가지 못하면 퇴직해야 하는 운명. 한 팀에 부장(즉, 팀장급)은 한 명인데 차장은 서너 명, 그럼 최소한 세 명은 조만간 퇴직 대상입니다. 과연 누가 정치력을 발휘할 수 있을까요?

과장과 대리급들

'월화수목금금금~' 일에 치여 사느라 정신이 없습니다. 가정보다는 회사가 먼저라 집에 무슨 일이 있는지 신경도 쓰지 못하고, 오로지 회사에 매여서 오직 충성합니다. 자신의 정력을 다 바쳐서 일을 해야만 겨우 현상 유지할 수 있습니다.

고졸 대리

대기업 전산실의 특성상 대졸 출신들로 채워진 가운데 유일하게 고졸 출신 대리 한 명입니다. 입사 서열로 따지면 과장급하고 맞먹지만 학력 때문에 진급은 상당히 늦습니다. 실무 경력은 빵빵하기 때문에 전산실에서 발생하는 모든 업무는 다 파악하고 있고 혼자서 다 처리할 수 있는 인물입니다. 그러나 과장 이후의 단계는? 만년 과장으로 갈 일만 남은 듯 보였습니다.

*

이런 조직 구성원들을 보면서 저는 지레 기운이 빠져 버렸습니다.

내가 과연 저 단계 단계를 밟으면서 이 조직 속에서 성공할 수 있을까? 그러면서 다시금 조급함에 빠져들기 시작했습니다.

결혼도 해야 하고 집안도 일으켜 세우려면 내가 지금 이렇게 한가하게(?) 일을 할 때가 아니다. 뭔가 특단의 대책을 마련해야 한다. 그래서 다시금 방황의 시절이 시작됩니다.

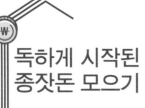

독하게 시작된 종잣돈 모으기

다시 대박을 꿈꾸며 이번에는 IT벤처업체로 자리를 옮겼습니다.

결과는 역시나 벤처 거품은 꺼져버리고 제 꿈도 함께 꺼졌습니다. 그동안 조금이나마 모아뒀던 저축도 같이 사라졌습니다.

'월급 나오는 회사를 다니라'는 희숙이의 명령에 다시 증권사 HTS 개발업계로 돌아오고, 그때부터 꾸준히 월급을 모으기 시작했습니다. 몇 번에 걸친 무모한 도전과 계속되는 실패, 무모하게 도전했으니 실패는 당연한 결과였죠. 자본주의 사회에서 자본을 무시하고 내 몸 하나만 가지고 뭔가를 해보려고 했던 무모함 말입니다.

그때부터는 딴 생각 않고 월급을 타면 몽땅 희숙이한테 가져다 맡겼습니다. 종잣돈 모으는 과정은 특별히 재밌는 과정이 아닙니다. 그냥 단순한 과정일 뿐입니다.

  회사 다니고, 한 달 지나면 월급타고, 월급타면 저축하고, 또 회사 다니고….

  그 단순함이 도를 지나쳐서 너무나 지루하고 시간까지 오래 걸립니다. 한두 달 모아서 종잣돈 몇 천이 모이면 좋은데, 1년 내 모아봐야 1,000만 원 모이면 많이 모일까? 너무나 지루하고 너무나 단순해서 종잣돈 모으기에 성공하기가 쉽지 않습니다.

  제가 종잣돈을 모으게 된 결정적인 계기는 희숙이와의 결혼이었습니다. 결혼이라는 것이 한 가정을 책임져야 하는 행위다 보니, 한 가정을 책임지게 되면 더 이상 모험을 할 수 없는 상황이 되는 거죠.

아버지 눈물로 보내드리고

대박이나 돈을 빨리 벌어야겠다는 조급함을 버리고 차근차근 꾸준히 돈을 모으는 길만이 살길이었습니다. 결혼도 최소한의 비용으로 치렀습니다. 양쪽 집안에 손 벌릴 생각이 애초에 없었던 터라 모든 걸 스스로 준비했습니다. 아시다시피 제 상황은 말이 아니었기 때문에 대부분의 혼수는 희숙이가 직장 생활하면서 저축한 돈으로 장만했습니다.

결혼 후 희숙이가 그러는 겁니다.

혼수비용으로 쓰려고 모았던 돈이 조금 남았으니 송탄에 계신 아버지 차를 바꿔 드리자고요. 아버지는 그때까지 10년 된 티코를 몰고 계셨거든요. 그렇게 해서 결혼 후 처음으로 한 일이 시골에 계신 아버지 차 바꿔 드린 일이 됐습니다. 10년 된 똥차 티코에서 삐까뻔쩍한 신형 레조로 바꿔 드렸죠.

아버지께서는 며느리가 선물해 드린 새 차를 타고 좋아하셨는데, 그 이듬해 위암으로 돌아가셨습니다.

가장으로서 가족을 지키지 못했다는 자괴감이 마음의 병으로 오고, 마음의 병이 신체의 병으로 오고, 그게 결국 암으로 발전해 암 선고를 받은 지 3개월 만에 돌아가셨습니다.

이제 막 신혼살림 시작하고, 이제 막 살아 보겠다고 발버둥치는 아들 내외에게 당신의 몸이 불편함을 알리지도 않으시고, 속이 좀 더부룩하다고 하며 위장약만 드시다가 결국 위암 말기 판정을 받으셨습니다.

그러고는 삶의 희망의 끈을 놓아 버리신 아버지, 아마 며느리의 따뜻한 선물 덕분에 조금 더 오래 사신 게 아닌가 생각합니다.

그 차는 제가 10여 년을 몰고 다녔습니다.

그렇게 아버지를 눈물로 보내드리고 저의 종잣돈 모으기는 계속 됐습니다.

아버지 몸에 몹쓸 병이 들었는지도 알지 못하던, 아니 관심도 없었던, 아니 관심을 가질 수도 없는 절박한 상황에서 살아남기 위한 마지막 몸부림이었습니다. 이제 남은 목표는 송탄에 혼자 계신 어머니를 어떻게 하든 빠른 시일 내에 모셔오는 것이 됐습니다.

경매 공부 시작

종잣돈을 모으는 동안에 꾸준히 공부를 했습니다. 다양한 재테크 관련 서적을 읽고, 어떻게 투자를 해야 희숙이가 알뜰살뜰 모아준 종잣돈을 잃지 않고 불릴 수 있을까 많은 고민을 했습니다.

주식 투자는 제가 증권사에 근무를 해봐서 아는데 도저히 내 체질이 아니고, 장사는 역시나 전혀 수완이 없어 보이고, 부동산 투자는 일단 거금이 필요할 것 같으니까 돈이 모자라서 못하고….

이런 생각을 하면서 여기저기 기웃거리다가 경매에 관한 책을 읽게 됐습니다.

그러면서 경매란 게 부동산 투자이긴 한데, 꼭 거금이 있어야만 할 수 있는 게 아니고 적은 금액으로도 가능하다는 걸 알게 된 거죠.

경매 관련 책을 섭렵하고, 경매 관련 재테크 사이트에 가입도 하고, 경매 강의도 들으면서 본격적으로 경매 투자를 시작하게 됐습니다.

나만의 방식으로 용어 정리 1

경매란?

우리가 흔히 생각하는 경매, 법원 경매는 부실한 부동산을 정상화하는 한 가지 방법입니다. 즉, 채무 관계가 복잡한 부동산을 깔끔하게 정리해 주는 게 경매라는 거죠. 자본주의 시장경제 체제에서 없을 수 없는 제도입니다. (사회주의를 표방하는 중국에도 있답니다.)

채무를 비롯한 여러 가지 이해관계로 인해 복잡해진 나머지 소유자가 포기해 버린 부동산을 그 모든 채무와 이해관계를 깨끗이 싹 정리하고는 새로운 소유자를 찾아서 넘겨주는 과정, 이게 경매입니다.

마법이 시작되고

2005년 어느 날의 이야기입니다. 이번 주에 갑자기 이상하다는 느낌이 들었습니다. 평상시와 같이 새벽 일찍(?) 퇴근하고 집에 와서 희숙이랑 얘기하던 중이었습니다.

"오빠 이번 달에 적금 500 타는 거 투자용 통장에 넣는다."

"이번 달에 500 탄다고? 지난달에 400 탔잖아? 무슨 한 달 만에 또 500이 나오냐?"

"크크, 오빠는 월급 꼬박꼬박 받아오기만 하셔. 내가 차곡차곡 모아 줄 테니까. 그걸로 투자해서 한번 잘 불려봐!"

"가만 있자…, 그럼 적금 탄 거 합치고 이번 물건 세놓게 되면 보증금 들어올 거고, 엥! 그럼 또 한 건 가뿐하게 할 수 있는 자금이 되네!"

생각해 보니까 뭔가 이상했습니다. 지금으로부터 불과 1년 전, 재테크란 것에 관심을 가지고 책을 처음 보기 시작한 날 저의 총 재산은 6,000만 원이 채 안 됐습니다.

전세 3,000만 원에 희숙이가 3년간 꼬박 모아준 종잣돈 2,500만 원, 거기에 전세자금 대출이 1,000만 원 정도 있었습니다. 그런데 1년이 지난 지금 제 상황을 한번 살펴보면,

1 전세: 3,000만 원

2 경매로 마련한 빌라 한 채: 보증금 1,000만 원에 월세 30만 원 계약 진행 중(재산 가치로 따지면 6,000~7,000만 원 사이)

3 그리고 여전히 또 한 건 투자할 만한 여력이 되는 종잣돈

부채는,

1 전세 자금 대출 1,000만 원은 여전하고

2 경매 잔금 대출 3,000만 원(대출이자는 월세로 모조리 대체 가능 ˆ-ˆ)

정리하면,

1 저의 총 자산이 1년 만에 두 배로 늘었고

2 이자 수입이 그동안 적자(마이너스: 대출이자)였는데, 7월 이후부터는 흑자(플러스: 월세>대출이자)로 전환 예상되고

3 무엇보다 중요한 자신감이 생겼습니다.

재테크에 관심을 가지고 공부를 시작했고, 공부한 것을 바탕으로 투자의 세계에 한발 내디뎠을 뿐인데, 저의 보유 자산이 순식간에(?) 두 배로 늘다니, 너무너무 신기할 뿐입니다.

제 주변에 누군가 마법을 펼쳐놓지 않았나 하는 의심이 들 정도로 말입니다. 물론, 원래 자산이 끽해야 6,000만 원이었는데, 6,000만 원짜리 빌라를 하나 추가하니까 두 배가 되는 건 당연하겠지요.

그리고 두 배가 됐다는 자산이란 것도 아직은 어디 가서 "나 재테크합니다!"하고 말을 꺼낼 수준조차 못되는 궁상맞고 꾀죄죄하기 그

지없는 것이지만 말입니다.

하지만 불과 1년 전 저는 이런 것조차 가능하리라고는 꿈도 못 꾸고 있었습니다. 항상 이 신세로 살아야 하나 하는 절망감(?) 비슷한 감정까지 가지고 있었거든요. 그런데 투자를 한 건 해보고, 그게 성공적인 대박까지는 아니지만 그래도 뭔가 성과를 손에 쥐게 되니까 이제 자신감이 생깁니다.

'그래, 나도 하면 되겠구나! 만날 그 신세에 그 타령이 아닌, 어제 같은 오늘과 오늘 같은 내일이 아닌, 어제보다 한발 나아간 오늘이 있고 오늘보다 더 나은 내일이 기다리는 나의 인생!'

나도 부자가 될 수 있다는 생각이 저에게 힘을 줍니다.

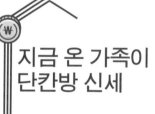

지금 온 가족이 단칸방 신세

2008년 5월의 일입니다. 지난 3월 17일에 이삿짐을 실어내서는 컨테이너 박스에 실은 채 보관하고, 제 동생 혼자 사는 단칸방에 온 가족이 신세지러 들어왔습니다.

아기 짐이랑 저와 희숙이, 어머니 가방 하나씩 챙겨들고 동생 단칸방에 들어온 지 3일째 된 날입니다. 앞으로 1주일을 더 버텨야 합니다. 우리가 이사할 집(〈집 한 채는 있어야〉에서 소개한 바로 그 집)이 인테리어 공사 중이랍니다.

3년 전 분당에 25평 아파트를 장만했다고 좋아했었는데, 이제 분당에 어머니까지 한 집에 모실 수 있는 38평 아파트로 이사합니다.

이사 들어가기 전에 인테리어 싹 하고 들어간다고 열흘간 불편하지만 동생네 단칸방(19평짜리 복층 오피스텔)에 들어왔습니다. 비록 비좁은 오피스텔에 온가족이 북적대지만 기분은 좋습니다. 새로 들어갈 집에 대한 기대로 부풀어 있습니다.

방 4개짜리(어머니 방, 아기 방, 제 서재, 부부침실) 38평 아파트, 따로따로 쓸 수 있는 방이 4개나 있는 그런 아파트로 이제 1주일만 있으면 이사하여 들어갑니다.

저는 새로 산 아파트 잔금 맞추느라 머리가 셌고, 희숙이는 인테리어 하느라 바쁩니다.

각 방에 바를 도배지며 화장실 변기, 세면대, 타일을 고르고, 페인트 색상 고르고, 싱크대 고르고, 아트월 고르고, 각각의 작업별로 일정 맞추고, 무지하게 바쁩니다. 그래도 힘든 줄 모르고 재미있다고 합니다.

군대 제대 후 사회에 무일푼으로 던져진 저는, 희숙이를 만나서 결혼한 지 7년여 만에 비싸다는 분당에 38평 아파트를 장만해서 혼자되신 어머니까지 모실 수 있게 됐습니다.

제가 비록 100억, 200억씩 벌어들일 재주는 없지만 1,000만 원, 2,000만 원 아끼고 모으고 조금씩 불려서 가족과 함께 두 발 뻗고 누울 집을 마련한 재주는 있습니다. 그 방법이랄까, 노하우랄까? 하여간 제가 겪어온 일에 대해 여러분과 공유하는 차원에서 이 책을 쓰게 됐습니다.

종부세 납세자

2007년 12월 4일, 드디어 맞았습니다. 그것도 무지막지하게 왕창입니다.

2008년 종부세 대상자가 48만 명이라고 하죠?

그중에 1,000만 원 이상 대상자가 2만 7,000명이라던데, 저는 2만 7,000명에서 뒤로 500번째 정도에 있는 모양입니다.

1,000만 원에서 약간 빠지는 980여만 원입니다.

제가 한 모임 게시판에 '내년 목표는 종부세다!!!'하고 글을 올렸는데, 목표를 달성했습니다. 그런데 이거 한 번 맞아 보니까 또 맞고 싶지는 않네요. 양도세 나가는 것도 아까워 죽겠는데, 이거는 뭐 완전히 생살이 뜯겨나가는 느낌입니다. 2008년 6월 이후부터는 열심히 물건을 팔고 있습니다. 내년부터는 종부세를 안 맞거나 아니면 금액이라도 줄여 보려고 말입니다.

집 20채 채우는 것도 해 봤고, 종부세도 맞아 봤고, (더는 맞고 싶지 않네요, 진짜) 다음 목표는? 다음 목표를 이야기하기 전에 마인드에 관해 한마디 해야겠습니다.

이전에 제가 희숙이랑 분당을 지날 때마다 이런 말을 했습니다.

"저 많은 아파트 중에 어떻게 내 거 하나 없냐?"

요즘은 이런 말을 하고 다닙니다.

"저 많은 빌딩들 중에 어떻게 내 거 하나 없냐?"

이제 다음 목표는 빌딩입니다.

그렇다고 무슨 강남에 있는 몇 백억 하는 그런 빌딩이 아니라, 정확히 말하자면 그냥 조그만 상가 건물 말입니다. 5층짜리 상가 건물 하나를 내 눈앞에 그려봅니다. 자꾸자꾸 생각하고, 계속해서 꿈을 꾸며, 그 길로 갈 수 있도록 노력하다 보면 어느덧 꿈이 이루어져 있습니다.

다음 목표는 5층짜리 상가 건물 하나 소유하는 겁니다.

여러분의 다음 목표는 뭔가요?

전 7년
후 7년

무왕이 주나라를 세울 때 가장 큰 역할을 한 사람이 강태공입니다.

강태공이 160 해를 살았는데, 앞의 80년은 위수 강가에서 낚시로 세월을 보내고, 나이 80세가 넘어서야 주 무왕의 부름을 받아 주나라를 세우는 데 일등공신이 됐다고 합니다.

그래서 강태공의 인생을 전 80 후 80 이렇게 부른다고 하는데, 제 재테크 인생도 군대 제대 후 집안이 경매로 넘어간 95년부터 따져보면, 전 7년 후 7년으로 나눠볼 수 있습니다.

즉, 95년부터 2002년까지 방황기와 2002년부터 2009년(현재)까지의 재테크 도전 기간으로 말입니다. 강태공은 하늘을 살필 줄 알아 자기 인생의 전반기 80년은 그냥 보내야 한다는 걸 알고 낚시로 세월을 보낸 거지만, 저는 그런 걸 볼 줄 모르니 그냥 무모하게 앞의 7년을 흘려보냈습니다.

95년도 경매로 집을 뺏긴 충격 속에 어서 빨리 돈을 벌어야 한다는 조급함으로 무모한 도전만 했지만, 희숙이를 만나면서 그리고 결혼을 하면서 2002년부터 마음잡고 차분하게 종잣돈을 모으기 시작한 겁니다.

2002년부터 2004년까지 3년간 꼬박 '월화수목금금금~' 주 7일 근무에 밤 12시 퇴근했습니다. 그렇게 해서 모은 돈이 3,000만 원입니다. 95년부터 진작 모았으면 그 몇 배를 모았을 텐데 말이죠.

그 당시 제 대학 동창들은 일찌감치 취직해서, 저축을 꾸준히 한 친구들은 제가 결혼할 즈음 집을 마련한 친구도 있을 정도였습니다.

다시 한번 강조하지만, 종잣돈 모으는 과정은 아주 지루합니다.

그냥 단순한 반복의 연속입니다. 재미있다거나 박진감 넘친다거나 남에게 자랑할 만한 이벤트가 있는 것도 아닙니다. 그냥 아무 생각 없이 꾸준히 모을 뿐입니다. 그 지루하고 단순한 과정에 질려서 성공하기 어렵습니다. 하지만 그 과정을 거쳐 어느 정도의 종잣돈을 확보하면, 그 다음부터는 투자를 통해 좀더 빨리 불려 나갈 수 있습니다.

제 경우, 2004년에 종잣돈 3,000만 원(+빌라 전세 3,000만 원)으로 시작해서, 2006년 분당에 24평(2억) 내 집을 마련했고, 2008년 분당에 38평(6억) 아파트를 장만했습니다.

이렇게 불려 나가는 겁니다. 물론 투자는 공부를 필요로 합니다. 공부 없이 투자에 나서는 건 위험합니다.이제부터는 그 종잣돈(3,000만 원)을 굴렸던 투자에 대한 이야기를 풀어볼까 합니다.

경매 법정
첫 경험기

2004년 7월입니다. 경매 책 두 권을 한꺼번에 구입해서 읽고 경매에 한 번 참가해 봤습니다. 이론을 공부하면 실습을 해봐야만 직성이 풀리는 공대 출신인데다, 궁금한 건 못 참는 성격이라서 읽은 지 한 달 만에 경매 법정에 나가봤습니다.

물론, 회사 땡땡이 치고 갔죠. 지방 소도시에 있는 아파트 한 채를 찍었습니다. 조건은 이랬습니다.

- 감정가: 9,000만 원
- 2회 유찰 최저가: 5,760만 원
- 소유자 점유
- 전체 15층 중 3층

처음에는 6,500만 원을 써볼까 하다가 괜히 잘못해서 당첨이라도 되면 도리어 난감해지겠다는 생각이 팍 들었습니다.

돈도 없고 경험도 없고, 그래서 200만 원 깎아서 6,300만 원을 쓰자고 생각했습니다.

당일 아침, 새벽밥 지어먹고 길을 나섰습니다.

5시 반에 기상해서 6시에 밥 먹고 6시 반에 화장실에서 앞뒤 깔끔하게 해결하고 7시에 출발했더니 8시 반쯤 도착했습니다.

경매 법정이 10시에 시작하니까 9시쯤 도착해서 경매물건명세서 등을 미리 확인하라는 책 내용에 따라 서둘러서 일찌감치 법원에 도착했습니다.

처음으로 들어가는 법원 정문, 괜히 가슴이 콩닥콩닥, 두근반세근반 번갈아가면서 요동쳤습니다. 그래서 주차장이 어딘지 헤맨 끝에 찾아 아주 구석 후미진 곳에 차를 세웠습니다. 누군가 와서 '당신 뭐야? 여기는 검사, 판사님들 주차하는 곳이야. 차 빼!' 이러지는 않을까 조마조마했습니다.

일단 시간이 이른 관계로 차 안에서 부족한 잠을 보충하려고 의자를 뒤로 눕혔습니다. 그러나 말똥말똥 잠이 올 리가 없었습니다.

9시쯤 되니까 차가 한 대 두 대 주차장에 들어왔습니다.

제 옆에 누군가 차를 세웠고, 시동을 끄고 창문을 내리니까 웬 아줌마가 그 차에 다가갔습니다. 서로 아는 사이인 듯…. 지난주 경매가 어쩌고저쩌고 하는 듯했습니다. 그러더니 그 아줌마 나한테 다가옵니다. '헉, 왜 그러지? 나 잘못한 거 없는데…'

"경매지 사세요."

"얼만데요?"

"2,000원이요. 순서대로 진행되니까 있는 게 좋을 거예요."

'아! 이게 말로만 듣던 바로 그 경매정보지구나!' 하고 하나 샀습니다. 그러면서 아줌마한테 물었습니다.

"몇 시에 시작하나요?"

"9시 반쯤 문 열고 10시 반쯤 시작할 겁니다."

(젠장 너무 일찍 왔군! 다음부터는 좀 늦게 와도 되겠다!)

일단 경매정보지란 것을 펼쳐봤습니다. 제가 점찍은 아파트가 전체 순서 중에서 1/4쯤 앞에 있습니다. 순서가 빠른 건 뭐든 좋은 거니까 일단 좋다고 생각했습니다.

일단 책에서 시키는 대로 해야 하니까 9시 반에 셔터 열자마자 법정에 들어가서 물건명세서인지 뭔지를 구경했습니다. 벽에 붙어 있었습니다. 그런데 인터넷에서 확인한 것보다 더 간단했습니다. 개요 정도만 쓰여 있는 겁니다.

'이상하다. 책에서 읽을 때 느낌은 이런 느낌이 아니었는데…. 뭔가 대단한 자료를 열람하는 듯한 느낌이었는데….'

다시 내 차로 와 있다가 10시 반이 다 되어서 법정으로 들어갔습니다.

그 사이 사람들이 군데군데 앉아 있었습니다. 나도 한 자리를 차지하고 앉았습니다. 누가 들어와서 벽에 화이트보드를 걸어놓는데, 보니까 오늘 취하된 경매사건 번호들이 적혀 있었습니다.

입찰용지를 꺼내서 다시 확인

'아, 책에서 저걸 확인하라는 거였구나! 자기가 점찍은 물건 중에 취하된 것이 있나 없나.'

내가 점찍은 사건번호는 없었습니다.

10시 반이 되니까 누군가 나와서 단상 의자에 앉았습니다. 판사인가 보다 했습니다. 그런데 아니었습니다. 집행관이랍니다. (경매 끝날 때까지 판사는 안보였습니다.)

집행관이 마이크를 잡더니 족히 15분간 떠들었습니다.

여러 주의사항이며 이런저런 공지사항이며…. 처음이라 열심히 들었습니다. 다음부터는 들을 필요 없겠다는 생각이 들었습니다. 집행관이 떠드는 동안 단상 아래로 어떤 아저씨가 나오더니 탁자에 두툼한 서류 뭉치를 여러 개 놓는데, 알고 보니 그게 바로 매각물건명세서와 감정평가서 등등이 철해져 있는 것이었습니다. 조금 전 벽에 걸려있던 것은 진짜 요약정리만 한 것이고요.

참고할 사람들은 나와서 열람하라는 소리에 나도 나가서 내가 찜해놨던 아파트에 대한 자료를 열람했습니다.

그러고 나자 단상 아래에 있던 어떤 아저씨가 봉투랑 종이쪽지를 나눠줬습니다.

바로 입찰용지와 입찰봉투, 입찰보증금봉투였습니다.

'오! 드디어….'

사람들이 봉투와 종이쪽지를 받아 들고 벽 양 옆에 있는 투표 기표소 같이 생긴 곳으로 갔습니다. 나도 따라했습니다. 용지 받아서 기표소(?)에 가서 내용을 적고, 보증금 넣고, 도장을 찍으려는 찰나, '헉, 도장!' 도장이 없습니다. 안 가져온 겁니다. 도장을 안 가져오다니, 순간 정신이 멍해졌습니다. '이를 어쩌나? 회사 땡땡이까지 치고 왔는데…' 그냥 가야 하다니 낙심천만인 겁니다. 그 순간 나의 비상한 머리(음~도장 잊어먹고 오는 비상한 머리)가 도장은 아무거나 있으면 된다는 사실을 알려줬습니다. 굳이 인감일 필요가 없다고요. 바깥에 나가서 도장 하나 파와야겠다 생각하는 순간 경매 책 내용이 떠올랐습니다.

"안 하면 어쩔 건데?"

네, 해야죠. 안하면 어쩔 겁니까? 도장 파러 나갔습니다. 법원 주위에 법무사들이 많이 있고, 그중 한 법무사 사무실에서 도장도 팠습니다. 거금 5,000원 들여서 목도장 하나 팠습니다. '머리가 안 좋으면 팔다리가 고생일 뿐 아니라 돈까지 나가는구나!'

다시 법정으로 돌아와서 기표소(?)로 갔습니다. 입찰용지를 꺼내서 다시 확인했습니다. 그 순간, 다시 갈등이 시작됐습니다. '6,300이라, 너무 높은 건 아닐까? 괜히 만에 하나 잘못돼서 낙찰 받으면 그걸 어떻게 하나?' 두려워졌습니다. '6,000으로 낮출까, 그냥 갈까? 이미 6,300으로 적었는데, 고치려면 새 용지에 주소, 주민번호 등등 다시 적어야 하고⋯, 어휴 나도 모르겠다!' 귀찮아서 그냥 원래대로 가기로 했습니다. 다 확인하고 도장 꾹 찍었습니다.

단상 앞 탁자에서 기다리는 아저씨한테 입찰봉투를 건네주고 꼬리표를 받았습니다.

입찰봉투 겉에 있는 뚜껑 부분을 자대고 찢어서 주었습니다. 책에서도 그렇고, 아까 집행관이 한 들으나마나한 공지사항에서도 그렇고, 절대 잊어먹지 말아야 할 꼬리표를 지갑 속에 잘 갈무리했습니다.

11시 40분에 입찰 마감한다는데 아직 시간이 좀 남은 관계로 차에 가서 좀 쉬었습니다. 무척 더웠습니다.

사람들은 법원 군데군데 옹기종기 모여서 담배를 피우며 서로 애기를 나눴습니다. 나는 혼자 온 관계로 그냥 쓸쓸하고 외롭게 차에서 라디오나 듣고 있었습니다.

마감시간 10분 전인 11시 30분에 다시 법정으로 들어갔습니다. 아니 못 들어갔습니다. 웬 사람들이 그렇게 많은지? 조금 전에는 한산해서 빈자리도 많았는데, 이제는 빈자리는 고사하고 출입문 안으로 들어갈 수조차도 없는 겁니다. 이럴 수가! 다음부터는 입찰봉투 제출하고도 절대 자리 뜨지 말고 꼭 지키고 있어야겠다고 생각했습니다.

공부할수록 모르겠는 것

머릿속에 잘 정리에서 기억하고, 출입문 바로 옆에서 방송에 귀 쫑긋 세워 집중하면서 내 차례를 기다렸습니다. 다행히 아까 거금 2,000원 들여서 샀던 경매지 덕분에 대충 지금이 무슨 순서인지 알 수는 있었습니다.

내 차례 앞에 열댓 개밖에 사건이 없으니까 차례가 금방 오겠구나 하면서 기다렸습니다. 그런데 앞선 사건들 중 하나가 물건번호가 50번까지 있는 겁니다. 물건번호 1번부터 50번까지 다 처리하느라 내 순서는 예상보다 한참 늦어졌습니다.

드디어 내 차례, 내 이름이 불리고 그 뒤로 10명 정도의 이름이 불리더군요. 앞 사건들은 고작 두세 명이던데, 이렇게 인기가 좋다니? 내가 물건을 제대로 본 모양입니다. 경쟁률 높아서 좋을 건 없지만 말입니다.

내가 6,300만 원 썼다고 판사가, 아니 집행관이 떠들었습니다. 다른 사람은 얼마를 썼나 듣고 있는데, 6,310만 원을 쓴 사람이 있습니다. 7,000만 원 넘게 쓴 사람이 두 사람 있었는데 그중에 7,400만 원 쓴 사람이 최고가로 낙찰 받았습니다.

'웃긴 사람이군! 한 번 유찰됐을 때 7,200만 원이었을 텐데, 그때 최저가로 응찰하지 뭐한다고 지금 응찰하면서 7,400만 원을 쓸꼬?'

어쨌든 나는 다행스럽게 낙찰되지 않아서 보증금을 돌려받을 수 있게 됐습니다.

집행관 옆에 있는 아저씨에게 꼬리표를 주니까 내 입찰봉투를 돌려줬습니다. 그 속에 피 같은 보증금도 얌전히 들어있었고요. 마이너스 통장 만들어서 뺀 돈이라 잽싸게 다시 집어넣어야 합니다.

오후 1시가 다 되어서야 내 차례가 끝났습니다. 뭐, 뒤에 있는 사건이야 제가 관심 없는 것들이라 밖으로 나와서 회사로 향했습니다.

오후 3시 넘어서 회사에 도착했습니다. 휴! 회사 땡땡이치면서 반나절 소비하는 게 쉬운 일이 아니었습니다.

나의 첫 경매 경험기는 여기서 끝이 아닙니다. 지방 소도시가 제 고향인지라 2주에 한 번씩은 내려갑니다. 경매가 끝난 다음 주 제가 점찍었던 아파트 근처에 다시 가봤습니다. 그리고 부동산에 들러 시세를 다시 한번 알아봤습니다.

"여기 아파트를 한 채 사려고 하는데 얼마나 하나요?"

"급매로 8,500만 원에 나온 게 있는데 한번 보실라우?"

"그걸 사서 전세를 놓으면 얼마나 받을까요?"

"5,500만 원 정도 되니까, 3,000만 원만 있으면 아파트 한 채 사는 거네요. 그런데 돈은 얼마나 갖고 계신데요?"

(순간 당황)

"아, 그러니까 대충 1억 정도요."

(1억은 얼어 죽을, 단돈 1,000만 원만 있어도 좋겠다)

"아, 그럼 세 채는 사실 수 있겠네. 세 채 사서 전세 놓고 아파트 값 오르길 기다리시구려."

'급매가 8,500만 원이라, 그럼 저번에 낙찰 받은 사람은 당장 급매로 내놓아도 1,000만 원 정도 버는 셈이군!'

다시 다른 부동산에 들렀습니다.

"아파트를 내 놓으려고 하는데 요새 얼마나 받을까요?"

"요새 어려워요. 매수세가 있어야 팔리죠."

"그렇게 어렵나요?"

"한 8,000만 원 정도에 내놓고 기다려 보세요. 8,500만 원이면 어렵고요."

"빨리 팔려면 그럼 8,000만 원도 못 받나요?"

"가격을 더 내려야겠죠."

'음, 급매로 놓으면 7,800만 원 정도, 어쩌면 7,500만 원에 내놔야 할지도 모른다는 뜻이군! 앞에 부동산은 내가 살 것처럼 얘기하니까 8,500만 원 정도 부른 것일 테고, 뒤에 부동산은 내가 집주인이라 생각하고 더 낮게 부른 거군!'

이렇게 몇 군데 더 알아보니까 아무래도 시세가 약하더라고요. 급매로 내놓으면 8,000만 원은 힘들 것 같은 분위기였고, 7,500만 원에서 7,800만 원 정도에서 매매가 이뤄질 것 같았습니다.

어쨌든 지난번에 그 물건을 7,400만 원에 낙찰 받아간 아저씨는 '바보'거나 아니면 '실수요자'거나, 그도 아니면 장기적으로 그곳 아파트가 크게 오를 것이라는 남모르는 정보를 알고 있는 사람일 거라는 결론에 도달했습니다. 실수요자라면, 조금만 알아봐도 급매로 8,000만 원 이하로 살 수 있는 분위기였습니다.

처음에 경매 책을 읽을 때는 만만하게 봤는데, 막상 한번 부딪혀 보니까 절대로 쉬운 게 아니구나 싶었습니다. 그리고 볼수록 공부할수록 모르겠는 것이 많아지고 어려운 것이 많아집니다. 하긴 부자 되기가 어디 쉬운 일이겠습니까? 부지런히 꾸준히 열심히 공부하고 노력해 보렵니다.

첫 경매 법정 에피소드 4가지

에피소드 하나

그날 경매 물건 중에 가장 인기 높았던 물건 이야기입니다. (물론 제가 본 것 중에서 입니다. 제가 나간 후의 사건은 모릅니다.)

시골에 있는 땅이었는데, 입찰자가 무려 20명 가까이 되었습니다. 감정가 2,000 몇 백에, 최저가 1,800 어쩌고 했던 것으로 기억됩니다. 싼 맛에 사람들이 모여 들었던 걸까? 이유는 알 수 없지만 단상 아래

방청석 앞이 입찰자들로 웅성거릴 정도였습니다.

집행관 아저씨가 입찰자를 호명하는데, 열댓 명이 넘어가니까 방청석에서도 웅성거리기 시작했습니다.

"뭐가 이렇게 많아, 이게 무슨 물건이야?"

"이거 맞지, 이 물건?"

20명 넘는 입찰자들이 다 모이고, 집행관 아저씨가 입찰자와 입찰 가격을 부르기 시작했습니다.

"홍길동 2,000 얼마."

"김길동 2,000 얼마."

"고길동 2,000 얼마."

"희동이 2,000 얼마."

"둘리 2,000 얼마."

"도우너 2,000 얼마."

2,000 얼마, 2,000 얼마, 2,000 얼마 그러다 맨 마지막에,

"김낙찰 4,000 얼마."

순간 방청석에서 '와~'하는 탄성들이 터져 나왔습니다.

"이야, 저 사람 저걸 꼭 갖고 싶었나보다."

"다들 2,000인데, 혼자 4,000이야?"

도대체 그 땅에 뭐가 있관데 그렇게 인기였는지 지금도 궁금합니다.

에피소드 둘

최저가보다 6억이나 비싸게 부른 단독 응찰자가 있었습니다. 시내 쪽에 있는 무슨 근린생활 단지였을 겁니다.

집행관 아저씨가 마이크에 대고 떠들었습니다.

사건번호 2003타경 ○○○○○
최저가 19억 얼마
서울에 사는 최부자 25억 얼마에 단독 응찰

최고가 낙찰된 사람은 주소도 같이 불러주는데, 다른 낙찰자들은 대부분 그 동네 사람들인 반면, 이 최부자 아저씨는 서울 사람이었습니다. 흰머리 희끗하고 양복 점잖게 입은 태가 '나는 부자다!' 말해주는 듯 했습니다.

허허! 역시 방청석에 있던 뭇 서민(?)들, 이러쿵저러쿵 말이 많습니다.

"오마나 세상에, 6억이나 더 썼어!"

"아깝겠다, 단독 응찰인데."

저야 뭐, 애초에 관심도 없던(아니 너무 비싸서 쳐다 보지도 못하던) 물건이었지만, 나도 나중에 저 아저씨마냥 저런 물건에도 관심 가질 날이 오겠지 생각했습니다.

에피소드 셋

물건번호 50개짜리였던 그 물건, 내가 순서가 빨라서 금방 끝날 것이라는 착각을 하게 만들었던 바로 그 물건 이야기입니다.

경매 법정에 애기 업은 젊은 엄마들, 꼬마들 데리고 온 아줌마들이 많더군요. 물론 법정에서 애들 떠들고, 애기 울고 하니까 조금은 산만했습니다.

요즘 경매가 대중화됐다고 하더니 정말 그런 모양이구나 생각했습니다.

애기 엄마들도 경매장 찾아다니며 재테크에 신경 쓰는데, 나는 그동안 뭐했나 하는 반성도 했습니다. 그런데 그 애기 엄마들이 다 50개짜리 이 물건에 한 명씩 입찰을 했더군요. 물론 애기 엄마들이 50명이나 된다는 얘기는 아니고, 대충 대여섯 명 되는 것 같았습니다.

아파트인지 다세대 연립인지는 모르겠지만, 건설업자가 건물 짓고 부도가 난 모양인지 최저가가 대충 5,000~6,000만 원 사이였고, 임차인도 다 있고, 전세금은 3,000~4,000만 원 정도였습니다. 그런데 그 임차인들이 모조리 후순위였습니다. 그 애기 엄마들은 그 물건의 임차인들이었습니다. 집이 경매로 넘어가 버리면 전세금 날릴 판이라 자기가 입찰해서 낙찰 받으려고 나온 거지요. 그 애기 엄마들 외에 그 물건 임차인들이 다들 입찰하러 나왔던 모양입니다. 어쩌면 그래서 경매 법정이 더 붐볐는지도 모르겠습니다.

결론부터 말하면, 그 임차인들 중 한 명도 낙찰 받지 못했습니다.

타 도시에 적을 두고 있는 모 회사가 그 물건 50개에 모조리 다 응찰해서 모조리 다 낙찰 받았죠. 모조리 다 7,000만 원 넘게 썼더군요. 그 물건 물건번호 1번부터 입찰자를 호명하는데, 공히 두 명이 입찰했더군요.

물건번호 1번

김임차 5,000 얼마

모 도시에 있는 김법인 7,000 얼마, 최고가 낙찰

물건번호 2번

홍임차 6,000 얼마

모 도시에 있는 김법인 7,000 얼마, 최고가 낙찰

이런 식으로 계속 물건번호 50번까지 가는 겁니다. 그 김법인 대리인은 최고가 신고하느라 계속 단상 앞에 서 있고, 그 옆에는 각각 물건의 입찰자(임차인)가 이름 부르면 나왔다가 그냥 입찰보증금 받고 돌아가고, 그 다음 입찰자가 나왔다가 또 보증금만 받고 돌아가고, 이런 상황이 50차례나 이어졌습니다. 같은 상황이 되풀이되자 방청석에 있는 다른 사람들 역시 웅성거리기 시작했습니다.

"아예 싹쓸이를 하네!"

"저 사람들 모두 임차인인 모양인데, 어떻게 하냐! 전세금… 쯧쯧."

거기 50명이나 되는 사람들이 모두 전세금을 날리는 건 아닌지 걱정되더라고요. 쩝….

에피소드 넷

물건번호 안 적어서 무효처리 된 경우입니다. 바로 내가 입찰했던 물건의 경우인데요, 물건번호 1번과 2번이 있었습니다. 내가 응찰한 물건은 물건번호 1번이었습니다. 물건번호 2번은 아예 응찰자가 없었습니다. 집행관이 내 이름 부르기 전에 두 명을 불렀습니다.

"김몰라 씨!"

"네."

"물건번호 몇 번이에요?"

(물건번호 무슨 뜻인지 모르는 듯)

"네?"

"물건번호 안 적으셨네요? 적어야 합니다."

(당황, 민망, 무안)

"아, 네~에."

그리고 그 아저씨 옆 사람들한테 물어보더군요. 물건번호에 대해서.

"나깜빡 씨!"

"네."

"역시 물건번호 안 적으셨네요?"

"아차! 물건번호 1번입니다."

"안 적으셔서 무흡니다. 보증금 찾아가세요."

"아, 네~에."

그리고 물건번호가 뭔지 현장에서 배운 김몰라 씨, 단상 앞으로 나가며 말합니다.

"물건번호 1번으로 하겠습니다."

(무심한 집행관)

"물건번호 안 적으면 무효처리 됩니다. 보증금 찾아가세요."

(얼굴만 벌게지면서)

"아, …."

물건번호가 있는 경매 물건에 입찰하실 경우에는 필히 주의하세요.

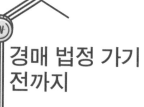

경매 법정 가기 전까지

지금까지 제 첫 경매 경험기 재미있게 보셨나요? 제가 재테크 고수도 아니고, 다른 분들에게 돈 되는 정보를 알려드릴 수 있는 것도 아니지만, 저 같은 실수를 하지 마시라는 의미에서 좌충우돌 실수투성이였던 첫 경험기를 조잡하나마 소개했습니다.

이번에는 제가 경매 법정에 가기 전까지의 일입니다.

첫 경매에 참가하기 전 그 유명한 죠수아님의 책 두 권을 한꺼번에 샀습니다. 인터넷서점에서 재테크 관련 서적을 검색하는데, 죠수아님의 《33세 14억 젊은 부자의 투자 일기》가 베스트 추천도서로 나와 있는 겁니다.

독자 서평을 읽어봤죠.

'아니 이렇게 좋은 책이?'

난 도대체 어디서 뭘 했기에 이런 책이 나온 줄도 모르고 있었단 말인가? 카트에 집어넣었습니다. 그러고 보니까 죠수아님의 새 책이 연결되어 있더라고요.

《젊은 부자의 부동산 경매 투자 일기》그것도 같이 카트에 집어넣고 주문했습니다.

책 읽기

그동안 읽었던 《한국의 부자들 100명》 《부자 아빠 가난한 아빠》 《대한민국에는 성공할 자유가 있다》 같은 책들은 '그래 나도 할 수 있다고!' 하는 희망을 심어 주면서도, 아직은 뭔가 모자란, 왠지 나와는 상관없는 사람들의 얘기를 읽는 느낌을 주었습니다.

책을 덮으면서 '그러니까, 나보고 어쩌라고?' 하는 물음이 남았습니다. 그런데 죠수아님 책은, '선한 부자'에 오는 분들은 당연히 읽어 보셨을 테니까 제 느낌을 굳이 얘기 안 해도 다들 아시겠죠?

선한 부자에 가입

책을 읽고 제일 먼저 한 일이 바로 '선한 부자' 카페에 가입한 일이었습니다. 나와 같은 고민, 나와 같은 생각, 나와 같은 꿈을 가진 이들이 모이는 곳이더군요.

여러 회원님들의 생생한 얘기를 읽으며 '나도 이제 뭔가 구체적으로 할 수 있겠구나, 또 해야만 하겠구나!' 하는 생각을 했습니다.

대법원 사이트 검색

대법원 경매 사이트를 찾아보고 느낀 첫 인상은, 우리나라 관공서의 DB가 무척 잘 구축되어 있다는 것이었습니다.

대법원의 인터넷 등기 서비스를 받아보면서 등기소에 직접 갈 필요도 없고 그렇게 편할 수가 없었습니다. 우리나라 공익들의 노고가 참 대단하다는 생각을 했습니다.

이사 다닐 때마다 부동산 등기부등본 떼러 등기소에 참 여러 번 갔었거든요. 처음에는 등기소 직원과 다정하게(?) 대화를 나누며 서류를 뗐었는데, 얼마 후 자판기가 생기더니 이제는 인터넷 서비스까지, 우리나라 정말 좋은 나라입니다.

등기소에서 자판기를 사용하다 보면, 옆에서 유심히 지켜보던 어르신들이 대신 떼어 달라고 부탁하는 경우도 있습니다. 사용법을 알려드리려고 하면 어려워 하셔서 그냥 대신 입력해 드리곤 했죠. 어떤 때는 법무사사무실 여직원한테 사용법을 알려준 적도 있습니다.

'아니, 저기 저 동네의 저 건물이? 오, 저기에 있는 저 아파트가?'

대법원 경매 사이트, 참 신기했습니다. 특히나 제가 아는 동네를 검색했을 때의 그 느낌이란, 참 묘했습니다. 평소 눈에 보이던 건물이 경매에 나와 있고, 주변 시세와 감정가, 최저가 등이 비교가 되면서, 실제로 그걸 뭐라고 할까요? 느낌이 왔다고 할까요? 책만 읽고 생각만 할 때의 그 느낌 있잖습니까? 왠지 성공할 거 같은 느낌 말입니다.

'그래! 저걸 얼마에 낙찰을 받아서 얼마에 팔면, 으흐흐… 이게 얼마나 버는 거야!'

하룻강아지 범 무서운 줄 모르고 하룻밤 사이에 만리장성을 쌓았습니다.

권리분석

"엄마야, 이게 뭐다냐?"

대항력, 임차인, 확정일자, 환매등기, 유치권, 지상권 등등, 무슨 소린지 하나만 알겠더군요. '확정일자' 하나요. 이사하면 반드시 동사무소 찾아가서 도장을 받는 그 확정일자 말입니다. 《부자 아빠 가난한 아빠》란 책에 이런 말이 있죠?

"부자들에게는 부자들만이 쓰는 어휘가 있고, 가난한 사람들에게는 가난한 사람들이 쓰는 어휘가 있다. 부자가 되고 싶으면 부자들이 쓰는 어휘에 익숙해져라."

익숙해져야죠. 낯설고 물설어서 뭐해 먹겠습니까?

말소기준권리, 근저당, 가압류, 담보가등기, 경매기입등기, 최우선변제금, 90년 2월 19일, 95년 10월 19일, 01년 9월 15일 등등….

옛말에 '독서백편의자현(讀書百遍義自見)'이라고, 첨에는 정말 무슨 소린지 모르겠던 저 놈들이, 자꾸 접하다 보니까 이제는 말소기준권리라는 단어가 동시호가라는 단어처럼 익숙해졌고, 감정가나 최저가란 말이 현재가나 전일대비란 말처럼 들리더군요.

유료 경매정보 사이트 가입

법원 정보만으로는 아직도 뭔가 부족해서 유료 정보 사이트에 가입해야겠다고 생각했습니다. 엠파스에서 부동산 경매로 검색을 해서는 그냥 맨 위에 나온 사이트에 가입했습니다.

물건 선정

대법원과 유료 사이트를 왔다 갔다 하면서 제가 사는 곳과 고향 동네를 훑어봤습니다. 대법원에는 있는데, 유료 사이트에는 없는 사건들도 있더군요. 그런 사건들 추가해 달라고 요청하면 바로 다음날로 추가가 되긴 하는데, 대법원에 있는 정보를 그대로 올려놓는 수준이더군요.

그렇게 검색해 보다가 제 고향 동네에 있는 아파트를 하나 찍었습니다. 제가 다니던 초등학교 옆에 세워진 아파트였습니다. 제가 초등학교 다닐 당시에는 넓은 벌판(논이었던 걸로 기억)이었는데, 지금은 아파트 단지가 들어섰더라고요.

> - 감정가: 9,000만 원
> - 두 번 유찰 최저가: 5,760만 원
> - 인터넷으로 확인해 본 시세: 9,000~9,500만 원 정도
> - 전세: 5,000~5,500만 원 정도

현장답사

주말에 집에 내려가서는 일요일에 들러봤습니다. 희숙이(제 아내)랑 같이 갔죠. 아파트 앞 초등학교 근처에 차를 세우고 내려서 아파트를 봤습니다. 평소에는 무심코 지나치던 아파트가 이날은 새롭게 다가왔습니다.

(나, 진지하게 생각하는 척)

"음…."

"괜찮다, 단지도 두 개나 되고. 천 세대가 넘겠는데…."

(아니, 천 세대 넘는 규모의 단지가 좋다는 건 어떻게 알았지?)

단지 안으로 들어갔습니다. 해당 건물 베란다 창문에 빨래도 널려 있고 화분도 놓여 있더군요.

"어, 복도식 아파트였네! 단지 안도 조용하구, 우리가 살아도 되겠다."

(내가 물건을 제대로 골랐군! 크크)

"뭐하는 거야? 왜 남의 우편함은 뒤지고 그래?"

"어, 책에서 보니까 우편함에 우편물이 쌓여 있으면 빈집이라는 뜻이라는 구만."

"에이, 아까 베란다에 빨래랑 널려 있는 거 보면 알지 꼭 우편함을 뒤져야 아나?"

"…"

그 동 바로 앞에 관리실이 있어서 책에 써 있는 대로 거기 관리실 아저씨께 그 건물 관리비 연체 상황 같은 걸 물어보려 했는데 못했습니다. 쑥스럽기도 하고 어색하기도 하고, 하여간 못 물어보겠더라고요. 하물며 그 집 현관 앞에서 초인종을 누른다는 건 감히 생각도 못하겠던데요.

죠수아님이나 겐시로님 같은 분들이 존경스러웠습니다.

단지에서 나오는데 관리실 아저씨가 째려보더군요.

'쟤들은 먼데 왔다 갔다 하는 거야?'

단지 앞에 있는 부동산에 들어갔습니다. 60대 초반쯤 돼 보이는 아저씨가 전화 중이었습니다.

"안녕하세요?"

(전화 중, 무시)

(음, 침착하게 기다리자)

(전화 끝)

"안녕하세요? 집을 내놓으면 얼마나 할까요?"

"뭐요?"

"네, 하하, 그러니까 팔면 얼마나 받을 수 있을까요?"

"몇 동이에요?"

"104동이에요."

"몇 호지요?"

(왠지 호수까지 말하면 안 될 듯)

"그게 4층인데요."

"어느 쪽 라인? 남향이에요?"

(허걱, 어느 쪽이더라?)

"그게 아마 남향이죠? 네, 맞아요! 남향. 하하….."

"지금 내놓으면 9,500은 받아요."

(우아~~! 목소리 커짐)

"그렇게나 받아요?"

"몇 동 몇 호예요? 지금 바로 내 놓으쇼!"

"아니, 저 그게 아니고 만약 세를 놓으면 어찌 되나요?"

"전세는 6천은 받을 거고, 월세하면 1,000에 50은 받을 수 있어요."

"1,000에 50이요?"

(1년이면 600)

"하하, 네, 잘 알았습니다. 곧 다시 들르겠습니다."

바깥으로 나왔습니다.

9,500만 원이라니 세상에, 최저가가 5,760만 원이니까 대충 계산해서 낙찰 받아도 3,000만 원은 남는 장사였습니다.

"괜찮다! 9,500 받을 수 있으면"

"전세 놔도 되겠네! 내 돈 거의 안 들 거 아냐? 돈 있으면 월세 놓으면 딱 인데, 아깝다."

"길 건너 부동산에도 한 번 들러보자."

"다 똑같지 않나? 딴 데 또 가봐야 돼?"

"하긴 다 똑같겠지? 시세란 게. 그래도 책에서 최소한 3군데는 알아보라고 하더라고"

"그래? 그럼 가보자."

그런데 길 건너 부동산은 문을 안 열었더군요. 또 다른 쪽 길 건너에 있는 부동산도 문을 안 열었고요. 일요일은 문 여는 부동산이 별로 없다는 걸 뒤늦게 알았습니다.

그리고 아파트 단지 앞 부동산이 제게 상당한 뻥을 쳤다는 것도 나중 나중에 알았습니다. 앞에 쓴 경매 경험기를 보신 분들은 아시겠죠?

그 아저씨가 왜 뻥을 쳤을까요?

제가 하고 있던 꼬락서니가 경매 물건 보러 왔다고 이마에 써 있었을까요? 가서 직접 따지지 않는 한 알 수 없죠.

보증금 마련

최저가가 5,760만 원이니까, 보증금으로 576만 원을 준비해야 합니다. 그런데 지금 당장 그만한 돈도 없는데다가, 책에서 보니까 마이너스통장을 하나 만들어 두면 급할 때 요긴하다고 해서 이 기회에 마이너스통장을 만들기로 했습니다.

기왕 마이너스통장 만드는 거, 제 월급통장이 있는 은행에서 만들기로 했습니다.

일단 희숙이가 인터넷으로 마이너스통장에 대해 알아보기 시작했습니다. (희숙이가 제 월급을 관리하기 때문에 그쪽 아이디와 패스워드 다 알고 있습니다.)

회사에서 일하는데 희숙이한테서 전화가 왔습니다.

저한테 마이너스통장 관련해서 뭔가 물어보려 전화했는데, 뭘 물어봤는지는 지금 까먹었고요, 어쨌든 인터넷으로 CSS대출이란 걸 신청했다는 겁니다.

뭐 그렇게 하면 마이너스통장을 만들 수 있다나요?

그러면서 은행에 가서 마이너스통장을 개설하고 오라는 거였습니다. 회사 앞에 있는 은행으로 찾아갔습니다.

"어서 오세요."

"저기, 마이너스통장을 만들려고 하는데요?"

"그건 대출이니까, 저쪽 대출 창구로 가셔야 합니다."

(헉, 30분이나 기다렸는데)

"어, 통장 개설하는 건데 그래요?"

"네? 통장 개설하는 게 아니고요, 대출 신청하는 거라니까요."

마이너스통장이 그냥 만들어 지는 게 아니라, 제가 예전에 전세자금 대출 받을 때 마냥 그런 식으로 대출 신청을 하는 거더라고요.

1. 현월(玄月)
「그늘의 집(蔭の棲みか)」

―'서방'이라는 인물―

1. 들어가며

탈중심과 다양성을 중시하는 포스트모더니즘이 대두되면서 주변부 문학의 중요성이 강조되고 있다. 소수집단의 문학이란 중심과 주변의 경계를 허물고 지배 문화와 권력화된 문화로부터 탈피하기 위한 문학이다. 세계에서 다양성과 차이의 가치가 중요시되고, 새로움을 추구하는 이때 주변부 문학인 소수집단 문학 연구의 필요성이 있는 것이다. 이에 따라 일본 문학에서 소수집단 문학으로서 그 위치를 차지하고 있는 재일 한국인 문학도 새로운 의미에서 그 연구의 중요성이 요구된다. 재일 한국인 문학은 소수집단 문학이지만 일본의 소수집단 문학 중에서 문학적 위치가 가장 중요시되는 문학이다.

본서에서는 재일 한국인 문학을 소수집단 문학으로 정의하고, 들뢰즈(Deleuze)와 가타리(Guattari)의 소수집단의 문학이론을 통하여 재일 한국인 문학의 특징을 고찰하려고 한다. 여기에서는 재일 3세대 작가인 현월(玄月)의 「그늘의 집(蔭の棲みか)」을 대상으로 하여, 이 작품에 나타나 있는 소수집단 문학의 특징을 고찰한다. 현월의 「그늘의 집」은 1999년 11월 『文学界』에 발표된 작품으로 다음 해 아쿠타가와(芥川) 상을 수상하였다. 이 작품에서 주인공인 '서방'은 75세로 자신의 힘으로는 아무것도 할 수 없는 노인으로 설정되어 있다.

이 책에서는 '서방'이라는 인물을 통하여 이 작품에 나타난 소수집단 문학의 특징을 고찰한다. 그리고 이 작품에 있는 집단촌(集落)이라는 소수집단에 대하여 살펴보고, '서방'이라는 인물이 탈주 과정을 통하여 어떻게 자신의 정체성을 찾아가는가를 살펴보고자 한다.

2. '서방'의 정체성

들뢰즈와 가타리는 1975년 『카프카 : 소수집단의 문학을 위하여』라는 저서에서 소수집단 문학이라는 개념이 가지는 중요성을 설파하고 있다.[1] 그는 소수집단 문학을 '소수 언어로 된 문학이라기보다 다수 언어 안에서 소수자가 만들어내는 문학'으로 정의하고, 소수집단 문학의 중요한 특징 으로 다음과 같은 세 가지를 제시하고 있다. 즉 그것은 언어의 탈영토화, 소수집단 문학이 가지는 정치적 성격, 발화 행위의 집단적 배치 등이다. 이 이론에 의하여 생각할 때, 재일 한국인 문학은 들뢰즈와 가타리가 말 하는 소수집단 문학의 특징이 무엇보다도 잘 드러나고 있는 문학이라고 할 수 있다. 현월의 「그늘의 집」도 그 전형적인 작품이다.

우선 언어의 문제에 대하여 살펴본다.

언어에 있어서 재일 한국인 문학자는 모어인 일본어와 조국의 언어인 한국어 사이에서의 갈등을 피할 수 없다. 이것은 본서의 연구 대상인 현 월의 「그늘의 집」의 주인공이 '서방'이라는 이름으로 통용되고 있다는 사실로서도 간단히 알 수 있다. 일본어로 쓰인 작품이지만 주인공이 '서 방'이라는 한국어로 설정되어 있다. 작품에 일본어의 공간과 한국어의 공 간이 뒤섞여 있는 것이다.

여기서 '서방'이라는 용어에 대하여 살펴보자. 우리는 '서방'이라는 용어로써 이 작품이 일본 주류 문학과는 다른 종류의 문학이라는 것을 간단히 알 수 있다. 물론 여기에서 '서방'이라는 용어가 단지 한국어라는 것만을 의미하지 않는다. 우리는 '서방'이라는 용어를 통하여 이 작품에서 펼쳐지는 이야기가 일본의 주류 사회가 아닌 소수집단인 재일 한국인 사회를 묘사하고 있다고 생각할 수 있는 것이다. 「그늘의 집」에서 '서방'은 자신의 정체성을 상실하고 있는 인물로 묘사되어 있다. 이것은 '서방'이 일본어가 아닌 한국어의 이름을 가지고 있는 것으로 설명할 수 있다. 그런데 이 '서방'이라는 용어는 그의 이름이 아니다. '서방'은 한국의 처가에서 통칭하는 용어로, '서방'에겐 자신의 고유한 이름이 없다. 이름은 자신의 정체성을 나타낸다. 이 작품에서는 주인공이 '서방'이라는, 일본어에 없는 통칭으로 불리고 있다는 사실로써 그가 정체성의 혼란을 겪고 있다는 것을 암시하고 있다.

언어는 생각을 담는 그릇이다. 이것은 우리가 어떤 언어를 사용하느냐에 따라 생각의 깊이와 폭이 달라짐을 뜻한다. 언어는 내밀한 방식으로 인간의 사고를 통제한다. 그러므로 우리는 사용하는 언어를 통하여 타인의 사고방식을 알 수 있다. 새 숙소 장으로 조선족 중국인이 왔을 때, 서방은 한국어로 그의 고향을 물어본다. 처음 만난 동포끼리 반드시 주고받는 질문, 즉 선대의 고향이 어디냐는 질문을 한국어로 물어보는 것이다. 서방은 재일 1세대이지만 일본에서 태어나서 일본어를 모어로 가진 사람이다.[2] 그러므로 서방은 당연히 일상적인 언어인 일본어로 이야기하는 것이 더 편할 것이다. 그러나 동포를 처음 만났을 때 서방은 모국어인 한국어로 말을 건다.

서방에게 있어 모어인 일본어는 1차 언어이고, 한국어는 2차 언어이다. 1차 언어는 내면의 생각이 나오는 것으로, 마음속 깊은 곳에 숨겨져 있는 의식이 자연스럽게 표출된다. 생각 이전의 본능적인 감정의 언어이다. 일본어는 서방이 태어날 때부터 가지고 태어난 언어이지만, 한국어는 일본에 살면서 학습된 언어이다. 학습된 언어는 머릿속에 있는 사고로부터 나오는 이성적인 언어이고, 감정적인 언어는 사고하기 전에 나온다. 당연히 사고하기 전에 나오는 감정적인 언어가 인간에게 보다 가까운 거리에 있을 것이다. 그러나 서방에게는 이것이 통용되지 않는다. 왜냐하면 서방은 조선인(한국인)이기 때문이다. 서방에게는 언어 체계보다 민족이라는 감정이 우선이었다. 겉으로 볼 때 서방에게는 일본어가 모어이고 1차 언어이지만, 가슴속 깊은 곳에 있는 마음속의 1차 언어는 한국어였던 것이다.

서방이 처음 만난 동포에게 한국어로 물어보는 것은 서방이 그에게 친밀한 감정을 가지고 있다는 것을 나타낸다. 한국어로 이야기함으로써 서방은 상대방에게 마음을 열고 있다. 서방은 조국과 고향 사람이라는 의미에서 한국을 기억하고, 반가운 마음으로 자연스럽게 한국어로 말을 건다. 이것이 서방의 의식적인 행동인지 아니면 무의식적인 행동인지는 알 수 없다. 단지 여기에서는 서방이 늘 쓰고 있는 일본어가 아니고 그다지 사용하지 않는 한국어로 물어본다는 사실이 중요하다. 서방의 가슴속 깊은 곳에는 언제까지나 한국어(한국이라고 할 수 있다)가 자리 잡고 있는 것이다. 그러므로 서방은 평소에는 일본어를 사용하지만, 상대가 자신과 같은 처지라고 느낄 때 마음속의 언어인 한국어를 사용한다. 이것은 서방이 집단촌을 일본 사회라기보다는 한국 사회라고 인식하고 있기 때문이기도 하다.

그러나 나중에 서방을 찾아온 숙소 장은 함께 밥을 먹어도 괜찮겠느냐고 일본어로 물어본다. 숙소 장을 처음 만났을 때 서방은 선대의 고향이 어디냐는 질문을 한국어로 물어 보았고, 숙소 장 역시 한국어로 대답하였다. 그러나 두 번째 만났을 때 숙소 장은 서방에게 일본어로 물어본다. 요컨대 숙소 장은 서방을 같은 조국을 가진 친밀한 관계의 사람이라기보다는 일상적인 사무 관계의 사람으로 대하는 것이다. 이러한 숙소 장의 일본어만을 보더라도 그는 서방에 대하여 특별한 관심이 없음을 알 수 있다. 서방에게 숙소 장이 친밀한 사람이었지만, 숙소 장에게는 서방이 친밀한 존재가 아니었던 것이다. 숙소 장은 조선족이었지만 그는 중국인이었다. 언어는 우리 편과 상대편을 구분하는 방식이기도 하다.

집단촌에 중국인이 많아지자 집단촌은 점차 중국인 사회로 변해간다. 이것은 집단촌에서 사람들이 말다툼을 할 때 중국어로 싸우고 있다는 것에서 상징적으로 알 수 있다. 이십 년 만에 집단촌을 돌아보던 서방은 중국인들이 중국 말로 심하게 말다툼 하는 것을 보고 겁이 난다. 그가 눈앞의 광경에 몸서리치는 것은 당연했다. 같은 집단촌 내에 있지만 이곳은 그에게 전혀 낯선 곳이었기 때문이다. 집단촌 내에서 중국어를 쓰는 영역, 즉 중국인 사회가 따로 존재했다. 집단촌에서 65년을 산 서방이었고, 집단촌의 '살아있는 화석'으로 불리는 서방이었다. 그러나 현재 이러한 집단촌 내에서 자신과 전혀 관계가 없는 언어가 귀에 들려오고 있는 것이다.

서방은 집단촌에서 중국어가 난무하는 광경을 보고, 비로소 자신이 평생 살아온 집단촌의 현실을 인식한다. 지금 집단촌은 재일 조선인이 아닌 중국인들의 사회인 것이다. 충격을 받은 서방은 한국인인 주방 여자에게 한국 말로 묻는다. 급격한 감정의 변화를 겪을 때에도 서방의 입에서 본능적으로 먼저 나오는 말은 일본어가 아니라 한국어였다. 앞에서 말했듯이 그는 언어 체계보다 한국인이라는 민족 감정이 더 우선이었다. 서방이 평소와는 다르게 한국 말로 묻는 것은 마음속으로 몹시 당황하고 있다는 증거이다. 이 상황에서 서방이 얼마나 당황하고 있는가를 알 수 있다. 이렇게 집단촌에서 사용되는 언어가 한국어, 일본어, 그리고 중국어로 변화해 가는 것은 '서방'의 정체성 형성에 관계한다. 언어는 정체성과 연결되기 때문이다. 「그늘의 집」의 '서방'의 정체성 문제에서 언어의 문제가 '서방'의 정체성 혼란과 밀접한 관련이 있다.

여기에서 '서방'이라는 인물에 대하여 살펴보자.

이케자와 나쓰키(池沢夏樹)는 「그늘의 집」의 아쿠타가와 상의 선평(選評)[3]에서, 주인공 서방은 '겁이 많으면서도 때로 고집을 부린다. 그리고 곧 또 그것을 움츠린다. 유연하다고 할까 무책임하다고 할까'라고 하면서도 그 성격에 호감이 간다고 쓰고 있다. 서방이라는 인물의 성격을 날카롭게 지적한 발언이다. 유연하기도 하고 무책임하기도 한 성격의 서방은 오래전부터 자신의 정체성에 혼란을 느끼고 있었다. 서방은 아들인 고이치(光一)와의 대화에서 다음과 같이 말한다.

> 일본에서 태어나고 사투리가 없기에 전우들 중 아무도 내가 조선 사람이라는 걸 모르겠지 싶었는데 잘 생각해 보면 내가 태어났을 때에는 조선도 한국도 없었으니까 그때 나는 순수한 일본인이었던 셈이지.[4]

이렇게 서방은 일본인이기도 하고 조선인이기도 하였던 것이다. 서방의 정체성을 상징적으로 말해주고 있는 대목이다. 그는 속으로는 조선인이었지만 겉으로는 일본인이었다. 서방이 정체성의 혼란을 느끼는 것은 당연하였다. 그는 처음부터 일본인도 아니었고 조선인도 아니었던 것이다. 서방의 정체성 혼란은 그가 75세의 노인이 된 현재까지도 계속된다. 서방은 집단촌 사람들의 모임인 '매드 킬'의 야구 모임에서 자신이 어디 있는지도 모르는 모양이라는 다카모토(高本)의 말에 대하여, '그런데 말이야, 여기 와서 한 가지 중요한 걸 잊어버렸어. 내가 도대체 누구지?'라고 대답한다. 그리고 서방의 이러한 대답에 주위는 웃음소리가 터진다. 주위에서는 서방의 말을 농담으로 여기지만 그의 말은 진심이었다. 서방은 자신이 누구인지, 자신이 어디에 있고, 또 앞으로 어떻게 살아가야 하는지 아무것도 모르는 것이다.

한편 서방은 무기력하다. 서방은 75세의 노인으로, '전쟁이 끝난 후로 한 번도 일한 적이 없고 또 일할 의지도 없는' 사람으로 설정된다. 그는 이제까지 '무위도식하며 살아온 몸에 새삼 처음부터 뭔가를 배워 해낼 힘도 없었고, 그렇다고 스스로 목숨을 끊을 용기도 없는' 노인이다. 서방이 언제나 '본 적이 없는 것은 얼마든지 있는 것 같은데 꼭 보고 싶은 것은 하나도 떠오르지 않는다'고 생각하고 있는 것처럼, 그는 세상에 대하여 아무런 미련과 희망이 없다. 불행한 사람들의 공통된 성격, 즉 무서운 체념이 서방에게 자리 잡고 있는 것이다. 서방은 어디서나 자신은 마음을 터놓고 할 수 있는 말이 하나도 없는 이방인이라는 걸 절실히 깨달을 뿐이다.

18

　그리고 그의 정체성을 이야기하는 데 있어서 또 하나의 중요한 요소는 앞에서도 말했듯이 집단촌의 변화이다. 집단촌은 서방의 정체성의 또 다른 모습이었다. 집단촌에서 65년을 산 서방이었고, 집단촌의 '살아있는 화석'으로 불리는 서방이었다. 그동안 서방이 이곳을 벗어난 적은 한 번도 없었다. 그가 모르는 집단촌의 모습이 없을 것이었다. 그러나 서방은 집단촌이 변화되어 가는 것을 전혀 몰랐던 것이다. 정체성에 대해서 혼란을 느끼고 있던 서방은 변화해 가는 집단촌을 보고 더욱더 혼란을 느낀다. 집단촌의 변화와 함께 서방의 정체성은 더욱 혼란스러워 간다.

　이러한 서방이 바깥 사회와 관계를 맺고 있는 것은 집단촌 사람들의 모임인 '매드 킬'과 자원봉사자인 사에키(佐伯) 씨이다. 같은 중학교 출신 친구들끼리 만든 '매드 킬'은 멤버 전원의 부모 혹은 조부모가 집단촌 출신이다. 여기에 서방도 들어가 있는 것이다. 매주 목요일에 열리는 '매드 킬'의 점심식사 모임에 서방은 매번 참석한다.

　'매드 킬'의 야구 경기는 서방과 바깥 사회를 이어주는 끈이다. 그러나 앞의 '매드 킬'의 야구 경기에서도 서방이 정체성에 대하여 고민하였듯이, 서방은 '매드 킬'의 모임에 참석해도 소위 손자뻘인 사람들에게 등을 돌리고 '나는 뭘 지키려고 하는 걸까, 난 도대체 어느 쪽 사람이지?' 하며 자조하곤 한다. 서방은 바깥 사회와 소통하는 '매드 킬'의 모임에 참석하면서도 정체성을 찾지 못하고 있다. 그는 극심한 정체성의 혼란을 겪고 있는 것이다.

　서방이 바깥 세계와 소통하는 두 번째 인물은 사에키 씨이다. 자원봉사자인 사에키 씨는 서방이 마음을 털어놓을 수 있는 유일한 사람이다. 사에키 씨 역시 서방에게 마음을 털어놓는다. 사에키 씨의 '레이스 뜨기로 짠 카디건 사이로 비치는 하얗고 매끄러운 팔꿈치, 샌들을 신고 평균대 위를 미끄러지듯 걷는 발, 헤어네트로 묶은 긴 머리 아래로 드러난 하얀 목덜미의 잔 머리카락을 보면서 세상에는 아직도 봐두어야 할 것이 많다는 것을 서방은 새삼 깨닫는' 것이다. 사에키 씨를 만나면서 서방은 살아가는 기쁨을 느낀다.

그러나 서방을 바깥 세계와 이어주는 '매드 킬'의 모임과 사에키 씨는 각각 자신들의 입장에서 서방과 소통할 뿐이었다. 이것은 '매드 킬'의 모임에 참석해도 서방의 이야기가 통하지 않는 것에서 알 수 있다. 일본인인 사에키 씨 역시 집단촌에 사는 서방과 동등한 위치에 서 있지 않다. 사에키 씨는 주류 사회의 일본인이고, 서방은 소수집단의 한국인이다. 그녀에게 서방은 단지 자신의 자원봉사 일의 봉사 대상일 뿐이었다. 그녀가 서방에게 해줄 수 있는 일은 없다. 또 이것은 어느 누가 도와준다고 풀어질 수 있는 문제가 아니었다. 자신이 노력을 해야 하는 것이다. 결국 자신의 정체성을 찾을 수 있는 사람은 서방 그 자신 밖에 없는 것이다. 하지만 자신이 누구인지, 자신이 어디에 있는지, 또 무엇을 위하여 살아가는가 하는 서방의 정체성의 혼란은 계속된다.

한편 이러한 서방의 삶 앞에 여름이라는 계절이 있다. 「그늘의 집」의 계절적인 배경은 한여름이다. 「그늘의 집」에서 여름이 가지는 상징성은 중요한 의미를 가진다. 이 작품에서 여름이라는 계절은 서방의 정체성과 깊은 관계가 있다. 현월은 이 작품에서 여름이라는 한없는 무더움이 계속되는 막막한 계절과 서방이라는 무기력하고 자신의 정체성을 상실하고 있는 인물을 대비시키고 있다.

「그늘의 집」은 햇빛이 한 아름 수직으로 내리쬐고 있는 광경으로부터 시작된다. 그리고 이러한 강한 햇살 때문에 아스팔트가 허연 가루를 뿜어내며 물결치듯 어른거리고, 엷은 회색빛 개 한 마리가 혀를 내민 채 사지를 쭉 뻗고 엎드려 있다. 서방이 물을 손으로 떠다 길게 내민 개의 혀 위에 떨어뜨렸지만 개는 맥없이 눈을 떴을 뿐으로, 뿌옇게 흐린 눈동자에는 아무것도 비치지 않는다. 권태롭고 무기력한 광경이다. 작품에서는 아무것도 할 수 없는, 그리고 아무것도 하기 싫은 무기력한 서방의 삶이 여름을 통하여 반사된다. 여기에서 무더위는 아무것도 하기 싫고, 또 할 수 없는 서방의 모습을 대변한다. 그리고 이러한 더위는 끝없이 계속된다. 서방의 주위에는 하염없이 내리쬐는 폭염이 있을 뿐이다. 더위는 모든 것을 방해한다.

이것은 이 작품에서 묘사하고 있는 여름 장마의 경우도 마찬가지이다. 장마도 더위와 같이 끝없이 계속된다. 서방의 바라크 지붕을 통하여 들리는 장맛비 소리는 서방의 변하지 않는 모습과 더불어 언제까지나 계속된다. 서방은 바라크 지붕을 두드리는 빗소리를 들으면서 '이런 데서 용케 68년이나 지내왔다'고 생각한다. 빗소리는 68년간 변화가 없는 것이다. 빗소리 너머로 사람들의 외침 소리가 들리지만 그 소리는 점차 멀어져 가고 서방의 주위에는 언제까지나 빗소리만 남는 것이다.

더위도 장마도 끝없이 이어져 자연을 고정된 상태로 만들고 또한 그 자연에 있는 사람들도 고정된 위치로 유지시킨다. 이러한 여름이라는 계절은 서방이 지나온 삶의 행적과 같다. 여름이 계속되는 것 같이 서방의 무기력한 삶도 계속된다. 이러한 변화 없는 계절과 함께 서방은 자신이 어디 있는지, 자신이 누구인지, 자신이 앞으로 어떻게 살아가야 하는지 전혀 모르는 것이다. 서방은 자신이 도대체 누구인지 알 수 없는 상태에서, 자신이 도대체 누구냐고 반문하고 있는 것이다. 이렇게 이 작품에서 여름은 서방의 생각을 방해하는 요소로 작용한다. 여름은 서방의 변화 없음과 무기력한 모습을 나타내는 관점에서 상응한다.

3. '서방' 세대와 다음 세대

「그늘의 집」에는 서방 세대와 다음 세대 간의 갈등과 대립이 표면적으로 나타난다.

나가야마(永山)는 서방과 동시대의 인물이다. 나가야마는 집단촌 내에서 소위 세속적으로 가장 성공한 사람으로, 그는 적어도 집단촌이라는 사회 안에서 무소불위의 권력을 가지고 있다. 앞에서 언급한 '매드 킬'은 나가야마와는 부모 대 혹은 조부모 대부터 현재까지 일로 관계를 맺고 있는 모임이다. 나가야마가 의도적으로 그렇게 하고 있는 것은 아니지만, 결과적으로 집단촌 출신 사람들은 흩어져 있으면서도 나가야마를 통하여 네트워크를 유지하고 있는 셈이다. 주류 세계와는 다른 또 하나의 세계인 집단촌 안에서 누구도 나가야마의 말을 거스르지 못한다.

문 서방을 멋대로 서방으로 줄여서 별명으로 만들어 버린 사람도 나가야마였다. 나가야마가 문 서방을 이름이 아니고 '서방'이라는 한국어로 부르는 이유 중에는 '서방'이라고 부름으로써 인간에 대한 비하와 한국어를 무시하는 감정이 들어 있다. 이 사실만으로도 나가야마라는 인간을 알 수 있다. 나가야마는 재일 조선인이면서도 한국어를 할 수 없을 뿐만이 아니라, 조국인 한국을 버리고 일본에 귀화(歸化)해서 선거에 출마하기까지 한다. 그는 철저하게 자신의 근원을 버리고 현실 사회에 적응하려고 했다. 나가야마는 서방과 대립되는 정반대의 인물이다.

그러나 이러한 나가야마도 조국인 한국과 그 언어인 한국어에 대한 열등감을 가지고 있다. 한국에 대한 나가야마의 열등감은 누구도 자신의 앞에서 한국어를 사용하지 못하게 하는 것으로 알 수 있다. 집단촌에서 '나가야마는 부모의 말을 익히지 못한 열등감을 여태껏 아이처럼 달고 다니'는 것이다. 이것은 조국에 대한 나가야마의 최소한의 양심이었다.

나가야마는 한국어를 못할 뿐만 아니라 일본에 귀화하고 선거에까지 출마한다. 집단촌의 권력자로서 그는 이미 자신이 집단촌을 벗어났다고 생각하고 있다. 그러나 이러한 '착각'은 이 세상에 존재하는 모든 마이너리티들의 슬픈 현실이다. 더군다나 그 스스로는 완벽하게 주류에 적응했다고 주장해도 현실적으로 보면 완전한 적응이란 불가능하다. 원숭이가 아무리 인간과 비슷하게 행동해도 그를 인간이라고 부르지 않듯이 비록 같은 인간들끼리라도 중심부와 주변을 가르는 차이의 벽은 언제나 견고하다.

나가야마는 결국 그 차이의 벽을 뛰어넘을 수 없었다. 이것은 나가야마가 20년쯤 전에 귀화까지 해가며 시의원에 출마했다가 지금까지 네 번 연속 낙선한 것에서 극명하게 나타난다. 주류 사회에서는 결코 주변부 사람

23

인 나가야마를 그들의 일원으로 받아들이지 않는다. 나가야마가 귀화를 해서 국적을 일본으로 바꾸었든 어떻든지 간에 그것은 그 자신의 문제이고, 주류 사회에서는 결코 그를 일원으로서 인정하지 않는 것이다. 귀화를 함으로써 주류 사회에 편입되었다고 생각하는 나가야마의 착각은 나중에 집단촌에 대한 경찰의 순찰로 여지없이 깨진다. 주변부에서 주류 사회의 벽을 넘기는 불가능하다.

다음은 서방의 다음 세대로 서방의 아들인 고이치와 다카모토를 보자.

서방에게는 고이치라는 아들이 있었다. 하지만 철이 들면서 고이치는 서방이 일본을 위한 전쟁에 나갔다는 이유로 아버지를 무시한다. 도쿄(東京)대학에 들어간 고이치는 수많은 모임에 참가하면서 여러 가지 활동을 한다. 그는 재일 조선인인 자신의 정체성을 중시하며 일본에서 한국에 대해 관심을 보였다. 그러나 일본의 그 누구도 먼 나라인 한국에 대하여 관심이 없었다. 결국 그는 맞아서 죽은 시체로 발견된다. 고이치의 친구인 다카모토는 '베트남전쟁에서 한국인 병사가 참전하고 있다는 걸 누가 알겠어요. 한국전쟁에서 죽은 한국인을 누가 동정하겠어요'라고 하면서, 고이치가 들어간 집단이 '그림에 그린 떡을 먹는 방식이 다르다는 이유만으로 얼마든지 반동분자로 몰아붙여 린치를 가하는 놈들의 소굴이었다'고 말한다. 그렇게 우리는 언제나 '다름'에 익숙하지 않기에 자신과 다른 사람들을 차별한다. 일본에서 가장 의식이 높다고 하는 도쿄대학에서도 이러한 차별은 똑같았던 것이다. 고이치는 자신이 그들과 같다고 생각했으나 그들은 자신과 다른 집단이었다. 고이치의 비극도 나가야마와 마찬가지로 중심과 주변을 구분하지 못한 것에 있었다.

24

그러나 고이치는 이상을 추구한 극히 예외적인 경우이고 서방 세대와 그 다음 세대는 무엇보다 역사 문제에 대한 관점이 다르다. 이러한 문제는 재일 한국인 세대간의 현실 인식 차이로 나타난다. 재일 한국인 2세인 다카모토는 재일 한국인 1세인 서방에게 다음과 같이 말한다.

이 나라 하고 역사 문제를 마무리 짓는 건 우리 세대 이후에는 불가능해요. 그걸 영감 세대 사람들 자신의 손으로 죽기 전에 마무리 지어달라는 거예요. 우리들은 아니 나는 너무 무력해요. 적당한 돈과 사회적 지위를 유지하는 것 만으로 만족해하며 마음도 몸도 풀릴 대로 풀려 버렸어요. 이 나라 하는 꼴에 이러쿵저러쿵 불만을 토로할 자격이 없는 게 아닌가 하는 생각에 빠질 때마다 어찌할 바를 모르고 술이나 퍼마시고 그리고 나서 깨끗이 잊어버리고 다시 아무렇지도 않게 하루하루를 살아가지요. 그런 식으로 되풀이 하는 거예요.[5]

다카모토는 재일 2세대의 역사 인식을 대표한다. 그는 자신들의 세대는 이미 일본과의 역사 문제에 대해서 관심이 없고, 또 그것을 해결할 어떠한 의지도 없다고 말한다. 그리고 1세대인 서방에게 그들 세대에서 역사 문제를 마무리 지어 달라고 말하는 것이다. 2세대는 일본에서 태어나, 일본어를 모어로 하고, 일본 문화 속에서 자라온 세대이다. 사실상 그들이 일본인과 다를 것은 없다. 그들이 양국간의 역사 문제에 관심이 멀어져 있는 것은 당연하다. 재일 2세대들에게는 민족적, 정치적 정체성과 관련된 일본과의 관계보다 자신들이 일본이라는 나라에서 무엇을 하면서 어떻게 먹고 살아가야 하는가라는 현실적인 문제가 중요한 것이다. 다카모토는 서방에게 일본 정부가 전후 보상금 문제는 거론하지 않고, 단지 일시금으로 얼마를 줄 것이라고 하면서 이 나라에서는 그 정도가 고작이라고 말한다. 그는 일본 정부에 대하여 이미 어떠한 기대도 하고 있지 않다. 자신들은 이미 일본 정부의 전후 보상금 문제를 주장할 의지가 없으며 위로금이라도 타면 그것으로 역사 문제가 모두 해결된다고 생각하고 있는 것이다. 다카모토의 생각은 현실에 안주하는 대부분의 재일 2세대의 공통된 생각이라고 할 수 있다.

전쟁으로 한쪽 팔을 잃은 서방과 전쟁을 모르는 재일 2세대인 다카모토의 일본과의 역사 인식에 있어서 세대간의 벽이 있다. 그리고 재일 1세대와 재일 2세대는 모든 면에 있어서 세대 간의 차이가 있을 것이다. 단지 같은 1세대라고 해도 현실에 안주하는 나가야마는 분명히 2세대와 같은 생각을 하고 있을 것이다. 이에 대하여 2세대여도 이상을 가진 고이치는 1세대와 같은 생각을 할 것이다. 현월은, '고이치는 금색의 눈을 가진 청년이었고, 다카모토는 짙은 남색의 눈을 가졌다'고 쓰고 있다. 금색의 눈과 짙은 남색의 눈은 대비된다. 고이치의 금색의 눈은 마무리되지 않는 한국과 일본의 역사 인식 문제를 제기하여 그 해결을 촉구할 수 있는 눈이다. 그러나 금빛으로 빛나는 눈을 가진 고이치가 죽음으로써 재일 한국인의 부당한 현실은 계속된다.

「그늘의 집」의 배경인 집단촌은 갇힌 사회이고 고립된 사회이다. 그리고 이 작품에서 재일 한국인은 서방 세대인 재일 1세대와 그 다음 세대인 재일 2세대로 나누어진다. 집단촌에 사는 재일 한국인은 지역적 범위에

간히고, 다시 그 안에서 계층과 세대 차이에 의해 고립된다. 그런데 여기에서 재일 1세대와 2세대를 연결해 주는 역할을 하는 것이 '매드 킬'이라는 모임이다. 「그늘의 집」에서 '매드 킬'이 하는 역할은 중요하다. 앞에서 '매드 킬'이 서방을 바깥 세계와 이어주는 창구 역할을 한다고 말했다. 또한 '매드 킬'은 재일 1세대와 2세대를 소통시켜 준다. '매드 킬'은 계층과 세대의 차이를 뛰어넘는 공간이다. '매드 킬'은 서방을 현실 사회와 연결시켜줌과 동시에 집단촌에서 세대와 관계를 뛰어넘어 하나의 의식으로 이어주는 고리이다.

한편 시간의 흐름에 따라 집단촌의 환경은 변화한다. 집단촌에는 재일 한국인 1세대와 2세대만 살고 있는 것이 아니었다. 현재 집단촌에 살고 있는 대부분의 사람들은 재일 한국인이 아니라 중국인 노동자였다. 집단촌에서 재일 한국인과 중국인 노동자들은 식당 운반차로 연결되어 있다. 서방은 '여러 개 실린 이 운반차가 광장에 있던 녀석들과 자신을 연결시킨다고 생각하자 공연히 부아가 치밀었다'고 한다. 서방은 자신과 중국인이 동일하게 취급되고 있는 것을 참을 수 없었다. 그것은 서방에 있어서의 집단촌의 의미와 그들의 집단촌의 의미가 다르기 때문이다. 서방에게 집단촌은 자기의 전 인생이었던 것에 비해 중국인 노동자에게는 단지 돈을 벌기 위한 수단에 불과한 것이다. 서방이 화를 내는 것은 당연하다.

그러나 서방이 자신과 그들이 다르다고 생각해도 집단촌이라는 사회에 있는 한 그들의 운명은 하나였다. 서방과 중국인 노동자가 다른 것은 집단촌에 누가 먼저 살았는가라는 단순 비교 우위의 문제이고, 문제는 현재 그들이 같은 집단촌에 살고 있다는 것이다. 집단촌에서 재일 한국인과 중국인 노동자들은 식당 운반차로 연결되어 있지만 그들이 연결되어 있는 것은 단지 그러한 것만은 아니었다. 그들은 집단촌이라는 같은 구역에 사는 같은 처지의 사람들이었던 것이다. 집단촌에서 재일 한국인과 중국인 노동자는 각각 자신들의 삶을 영위한다. 하지만 만약 집단촌이 없어지게 되면 그들은 함께 사라져야 할 존재였던 것이다. 집단촌에 사는 사람들이 재일 한국인 1세이든, 2세이든 아니면 중국인 노동자이든 그들에게 있어서 집단촌이라는 사회는 같은 운명으로 묶여 있는 공동체 사회라고 생각할 수 있다.

4. '서방'의 탈주

서방은 무엇도 할 힘이 없고 또 그럴 의지도 없는 사람이었다. 자신의 아들이 죽었을 때 단지 '그냥 무서웠다'라는 이유로 가지 않았던 서방이었다. 자신의 아내가 죽었을 때에도 서방은 아무 말도 못하고 나가야마의 말대로 따를 뿐이었다. 처음부터 서방은 어떠한 행동도 하지 못하는 무기력한 사람이었다. 25년 전 이미 혼자가 된 서방은 가까운 장래에 집단촌이 사라질 것을 각오하고, '그렇게 되면 구걸이라도 하며 살아갈' 생각을 하고 있었을 정도로 무기력한 사람이었다.

나가야마가 작은 신발 공장을 시작했을 때부터 집단촌은 그의 소유물이었다. 집단촌에 있는 사람들 또한 나가야마의 '소유물'이었다. 집단촌에 있는 남자들은 나가야마의 '소유'로부터 벗어나지 못하는 데 대해 때로는 화를 내고 때로는 체념하고 있다. 서방도 집단촌의 사람들과 같이 나가야마의 '소유물'에 다름 아니었다. '소유'라는 의미는 사람보다 사물을 가리키는 용어이다. 집단촌 내에서 사람들은 나가야마에게 사람으로 인정되지 못하고 사물처럼 취급받고 있었다.

서방이 자신의 정체성에 혼란을 느끼는 것은 65년 동안 이러한 현실에 대해 체념하고 있었던 사실과 무관하지 않다. 서방은 나가야마의 말 한마디, 시선 하나에도 온 신경을 쏟는 형편이었다. 자신이 좋아하는 사에키 씨 옆에 있지만 '나가야마가 사에키 씨 옆자리를 비키라고 할까 봐 잔뜩 긴장하고 있'던 서방이었다. '사에키 씨가 겨우 웃는 얼굴을 보였지만 나가야마의 시선에 등판이 지글지글 타는 것 같'던 서방이었다. 나가야마가 '역시 저 여자는 눈에 거슬려' 하고 분명하게 말했기 때문이다.

그러나 서방은 달라진다. 서방은 나가야마의 사에키 씨 사건을 계기로 하여 이전의 그와는 전혀 다른 사람으로 변하게 된다. 아무것도 할 수 없었던 서방이 이 사건을 통하여 새로운 사람으로 변하게 된다. 서방은 사에키 씨를 만나면서 무기력하기만 했던 자신의 삶에 활력을 얻는다. 사에키 씨의 '하얀 목덜미의 잔 머리카락을 보면서 세상에는 아직도 봐두어야 할 것이 많다는 것을 서방은 새삼 깨닫게 되는' 것이다. 서방에게 사에키 씨는 살아갈 목표이자 희망이었다.

서방의 탈주(脫走), 이것은 단지 그가 사에키 씨를 좋아했기 때문만이 아니었다. 이 사건은 그 계기가 되었을 뿐이다. 사에키 씨 사건을 통해 나가야마에게 65년 동안 육체적, 정신적으로 지배받아 왔던 감정의 둑이 그의 무의식 속에서 터지고 있는 것이었다. 무의식에서 시작된 서방의 탈주는 점차 의식적인 행동으로 발전한다.

이제까지 나가야마에게 복종할 줄 밖에 몰랐던 서방은 나가야마로부터 사에키 씨를 보호하기 위하여 자신의 몸으로 그녀를 감싼다. 그리고 사에키 씨를 데리고 가는 나가야마에게 손에 쥔 돌을 던지고, 엉덩이의 통증을 참고 발끝에 힘을 주어가며 종종걸음으로 사에키 씨의 뒤를 쫓아간다. 그런데 65년 평생 한 번도 해본 적이 없는 행동을 하면서도 서방은 전혀 긴장하지 않고 또 두려워하지 않는다. 서방은 '이상하게 냉정했다'. 현월은 이러한 서방을 다음과 같이 그리고 있다.

혹시 찾는다고 해도 자신에게는 나가야마를 말릴 만한 힘이 없다는 걸 잘 알고 있었다. 어쩌면 보지 않게 해달라고 마음속 어디선가 바라고 있는지도 몰랐다. 그러나 이렇게 찾아다니는 수밖에 달리 아무런 선택이 없었다. 이 너무나도 분명한 현실이 서방을 헛되이 헤매 다니게 만드는 것이었다.[6]

서방은 자신에게 나가야마를 말릴 만한 힘이 없다는 것을 잘 알면서도 그를 찾아다닌다. 그리고 찾아다니는 수밖에 달리 선택이 없다고 한다. 이러한 서방의 행동은 이전의 무기력하고 정체성을 찾지 못하고 있던 모습과는 전혀 다른 모습이다. 서방을 헛되이 헤매 다니게 만드는 '이 너무나도 분명한 현실'은 집단촌의 현실이었다. 그것은 사에키 씨의 사건과 숙자의 모습, 그리고 집단촌 중국인들의 싸움으로 나타난다. 그리고 이러한 사건들을 계기로 서방은 자신의 정체성을 찾기 위한 탈주를 시작한다. 이러한 일련의 사건에 대하여 서방은 '이 집단촌에서 일어나는 모든 일에 자신은 어떤 식으로든 책임을 지지 않으면 안 되기 때문'이라고 생각하는 것이다.

나가야마가 다가오고 있을 때 서방은 나이프를 가지고 있었더라면 정확하게 가슴을 찔렀을 것이라고 생각하며 자신의 몸을 나가야마의 허리에 힘껏 부딪힌다. 그리고 서방은 나가야마를 노려보며 '너만은 용서 못해'라고, 증오심을 긁어모아 부르짖는 것이다. 집단촌에서 무슨 짓을 해도 용서되는 이 남자를 서방은 용서 못한다고 말하는 것이다. 이것은 집단촌에서 65년간을 살아온 서방만이 할 수 있는 행동이었다. 집단촌에서 다른 사람은 아무도 나가야마에 대항할 수 없다는 것을 서방은 잘 알고 있다. 그가 나가야마에게 용감하게 대들 수 있는 이유는 집단촌에 대한 '책임감'이었다. 서방의 탈주는 자신이 평생 살아온 집단촌에 대한 책임감으로 나타난다. 서방은 집단촌에서 자신 때문에 일어난 사에키 씨 사건과 자신도 관계된 숙자의 사건을 자신의 손으로 해결하고 싶은 것이다. 이것은 나가야마와 부딪힌 후, 서방의 '책임을 져야 한다. 도망치면 결코 용서받지 못할 것이다. 내가 나이기 위해서, 라고 자신을 다그치'는 모습에서 알 수 있다. 자신의 정체성을 찾기 위해서는 나가야마와 맞서야 하는 것이다. 그리고 아무런 잘못도 없는 사에키 씨를 구해야 하는 것이다. 서방은 이러한 탈주를 통하여 비로소 자신의 정체성을 회복한다.

그러나 이러한 서방의 노력에도 불구하고 이미 사에키 씨와 서방의 거리는 멀어져 있었다. 사에키 씨는 '여기서 어떻게 빠져나가야 할지 모르겠어요'라고, 아무런 감정도 넣지 않고 연극 대사를 외우듯이 소리를 지르고, 서방과 10미터 이상 거리를 유지하고 뒤따라온다. 사에키 씨가 만드는 서방과의 거리는 서방에 대한 그녀의 감정을 나타낸다. 이미 사에키 씨와 서방과는 메울 수 없는 간격이 생겨버린 것이다. 사에키 씨는 말걸 틈도 없을 정도로 멀어져 가고, 서방은 그 거리가 자신의 입에서 새어나오는 어떠한 말도 거절하고 있다는 것을 깨닫자, 갑자기 눈물이 솟구쳐 시야가 흐려지면서 그 자리에 멈춰서고 마는 것이었다.

자신의 아들인 고이치가 맞아 죽었을 때도 눈물을 보이지 않던 서방이었다. 자신의 아내가 죽었을 때도 그랬다. 하지만 사에키 씨를 떠나보내는 지금 서방은 눈물을 흘린다. 그리고 '그런 게 있는 줄 전혀 짐작도 못했던 작은 울화가 가슴속에서 서서히 커지기 시작했을 때, 멈춰 서서 바로 옆에 있는 바라크 문에 있는 힘껏 발길질을 하는' 것이다. 그러자 엉덩이의 통증은 더 심해졌지만, 울화는 안개가 가시듯 사라져버린다. 서방의 슬픔은 '바라크 문에 있는 힘껏 발길질'이라는 적극적인 행동에 의하여 해소되어 버린다.

이렇게 나가야마에게 대항을 함으로써 자신의 모습을 찾은 서방은 평생 짊어지고 있던 정체성의 혼란에서 벗어난다. 다음 날 '세상에 태어나서 이렇게 상쾌하게 잠에서 깬 기억이 없을 정도라고 느끼며 천장에서 쏟아지는 아침 햇살 아래 눈을 뜬 서방은 거의 10년 만에 자신의 속옷을 빨았던' 것이다. 나가야마의 소유로부터 벗어나 자유로운 몸이 된 서방은 세상에서 가장 상쾌하게 잠을 깨고, 자신의 속옷을 빨면서 새로운 미래를 준비하는 것이다. 그동안 서방이 짊어지고 있던 무거운 짐은 어제의 – '사에키 씨를 보호하기 위하여 자신의 몸으로 그녀를 감싸고', '사에키 씨를 데리고 가는 나가야마에게 손에 쥔 돌을 던지고', '엉덩이의 통증을 참

32

고 발끝에 힘을 주어가며 종종걸음으로 사에키 씨의 뒤를 쫓아가고', '나이프를 가지고 있었더라면 정확하게 가슴을 찔렀을 거라고 생각하며 자신의 몸을 나가야마의 허리에 힘껏 부딪히고', '바로 옆에 있는 바라크 문에 있는 힘껏 발길질을 하는' - 적극적인 행동으로 내려 놓고, 서방은 이제 새로운 인간으로 다시 태어나게 되는 것이다.

한편 나가야마에게서 벗어난 서방의 탈주는 국가권력의 개입으로 더욱 가속화된다. 집단촌에 인근 파출소에서 경찰이 온 것이다. 경찰은 '우리 파출소에서는 이 부근 순찰은 안하는 것이 관습처럼 되어 있다'면서 형식적인 절차라는 것을 강조한다. 이러한 경찰에 대하여 서방은 귀찮은 듯이 대답하는데, '서방은 자신의 입에서 나온 말에 가시가 박혀 있는데 스스로 놀라'는 것이다. 나가야마로부터 벗어난 서방의 탈주는 경찰이라는 국가권력 앞에서도 멈출 줄 모르는 것이다. 집단촌의 순찰에 대하여 경찰로 대변되는 국가권력의 명분은 간단했다. 경관이 서방의 어깨를 잡고 힘껏 끌어당기며 말한다.

영감, 영감이 여기, 일본에 사는 건 역사적으로도 이해할 수 있어. 하지만 내가 보는 앞에서 백 명이나 되는 불법 체류자들이 자기들끼리 커뮤니티를 만드는 것은 절대 용서할 수 없다구, 이 지역은 신주쿠도 미나미도 아닌 그저 재일 조선인이 조금 많이 사는 정도의 보통 동네란 말이야. 이제 외국인들은 필요가 없어. 이건 이 지역에 사는 사람 모두가 다 바라는 일이야. 알겠어. 오늘이라도 여기를 부숴버리겠어. 서장은 적당히 넘어갈 생각으로 우선 둘러보고 오라고 했지만, 백 명 정도가 당장이라도 도망칠 위험이 있다고 보고하면 그 길로 오사카후 경찰 본부에 지원 요청을 하지 않고는 못 배길 걸. 영감도 지금 당장 짐을 꾸리는 것이 좋을 거야.[7]

경찰은 일본에 재일 조선인이 사는 것은 역사적으로 이해할 수 있다고 하면서도 백 명이나 되는 불법 체류자들이 자기들끼리 커뮤니티를 만드는 것은 절대 용서할 수 없다고 말한다. 그리고 이제 외국인들은 필요가 없어졌으며 그것은 이 지역에 사는 사람들 모두가 바라는 일이라고 하면서 당장 집단촌을 부숴버리겠다고 협박하는 것이다. 요컨대 경찰은 일본에 재일 조선인이 사는 것은 역사적으로 자신들이 잘못했기 때문에 어쩔 수 없이 용인해도, 그들이 자신들만의 집단촌을 이루어 사는 것은 용인할 수 없다는 것이다. 다시 말하면 재일 조선인 개개인은 상관없지만, 그것이 집단으로 형성되면 인정할 수 없다는 것이다. 집단은 정치가 개입되고 그것은 반드시 힘으로 나타나기 때문이다.

여기에서 경찰은 지역 주민을 대표하고 또한 국가권력을 대표한다. 이러한 경찰의 생각은 일본 주류 사회 사람들의 공통된 생각에 다름 아니다. 경찰은 이제 외국인이 필요 없다고 말한다. 소수인 집단촌 사람들은 주류 사회 자신들만의 필요에 의하여 존재하거나 또는 없어지거나 해야 하는 것이다. 그들은 집단촌 사람들과 살면서 함께 사회를 만들어 간다는 생각이 없다. 그런데 왜 힘을 가진 자들은 약한 사람들을 끌어안고 함께 살아가지 못하고 자신들만의 사회를 만들려고 하는가. 그것은 그들이 크지 못하기 때문이다.

서방은 경관이 밀치는 바람에 휘청거렸다. 그러나 '다리에 힘을 주고 얼굴을 앞으로 내밀 듯 고개를 드니 까짓것 별거 아니라는 생각이 들면서 큰소리로 웃고 싶어졌다'고 한다. 경찰에 대하여 서방의 '큰소리로 웃고 싶어지는 것'은 서방이 경찰이라는 국가권력을 무시하고 있다는 것을 나타낸다. 서방의 웃음은 국가권력인 경찰의 제도에서 용인된 폭력을 인정하지 않겠다는 의지로부터 나오는 것이다.

그리고 공장에서 사람이 나오는 것을 본 순간, 서방은 자기도 모르게 몇 발짝 앞에 있는 경찰의 다리에 달려드는 것이다. 그때 나가야마가 거구의 젊은 경찰에게 미친 듯이 소리치며 매달린다. 또 빠져나가려고 하는 젊은 경찰에게 가네무라(金村)가 달려드는 것을 보고, 손싸개가 경찰의 몸에 깔려 있는 것을 보고 화가 치솟은 서방은 털이 무성한 장딴지를 힘껏 무는 것이다. 그리고 서방은 곤봉으로 어깨와 등을 연타당하면서도 물고 있던 살점을 물어뜯은 다음 순간 얼굴이 발길에 채여 나가떨어지는 것이다.

그런데 극심한 고통에도 불구하고 서방은 '자신도 생각할 수 없는 엄청난 힘이 나온 데 감사'한다. 그의 양손은 모두 조금도 움직이지 않았지만, 감은 눈꺼풀에 강한 햇살을 느끼는 것이다. 서방이 눈꺼풀에 강한 햇살을 느끼는 것은 비로소 자신의 책임감을 다했다는 마음에서부터 나오는 것이라고 할 수 있다. 자신이 생각하는 '오직 하나의 사실'에 대한 책임감이 아무런 힘도 없는 서방에게 자신도 생각할 수 없는 엄청난 힘을 발휘하게 했던 것이다. 서방이 깨달은 '오직 하나의 사실'은 지난번 사에키 씨 사건 때의 '너무나도 분명한 현실'과 같은 의미이다. 서방이 나가야마와 부딪힌 후, '책임을 져야 한다. 도망치면 결코 용서받지 못할 것이다. 내가 나이기 위해서, 라고 자신을 다그치며 골목길을 마구 걸어'갈 때와 똑같은 행동을 이번에는 경찰에게 하고 있는 것이다.

나가야마와의 갈등에서 시작된 서방의 탈주는 죽음을 각오하고 경찰에게 달려들어 얼굴이 발길에 채여 나가떨어지면서도 물고 있던 살점을 물어뜯은 것으로 완성된다. 그것은 이곳에서 65년 동안 살아온 서방의 집단촌에 대한 책임감이기도 했다. 물론 서방의 이러한 행동으로 해결되는 것은 아무것도 없다. 그리고 집단촌 문제는 이러한 방법으로 해결될 성질의 것도 아니다. 국가권력에 대항하였기 때문에 집단촌은 오히려 더 빨리 없어질지도 모른다. 그러나 이러한 서방의 행동은 최소한 그 자신에게 인간으로서의 자존심을 확인하는 계기가 되었음에 틀림없다. 서방은 이러한 탈주의 과정을 거쳐 비로소 자기의 정체성을 완전하게 찾게 되는 것이다.

서방은 자신의 '이 오른팔이 부당한 대접을 받기 때문에 자기는 지금까지 이 집단촌과 함께 존재해왔고 또 더불어 살아갈 수 있는 것이다'라고 생각하고 있었다. 그러나 이제 자신의 오른팔이 부당한 대접을 받아도 집단촌에서 살아갈 수 없다. 집단촌이 없어지기 때문이다. 앞으로도 자신의 오른팔이 부당한 대접을 받는 것은 변함이 없겠지만, 서방이 살아가야 할 집단촌은 존재하지 않을 것이다. 집단촌이 없어지면 '구걸이라고 하며 살아갈' 생각을 하고 있던 서방이었다. 그러나 자신의 정체성을 회복한 서방은 이제 설령 집단촌이 없어진다고 해도 구걸하며 살아가지는 않을 것이다. 지금의 서방은 이전의 그가 아니다. 집단촌이 없어지더라도 서방은 자신의 의지를 가지고 어떠한 일을 할 것임에 틀림없다. 그리고 이제 사에키 씨가 없어도 되는 것이다. 경찰의 발길에 쓰러진 서방이 눈꺼풀에 강한 햇살을 느끼는 것은 자신의 책임감을 다했다는 마음에서부터 나오는 것이기도 하지만, 또한 이것은 그가 비로소 자신의 정체성을 확인할 수 있었던 것에서 나온 것이다.

서방은 나가야마에게 반항함으로써 그의 소유로부터 벗어났다. 이제 서방과 나가야마는 대등한 관계가 되었다. 그런데 집단촌에 대한 경찰의 순찰에 대하여 나가야마도, 가네무라도, 그리고 서방까지 세대와 관계를 넘어서 함께 대항하는 것이다. 여기에서 서방과 나가야마의 갈등은 국가 권력인 경찰이라는 공동의 적을 상대하면서 해소된다. 또 세대간의 차이도 극복된다. 여기에서 재일 1세대와 2세대가 함께 집단촌을 지키면서 일찍이 단절되었던 재일 각 세대가 연결되는 것이다. 생각은 각각 다르지만 모두 집단촌을 지키기 위하여 경찰에 대항하는 것이다.

5. 나오며

이상 「그늘의 집」의 주인공인 서방이라는 인물에 대하여 살펴보았다. 살펴본 것과 같이 「그늘의 집」은 '서방'이라는 언어의 문제, 국가권력인 경찰과 관계된 주류 집단을 향한 정치적 자세, 그리고 집단촌이라는 집단성의 문제 등으로 볼 때, 소수집단 문학의 전형적인 작품이라고 생각할 수 있다. 요컨대 이 작품에서 서방은 무기력하고 자신의 정체성도 알 수 없는 노인에서 탈주의 과정을 통하여 책임감을 가지는 사람으로 거듭나게 된다. 서방은 스스로의 힘으로 나가야마의 소유로부터 벗어나며, 그것은 마지막에 경찰에 대한 과격한 행동으로 완성된다. 서방과 나가야마는 이제 대등한 관계이다. 그리고 서방은 나가야마와 경찰에 대항함으로써 자신의 정체성을 찾게 된다.

경찰의 발길에 쓰러진 서방이 마지막까지 찾으려고 했던 것은 '매드 킬'의 모자였다. '매드 킬'의 모자는 재일 세대들을 연결해 주는 고리이다. 서방은 '매드 킬'의 모자에서 재일 세대의 연결을 보고 있는 것이다. 집단촌에 대한 경찰의 순찰에 대해 나가야마도, 가네무라도, 그리고 서방까지 세대와 관계를 넘어서 함께 대항한다. 그들은 세대를 뛰어넘어 하나의 의식으로 이어진다. 그런데 이러한 그들의 행동은 단지 자신들만을 위한 것이 아니었다. 여기에는 재일 조선인만이 아닌 집단촌에 사는 중국인과의 관계도 포함된다. 서방 등은 자신들만이 아니라 집단촌의 중국인을 보호하기 위하여 경찰에 대항하는 것이다.

「그늘의 집」에서 집단촌이라는 사회는 지역적 범위에 갇히고 다시 그 안에서 계층과 세대, 그리고 민족의 차이에 의해 고립되어 있었다. 그러나 그들의 행동으로 집단촌은 고립에서 벗어나 열린사회로 나아가는 것이다. 비록 집단촌 문제가 그들의 행동으로 해결될 수는 없겠지만, 현월이 「그늘의 집」의 주인공인 서방을 통하여 이야기하고 싶었던 것은 단절이 아닌 바로 이러한 서로간의 연결 관계라고 생각한다. 현월의 「그늘의 집」은 집단촌에 대한 이야기이다. 이 작품에는 바다의 섬과 같은 집단촌을 둘러싼 다수 집단과 소수집단의 관계, 재일 한국인과 중국인의 관계, 그리고 그들의 욕망과 폭력 관계 등이 존재한다. 이러한 관계에 대해서는 다음 장에서 살펴볼 것이다.

역주

1 들뢰즈, 가타리, 조한경 옮김 『카프카 : 소수집단의 문학을 위하여』(문학과 지성사, 1992년 3월)

2 서방은 일본에서 태어나 사투리가 없는 완벽한 일본어를 구사한다.

3 『文芸春秋』(文芸春秋社, 2000년 3월)

4 현월 『그늘의 집』 문예춘추사, 2000년 3월, p.17.

5 같은 책.

6 같은 책.

7 같은 책.

2. 현월(玄月)
「그늘의 집(陰の棲みか)」

―욕망과 폭력―

1. 들어가며

재일 3세대 작가 현월(玄月)의 「그늘의 집(陰の棲みか)」은 재일 조선인이 살고 있는 집단촌(集落)에 대한 이야기이다. 본 장에서는 현월의 「그늘의 집」을 대상으로 하여 이 작품 속에 나오는 집단촌에 대하여 고찰한다. 이 작품에는 바다의 섬과 같은 집단촌을 둘러싼 다수 집단과 소수집단의 관계, 재일 조선인과 중국인 노동자들의 관계, 그리고 그들의 욕망과 폭력 관계 등이 존재한다. 여기에서는 이러한 관계에 대해서 살펴볼 것이다.

2. 「그늘의 집」의 집단촌

어느 나라도 예외 없이 현실 사회는 주류의 다수 집단과 주변부의 소수 집단으로 나뉘어 있다. 명백하게 다수는 강한 자이고, 소수는 약한 자이다. 그런데 다수는 단지 숫자의 범위가 아니다. 다수는 숫자의 많고 적음이 아니라 누가 권력을 가지고 있는가 하는 문제이다. 또한 다수 자체가 권력이다. 다수와 소수는 별도로 존재하는 것이 아니다. 사람들은 자기가 속한 위치에 따라 다수가 되기도 하고 소수가 되기도 한다. 즉 대부분의 사람들은 다수이자 소수이다. 다수와 소수와의 분류는 그때그때 자기에게 주어진 환경에 따라 지배된다. 예를 들어 집단촌의 소유자인 나가야마(永山)는 집단촌에서는 다수의 위치에 있다. 하지만 그는 일본 사회에서 보면 소수의 위치에 있다. 그는 다수의 권력과 소수의 차별을 동시에 가지고 있다. 또 일본인 자원봉사자인 사에키(佐伯) 씨는 일본 사회에서는 다수이지만, 집단촌에서는 소수자가 된다.

「그늘의 집」에 나오는 집단촌은 일본 사회와 떨어져 사는 재일 조선인 그들만의 사회이다. 집단촌은 일본 사회와는 다른 이질적인 사회로, 일본 사회에서 타자인 재일 조선인은 주류로부터 격리되어 집단촌을 만들어 산다. 이 집단촌에 거주하는 사람들은 다수인 일본의 주류 사회에 속하지 못한 소수집단의 사람들이다. 집단촌이 하나의 소수집단이라고 할 수 있다. 집단촌의 소유자로 일본에 귀화해 선거에까지 출마한 나가야마를 제외한 집단촌 사람들은 예외 없이 아무것도 가진 것이 없는 자들이다. 그들은 주류 사회에 속하지 않기도 하지만, 무엇보다 물질적으로 소외되어 있다.

집단촌 사람들은 집단촌 내에서 자신들만의 규칙을 정하여 그들만의 사회를 가진다. 이러한 규칙을 정해 놓은 것은 다수 집단이 소수집단인 그들을 받아들여 주지 않는 한, 소수집단 구성원들은 자신들만을 의지하며 살아갈 수밖에 없기 때문이다. 이러한 규칙은 소수집단인 자신들의 사회를 지키기 위한 최소한의 방어 장치로 볼 수 있다. 집단촌은 외부 세계와 단절되어 있는 또 하나의 세계였다.

현월은 「그늘의 집」에서 서방의 눈을 통하여 집단촌의 모습을 다음과 같이 그리고 있다.

여기서 보면 동굴 속에 이천오백 평의 대지가 펼쳐지고, 혈관과 같이 이어 진 골목길이, 튼튼하게 세운 기둥에 판자를 붙여 만든 이백여 개의 바라크에 통하고 있다고는 상상조차 할 수 없다. 서방의 아버지 세대 사람들이 습지대였던 이곳에 처음 오두막집을 지은 것은 약 칠십 년 전, 거의 지금의 규모가 되고도 오십 년, 그 후로부터 거의 모습을 바꾸지 않고, 민가가 빽빽이 들어선 오사카(大阪) 시 동부 지역 한 자락에 폭 감싸 안기듯 조용히 존재하고 있다.[1]

현월은 「그늘의 집」에서 집단촌을 동굴, 바라크, 골목길, 혈관, 습지대, 오두막집 등의 단어로 묘사한다. 이러한 문장을 통하여 집단촌이 어둡고, 좁고, 오래되고, 습한 냄새가 나는 '그늘과 같은 곳'이란 것을 알 수 있다. 재일 조선인이 사는 집단촌은 일본 사회에서 하나의 섬과 같이 떠 있는 소외된 집단이다. 2,500평의 대지에 200여 채의 바라크가 있는 집단촌은 오사카 시 동부 지역에 70년 동안이나 아무도 모르게 조용히 자리 잡고 있는 것이다. 밖에서 보면 집단촌의 규모를 상상할 수 없을 정도이지만, 일본 사회는 집단촌이 있다는 사실 자체도 모른다. 집단촌은 일본 사회와 동떨어져 존재한다.

멜빈 투민(Melvin Tumin)에 의하면 현실 사회는 '개방 상황'의 사회와 '닫힌 상황'의 사회로 나뉜다.[2] '개방 상황'의 사회는 다원적인 구조의 사회로서 밖으로 열린 사회이다. 이 사회에서는 사회 이동이 자유롭다. 이것에 비하여 '닫힌 상황'의 사회는 흑백 구조의 사회로서, 양극화된 사회이다. 즉 이 사회에서는 사회 이동이 불가능하고, 지배자와 피지배자, 억압자와 피해자, 가진 자와 못 가진 자, 혜택 받은 자와 그렇지 않은 자로 양분되어 있으며 단일한 이념만이 존재하는 사회이다. 이러한 관점에서 보았을 때, 소수집단의 거주지인 집단촌을 가지는 일본 사회는 '닫힌 상

44

황'의 사회이고, 그중에서 집단촌은 '닫힌 상황' 사회의 대표적인 집단이라고 할 수 있다.

집단촌은 주류 사회의 구석진 한 곳에 조그만 섬처럼 존재한다. 이것은 폐쇄된 사회인 일본 사회가 소수집단인 재일 조선인을 그들만의 닫힌 공간으로 몰아갔기 때문이다. 일본 사회는 소수집단인 재일 조선인이 자신들과 같은 공간에서 생활하는 것을 인정하지 않는다. 재일 조선인은 집단촌을 만들어 그들만의 공간으로 숨어들어 갈 수밖에 없는 것이다. '닫힌 상황'의 사회는 기존의 사회 체계를 고정불변으로 여기는 사회이다. '닫힌 상황'의 사회에서 소수집단인 재일 조선인이 자신들의 상황을 개선하기 위해 어떠한 정치적인 활동을 하는 것은 금기된 일이다. 「그늘의 집」에서 집단촌은 '닫힌 상황'이라는 지역적 범위에 갇히고, 다시 그 안에서 세대와 민족의 차이에 의해 고립되어 있다.

3. 욕망과 폭력

1) 숙자와 중국인 노동자의 욕망

욕망(欲望)은 자신에게 필요한 무엇인가를 구하는 행동과 의지이다. 문학에서 권력과 욕망은 상대화된 상태로 존재한다. 여기에서 욕망이라는 것은 사회 속의 교육을 통하여 익히고 모방된 욕망이며, 이는 권력이 존재하는 한 그것과 긴밀하게 관계하면서 존재한다.

욕망은 대치된다. 공장을 경영하는 나가야마에게 집단촌은 값싼 노동력을 공급받는 '희망'의 공간이지만, 그곳에 살고 있는 사람들에게 집단촌은 '절망'의 공간이다. 나가야마가 자신의 지배지인 집단촌을 지키려는 욕망을 가진 것에 대하여, 집단촌에 사는 사람들은 하루빨리 그곳으로부터 벗어나려고 하는 욕망을 가진다. 누구나 폐쇄된 사회에 갇힌 사람들은 그곳으로부터 탈출하려는 욕망을 갖는다. '갇힌 상황'의 사회인 집단촌에 사는 사람들은 모두 집단촌으로부터 벗어나 '열린 상황'의 사회에 나가려는 욕망을 가지고 있다. 집단촌을 벗어나 좀더 나은 생활을 하려는 것은 인간의 근본적인 욕망이다.

집단촌을 벗어나는 방법은 크게 두 가지이다. 하나는 정상적인 방법으로 집단촌에서 성실히 돈을 모아 그곳으로부터 벗어나는 방법이다. 두 번째는 남의 돈을 가로채서 벗어나는 방법이다. 대부분의 경우 그들은 모두가 인정하는 정상적인 방법을 통하여 그곳으로부터 벗어난다. 그런데 숙자는 정상적이지 않은 방법으로 그곳으로부터 벗어나려는 욕망을 가졌던 것이다. 집단촌을 탈출하려는 숙자의 욕망은 집단촌에 사는 재일 조선인의 욕망을 대변하고 있다. 그리고 이러한 욕망 뒤에는 이 집단촌을 실질적으로 지배하는 나가야마가 있다. 집단촌은 욕망의 공간이었다. 요컨대 집단촌에는 나가야마가 만들어 놓은 자본주의의 물질사회가 있고, 그 물질을 차지하고자 하는 욕망이 꿈틀대는 것이다.

숙자의 경우는 내용이 악질이었다. 자기가 계주를 하고 있는 300만 엔뿐만 아니라, 집단촌 사람들이 관계하고 있는 여러 개의 계에 끼어들어 800만 엔을 끌어 모아 도망치려고 했다. 무엇보다도 붙잡혔을 때 숙자는 그 돈의 상당액을 이미 다 써버린 상태였다. 또 하나 사람들이 용서할 수 없었던 것은 숙자가 열다섯 살 난 외동딸을 버리려 한 것이었다. 집단촌 사람들은 자신의 욕망만을 추구하며 집단촌을 벗어나려고 했던 숙자에게 린치를 가한다.

> 그때 집단촌 광장에는 아이들을 제외한 대부분의 주민들이 모여 있었다. (중략) 남자들은 숙자가 쓰러지려고 할 때마다 찬 우물물을 머리 위로 뒤집어 씌우고, 여자들은 순서대로 돌아오는 죽도로 등이나 어깨를 쿡쿡 찌르거나 때렸다. 사람들은 담담하게 마치 떡을 찧는 리듬으로 되풀이했다. 그곳에 광기가 개입할 여지는 없었고, 사람들은 해야 할 일을 묵묵히 해내고 있을 뿐이었다. 모두가 무표정했으며 눈가나 일어서는 모습에서 피곤함을 엿볼 수는 있었지만 자기 차례가 왔을 때 빠지는 사람은 한 사람도 없었다.
> 수십 분 후 빈사 상태에 빠진 숙자가 갑자기 얼굴을 들고 아무도 알아듣지 못하는 말을 퍼붓기 시작했다. [3]

욕망은 결핍된 무엇인가를 갈망하는 것이고 모든 인간은 욕망을 가진다. 올바른 욕망은 개인과 사회를 발전시키는 추동력이 된다. 그러나 개인의 욕망이 사회적인 합의로 만든 틀에서 벗어날 때 사회는 그것을 제어한다. 욕망에 대한 제어기제는 여러 가지가 있는데, 사회규범, 도덕, 관습, 제도적인 법률 등이 그것이다. 여기에서 가장 손쉬운 제어기제는 폭력(暴力)이다. 폭력은 물리적인 힘으로 상대를 복종시키고 억압하는 행동이다. 또 폭력이 집단적인 행동으로 표출될 때 그것은 강력하고 광기적인 모습으로 나타난다.

숙자의 그릇된 욕망에 대한 집단촌 사람들의 제어기제는 집단 폭력으로 나타난다. 집단촌 사람들은 돈을 가지고 달아나다가 잡힌 숙자에게 집단으로 폭력을 가한다. 돈을 모아 집단촌을 벗어나려는 자신들의 정당한 욕망이 숙자의 그릇된 욕망에 짓밟혔기 때문이다. 집단촌 사람들은 '고드름 위에 무릎을 꿇고 앉은 숙자의 배 위에 20킬로그램의 고드름을 밧줄로 동여매고', 한 사람도 빠짐없이 집단으로 폭력을 가한다. 집단촌 사람들의 억압된 광기가 표출되는 장면이다.

현월은 '광기가 개입할 여지는 없었'다고 쓰고 있지만, 모두가 아무런 감정 없이 무표정한 얼굴로 리듬을 살리며 되풀이하는 숙자에 대한 집단 폭력은 광기 그 자체다. 단지 그것이 밖으로 표출되지 않을 뿐 집단촌 사람들의 내면에 억눌려 꿈틀대고 있는 욕망과 같은 것이다. 이것은 일찍이 주류 사회에서 소외된 '집단촌 사람들 모두가 공유하는 앙금으로부터 부글부글 끓어오르는 슬픔, 그 슬픔을 억누르기 위한 분노'로부터 나오는 것이다. 집단 폭력은 집단적 광기를 통해 이루어진다.

재일 조선인 모두가 집단촌에서 탈출하려는 욕망을 가지고 있지만, 단지 숙자와 다른 점은 그들은 집단촌 사람들이 인정하는 방법으로 이곳을 벗어나고 있다는 것이다. 이것은 집단촌 사람들의 신용의 문제이기도 하지만, 집단촌의 집단 폭력이 그릇된 욕망을 제어하고 있기 때문이기도 하다. 집단 폭력은 집단촌을 지키기 위하여 그들이 정해 놓은 암묵적인 규율이었다. 그러므로 이러한 규율을 어긴 숙자에게 집단촌 사람들은 당연히 해야 하는 하나의 의식처럼 폭력을 행사한다. 집단 폭력은 집단촌 사람들을 하나로 묶어 놓는 제어 장치였다.

한편, 세월의 흐름에 따라 집단촌은 변화한다. 집단촌은 재일 조선인 사회에서 점차 중국인 노동자의 사회가 되어 간다. 집단촌은 한꺼번에 어린이를 씻기던 정겨운 광경에서 중국어 욕설이 난무하는 곳으로 바뀌어 간다. 집단촌의 중국인 노동자, 그들은 40년 전 집단촌의 나가야마의 공장에서 일을 시작했던 재일 조선인들과 똑같은 모습이었다. 그리고 그때의 재일 조선인들이 그러하였듯이 중국인 노동자들도 집단촌이라는 사회에서 벗어나려는 욕망을 가진다.

물론 대부분의 경우 그들이 집단촌을 나가는 방법은 모두가 인정하는 정상적인 방법에 의한 것이었다. 그러나 재일 조선인 숙자와 마찬가지로 그들 중에서도 그릇된 욕망의 탈출 경로를 보이는 사람들이 있었다. 또 그것을 제어하는 방법도 역시 집단 폭력이었다. 재일 조선인과 마찬가지로 그들의 인정받지 못한 욕망도 집단적 폭력이라는 장치를 통하여 제어된다.

십여 명의 남자들이 빙 둘러 모여 있다. 그것을 멀리 에워싸고 꽤 많은 사람들이 광장 주위에 줄지어 있다. 서방은 남자들이 빙 둘러싸인 원으로 들어갔다 나갔다 하는 것을 말없이 바라보았다. 그러는 동안에 사람 벽 사이로 손발이 묶여 땅바닥에 엎어져 쓰러져 있는 세 남자의, 그 부분만 바지가 찢겨져 드러난 엉덩이와 허벅지가 보였다. 입을 꾹 다문 남자들이 번갈아가며 펜치로 살점을 비틀어 뜯어내고 있다. [4]

중국인 지하 은행의 돈을 훔친 사람들에 대한 린치 장면이다. 집단촌 사람들은 자신의 돈을 훔친 그들에게 집단적 흥분 상태에서 폭력을 가한다. 펜치로 뜯어낸 살점은 땅바닥에서 '작고 빨간 꽃잎'으로 흩어진다. 그들은 '제멋대로 하게 내버려 두면 흥분해서 죽여 버릴지도 몰라, 룰을 정해 일절 소리를 못 내게' 한다. 그래서 모두가 증오심으로 얼굴이 일그러져 있지만 질서정연하게 행동하고 있다. 이것은 '모두가 무표정한 얼굴로 리듬을 살리며 되풀이하는 숙자에 대한 집단 폭력'의 광경에 다름 아니다. 집단촌 사람들의 광기가 소리 없이 내면에 숨겨져 있는 것도 숙자 사건 그대로였다.

중국인들의 '지하 은행'은 일찍이 재일 조선인 숙자가 했던 계모임과 같은 것이었다. 그리고 27년 전 숙자를 집단으로 폭행하던 집단촌 사람들이 거기에 있었다. 이렇게 집단촌을 벗어나려는 욕망에서 숙자와 세 명의 중국인 노동자가 연결된다. 그리고 이러한 욕망을 제어하는 집단 폭력으로 재일 조선인과 중국인 노동자가 연결되는 것이다. 숙자의 그릇된 욕망을 제어했던 것이 집단촌 사람들의 집단 폭력이었듯이, 중국인 노동자의 욕망을 제어하는 것이 집단촌에 사는 중국인 노동자들의 집단 폭력이었다. 세월의 흐름과 민족의 차이에 관계없이 자신들의 욕망을 짓밟은 그릇된 욕망에 대하여 집단촌 사람들은 집단 폭력으로 대응하는 것이다.

집단 폭력은 집단성을 특징으로 한다. 개인의 폭력은 어느 정도 자비를 수반한다. 개인의 측은지심이 발휘되어 관용을 베풀기 때문이다. 그런데 그것이 집단이라는 개념으로 넘어오게 되면 개인의 존재는 없어진다. 이때의 개인은 감정을 지니지 않는 집단적 개체에 불과하기 때문이다. 그렇기 때문에 집단적 흥분 상태에서 집단촌 사람들은 평소에 하지 못했던 행위를 서슴없이 행하는 것이다. 집단성은 폭력성을 내재한다.

집단촌 사람들의 집단 폭력은 그들의 욕망의 또 다른 이름이다. 집단 폭력에는 돈에 대한 신용의 문제와 함께, 자신들이 감히 표출하지 못하고 내면에 억누르고 담아두었던 그릇된 욕망을 실행에 옮긴 사람들에 대한 미묘한 감정도 포함되어 있었다. 그러므로 이러한 욕망을 표출한 사람들에게 그렇게 하지 못하는 자들의 분출되지 못한 욕망만큼의 집단 폭력이 가해지는 것이다. 또 집단 폭력은 유혈이 낭자한 잔혹극을 관람하는 가학적 욕망도 충족시켜 준다.

한편, 두 사건에서 연결되는 것은 욕망과 집단 폭력만이 아니었다. 인간의 기억이 연결된다.

기억(記憶)은 재생된다. 기억은 잊혀 있을 뿐 사라지지 않는다. 폭력은 가해자와 피해자 모두에게 커다란 상처를 주어 그 기억은 평생을 걸쳐 따라 다닌다. 숙자 사건은 그곳에 있었던 사람들 모두에게 함부로 발설할 수 없는 기억으로 남아 있다. 사람들의 마음속에 숨겨져 있던 숙자 사건의 기억은 중국인 노동자의 린치 사건으로 재생된다. 27년이나 지난 사건이 집단촌 사람들의 기억 장치에서 재생되는 것이다. 기억은 숙자 사건 당시 집단 폭력에 참가했던 사람들은 물론이고, 아무런 관계도 없었던 서방과 당시에 어린이였던 가네무라(金村)에게까지도 그 사건의 아픔을 확실하게 재생한다. 가네무라는 중국인 노동자의 린치 사건을 보고 눈물을 글썽이며 '그것은 숙자의 저주'라고 말하는 것이다. 사건의 충격은 어린이였던 가네무라에게까지도 기억의 장치를 작동시키는 것이다. 폭력의 기억이 얼마나 무서운지 알 수 있다.

폭력의 기억이 재생되는 가장 큰 이유는 그 대상이 자신들 주위에 남아 있기 때문이다. 숙자는 집단촌을 떠나지 않고 집단 폭력으로 무릎 아래로는 전혀 움직이지 않는 다리를 질질 끌며 골판지를 모으며 산다. 숙자는 '앞으로 내가 이런 꼴로 몇 년을 더 살지 않으면 납득하지 못할 놈들이 많이 있어'라는 말로써, 자신만이 폭력의 희생자가 아니라는 것을 말하고 있다. 숙자는 폭력의 기억이 그 가해자에게도 상처로 남아 있을 것이라는 것을 분명히 알고 있다. 숙자가 조금이라도 오래 살면 그만큼 괴로워하는 자가 있는 것이다. 집단촌을 떠나지 않고 있는 숙자의 존재만으로도 집단촌 사람들은 폭력의 기억을 강요받고 있는 것이다. 중국인 노동자의 린치 사건은 그 기억을 끌어내는 작용을 했을 뿐이다. 폭력의 대상이 남아 있는 한 그 기억은 재생된다.

2) 고이치(光一)와 나가야마의 경우

고이치는 서방의 아들이다. 그는 어릴 때부터 남다른 아이였다. 현월은 고이치에 대하여 다음과 같이 묘사하고 있다.

남이 발을 밟고 그냥 지나가기만 해도 분해서 피가 맺힐 정도로 손톱을 물어뜯는 아이였다. 늘 먹이를 주던 도둑고양이가 차에 치여 빈사 상태가 되었을 때, 빙 둘러선 채 보고만 있던 어른들을 제치고 나가 고양이 머리를 움켜쥐고는 목을 비틀었다. 중학교에 들어간 후로 갑자기 말이 없어지더니 얼굴에서 표정이 사라졌다. 그러나 가끔 눈매를 이상하게 빛내는 눈은, 고양이의 목을 비튼 열 살 때와 변함없이 금색을 띤 채 순진한 질문으로 충만해 있었다.[5]

이렇게 고이치는 누구보다도 자존심이 강하며 또 그것을 행동으로 실천하는 아이였다. 금색을 띤 눈으로 순진한 질문에 충만해 있던 고이치는 서방이 일본군에 갔다 온 것을 안 후 집을 나간다. 그리고 그는 아버지인 서방과 연락을 끊는다. 순수한 열정을 가진 고이치는 재일 조선인인 자신의 아버지가 일본군에 갔다는 것을 용서하지 못했다. 그는 올바른 것에 대한 혈기로 가득 차 있던 청년이었다.

고이치는 제도 권력의 최고봉인 도쿄(東京)대학에 진학하여, 여기에서 각종 집회에 참석한다. 고이치는 '여기서는 나 같은 사람도 의견을 말할 수 있다'고 생각했으나 그것은 고이치만의 생각이었다. 고이치가 참가한 '여기'라는 데는 '그림에 그린 떡을 먹는 방식이 다르다는 이유만으로 얼마든지 반동분자로 몰아붙여 린치를 가하는 그런 놈들의 소굴'이었다. 친구인 다카모토(高本)의 말대로 그는 아무것도 몰랐다. 그리고 반년 후 고이치는 낡은 아파트가 늘어선 나카노(中野)의 노상에서 '온몸이 타박상으로 뒤덮여 발가락 관절까지 보라색으로 부어오른 시체로' 발견되는 것이다.

고이치의 욕망은 재일 조선인의 모국에 대한 모국애와 재일 조선인의 인간다운 삶에 대한 욕망이었다. 어쩌면 고이치의 욕망은 욕망이랄 것도 없는, 재일 조선인으로서는 자연스러운 행동이었다고 할 수 있다. 그러나 그가 '베트남에서 한국군을 철수시켜라. 미국을 위해 더 이상 한국인을 죽이지 마라'라고 외치는 것은 베트남 전쟁에 한국군이 참전하고 있다는 사실조차도 모르는 일본의 대학생들에게는 아무런 의미도 없는 외침이었던 것이다. 고이치의 비극은 여기에 있었다. 주류 사회는 소수집단의 문제에 관심이 없다. 이것은 주류 사회의 최고제도기관인 도쿄대학에서도 마찬가지였던 것이다.

주류 사회의 욕망과 소수집단의 욕망은 대치된다. 사회의 모순을 지적하고 이러한 사회를 바꾸어보겠다는 개혁적인 학생들의 목소리가 넘쳐나는 장에서조차 고이치의 목소리는 받아들여지지 않았다. 즉 도쿄대학에서는 학생들이 자신의 목소리를 말할 수 있는 장이 있다는 단지 그뿐이었다. 그들은 자신의 목소리를 제도 개혁이라는 행동으로까지 옮길 수 없었다. 도쿄대학 학생들의 개혁은 주류 사회 안에서의 개혁이었다. 그것이 제도 권력의 최고봉인 도쿄대학의 넘을 수 없는 범위이고 한계였던 것이다.

도쿄대학 학생들의 집회와 모임은 주류 사회 속에서의 권력 다툼이었다. 요컨대 이러한 집회와 모임은 주류 사회에서 자신들의 권력을 차지하려고 하는 도쿄대학 학생들의 욕망의 표출이었던 것이다. 여기에 소수집단인 재일 조선인이 들어갈 자리는 없다. 그러므로 고이치가 이러한 모임에서 쫓겨나는 것은 당연했다. 도쿄대학 학생들로서는 재일 조선인의 현실을 외치는 고이치의 행동이 주류 사회인 자신들의 권력에 대한 도전이라고 받아들여지는 것이다. 주류 사회는 그것을 결코 인정하지 않는다. 그들은 자신들의 욕망을 침해하지 않는 범위 안에서만 소수집단을 이해한다. 소위 제도 집단의 최고봉에 있다는 사람들이 이 정도인데 주류 사회의 보통 사람들의 재일 조선인에 대한 인식이 어떠한가는 말할 필요도 없을 것이다.

그런데 고이치의 욕망에 대한 제어도 역시 집단 폭력에 의한 것이었다. 고이치는 숙자와 달리 올바른 욕망을 가지고 있었음에도 불구하고 그의 욕망은 최고의 지성집단이라는 도쿄대학 학생들의 집단 폭력에 의하여 제지된다. 그것도 숙자와 중국인 노동자의 경우처럼 린치를 가할지라도 살려두는 것이 아니라, 그들의 집단 폭력에 의하여 죽임을 당한다. 주류 사회이든 소수집단 사회이든 폭력은 욕망을 제어하는 가장 손쉬운 수단 이다. 그러나 고이치의 경우는 주류 사회에 대한 도전으로 받아들여져 죽임까지 당한다. 여기에서 자신들의 사회체제에 도전하는 욕망에 대한 주류 사회의 폭력이 소수집단의 그것보다 더 철저하고 무섭다는 것을 알 수 있다. 주류 사회는 자신들의 권력에 도전하는 사람들을 근본적으로 제거함으로써 더 견고해진다.

폐쇄된 사회인 집단촌의 실질적 지배자는 나가야마이다. 집단촌 내에서 누구도 나가야마의 말을 거스르지 못한다. 「그늘의 집」에서 나가야마는 소위 물질적이고 세속적인 욕망에 충실한 사람으로 그려진다. 나가야마는 자신과 같은 민족인 재일 조선인을 착취하면서 돈을 벌고, 서방을 이용해 주인을 협박하여 집단촌을 헐값에 매입하였으며, 전철역이 들어서는 땅을 매입하기 위하여 의원들을 매수하고, 조국을 버리고 일본에 귀화하여 선거에까지 나가는 등 욕망에 가득 찬 사람이다. 그러나 이렇게 세속적인 출세에 집착하는 나가야마가 귀화까지 하며 주류 사회에 동화되려고 노력하지만, 재일 조선인 출신인 나가야마를 주류 사회는 받아들여 주지 않는다. 주류 사회는 그들만의 세계를 만들어 놓고 있다. 결국 4 번에 걸친 선거에 패하며, 주류 사회에서 거부당한 나가야마가 있을 곳은 집단촌밖에 없었다.

현실 속에서 한 번 탈영토화를 시도한 사람들은 그 과정에서 이미 일부분이 과거와는 다르게 변해 있을 것이므로 과거의 사회에 적응하기 힘들 뿐더러 그 사회에서도 그들을 받아들여 주지 않는다. 만일 다시 돌아간다고 해도 아마 그들은 본래 자신들이 속했던 그곳에서도 또 한 번 배척을 당하게 될 터였다. 그러나 집단촌의 나가야마는 그렇지 않았다. 나가야마는 서방이 말하듯이, 이 남자는 '이 집단촌에서 무슨 짓을 해도 용서되는' 것이다. 그가 비록 주류 사회를 동경하여 그들의 사회에 편입하기 위해 귀화까지 하며 자신과 같은 민족인 집단촌 사람들을 버렸으나, 그는 아무런 배척도 받지 않고 계속 집단촌을 지배하고 있는 것이다. 집단촌은 나가야마의 소유물이었다.

나가야마가 귀화를 하고 주류 사회의 선거에까지 나간 이유는 금력을 이용해 정치권력을 가지려는 욕망을 보여주고 있다고 생각할 수 있다. 그는 자신이 가지고 싶은 모든 것을 욕망하는 사람이었다. 정치권력을 가짐으로써 자신이 지배하는 집단촌을 보다 안전하게 지키려고 하는 욕망도 있었을 것이다. 그러나 이러한 그의 의도는 주류 사회의 높은 벽에 부딪쳐 실패로 돌아간다. 4번의 선거 패배가 그것을 말해준다. 주류 사회는 결코 나가야마에게 정치권력을 주지 않는다. 이제 그는 자신이 지배자인 집단촌을 유지하는 것에 모든 힘을 기울여야 할 것이었다. 주류 사회에서 거부된 이상, 그가 지배하는 집단촌의 존재도 위험할 것이었다.

이제까지 집단촌은 별다른 문제없이 잘 지켜지고 있었다. 집단촌에 자신과 같은 민족인 재일 조선인이 많이 살고 있을 때는 그것이 가능했다. 숙자의 린치 사건이 일어났을 때, 그가 관계되지 않았어도 숙자 사건은 같은 민족 사람들의 도움으로 겉으로는 아무런 문제없이 처리되었다. 그가 모른 체했어도 숙자의 딸은 고등학교를 나올 때까지 집단촌 사람들이 뒤를 봐주었다. 그들은 숙자가 죽을 경우 뒤탈이날까 두려워 최소한의 치료를 해주기도 하였다. 나가야마가 한 일은 별로 없었다. 그는 단지 집단촌 사람들이 뒤처리를 하는 모양을 지켜보기만 하면 되었다.

그러나 중국인(中國人) 노동자들이 집단촌에 많이 살게 되면서 집단촌은 바뀌게 된다. 그들은 나가야마와 다른 민족 사람들이었다. 중국인 노동자들은 일단 그와 언어부터 달랐다. 언어의 본질은 문화이다. 언어가 다르다는 것은 그 배경이 되는 문화의 세계를 이해하지 못한다는 것이다. 나가야마는 중국인 노동자와 공유할 수 있는 문화가 달랐다. 그와 중국인 노동자들은 직접적인 소통이 불가능했다.

중국인의 지하 은행 사건이 일어났을 때, 나가야마는 돈을 훔친 중국인 노동자를 폭력으로 다루면서도, 자신이 대신 그 돈을 갚아주겠다면서 집단에 의한 폭력을 절대 반대한다. 그것은 집단촌이 집단 폭력으로 말미암아 문제되는 것이 두려웠기 때문이다. 물론 집단촌에서는 이전의 숙자 사건 때에 집단 폭력이라는 행위가 있었다. 그러나 나가야마는 이 두 사건이 같은 상황이어도, 그 주위 환경이 다르다는 것을 직감적으로 알고 있었다. 주류 사회에의 편입에 실패하여 위기 위식을 느낀 나가야마는 중국인의 집단 폭력이 문제가 될 수 있으리라는 것을 알고 있었다. 그러므로

57

그는 자신이 대신 그 돈을 갚아준다고까지 말하며, 집단 폭력을 막으려한다. 이것은 일찍이 숙자 사건 때에 나가야마가 집단 폭력에 대해 아무런 개입을 하지 않았던 것과 전혀 다른 모습이었다.

하지만 집단촌의 중국인 노동자들은 '이 일은 돈만으로 해결될 문제가 아니니까요. 신의의 문제죠. 이국땅에서 신의를 잃어버리면 어떻게 되겠어요. 아무리 사장님이라고 해도 이 일만은 못 말려요'라고 말하며, 그의 말을 듣지 않는다. 집단촌에서 폭력 사건을 일으키지 않으려는 나가야마의 의지가 거부된다. 요컨대 집단촌을 지키려는 나가야마의 욕망이 위협받는 것이다. 결국 중국인의 집단 폭력 사건은 집단촌에 대한 경찰의 순찰로 이어진다. 그리고 제도 권력의 합법적 폭력인 경찰의 집단촌에 대한 조사가 시작되는 것이다. 이 조사에서 나가야마와 가네무라와 서방은 집단촌을 지키기 위하여, 또 집단촌의 중국인을 보호하기 위하여 경찰에게 달려드는 것이다. 경찰에게 달려듦으로써 서방이 정체성에 대한 자신의 탈주를 완성하는 과정은 이미 살펴본 바 있다.[6]

이렇게 집단촌을 지키려는 나가야마의 욕망은 국가권력의 합법적인 폭력인 경찰에 의하여 무너지게 된다. 이미 주류 사회의 선거에서 패배하여 한풀 꺾인 나가야마의 욕망은 경찰의 제도적인 폭력에 의하여 완전히 무너지게 되는 것이다. 주류 사회에서는 자신들의 선거에 출마하는 나가야마가 자신들의 권력에 대해 도전하는 것으로 받아들인다. 주류 사회인 자신들과 재일 조선인 출신인 나가야마와의 경계가 없어지기 때문이다. 경계가 없어질 때 가장 커다란 탄압이 발생한다.

고자카이 도시아키(小坂井敏晶)는 『민족은 없다』[7]에서 '경계가 애매해지면 질수록 경계를 지키기 위한 차이화 벡터(vector)[8]는 더 강하게 작용한다'고 하면서, 차별은 이질성의 문제가 아닌, 동질성의 문제라고 단정한다. 그는, 유대인들이 집단으로 학살당한 이유는 그들이 동화하려고 노력했음에도 불구하고 학살 정책을 피할 수 없었기 때문이 아니고, 유대인들이 동화하려고 한 노력에 대한 반작용으로 학살이 이루어졌다고 하는 알랭 핀켈크라우트(A, Finkielkraut)의 문장[9]을 인용하면서, 이질성보다는 동질성이 오히려 차별을 유발하기 쉽다고 설명한다. 주체와 타자 간의 경계가 불분명해지기 때문이다.

　경계의 문제는 나가야마뿐만이 아니고, 고이치의 경우에도 해당하는 이야기이다. 요컨대 고이치가 제도 권력의 최고봉인 도쿄대학에 들어가서 각종 집회에 참석하며 재일 조선인의 현실을 주장하는 것과, 나가야마가 자신들의 선거에까지 출마한 것은 주류 사회에서 보면 그들이 자신들과의 경계를 넘어서는 것으로, 주류 사회는 그 경계를 유지하기 위하여 차별화에 들어가는 것이다. 주류 사회는 주류 사회를 동경하는 나가야마에 대하여 자신들의 사회에 동화시키기 위하여 귀화까지는 이해한다. 그러나 자신들의 선거에까지 출마하여 자신들의 자리를 넘보는 나가야마를 그들은 결코 가만두지 않는 것이다. 나가야마의 주류 사회 권력을 향한 욕망과 주류 사회의 욕망이 충돌할 때 그 결과는 쉽게 알 수 있다. 주류 사회는 경찰이라는 합법적으로 위장된 폭력을 동원하여 나가야마의 욕망의 공간인 집단촌을 없애버리는 것이다. 거리가 가까워지면 질수록 경계를 유지하기 위한 차별화의 힘이 더 강하게 작용한다.

　앞에서 소수집단의 폭력의 기억은 재생된다고 말했다. 숙자 사건에서 알 수 있듯이, 소수집단의 폭력은 비록 가혹한 체벌일지라도 당사자인 그들을 벌주는 것으로 끝난다. 그리고 이러한 집단 폭력에 대한 집단촌 사람들의 기억이 상처로 언제까지나 남아 있다. 폭력의 대상이 살아 있기 때문이다. 그러므로 폭력의 기억은 언제나 재생될 수 있다. 이것은 중국인 노동자의 경우도 마찬가지일 것이다.

그러나 주류 사회는 다르다. 4번에 걸친 선거에 떨어지며 주류 사회로의 편입을 거절당한 나가야마는 일본인인 사에키 씨를 범함으로써 주류 사회에 대하여 복수를 했다고 생각할지 모르지만, 그것은 그의 착각이었다. 중국인 린치 사건을 접한 주류 사회는 이내 경찰이라는 국가권력을 동원하여 그의 욕망의 근거인 집단촌을 부숴버리는 것이다. 그리고 무엇보다 사에키 씨는 나가야마가 생각한 것만큼의 상처를 입지 않는다. 사에키 씨는 이 사건을 기억하지 않는다. 서방이 '사에키 씨는 친구들과 수다를 떨며 미친개에게 물린 상처를 치유하려고 노력하고 있을 것이고 한 달도 안 되어 완전히 성공하지 않을까' 하고 상상하는 것처럼, 사에키 씨의 상처는 일시적인 것으로 이 사건은 오래 기억되지 않는다. 주류 사회 사람들은 폭력에 대하여 기억 장치를 두지 않는다.

주류 사회가 소수집단에 가한 폭력도 그렇다. 주류 사회의 폭력은 무차별적이고, 재생의 장치를 두지 않는다. 집단 폭력에 대한 기억조차 없애기 위함이다. 주류 사회는 고이치를 죽이고 나가야마의 집단촌을 없애버린다. 그러므로 주류 사회의 폭력의 흔적은 어느 곳에도 존재하지 않는다. 고이치는 죽었고, 집단촌은 폐쇄되었다. 그들이 폭력을 기억할 대상이 없는 것이다. 주류 사회의 폭력이 제도적인 합법성을 가장하기도 하지

만, 기억의 장치를 두지 않는다는 것에서 우리는 주류 사회 폭력의 심각
성을 알 수 있다. 그들은 당사자에게 회생의 기회를 주지 않을 뿐만 아니
라, 자신들에게도 그 폭력의 기억을 상실시켜 그것을 재생시키지 않는다.
그들은 집단 폭력에 대한 기억이 없다. 폭력의 흔적이 없기 때문이다. 말
할 것도 없이 주류 사회의 폭력이 더 무서운 것이다.

　이러한 무차별적인 폭력은 주류 사회 자신들만의 사회를 지키기 위한
또 다른 욕망이다. 이것은 경찰이 서방의 어깨를 잡고 힘껏 끌어당기면
서, '내가 보는 앞에서 백 명이나 되는 불법 체류자들이 자기들끼리 커뮤
니티를 만드는 것은 절대 용서할 수 없다'고 말하는 것에서 알 수 있다.
주류 사회는 타자의 존재와 그와의 소통을 이해하지 않는다. 이러한 주류
사회의 폭력은 그들의 욕망과 무관하지 않다. 여기에서 욕망과 폭력은 다
른 이름이 아니다.

　다수에 대한 소수의 힘의 행사는 대부분의 경우 불법이라는 혹은 폭력
이라는 식으로 단정된다. 이들이 지배 규범에서 벗어나는 다른 목소리라
도 내려고 하면 그 작은 소리마저 폭력이라며 흥분한다. 소수자의 욕망을
폭력으로 인식하는 것이다. 자신들의 욕망을 침해하기 때문이다. 그러나
다수의 폭력은 법이라는 제도적 장치 안에서 용인되고 있다. 소수에 대한
다수의 폭력은 다수가 정한 제도라는 법을 통하여 정당화된다. 그들은 자
신들이 만든 그 법이라는 것을 사회적인 합의라고 말한다.

　그러나 일반적으로 그 법이라는 것은 소수로부터 다수의 권력을 보호
하기 위하여 다수가 만들어낸 하나의 욕망 장치에 불과하다. 이것은 그들
의 사회를 유지하고자 하는 주류 사회의 또 다른 욕망에 다름 아닌 것이

61

다. 다수의 폭력이 정당화되는 반면에 소수의 폭력은 착취와 억압, 경제적 빈곤, 그리고 사회적 불평등 등의 폭력적 가치가 난무하는 사회조직 앞에서 도피의 효용이 상실된다. 주류 사회라는 거대한 조직 앞에서 소수 집단 사람들은 무력해질 수밖에 없는 존재이기 때문이다. 소수집단에 대한 주류 사회의 제도화된 폭력은 그들의 욕망과 무관하지 않다. 「그늘의 집」에서 나타난 욕망과 폭력은 그 근원이 같은 것이다.

4. 나오며

이상, 「그늘의 집」에서 나오는 욕망과 폭력 관계에 대하여 살펴보았다. 「그늘의 집」에서는 숙자와 중국인 노동자, 그리고 고이치와 나가야마의 욕망이 존재한다. 또한 그들의 욕망은 정당하거나 그렇지 않느냐를 불문하고 모두 집단 폭력에 의해 제어된다. 욕망에 대한 가장 손쉬운 제어 방법이 폭력이다. 숙자와 중국인 노동자의 욕망은 돈에 대한 그릇된 욕망으로 그들의 욕망은 집단촌 사람들의 집단 폭력에 의하여 제어된다. 숙자 살점의 붉은 꽃은 중국인 노동자의 살점과 피를 거쳐 서방이 물어뜯은 일본 경찰의 살점과 연결된다.

한편 고이치와 나가야마의 욕망에 대한 주류 사회의 집단적 폭력은 같은 의미로 취급할 수 있다. 고이치의 순수한 욕망과 나가야마의 개인적인 출세를 향한 욕망은 주류 사회에 대한 도전으로 받아들여져, 그들의 집단 폭력에 의해 무너지게 된다. 요컨대 고이치가 제도 권력의 최고봉인 도쿄대학에 들어가서 각종 집회에 참석하여 재일 조선인의 현실을 주장하는 것과, 나가야마가 그들의 선거에까지 출마한 것은 주류 사회에서 보면 자신들의 권력에 대한 심각한 도전이었다. 그러므로 고이치와 나가야마의 욕망은 주류 사회 사람들에 의하여 제어되는 것이다. 단지 두 사람이 다른 것은 고이치가 비합법적인 폭력으로, 그리고 나가야마가 제도라는 합법적인 폭력에 의하여 제어된다는 방법상의 차이가 있을 뿐이다.

　주류 사회는 고이치를 죽이고 나가야마의 집단촌을 없앰으로써, 고이치라는 존재와 나가야마의 집단촌에 대한 기억을 없앤다. 그들은 자신들의 영역에 도전한 사람들의 기억을 없앰으로써 그것이 재생되는 미래(未来)를 만들지 않는다. 주류 사회에서 소수집단의 과거 기억은 철저히 망각된다. 과거의 숙자 사건이 중국인 노동자의 린치 사건을 통하여 집단촌 사람들의 기억에서 재생되는 것에 대하여, 고이치의 죽음과 나가야마의 집단촌은 그 존재가 없어짐으로써 그들의 기억에서 망각되는 것이다. 주류 사회의 폭력은 기억의 장치를 두지 않는다.

역주

1 현월『그늘의 집』문예춘추사, 2000년 3월, pp.8-9.

2 멜빈 투민(Melvin Tumin)저, 김채윤 옮김『사회 계층론』삼영사, 1986년 2월, p.188.

3 현월『그늘의 집』문예춘추사, 2000년 3월, p.68.

4 같은 책.

5 같은 책.

6 황봉모「현월『그늘의 집』-서방이라는 인물-」『일본연구』한국외대 일본연구소, 2004년 12월.

7 고자카이 도시아키(小坂井敏晶) 저, 방광석 옮김『민족은 없다』뿌리와 이파리, 2003년 8월, pp.44-46.

8 크기와 방향을 가지는 양. 변위, 힘, 속도 전기장, 자기장 등.

9 알랭 핀켈크라우트(A, Finkielkraut)『가공의 유대인(Le Juif imaginaire)』Paris, seuil, 1980년, p.88.

3. 현월(玄月)
「나쁜 소문(悪い噂)」

─료이치(涼一)의 변화 과정 추적을 통한 읽기─

1. 서론

소위 재일 한국인 문학의 1세대라 불리는 작가들의 주요 특징 중 하나가, '민족주의적인 관점에서 재일 한국인들의 입장을 대변해야 한다는 목적의식'이다. 이러한 목적의식은 차별이 만연하는 불합리한 사회에 몸담고 있던 당시 작가들에게는 매우 절실하고 중요하였을 것이다. 문제는 이러한 목적의식이 한편으로, 재일 한국인 사회를 있는 그대로 그려내고 나아가 인간 사회의 모습을 보편적으로 투영하는 데 있어서 장애물로 작용할 가능성이 높다는 점이다. '해야 한다'식의 주제를 표방하는 수많은 작품들이 현실과 동떨어졌거나 이를 미화하여 독자와 유리된 경우는 사례를 들자면 끝이 없을 정도이다. 재일 한국인 문학 장르에서는 이러한 문제가 후대 작가 세대들에 의해 끊임없이 제기되었는데 그중 대표적인 이로 현월(玄月)을 꼽을 수 있다.

비교적 늦은 나이에 작가 세계에 뛰어든 현월은 재일 한국인 문학 1세대에서 확인되는 구습(舊習)에서 벗어나, 새로운 시각으로 세상을 바라보고자 하는 신세대 재일 문학가들 중 단연 두드러진 예라고 할 수 있다. 그는 자신의 작품에서 재일 한국인과 재일 한국인 사회를 더 이상 '감싸고 보듬어 주어야 할 가련한 희생자들과 그들의 집단'이라는 식으로 그리지 않는다. 현월은 재일 한국인에게서 보편적 인간을 보고, 재일 한국인 사회에서 인간이라면 누구나 겪게 되는 부조리(不條理)를 본다. 그리고 자신이 본 바를 축소 내지 과장하지 않고 있는 그대로 담담하게 이야기한다. 그의 「나쁜 소문(惡い噂)」(1999년 5월, 『文学界』) 역시 그러하다.

본서에서는 현월의 「나쁜 소문」에 나오는 료이치(涼一)의 심적 변화 과정을 추적하였다. 또 이 과정에서 작품의 주요 인물들이 료이치의 심적 변화에 어떠한 영향을 미치는가를 고찰하였다. 본서는 「나쁜 소문」에 나오는 등장인물들과의 관계를 통하여 이 작품의 나레이터인 료이치의 심적 변화 과정을 밝히고자 하는 작은 시도이다.

2. 본론 - 료이치의 변화 과정 추적

1) 뼈다귀와의 만남

료이치는 이 소설의 두 가지 서술 시점 중 하나이기도 한 인물이다. 작품 속의 사건 전반에 있어서 료이치의 역할이 갖는 비중을 어떻게 보아야 할 것인가 하는 문제는 관점에 따라서 조금씩 달라질 수 있다. 분명 그는 마지막의 끔찍한 사건으로 이어지는 일련의 계기를 형성하는 등 이야기에 깊숙하게 관여하고 있는 것도 사실이다.

그러나 그 역할은 어디까지나 일종의 도화선(導火線)이나 기폭제(起爆劑)라는 형태에 지나지 않는다. 갈등이 깊어지면서 폭발하는 과정의 총체적인 원동력이 되는 것은 마을 사람들과 뼈다귀(骨)가 장시간에 걸쳐서 쌓아온 분노와 증오이며, 그러한 본질적인 부분에 있어서 료이치의 영향은 미약하다. 비록 뼈다귀의 조카라는 입장 때문에 마을 사람들로부터 뼈다귀의 동류(同類)로 취급당하며 배척(排斥)의 대상이 되는 경향이 있기는 하나, 미성년자에 지나지 않는 입장이기에 이는 일시적인 상황에 지나지 않는다. 이러한 점을 인식하고 작품 초반에 료이치가 했던 독백을 되짚어 볼 때, 그가 작품 내에서 갖는 성격을 이해할 수 있다. 료이치는 다리 밑에서 혼자서 중얼거린다.

나는 왜 여기에 있을까. 어두운 개천가 길바닥에 쭈그리고 앉아 다리를 건너는 사람들을 응시하고 있다. 추워서 목까지 닫은 점퍼 속에 두 무릎을 쑥 집어넣고, 눈을 치뜨고 있는 오뚝이처럼 앞을 노려보고 있다.[1]

고조되던 갈등이 일거에 최고조로 치솟는 참극(慘劇)의 현장에서, 이 작품의 내레이터인 료이치는 타자가 되어 있다. 그러나 정확히 말하자면 이것은 자신의 의지에 따른 행동이다. 그는 뼈다귀와 운명을 함께 하지도, 양씨 형제와 같은 적대자의 위치에 서지도, 중재자로서 개입하지도 않는다. 칼을 들고 양씨 형제에게 달려들었던 행위는 강한 적대감과 분노 때문이라기보다는 반사적 자기방어라고 보는 것이 옳을 것이다. 작품의 결말에 이르기까지 양씨 형제에 대한 료이치의 감정은 이중적이다. 그가 행하는 역할의 핵심은 지금까지와 같이 일련의 사건에 대한 '관찰'이며, 비록 직접 목격하지는 않더라도 전후사정(前後事情)을 이해하고 상상하는 것으로 역할은 충분히 하고 있다. 일련의 흐름에 관여하면서 이를 관찰하고 독자에게 전달하는 '관찰자'. 이것이 료이치가 사건 속에서 차지하는 역할일 것이다.

그러므로 료이치의 경우는, 사건 내에서의 역할보다는 전체 작품 구도라는 측면에 중점을 두고 바라볼 필요가 있다. 그는 이사하여 마을에 편입(編入)되어 온 순간부터 뼈다귀에게 깊이 감화되며 이후 이루어지는 교육, 이탈 과정을 통해 일찍이 뼈다귀가 거쳐 왔을 것이라고 생각되는 '분노를 긍정하는 과정'을 체험한다. 즉 료이치는 뼈다귀의 수제자이자 모조품(模造品)이며, 나아가 또 한 명의 새로운 뼈다귀로 태어나게 된다는 점에 주목해야 하는 것이다.

작품 내 발생하는 사건들은 세상사(世上事)가 그러하듯, 작품의 각 인물의 성격과 그들이 처한 상황이 이러저러한 계기로 조우(遭遇)하며 빚어내는 양상이라 할 수 있다. 그러나 이것을 구조적·결정적 시각에서만 바라보게 되면 각 사건의 개별성과 특수성을 지나치게 되어 모든 사건의 결과가 인물들의 특성에 의해서만 좌우된 것으로 해석하여, 자칫 실제 사건 전개의 메커니즘을 왜곡하거나 부풀려서 해석할 가능성이 있다. 각 사건은 그 자체로서의 독립성을 지니며 또 그렇기 때문에 당사자들이 의도하지 않은 방향으로 나가는 경우가 자주 발생한다.

가나코(加奈子)의 경우를 보면 이를 잘 알 수 있다. 가나코가 고모와 대화하고자 했던 이유가 두 집안 사이에 분란을 일으키기 위한 것은 결코 아니었을 것이다. 그러나 결과적으로 그렇게 되었고 그로 인해 그 자리에 있던 모든 이들이 수십 년이 지나도록 그 사건의 영향 하에 놓이게 되었다. 이와 같이 인물과 사건의 상호작용을 살펴볼 때에는 인물이 사건에 끼친 영향뿐만 아니라 반대의 경우, 사건 자체의 성질과 연속성 등도 마찬가지로 같은 비중으로 살펴보아야 한다.

「나쁜 소문」에서 료이치는 자기 내면의 분노를 깨닫고 이후 의식적·육

69

체적으로 독립해 가는 과정을 겪는다. 이러한 과정은 시간(時間) 순으로 나누어지며 료이치의 내면 변화와 맞물려 단계별로 하나 또는 복수 사건을 담고 있다. 료이치가 겪는 사건과 내면 변화의 첫 단계는 **뼈다귀**와의 만남이었다. 아버지라는 존재가 무너진 자리를 **뼈다귀**가 차지한다.

나는 아버지가 이럴 때마다 항상 울었다. 아버지가 이 세상 모든 것을, 온 세계를 완전히 파괴해 버리는 게 아닐까 하는 공포에 시달렸다. 이윽고 아버지는 어머니에게 한 것처럼 누군가를 때리기 시작하겠지. 나는 꼼짝도 못하고 얻어맞을 것이다. 내가 할 수 있는 일이라곤, 나만 참으면 온 세계가 파괴되기 전에 아버지의 마음이 가라앉게 될 거라고 자신을 타이르는 것뿐이었다.[2]

마을로 이사 오기 전까지 료이치에게 아버지는 '폭군'과 같은 존재였다. 료이치는 술에 취해 가족을 대상으로 폭력을 일삼는 아버지를 대항 불가능한 절대적 힘으로 인식하였고, 자연히 반항은 생각조차 할 수 없었다. 삼촌네 집에 몸을 의탁(依託)하러 온 날 역시 별반 다를 바 없어서, 그 날 저녁 가족이 둘러앉은 술자리에서 옛날 버릇을 드러내는 아버지를 보고 료이치는 또 다시 두려움에 사로잡힌다. 그러나 삼촌은 이러한 아버지를 쉽게 제압해 버리는데 이 사건은 료이치의 정신세계에 깊이 각인(刻印)되어 향후 그의 성격 변화에 강력한 영향력을 발휘한다. 특히 **뼈다귀**가 아버지를 잠재울 때 사용했던 프라이팬은 료이치 머릿속에 원형적(原型的) 이미지로 남아 '강력한 힘 = 프라이팬'이라는 공식(公式)으로 자리

70

하게 된다. 또한 이날 이후로 뼈다귀는 강력한 힘인 프라이팬을 손에 쥔 존재로, 료이치의 의식 세계에서 아버지가 차지하던 자리를 이어받아 그에게 막대한 영향을 끼친다. 료이치에게 강력한 힘을 가진 새로운 아버지가 생긴 것이다.

절대적인 존재로서 우뚝 솟아 있던 아버지를, 프라이팬을 내리치는 것만으로 꼴사납게 끌려가는 고깃덩어리로 바꾸어 버린 삼촌의 행동은 주술에 묶인 나를 간단히 풀어주었다. 그리고 이 역전극은 그 후 내 인생관을 결정했다. 나는 이제부터 어떤 경우에도 내 생각대로 행동할 수 있는 나만의 프라이팬을 가지고, 아버지로부터도 아버지의 공포로부터도 벗어나, 내일부터 전혀 새로운 인생을 살기 시작할 것이다! 3

삼촌의 도움으로 절대적이라고 생각했던 아버지의 주술에서 풀려난 료이치는 '어떤 경우에도 자신의 생각대로 행동할 수 있는' 자신만의 프라이팬을 가지게 된다. 프라이팬 사건을 목격함으로써 료이치의 인생은 새롭게 전개되는 것이다. 그날 있었던 사건과 료이치에게 일어난 내면의 변화를 도식화하면 다음과 같다.

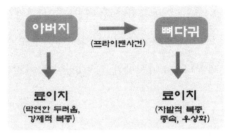

참고로 아버지와 뼈다귀로부터 료이치로 향하는 화살표는 지배(支配) 관계를 나타낸다. 료이치는 폭군이었던 아버지로부터 벗어나 뼈다귀의 영향 하에 놓인다. 이후 뼈다귀는 건어물상에 대한 복수극에 료이치를 참가시키고, 료이치는 뼈다귀의 손에 이끌려 최초로 내면의 분노를 강렬하게 표출한다. 건어물상에 대한 뼈다귀의 복수에 참여함으로써 료이치는 내면의 분노에 한발 다가서게 되는 것이다.

나는 이미 이 일에 발을 들여 놓은 것이라는 자각과 함께, 그러자 터질 것 같이 가만히 있을 수 없는 무엇인가에 온몸이 순식간에 메워져, 삼촌을 그 자리에 남겨둔 채 전속력으로 뛰기 시작했던 것이다. 다리를 건너 왼쪽으로 돌아갈 때, 다리를 높이 쳐들고 가슴을 뒤로 젖힌 채 뛰어오는 삼촌의 모습이 눈에 들어왔다. 나는 있는 힘을 다해 달리면서, 가슴을 쥐어뜯고 싶을 정도로 웃음이 목젖까지 치밀어 오르는 것을 느꼈다. 그런데 참지 않고 토해내니까 헉, 헉 하는 숨찬 신음소리밖에 되지 않았다…….4

뼈다귀는 처음부터 료이치 속에 자신의 모습이 투영(投影)되어 있다는 점을 인식하고 있었다. 첫 계기는 물론 시장에서 넘어진 날 벌어진 일련의 사건이다. 사실 여부를 묻는 그의 질문에 료이치가 자신도 모르게 격렬한 반응을 하는 것을 본 순간, 뼈다귀는 자신과 동일한 유(類)의 분노가 맹아(盲兒) 형태로 료이치 내면에 자리하고 있음을 즉시 알아본다. 그리고 곧바로 자신의 분노와 동화(同化)시키고 이를 계기 삼아 료이치와 함께, 일전에 자신이 원한을 품었던 건어물상의 집을 습격한다. 료이치는 그 현장에서, 닭의 목을 치자 피가 사방으로 튀는 장면, 배를 가르고 내장을 집어내는 장면, 그리고 뼈다귀가 고양이를 짓밟는 장면 등을 선명한 이미지로 받아들이며 분노가 지닌 폭력적 측면을 무의식적으로 깊이 인식한다. 뼈다귀의 프라이팬 사건을 통해서 자아를 억누르는 외적인 요소로부터 해방된 료이치는, 이제 그를 통하여 가슴속에 품고 있던 분노를 실제적으로 형상화하는 행위에 참가하게 되는 것이다. 이것은 뼈다귀가 료이치에게 베푸는 일종의 가르침이라 할 수 있으며, 또 이후에 료이치가 다른 누군가의 도움 없이도 자발적으로 자신의 분노를 인식하고 행동하게 되는 관문(關門)으로서의 의미를 지닌다.

2) 가나코와 고모

뼈다귀에게 받은 료이치의 분노의 싹은 가나코와의 만남을 통하여 본격적으로 확장된다. 가나코에게 점차 관심을 기울이게 된 료이치는, 배구 연습 중 그녀에게 거칠게 공을 던지는 공격수를 보고는 순간적으로 강렬한 분노를 느낀다. 그리고 료이치는 일순 그러한 자신을 인지하고 놀라는 것이다. 료이치가 공격수에 대하여 분노를 느끼고, 그 감정을 긍정하며 이를 자연스럽게 받아들이는 대목에서 두 가지 사실을 확인할 수 있다. 하나는 료이치가 강한 소유욕의 소유자라는 점이고, 또 하나는 그 소유욕으로 말미암아 강한 분노의 감정을 느낀다는 점이다.

이전까지 료이치의 내면에 잠재해 있던 거대한 분노는 아버지의 '퇴출'을 기점(起點)으로 싹을 틔운다. 그리고 이것은 스스로 흠칫 놀랄 만큼 강렬하게 솟구친다. 그리고 료이치는 이러한 '분노의 용솟음'과 마주하는 횟수가 잦아지면서 이것을 있는 그대로(그것도 긍정적으로) 받아들이는 것이다. 가슴속에서 북받쳐 올라오는 기운의 정체를 몰라 알 수 없는 울음을 내뱉었던 그였지만, 시간이 흘러갈수록 그것은 다름 아닌 자기 내면에 자리한 분노였음을 급속히 깨달아 간다.

나는 그때, 건드린다면 저놈이다 하고 마음속으로 중얼거렸다.

나는 자신의 중얼거림에 놀라, 곧 저 여자를 건드리는 일은 절대 없을 거라고 마음속으로 다짐했다. 그러나 이 중얼거림이 내 머리에서 분명히 솟아나온 말이라는 것을 깨닫자, 이것은 다른 누구의 생각도 아닌 나만의 것이다, 라는 생각이 힘껏 악물은 어금니 사이로 새어나왔다.[5]

이렇게 료이치는 뼈다귀의 조카라는 이유로 주위에서 손가락질 받는 생활을 아무렇지도 않게 받아들이는 반면, 가나코와의 관계에 있어서는 사소한 일에도 분노를 표출(表出)하며 점차 스스로 조절할 수 없는 단계로 나아간다. 그에게 있어서 가나코에 대한 소유와 분노는 검의 양날처럼 작용한다. 그런데 가나코라는 존재는 그녀가 전혀 의도하지 않은, 오히려 역방향(逆方向)의 영향을 료이치에게 끼친다. 즉 가나코는 자신의 희생을 통해 화해와 속죄를 추구하지만, 료이치는 이러한 그녀로 인하여 한층 분노와 가까워지는 것이다.

여기에서 양씨 형제의 동생인 가나코와 료이치의 고모에 대하여 살펴보자.

가나코는 료이치의 고모와 함께 마을 사람들의 공동체에서 상당히 유사한 역할을 하는 인물이다. 가나코와 고모는 당시 사회에서 절대적 약자에 속하는 여성으로서 일방적으로 육체적 희생을 당하는 위치에 있다. 자신의 가족을 제외한 남성들에게 그녀들은 성적 소유욕의 대상에 불과하다. 두 사람은 작품 내에서 유사한 역할을 하지만, 세부적인 면에서는 상당한 차이를 가진다.

우선 두 사람의 공통점을 살펴보자. 첫 번째로, 가나코와 고모는 자신의 몸을 수단화한다. 자발성 여부를 떠나 두 사람은 마을 내 갈등을 해소하고 화해를 도모하는 역할을 수행하는데 이 과정에서 그녀들의 몸이 주요 수단이 된다. 두 사람은 자신의 몸을 통하여 물리적 충돌과 달리, 앞서 지적한 성적 소유욕을 만족시키는 보상 시스템으로 마을 공동체의 갈등을 해소한다. 물론 이로써 갈등이 궁극적으로 해소되는 것은 아니다.

두 번째로, 이들은 뼈다귀와 양씨 형제의 싸움에 휘말려 결과적으로 참혹한 육체적 고통을 입게 된다. 사건에 개입하는 정도를 떠나 두 사람은 자신들만의 회합을 가졌다는 이유로 제재와 협박을 당하고 마침내는 물리적 폭력의 피해자가 된다. 중요한 사실은 이들이 폭력을 당하는 부위가 여성 성기에 집중되어 있다는 점이다. 작가는 뼈다귀의 성기 절단과 더불어 이 사건을 대비시켜 독자의 본능적인 수치심을 자극하는 동시에 여성의 위치를 일관되게 남성 아래에 놓고 이를 고수(固守)함으로써, '폭력이란 결국 강자가 약자를 억압하는 수단'이며 '이 구도의 최하부에는 여성이 놓여 있다는 사실'을 적나라하게 고발하고 있다.

한편, 두 사람의 차이점으로는 자신의 행동이 자의적인가 타의적인가의 여부를 들 수 있다. 작품에서 알 수 있듯이 가나코는 상당히 동적(動的)이고 능동적인 인물로, 자신의 의지로 문화주택의 건달 무리와 성관계(금전이 아닌 용서를 구하는 정화 의식으로서의 매춘)를 가지며, 이를 통해 오빠들의 '과오(過誤)'를 씻어내고자 한다. 양씨 형제가 뼈다귀에게 결정적으로 육체적 고통을 안기기 전에 당하는 과정 또한 자세히 들여다보면 그녀 스스로 선택했다고 볼 수 있다. 가나코는 오빠들의 죄를 자신이 대신 씻어 주어야 한다고 생각하여 오빠들의 폭력에 대하여 자신의 몸으로 보상한다. 그녀는 오빠들의 잘못에 대하여 자신이 책임을 느끼고 속죄하는 것이다.

이러한 가나코는 이번에는 료이치가 그녀를 위하여 문화주택에 불을 질러 건달 무리들의 보금자리를 없앴다는 죄책감으로, 그 죄를 보속(補贖)하기 위하여 그들을 찾아다녔다고 말한다.

들어줄래? 나는 말이야, 그 문화주택의 사람들을 찾아다녔어. 이번에는 네가 저지른 일에 책임을 지고. 그렇게 분명히 자각하면서. 난 왜 그럴까. 그런데 그 사람들이 동네를 떠난 후였어. 그걸 알았을 때 난 울었어. 조금이었지

만. 그래도 왜 울었을까. 슬퍼서가 아니야. 하지 못하고 남은 숙제 교과서를 잃은 기분이라고나 할까.6

가나코는 속죄하려고 찾아다니는 자신의 행동을 숙제를 하는 것이라고 설명한다. 이처럼 가나코는 자신을 희생양으로 삼아 세상의 부조리를 정화하고자 하며 마을의 분쟁을 화해시키려고 적극적으로 행동하는 인물이다. 그러나 그러한 시도는 결국 실패로 돌아가고 그녀의 적극적인 보속 행동은 자신의 의도와 달리 참혹한 결과를 불러오는 계기가 된다.

한편 가나코와 반대로 고모는 작품 내내 한결같이 수동적이다.

료이치의 고모는 정(靜)적, 수동적인 인물이다. 가나코가 어린 나이에도 불구하고 자신의 희생을 스스로 결정하고 주체적으로 움직이는 데 반해, 고모는 처음에는 양씨 형제의 손에 이끌리며 이후에는 친오빠인 뼈다귀에게 이끌려 매춘에 몸담는다. 이러한 두 사람의 성향은 료이치를 대하는 모습에서도 잘 나타난다. 요컨대 가나코는 료이치와 만나기 위하여 일부러 그의 집 앞을 지날 정도로 적극적인 성격이지만, 료이치와 같은 집에서 사는 고모는 조카인 그에게 제대로 말도 붙이지 못할 정도로 소극적이다. 물론 이와 같은 수동성 때문에 작품 내에서 그녀가 차지하는 비중이 줄어든다고 생각할 수는 없다. 가나코와 고모는 능동적인가 수동적인가의 차이가 있지만 기본적으로 두 사람의 역할은 같다. 그런데 일찍이 료이치의 고모를 이러한 역할에 끌어들인 사람은 아이러니하게도 가나코의 오빠인 양씨 형제였다.

고무줄이 늘어난 셔츠가 훌렁 벗겨진 순간부터 몸은 긴장하고 있으면서도 전혀 저항하지 않는 뼈다귀의 여동생에게 형제는 신문배달이 끝나면 매일 여기 와, 안 오면 이 아파트에는 배달 못하게 할 테니까, 라고 협박했다. 그녀는 명령을 충실하게 따랐다.[7]

고모는 가나코와 대비되는 수동성(受動性)을 주요 특성으로 하여 매우 중요한 역할을 수행한다. 그녀는 매춘이라는 형태로, 원시적 형태의 사회에서 찾아볼 수 있는 '성적 소통을 통해 죄를 씻어내는 일종의 통음(痛飮)하는 여제사장'과 같은 역할을 마을 내에서 수행하였으며 이를 통해 '마을 내 갈등을 표면적으로 해소하는 일종의 완충제(緩衝劑)' 구실을 한다. 즉 고모라는 인물은 뼈다귀가 짊어진 '나쁜 소문의 대상'이라는 운명과 유사한 성격을 띠고 있다는 해석이 가능하다. 뼈다귀 역시 자신이 공공연히 마을 사람들의 '나쁜 소문의 대상'이 됨으로써, 공동체의 질서를 유지하고 있다고 생각할 수 있기 때문이다.

그러나 중요한 사실은 그녀가 수동적인 입장을 고수(固守)하였고, 마지막 사건의 전개 과정에 개입하지 않았음에도 불구하고 뼈다귀와 양씨 형제 간의 분쟁에 휘말려 '뼈다귀의 일족(一族)'으로서 고통을 당하게 된다는 점이다. 이와 같이 세상에 대처하는 방법에 있어 성향이 정반대인 두 여성이 감내해야 했던 잔혹한 운명과 극적 몰락(沒落)을 보여주면서, 작가는 구조적으로 약자일 수밖에 없었던 여성들이 공통적으로 겪었던 고통을 사실적으로 그리는 동시에 작품의 비극적 측면을 한층 부각시키고 있다.

이렇게 료이치의 고모와 가나코는 마을 사람들의 공동체의 평화를 위

한 희생양이었다고 볼 수 있다. 그녀들은 마을 사람들의 성적(性的) 소유
욕의 대상에 불과한 약자였다. 우연하게도 가나코의 오빠들인 양씨 형제
가 이러한 역할을 맡는 것도 두 사람의 운명을 말해준다. 양씨 형제의 형
은 고모의 매춘을 주저하는 아우에게 '바보, 잘 생각해봐라. 뼈다귀의 여
동생은 돈이 필요하다. 우리들도 돈이 필요하다. 젊은 여자를 좋아하는
아저씨들은 얼마든지 있다. 잘되지 않을 리가 없다. 모두 행복하게 된다'
고 설명한다. 이것은 마을 사람들의 공동체가 자신들의 결속을 위하여 고
모라는 성적 대상을 필요로 하고 있다는 사실을 이야기한다. 그러므로 그
는 도덕에 어긋나는 자신들의 행동으로 오히려 마을 사람들이 '모두 행복
하게 된다'고 생각하고 있는 것이다. 그는 자신의 아버지까지 료이치의
고모를 찾아가는 것을 알고 놀라지만, 결국은 '이제껏 일만 해온 아버지
를 비난할 수는 없다. 우리가 씨를 뿌리고 가꿔서 열린 열매를 아버지가
몰래 먹은들 어떻단 말인가. 애당초 우리의 웅어리진 감정이 도리에 어긋
나는 게 아닐까. 지금 이대로 모두가 행복한 게 아닐까'라고, 역시 자신들
마음대로 생각하며 간단하게 납득해 버리는 것이다.

　이렇게 양씨 형제가 생각하는 요인으로는 공동체적 속성을 들 수 있다.
공동체라는 것은 서로 다른 생각을 가지고 있는 개인들의 집합이기에, 크
건 작건 간에 충돌과 대립이 발생하는 과정에서 공동체 내부에 스트레스
가 쌓이게 된다. 굳이 역사가 짧고 체제가 안정되지 않았다고 하더라도
일반적으로 공동체는 이를 축제나 공동노역(公同勞役), 종교 등의 형태로
승화시키는 나름의 제도(制度)를 보유하는데, 때때로 그것만으로는 충분
히 해소되지 않는 경우가 있다. 그러한 경우 공동체는 내부의 이질적인,

또는 외부로부터 유입된 특정한 존재를 희생양으로 삼고 적으로 규정하여 공격하는 행위를 통하여 축적된 응어리를 해소하고 구성원의 단결을 꾀한다. 과거의 마녀 사냥, 신분 차별, 인종 차별뿐만 아니라 현대의 이지메(왕따) 현상 등도 그 좋은 예가 될 것이다. 그리고 이는 궁핍한 생활이 사람들의 심성을 거칠게 하고, 공동체를 아우르는 제대로 된 규범이나 질서도 확립되지 않았던 당시 상황 속에서, 극단적인 형태로 나타나게 된다.[8] 요컨대 집단 내부에 응어리진 부정적 감정을 분출하기 위한 대상 찾기라고 할 수 있다.

료이치와 가나코의 관계 또한 이러한 해석을 크게 벗어나지 않는데, 이는 료이치가 일 년에 한 번 장터에서 가나코의 모습을 훔쳐보고 다음 일 년간 만날 상상 속 섹스 파트너를 구하는 과정에서 명료하게 드러난다. 요컨대 두 여성은 폭력을 긍정(肯定)하고 확대하는 남성들과는 대조적으로, 자의·타의 여부를 떠나서 갈등을 해소하고 화해를 도모하는 역할을 하고 있다. 그러나 이 과정에서 육체라는 수단을 택하게 된다는 부조리함, 그리고 마지막에 맞이하게 되는 참혹한 결말은 공동체를 뿌리 깊게 지배하는 폭력이 가지는 무자비한 속성을 적나라하게 드러내는 또 하나의 예라고 할 수 있다.

료이치에게 가나코는 굴욕이라고 느끼는 분노를 형상화하는 촉매제 역할을 수행한다. 이와 더불어 또 하나 눈여겨 볼 점은 료이치가 취하는 행동 양식이다. 모든 자극에 대하여 무조건적으로 반응하지는 않지만, 분노를 느끼게 될 경우 이를 억누르지 않는 모습에서 뼈다귀의 행동 양식과 상당한 유사성을 띠고 있다. 가나코를 좋아하게 됨으로써 그녀를 독점하

기위한 소유욕을 가지고, 자신의 분노의 감정을 인정하는 료이치의 분노
의 범위는 점점 커져간다.

3) 분노의 형상화

가나코와 며칠간 관계를 갖지 못한 료이치는 그녀의 뒤를 밟아, 가나코
가 문화주택 사람들에게 얽매여 있다는 사실을 알게 된다. 료이치는 이러
한 사실에 분노하고, 그의 분노는 곧바로 문화주택으로 향한다. 그는 망
설이면서도 자신이 느끼는 분노가 다른 누구도 아닌 자신을 위한 것임을
재인식하고, '그러한 감정이 이끄는 대로 행동하지 않으면 지금까지의 변
화가 모두 물거품이 될 것'이라고 다짐하며 각오를 되새긴다. 이어서 약
간의 시행착오를 거치지만, 결국 료이치는 문화주택에 불을 지르는 데 성
공한다. 뼈다귀가 닭의 피를 뿌려대던 것과 마찬가지로, 료이치는 문화주
택에 시너를 뿌리며 불을 지른다. 료이치 또한 스스로의 의지와 행동력
(行動力)으로 내면의 분노를 형상화(形象化)하기에 이른 것이다.
자신이 좋아하는 가나코가 문화주택에 들어가는 모습을 보고, 료이치
는 '해치워야 할 놈들은 이놈들이다'라고 생각한다. 그리고 그는 자신을
위하여 '무슨 일이든 할 수 있다'고 다짐한다. 료이치의 머릿속에는 가나
코가 아무렇지도 않게 '그뿐이야'라고 자신에게 이야기하던 일을 기억하
고, '온몸에서 휙 하고 핏기가 가시면서 머릿속에서 해치워야 할 놈들은
이놈들이라는 목소리가 한꺼번에 북받쳐 올라 피 대신 온몸에 퍼지'게 되

는 것이다.

　　그것은 나 자신을 위해서다! 내 마음속의 그 외침이 나를 몰아댔다. 가나코
가 계단을 올라가서 방에 들어가는 것을 보았을 때 들은 그 소리, 해치워야만
할 놈들은 이놈들이다, 라는 소리에 따라야 한다. 그렇게 하지 않으면 또 도
로아미타불이다⋯⋯.9

　료이치는 가나코를 위하여 문화주택에 불을 질러, 가나코를 문화주택
건달들로부터 해방시킨다. 그는 자신을 위하여 불을 지른다고 하지만 사
실 불을 지른 행동은 가나코를 위한 것이었다. 궁극적으로는 가나코와 자
신을 위해서였다. 그녀가 문화주택 건달들에게 얽매여 있어서 자신과 자
유롭게 만날 수 없었기 때문이다. 이렇게 료이치는 자신과 가나코와의 만
남을 방해하는 것에 대한 분노를 방화(放火)라는 직접적이고 폭력적인 방
법으로 표출한다. 이러한 료이치의 분노 표출은 가나코의 배구 사건 이후
이미 예견되어 온 행동이라고 할 수 있다.

　문화주택의 방화 이후, 자신이 이해되지 않는 사건에 대한 료이치의 분
노의 범위는 점점 높아져 간다. 여기에 가나코 아버지 사건이 발생한다.
가나코의 아버지가 뼈다귀의 집에서 고모와 성관계 중 쓰러지고 만 것이
다. 그런데 뼈다귀를 도와 가나코 아버지를 양씨 형제에게 데려간 료이치
는 충격적인 장면을 접한다. 갈 데 없는 분노의 표적이 된 뼈다귀가 양씨
형제로부터 무차별로 구타당하면서도 아무런 반항도 하지 않고 순순하게
물러난 것이다. 돌아오는 길에 궁색(窮色)하게 변명을 하는 뼈다귀의 모

습을 목격한 후, 료이치 내부에서 절대적인 존재로 자리하고 있던 뼈다귀
의 위상은 처음으로 흔들리기 시작한다.

> 왜 삼촌은 계속 얻어맞는 것인가, 당장이라도 주머니에서 칼을 꺼내지 않
> 는 것인가, 삼촌은 세계최강이란 말이다! … 커다란 프라이팬을 갖고 싶다!
> 눈앞에 있는 모든 것을 한꺼번에 뒤집을 수 있을 만큼 큰 프라이팬만 있다면,
> 나는 무슨 일이든지…10

사춘기의 소년들이 통과의례(通過儀禮)로 겪게 되는 부성(父性)에 대한
부정(否定)을 료이치는 자신의 아버지가 아닌 뼈다귀를 대상으로 경험하
게 된다. 료이치의 내부에서는 새로운 자아가 발현되기 시작한다. 그것은
다른 누구도 아닌 바로 자신이 분노의 주체이며, 그것을 분출하기 위해서
는 스스로 강해져야 한다는 의지이다. 이 사건을 통하여 료이치에게 뼈다
귀의 위상이 변화하기 시작한다. 자신의 우상으로 세계 최강이라고 생각
하고 있던 삼촌이 아무런 이유도 없이 양씨 형제에게 맞고 있는 것이었
다. 료이치는 가나코 아버지의 사건을 대하는 뼈다귀의 행동을 보며 이해
할 수 없는 상태를 경험하면서 비로소 뼈다귀를 객관적인 위치에서 바라
보게 된다.

아무런 잘못도 없는 뼈다귀를 때린 양씨 형제에게 료이치는 분노의 감
정을 느낀다. 그런데 당연히 자신보다 더 엄청난 분노를 느껴야 할 뼈다
귀는 오히려 양씨 형제를 두둔하고 감싸면서 이 사건에 대하여 변명만을
늘어놓는다. 료이치는 이러한 뼈다귀에게서 실망감을 느끼고, 가나코 아

버지 사건을 통하여 삼촌인 뼈다귀에 대한 절대적인 믿음이 사라지게 되는 것이다. 자신의 아버지를 커다란 프라이팬으로 때려눕힌 뼈다귀가 이제 그 커다란 프라이팬을 잃어버리게 되는 것이다. 여기에서 료이치에게 뼈다귀는 '신에서 인간으로' 위상의 변화가 일어난다고 생각할 수 있다.

가나코 아버지 사건 이후로 뼈다귀를 바라보는 료이치의 시선은 계속 변화를 겪는다. 일종의 절대신(絕對神)과 같은 존재였던 뼈다귀의 위상은 차츰 하락해 가고, 료이치는 그런 삼촌에게 공공연히 반항하기에 이른다. 그리고 절대적인 존재를 부정하는 인식의 확대는 필연적으로 스스로 강해지겠다는 의식의 팽배(彭排)를 수반한다. 이렇게 가나코 아버지 사건은 료이치에게 뼈다귀로부터의 독립된 길을 걸을 수 있는 계기를 만들어 주었다. 마침내 료이치는 자신을 지배하던 삼촌의 영향으로부터 벗어나 '이제 내가 해치운다! … 세계를 한 번 더 뒤집어 줄 것이다'라고 결심한다. 그리고 이러한 감정은 결국 '처음으로 삼촌이 우스꽝스럽게 보이'게 되기까지 발전하는 것이다.

4) 료이치의 독립

양씨 형제의 '아우님'이 집에 찾아와 말다툼이 일어나고, 뼈다귀는 가나코를 분노의 대상으로 삼는 데에 동참할 것을 료이치에게 종용한다. 료이치는 가나코와 삼촌 사이에서 갈등하나 결국 가나코를 삼촌에게 데려간 뒤 자신은 사라져 버리고 만다. 가나코에 대한 애정과 내면의 분노를 사이에 두고 심한 갈등을 겪던 료이치는 결국 분노를 선택하고, 그 결과 파국(破局)이 찾아온다. 뼈다귀와 양씨 형제가 주고받는 처참한 폭력, 그리고 뼈다귀 집안의 참극(慘劇)을 목격한 료이치는 의식적·육체적으로 완전히 독립하기에 이른다. 억누르지 못하고 터져 나오는 절규는 료이치가 분노의 화신으로 등극하는 과정으로 보이며, 이제 그는 홀로 자신의 길을 찾아 나서는 것이다.

강해지고 싶다.

그러자 어디에서 솟아오르는 것일까. 가슴 가득히 말이 차 억누르지 못하고 뱉어냈더니, 의미 없는 우렁찬 외침이 되어 밤하늘에 퍼져 갔다.11

이렇게 마지막 사건이 일어난 후, 료이치는 마을을 떠난다. 이 모든 사건이 종료된 이후 료이치가 어떠한 행적(行績)을 밟았는지에 대한 직접적인 서술을 작품 내에서 찾아볼 수 없다. 하지만 그 시점으로부터 얼마 지나지 않아 상당한 금액의 돈이 입금되기 시작했다는 사실과 당시 시대 상황, 그의 사회적 신분 등으로 미루어 볼 때 료이치가 무언가 위험한 일에 종사하게 되었으리라는 점은 어렵지 않게 짐작할 수 있다. 작품 내에서 벌어진 일련의 사건은 한 십대 소년의 가치관을 송두리째 바꿔 놓을 정도로 강렬했기에, 분노와 폭력은 이후 이어질 료이치의 인생 전체를 지배하는 키워드로 작용했을 것이다. 바꾸어 말하면, 이것은 또 한 명의 뼈다귀가 탄생했음을 의미한다.

한편, 분노에 대한 폭력의 행사라는 점에 있어서 사건 이후 끝까지 마을에 남아 있는 뼈다귀와 비교하여, 마을을 떠난 료이치는 전연 다른 의미를 가진다.

우선 뼈다귀는 마을 사람들의 자신에 대한 소문이라는 폭력을 더 강한 폭력으로써 대응한다. 그런데 뼈다귀는 굴욕이라고 생각되어 분노를 느끼면서 행하는 자신의 폭력에 대하여 항상 어떠한 명분을 가지려고 노력한다. 파친코의 사건을 제외하면, 그의 복수를 위한 행동에는 반드시 어떠한 계기와 명분이 필요했다. 그리고 분노의 감정을 축적할 수 있는 상당한 시간이 필요했다.

이것은 여러 사건을 통해 나타난다. 예를 들어 건어물상에 대한 복수 사건을 봐도 알 수 있다. 뼈다귀는 현금이 없다고 자신에게 참기름을 팔지 않은 건어물상에게 굴욕을 느끼면서도 아무 말도 안 하고 조용히 나온다. 그리고 그는 '참기름은 미리 주문해 놓은 게 아니니까' 하며 변명하듯 중얼거리는 것이다. 그러나 료이치가 시장에서 넘어진 것을 계기로 하여, 그것을 명분으로 삼아 건어물상에 대한 복수를 행한다. 뼈다귀에게는 반드시 어떠한 계기가 필요한 것이다. 또한 언제나 복수의 시간은 인적이 없는 밤을 선택한다. 그리고 그 복수라는 행동도 대단한 것이 아니고 닭의 머리를 건어물상의 우편물 투입구에 처넣은 정도이다. 뼈다귀의 이러한 복수는 건어물상을 직접적인 대상으로 한 것도 아니고, 사실 그다지 피해를 주는 것도 아니다. 그의 이러한 행동은 보복이라기보다는 못된 장난에 가깝다고도 할 수 있을 것이다.

그러나 이러한 행동을 하기 위하여 평소에 술을 안 먹는 뼈다귀는 술을 먹는다. 만일 료이치가 넘어졌다는 계기가 일어나지 않았으면 뼈다귀의 분노는 자신의 가슴속에 남아 있었을 것이다. 그러므로 그는 굴욕을 느끼는데도 불구하고 복수의 명분이 성립하지 않으면, 체육 선생의 사건과 같이 자신을 자해하기도 하는 것이다. 요컨대 뼈다귀의 폭력에는 명분이 있어야 하고 분노의 축적 시간을 필요로 한다. 소극적인 폭력이다.

이러한 뼈다귀의 행동 양식은 가나코 아버지 사건에서 극명하게 나타난다.

가나코의 아버지를 집으로 운반한 뼈다귀는 아무런 잘못을 하지 않았음에도 양씨 형제에게 뭇매를 맞는다. 뼈다귀는 뭇매를 맞으면서도 주머니 속에 들어 있는 칼을 꺼내지 않는다. 료이치는 이러한 뼈다귀를 이해하지 못하지만, 그는 '어쩔 수 없지. 우리 집에는 전화도 없고, 주위 사람들까지 끌어들여 소동을 일으킬 수도 없고 말이야. 제 아버지가 강에서 끌어올린 익사체의 모습으로 돌아왔다면 누구든지 그렇게 되지. 어쩔 수 없어' 하고 연약한 어조로, 맞아죽은 사람 같은 얼굴로 변명을 늘어놓으며 자신을 납득시키고 있는 것이다. 요컨대 뼈다귀로서는 자신의 아버지가 죽은 양씨 형제의 무차별적인 폭력에 대하여 대응할 명분을 발견할 수 없었던 것이다.

이것은 양씨 형제에 대한 복수 사건에서도 확실하다. 뼈다귀는 그 지역에 일어난 방화 사건을 복수의 계기로 삼고 료이치를 미끼로 삼아 자신을 폭행한 양씨 형제에 대한 분노를 지속한다. 또 분노를 최대화하기 위하여 분노의 감정을 축적할 시간을 가진다. 이러한 그는 '삼촌, 언제까지 그러한 꼴로 있을 거야'라는 료이치의 채근에 비로소 행동을 시작한다. 그러나 뼈다귀의 행동은 한계를 지니는 것이었다. 무엇보다 뼈다귀는 복수 대상으로서 자신이 얻어맞은 양씨 형제가 아니고, 아무런 힘이 없는 양씨 형제의 동생인 가나코를 선택하는 것이다. 뼈다귀는 양씨 형제 대신에 가나코에게 복수를 하지만, 그것은 진정한 복수가 아니라 비겁한 행위에 불과했다.

그러나 료이치는 이러한 뼈다귀와 다르다.

료이치에게는 뼈다귀가 필요로 하는 분노를 축적하는 명분과 계기가 필요 없다. 또 그에게는 분노의 축적 시간이 필요하지 않다. 단지 자신에게 분노의 감정이 일어나면 즉시 행동한다. 그는 자신이 굴욕이라고 느끼면 분노가 일고, 그 자리에서 복수를 결행한다. 무엇보다 그는 직접적이고 대담하게 행동한다. 뼈다귀가 사람들이 없는 밤이라는 시간을 택하여 행동하는 것에 대하여, 료이치는 한낮이라는 공간을 선택하여 자신의 행동의 정당함을 주장한다. 뼈다귀가 사람들이 없는 밤에 닭의 피를 뿌려대는 것과 달리, 료이치는 한낮에 시너를 뿌리며 문화주택에 불을 지른다. 그리고 뼈다귀의 복수는 단지 상징적인 행동으로 실질적으로 건어물상에게 어떠한 피해도 입히지 않지만, 료이치의 복수는 가나코를 범한 문화주택 건달들의 보금자리를 근본적으로 파괴해 버리는 것이었다. 요컨대 뼈다귀의 폭력은 소극적인 폭력이고, 료이치의 폭력은 직접적이고 구체적인 행동이다. 법의 견해에서 보아도 뼈다귀의 복수는 법의 대상이 아니지만, 료이치의 행동은 건물 방화죄라는 것이 성립한다.

이것은 가나코 아버지 사건에서도 분명하다.

앞에서 언급했듯이 가나코의 아버지를 집으로 운반한 뼈다귀는 아무런 잘못을 하지 않았음에도 양씨 형제에게 뭇매를 맞는다. 뼈다귀는 이러한 양씨 형제의 폭력을 이해하지만, 그러나 료이치는 맞기만 하는 뼈다귀를 이해하지 못한다. 오히려 이곳에서 그는 '이제 내가 해치울 거야!'라며 뼈다귀로부터의 독립을 결심하게 된다. 그리고 료이치는 '세계를 다시 뒤집고 말 거야, 라는 말을 한 것만으로 심호흡을 한 가슴에 반석 같은 근육이 붙은 느낌이 드는' 것이다. 그는 뼈다귀가 맞고만 있는 충격적인 장면을 보면서 '강해지고 싶다!'라고 소리 내어 말하며 눈물을 흘린다. 료이치의 분노의 감정이 얼마나 강렬한 것이었는가를 알 수 있다.

가나코의 복수를 위하여 양씨 형제들이 다시 다리를 건널 때, 료이치는 뼈다귀의 칼을 꺼내 양씨 형제에게 뛰어나간다. 그리고 양씨 형제에게 부딪쳐 튕겨 나오자, 그것으로 그는 미련 없이 마을을 떠난다. 료이치는 칼을 들고 양씨 형제에게 맞섬으로써, 이제 일찍이 그가 그렇게 원하던 어떠한 경우라도 자신의 의지대로 행동할 수 있는 사람이 되었던 것이다.

3. 결론

「나쁜 소문」의 이야기 속에서 묘사되는 폭력은 결코 일방통행이 아니다. 동네 사람들이 소문이라는 보이지 않는 폭력을 통해 뼈다귀를 얽어매고, 뼈다귀 또한 분노라는 감정이 이끄는 대로 대응하면서 폭력은 차츰 순환하는 형태를 띠어 간다. 어디서부터 어떤 경로로 시작되었는지의 여부는 이미 의미를 잃었고, 남은 것은 점점 덩치를 키워 가는 소문뿐이다. 이처럼 혼탁한 상황 속에서 멈출 줄 모르고 계속 확산되어 가는 소문이라는 폭력은 형태와 정도를 불문하고 마을 사람들 모두에게 영향을 끼친다. 여기에서 소문과 분노는 서로 폭력의 대응이 된다.

료이치는 이러한 영향 아래 놓이는 이들이 보여줄 수 있는 것 가운데 가장 극단적인 예라고 할 수 있다. 이 사실은 다른 관점에서 보자면, 료이치를 해부하면 인간과 부조리가 상호작용(相互作用)하는 메커니즘에 대한 통찰을 얻을 수 있으리라는 분석과 일맥상통한다. 본서에서 료이치와 주요 인물과의 관계를 분석하고, 료이치의 변화 과정을 세밀히 짚어본 것은 바로 이러한 판단에서였다. 무엇보다 료이치는 해당 사회에 새로이 편입된 인물이어서 이러한 추적을 시도하기가 더욱 용이(容易)했다.

시야를 료이치에게서 마을로 돌려 보면, 비록 한 차례의 참극이 지나간 이후로 표면적인 평화가 찾아오고 뇌리에 남아 있는 기억도 세대가 바뀌면서 희석된다지만, 마을을 지배하던 폭력이 사라진 것은 결코 아니다. 어디선가 또 한 명의 뼈다귀로 화(化)한 또 한 명의 료이치가 나타날 것이고 그가 엮어낼 새로운 폭력의 순환은, '소문'이라는 형태로 다시 모습을 드러낼 것임을 현월은 「나쁜 소문」에서 암시하고 있다. 그리고 바로 이것이 작가가 보여주고 싶었던 인간 사회의 모습이라고 할 수 있다. 그렇다면 과연 희망은 없는 것일까? 아마도 이것은 현월 자신이 이후 작품 세계를 구축하면서 짊어지고 나아가야 할 최대의 과제일 것이다.

「나쁜 소문」은 뼈다귀라는 남자를 둘러싼 여러 가지 소문에 대한 이야기이다. 마을 사람들이라는 공동체 속에서 뼈다귀는 모든 소문의 근원으로서 악의 상징이 되어 있다. 현월은 이 작품에서 소문이라는 불확실한 매체를 통하여 마을 사람들의 집단적 악의가 공동체라는 이름으로 교묘히 은폐되고 면죄되는 사실을 그리고 있다. 이 작품에 나오는 소문과 뼈다귀의 관계에 대해서는 다음을 기약한다.

역주

1 현월『나쁜 소문』문예춘추사, 2000년 6월, p.12.

2 같은 책.

3 같은 책.

4 같은 책.

5 같은 책.

6 같은 책.

7 같은 책.

8 이러한 현상은 현월의 「그늘의 집」의 숙자와 중국인 노동자에 대한 집단촌 사람들의 폭력 사건에서도 극명하게 나타난다. 이것에 대해서는 황봉모 「현월『그늘의 집』-욕망과 폭력-」(『일어일문학연구』, 한국일어일문학회, 2005년, 8월)을 참조할 것.

9 현월『나쁜 소문』문예춘추사, 2000년 6월, p.56.

10 같은 책.

11 같은 책.

4. 현월(玄月)
「나쁜 소문(悪い噂)」

—'소문'이라는 폭력—

1. 서론

현월(玄月)은 재일 한국인에게서 보편적 인간을 보고, 재일 한국인 사회에서 인간이라면 누구나 겪게 되는 부조리를 본다. 그리고 자신이 본 바를 축소 내지 과장하지 않고 있는 그대로 담담하게 이야기한다. 현월은 공동체 내부에서 분노와 폭력이 악순환 되어 가는 과정을 묘사하면서, 그는 굳이 어떠한 가치 판단을 내리려고 하지 않는다. 오히려 극히 담담하게, 때로는 차갑게 느껴질 정도로 가라앉은 태도로 이야기를 차분히 그려 나간다. 이러한 관점을 유지하면서 동시에 현미경과 메스를 들이대듯 예리하게 인간이라는 존재를 포착하였기에, 재일 한국인의 경험을 바탕으로 구성된 공간을 배경으로 하는 현월의 작품은 특정한 환경에 얽매이지 않는 보편성을 획득하고 있다.

현월의 「나쁜 소문(悪い噂)」(1999년 5월, 『文学界』) 역시 그러한 작품이다. 「나쁜 소문」은 한 마디로 말하면, 뼈다귀를 둘러싼 마을 사람들의 여러 가지 소문에 대한 이야기이다. 마을 사람들의 공동체 속에서 뼈다귀는 모든 소문의 근원으로서 악(悪)의 상징이다. 현월은 이 작품에서 소문이라는 불확실한 매체를 통한 마을 사람들의 집단적 악의가 소문의 대상이 되는 한 인간에게 어떠한 영향을 미치고 있는지를 그리고 있다.

여기서는 현월의 「나쁜 소문」에 나타난 소문과 뼈다귀와의 관계에 대하여 분석하였다. 본서에서는 「나쁜 소문」에서 뼈다귀가 마을 사람들에 의하여 소문의 대상이 된 이유는 무엇이며, 또한 뼈다귀는 이러한 소문에 대하여 어떻게 대응하였는가를 살펴볼 것이다. 그리고 확인되지 않은 마을 사람들의 소문이 한 인간의 삶에 어떠한 영향을 미쳤는지를 구체적으로 살펴보고자 한다.

2. 뼈다귀(骨)라는 인물

현월은 「나쁜 소문」을 '그 남자는 마을 사람들에게 "뼈다귀(骨)"라고 불리고 있고, 나쁜 소문이 많은 사람으로 알려져 있었다'[1] 라는 문장으로 시작한다. 이 문장은 「나쁜 소문」에서 진행될 이야기를 단적으로 표현한다. 요컨대 이 작품은 '뼈다귀'라는 인물이 주인공이고, 그는 마을 사람들로부터 소문의 대상이라는 것을 암시하고 있다.

우선 '뼈다귀'라는 인물에 대하여 살펴보자.

뼈다귀는 마을 사람들의 소문의 대상이다. 그는 어릴 적에 늘 닭 뼈를 씹어 먹어서 '뼈다귀'라는 별명을 얻는다. 마을에 살다 6년간 산인(山陰) 지방의 친척 집에 다녀온 뒤, 그는 마을 뒤 개천가 집에서 할머니와 여동생, 그리고 조카인 료이치(凉一)와 함께 산다. 뼈다귀는 온순한 남자였다. 뼈다귀는 '어른이 되어서도 못된 짓을 일삼고, 눈앞의 욕망을 만족시키기에 급급한 놈들과 전혀 차원이 다른' 남자였다. 현월은 「나쁜 소문」에서 뼈다귀에 대하여 다음과 같이 묘사하고 있다.

있는지 없는지 모를 정도로 작은 눈과 솜털 같은 눈썹이 간신히 붙어 있는 매끈하고 하얀 얼굴, 시장 바닥 인파 속에 들어가면 여자들 사이에 완전히 숨

95

어버릴 정도로 작달만한 키가 그의 나이를 알 수 없게 만들었다. 또 이상할 정도로 발달한 상반신과 개구리처럼 휘어진 짧은 다리가 먼 데서 볼수록 우스꽝스러워, 그를 모르는 사람은 우선 생김새를 보고 웃다가 거리가 가까워지면 온순해 보이는 얼굴 때문에 더욱 그를 깔보았다. 사실 그는 평소에는 아주 온순했다.[2]

이렇게 온순해 보이는 얼굴을 하고 있고, 또 사실 평소에는 아주 온순한 뼈다귀가 마을 사람들에게 나쁜 소문이 많은 이유는 무엇일까.

그 이유는 뼈다귀가 지닌 폭력성 때문이다.

마을 사람들과 뼈다귀 관계의 첫 번째 요인으로 마을 복귀 시점에서 이미 완성되어 있으리라고 판단되는 '뼈다귀의 폭력성'을 들 수 있다. 뼈다귀는 어릴 적 '상상이 안 갈 정도로 천진난만하고 곧은 성격'으로 친구들 모두에게 인정을 받고 있었지만, 산인지방에서 돌아온 후 그는 전혀 다른 인간이 되어 있었다. 마을에 돌아온 뼈다귀는 친구조차 만나지 않는다.

뼈다귀가 산인지방에서 돌아온 후 어릴 적 친구들은 그에게 몇 번이나 같이 놀자고 하였으나, 뼈다귀는 그들을 무시한다. 친구들이 '길가에서 갑자기 불렀을 때는 노려보면서 때릴 것 같은 표정이었다. 어이없고 화가 나기도 하여 누구도 상대하지 않게 되었'던 것이다. 어릴 적에 절친하였던 친구조차 만나지 않을 정도로 변한 뼈다귀는 곧 그가 가진 폭력성을 드러낸다. 그는 자신에게 친절하게 대해준 행동을 오히려 모욕으로 느끼고 폭력적인 행동을 하는 것이다. 뼈다귀는 파친코에서 자신에게 친절히 대해준 젊은 남자에게 칼을 휘두른다.

96

다음 순간 뼈다귀는 거꾸로 잡고 머리 위로 쳐든 칼을 그의 사타구니를 향하여 내리쳤다. 그는 어떻게 피했는지 기억도 못하지만, 뼈다귀가 사타구니만을 노리고 있다는 것이 너무나도 명백했기 때문에, 칼이 내려치는 동안에 '잘못해서' 배에 꽂혔을 때에는 마음속으로 살았다고 안도했다. 그러자 갑자기 오랫동안 잊고 있었던 과거, 뼈다귀의 성기가 반밖에 없다는 것이 생각나 몸서리가 쳐지면서, 칼에 맞아 뻣뻣해진 복부 이외의 몸이 갑자기 이완되면서 눈물과 콧물과 오줌이 한꺼번에 나왔다.[3]

뼈다귀가 뿌려 놓은 한줌의 구슬에 미끄러져 젊은 남자는 타고 있던 자전거에서 거꾸러진다. 그리고 뼈다귀는 넘어진 그에게 칼을 휘둘렀던 것이다. 젊은 남자는 그저 친절을 베푸는 마음에서 구슬 한줌을 집어 뼈다귀의 상자에 넣어 주었던 것이지만, 이러한 친절을 뼈다귀는 모욕으로 받아들이고 그에게 폭력을 휘두른다. 자신에 대한 친절을 고마워하지 않고 오히려 폭력으로 갚는 것으로 볼 때, 뼈다귀의 성격이 얼마나 삐뚤어져 있었는지 알 수 있다. 여기에서 주의해서 볼 것은 뼈다귀가 젊은 남자의 사타구니만을 겨냥해 칼을 내리친다는 사실이다. 이것은 일찍이 뼈다귀가 어릴 적에 입은 상흔이 깊이 각인되어 자신도 모르는 사이에 트라우마[4]가 되어 나타난 것이다.

결국 뼈다귀는 이 폭행 사건으로 실형을 선고받아 소년원에서 복역한다. 그리고 이 사건은 뼈다귀가 마을 사람들에게 소문의 대상이 되는 결정적인 계기를 제공한다. 이 사건 이후 마을 사람들은 마을에 일어난 모든 이상한 사건에 뼈다귀를 관계시키게 되는 것이다. 그러나 그가 행한 구체적인 폭력 행위는 이 사건뿐이었다. 이것 외에 뼈다귀를 둘러싼 마을 사람들의 소문은 사실과 거리가 먼 단지 소문에 불과할 뿐이었다. 그러나 이 사건으로 말미암아 뼈다귀는 이미 마을 사람들에게 소문의 대상이 되어버렸던 것이다.

그런데 어릴 적 '상상이 안 갈 정도로 천진난만하고 곧은 성격'이었던 뼈다귀가 이렇게 폭력적인 성격으로 변해버린 이유는 무엇일까.

이것을 제대로 이해하려면 그의 성격이 변화하게 된 이유를 먼저 논할 필요가 있다. 유년 시절 마을을 떠나기 이전과 이후의 뼈다귀의 모습이 판이(判異)하여 자칫 혼란을 불러올 수 있기 때문이다. 뼈다귀가 마을을 떠나 있던 6년간 어떠한 삶의 과정을 겪어 왔는지 알기란 쉽지 않지만, 제한된 정보에 입각(立脚)해 판단하건데 친척집 더부살이가 상당히 고단하여 피해 의식을 자극했을 가능성이 있다고 추측해볼 수 있다. 뼈다귀의 키가 전혀 자라지 않았고 상체만 유난히 발달했다는 사실로 미루어 보건대 그는 아마 이사 직후부터 막노동과 다름없는 힘든 노동을 통해 생계에 일정 부분 기여해야 했을 것이다.

그리고 이와 더불어 '가족을 버린 아버지에 대한 원망'도 그에게 악영향을 끼쳤으리라고 판단된다. 아버지가 자신들을 버렸다는 사실은 예민한 시기의 뼈다귀에게 상당한 정신적 충격을 안겨주는 동시에 그가 브레이크 없이 폭주하는 상황을 가져왔다고 볼 수 있다. 또 이러한 맥락에서 동생을 매춘 대상으로 내어 놓는 식의 그의 도덕적 무감각이 이를 설명할 수 있을 것이다. 원래 삶의 터전 자체가 도덕적 인식과는 관계가 먼 환경이기도 했거니와 그들 가족이 겪은 가난이 그로 하여금 도덕의식 따위는 집어던지게 만든 것이라고 생각할 수 있다. 뼈다귀는 선과 악의 기준인 도덕의식을 가지고 있지 못했기에 더욱 폭력적인 인간으로 성장하여 갔음에 틀림없다.

한편, 뼈다귀가 폭력적이 된 또 다른 이유로서 그가 어릴 적에 성기(性器)를 손상당했다는 사실을 들 수 있다.

뼈다귀의 폭력적인 성격은 그가 어릴 적에 입은 성기 손상 사건과 깊은 관계를 가지고 있다. 어릴 적 성기를 손상당했다는 사실이 뼈다귀의 성격 형성에 있어서 깊은 영향을 미쳤다는 것은 분명하다. 그는 유년기의 상처로 인하여 성적(性的)으로 거의 불구자(不具者)에 가까운 상태가 된다. 뼈다귀는 어릴 때 막대기의 못으로 자신의 부운 성기를 긁는 장난을 하다가 파상풍에 걸려 성기를 반이나 잘라내는 큰 상처를 입었던 것이다.

> 그날 밤 뼈다귀는 고열이 났고 다음 날 아침 진료소로 실려 갔다. 그런데 그곳 의사는 도저히 손을 쓸 방도가 없다면서 일본적십자사병원에 소개장을 써주었다. (중략) 의사에게서 아들의 성기를 반 정도 절단해야 한다는 소리를 들었을 때도 얼굴색 하나 변하지 않은 어머니였지만, 수술 후에도 청결하게 해야 한다는 이야기를 듣고 돌아가게 되었을 때에는 불안해져서, 균을 죽이는 주사가 있으면 한 대 놓아달라고 신신부탁했다.[5]

성기 수술 후 뼈다귀는 이전과 다름없이 친구들과 어울리지만 그것은 표면적인 행동이었고, 어릴 적에 성기에 입은 상처가 그를 지배하는 주요한 성격을 이루었으리라는 사실을 추측하기는 그다지 어렵지 않다. 뼈다

귀는 자신의 성기가 완전하지 못하다는 사실로부터 자신이 결코 평범한
인생을 보내지 못하리라는 것을 이해하고 있었다고 생각할 수 있다.

일반적으로 남자들이 청소년기, 청년기를 지나면서 증대하는 성적 욕
구를 어떤 형태로든 해소(解消)하는 과정은 그의 인격 형성 과정에서 중
요한 부분을 차지한다. 그러나 뼈다귀는 이러한 과정에 접근할 기회 자체
를 원천적으로 차단당했으며, 이런 점이 그의 성격을 왜곡된 방향으로 나
아가게 하는 데 중요한 요인으로 작용했을 것이다. 뼈다귀가 파친코 앞
사건에서 남자의 사타구니만을 노렸던 것도, 그리고 나중에 가나코(加奈
子)에게서도 그녀의 성기를 노렸던 사실도 모두 어릴 적 뼈다귀가 입은
성기 사건의 정신적 상흔으로부터 벗어나지 못한 것에서 온 행동이라고
할 수 있다.

뼈다귀는 이렇게 어릴 적의 정신적 상흔을 극복하지 못했기 때문에, 남
과 여의 세계로부터도 멀어져 있었다. 그는 남과 여의 세계에 무관심하
다. 뼈다귀가 남과 여의 행위로부터 멀어진 현상은 묘하게도 그의 조카인
료이치에게도 전해진다. 집밖에서는 가나코와 성행위를 하고 있는 료이
치도 집 안에서는 뼈다귀와 마찬가지로 남과 여의 행위에 전혀 반응하지
않게 되는 것이다.

삼촌의 성기에 대해 알기 전에도 삼촌은 남과 여의 행위로부터는 저 멀리
떨어진 장소에 있다고 직감하고 있었다. 매일 밤 남자가 올라갔지만, 삼촌은
들여다보지도 않고 옆방에서 뒹굴고 있었음에 틀림없다. 그리고 나는 천장으
로부터 쏟아져 내리는 남과 여의 모습을 나중에는 지금 어떤 체위로 하고 있

는지 알 정도로 명확하게 느끼고 있었다. 그러나 결코 발기하지 않았다. 나도 이 집에서는 그런 것으로부터 멀리 떨어져 있었다.[6]

뼈다귀는 남자와 여자의 섹스라는 행위에 대하여 반응하지 않는다. 그는 성행위 자체는 물론 그것에 대한 호기심조차 없다. 그리고 이러한 삼촌집에서는 료이치조차 전혀 반응이 없어져 버리는 것이었다. 전이 현상이다. 뼈다귀에 있어서 남자와 여자의 섹스라는 행위는 남자와 여자와의 몸에 관한 관계가 아니고, 단지 돈을 위한 형식적인 행위에 불과한 것이었다. 뼈다귀에게 남과 여의 성행위는 이미 도덕적인 기준을 넘어서 있었다.

이러한 뼈다귀의 행동은 어릴 적에 입은 성기 손상 사건의 후유증으로부터 온 것이라고 할 수 있다. 어릴 적에 입은 성기 손상으로 말미암아 뼈다귀는 남자와 여자의 성행위 자체를 무시하기도 하는 한편, 남자와 여자의 성기에 집착하는 이중의 행동을 보이는 것으로 나타난다. 이것은 자기 여동생의 매춘 행위를 묵인하고, 또 조장한다는 행동으로 이어진다.

마지막으로, 뼈다귀의 또 하나의 주요한 특성은 다름 아닌 '그의 행동이 지닌 의외성(意外性)'이다.

우선 이러한 특성을 보여주는 가장 좋은 예는 뼈다귀가 자신의 친여동생을 희생양으로 삼은 매춘이다. 양씨 형제를 통해 뼈다귀의 여동생과 매춘관계를 맺었던 이들은 하나같이 뼈다귀가 출소(出所)한 후 그가 어떤 행동(복수)을 할지 두려워했다. 파친코에서 얼마간의 구슬을 주었다는 것만으로 뼈다귀의 모욕을 산 젊은 남자가 단지 그 행동만으로 배에 칼을 맞았기 때문이다. 그러므로 마을 사람들은 뼈다귀가 자신의 친여동생과

101

매춘 행위를 한 자들을 그냥 가만히 놔둔다고 생각할 수는 없었던 것이다. 뼈다귀가 출소하자 마을 사람들은 그의 행동을 기다리며 전전긍긍할 뿐이었다.

그러나 이러한 마을 사람들의 예상은 빗나간다. 결과는 장소와 중계자만 달라졌을 뿐, 뼈다귀의 여동생에 대한 매춘 행위 자체는 끝나지 않았다. 매춘 행위는 계속되었다. 뼈다귀는 마을 사람들에게 이전과 같은 조건으로 매춘을 허용한 것이다. 마을 사람들은 이러한 뼈다귀의 행동을 대단히 의외라고 받아들이고 한동안 그의 저의(底意)에 대해 염려했지만, 결국 마을 사람들에게는 아무런 일도 일어나지 않았다. 마을 사람들은 자신의 친여동생에 대한 매춘 사건에 대하여 뼈다귀가 당연히 모욕을 느꼈을 것이라고 생각하였지만, 그는 이 사건으로 모욕을 느끼지 않는다. 요컨대 이러한 뼈다귀의 행동은 전혀 의외의 것으로, 스스로 그와 일종의 심정적(心情的) 공감을 맺고 있다고 믿었던 양씨 형제마저 커다란 충격을 받았을 정도로 종잡을 수 없는 종류의 것이었다.

양씨 형제는 뼈다귀 또래의 쌍둥이 형제로 상당한 불량배이지만, 여동생인 가나코의 일이라면 아주 필사적인 사람들이었다. 가나코의 선배가 장난으로 가나코의 엉덩이를 껴안는 것을 보고, 그들은 순간적인 살의를 느끼고 그에게 차로 돌진할 정도로 과민하게 자신들의 여동생을 보살핀다. 이 작품의 마지막 사건에서도 그들은 여동생의 복수를 하러 뼈다귀에게 달려갔던 것이다.[7] 그러므로 이러한 뼈다귀의 행동에 대하여 양씨 형제는 '자기 친여동생이야' '가령 지옥에 떨어진다고 해도 우리들은 할 수 없다'라고 무언의 대화를 하며 충격을 받는다. 친여동생인 가나코를 과보호하는 양씨 형제들과 자신의 친여동생을 매춘에 내모는 뼈다귀의 이러한 행동은 정반대의 위치에 있다.

돌발성과 더불어 이러한 의외성은 마을 사람들이 그를 맹목(盲目)적으로 두려워하는 주요한 이유였다. 이와 더불어 그의 외모 역시 두려움을 증대시키는 원인으로 작용했다. 한없이 사람 좋아 보이는 얼굴을 한, 체구마저 왜소한 그의 이면에 잔혹하기 이를 데 없는 행동이 도사리고 있을 것이라는 상상은 분명 그를 더더욱 다가가기 두려운 존재로 만들었던 것이다.

그런데 한 가지 주의할 것은, 앞서 서술한 내용에서 뼈다귀가 지닌 폭력성의 정체를 살피는 데 주력(注力)하다 보니 그의 성격 내지 인격을 구성하는 다른 요소가 담기지 않았다는 점이다. 출감 후 가게를 돌보는 양씨 형제처럼 그 역시 상당히 사회화(社會化)되었고, 이동이 잦은 막노동 품팔이를 하며 쓸데없는 충돌을 피하려고 한다.

그러나 뼈다귀의 이러한 측면은 마을 사람들 눈에는 비치지 않는다. 이러한 그의 모습은 료이치의 눈에만 비친다. 료이치는, 뼈다귀가 천성은 참 얌전한 사람으로, 그가 '작업 현장에서 가장 허드레 일을 쭉 해오고, 날품팔이를 고집해 한 곳에 오래 머물지 않은 것은 말썽을 피하기 위해서였을 것'이라는 사실을 안다. 하지만 선입견으로 이미 결정되어진 마을 사람들의 뼈다귀에 대한 평판은 바뀌지 않는다. 뼈다귀에 관한 소문을 이야기하는 마을 사람들에게 그는 여전히 한없이 포악한 악마 같은 존재로만 인식되는 것이다.

3. 마을 사람과 소문

한스 J. 노이바우어는 『소문의 역사』에서 소문이라는 단어의 역사에 대하여 다음과 같이 설명한다.

'소문'이라는 개념 자체는 메타포처럼 원래의 법학적인 맥락에서 여전히 무엇인가를 담고 있다. 왜냐하면 소문이라는 이 단어의 어원을 따져보면 소식, 비명, 외침, 평판이라는 의미뿐만 아니라 카오스, 대참사, 범죄 등의 의미와도 관련을 맺고 있다. (중략) 이것은 '강간, 도둑질, 강도, 살인, 타살' 등과도 유사한 뜻이다. 소문이라는 단어의 어휘사는 이미 비상사태에 대하여 암시하고 있다.[8]

한스 J. 노이바우어가 명확히 갈파하고 있듯이, 소문은 이미 그 자체로서 상당히 무거운 주제를 내포하고 있다. 소문이라는 이야기는 살아서 움직인다. 그리고 멋대로 생성되고 성장해간다. 가정이 추측으로 변하고 추측이 단정으로 변하며, 이 단정으로부터 다시 새로운 가정이 생기고 그것이 추측이 되고 단정이 되어가는 것이다.

예를 들어 '갑'이 어떤 이야기를 비밀 형식으로 '을'에게 전한다. 물론 거기에는 '갑'의 추측이 가미되어 있다. 이것을 '을'은 '병'에게 그대로 전한다. '병'은 이것을 단정적으로 '정'에게 말한다. '정'은 우연한 기회에 이것을 '을'에게 역시 비밀 형식으로 말한다. 이렇게 되면 '을'은 이것을 새삼 확신하게 될 것임에 틀림없다.[9]

「나쁜 소문」에서 소문은 집단 내부에 응어리진 부정적 감정을 분출하기 위한 대상 찾기로 나타나고 있다. 그 대상이 뼈다귀 집안이었다.

뼈다귀의 아버지는 마을에 돌아오자마자 마을 사람들의 질투를 받는다. 몇 년 만에 마을에 돌아온 뼈다귀의 아버지가 샀던 집이 '보수적이고 오래된 변두리에 어울리지 않게 멋을 부린 양옥집이어서' 마을 사람들에게 거부감을 주었기 때문이다. 그가 현금으로 그 집을 사자 마을 사람들은 '크게 놀랐고, 시기하고 질투하였던' 것이다. 마을 사람들의 뼈다귀 집안에 대한 소문의 원천은 여기에서부터 시작되었다.

그러나 뼈다귀의 아버지는 곧 재산을 다 까먹고 사라진다. 뼈다귀의 친구들은 뼈다귀의 아버지가 사라졌을 때, 그 사정을 듣고 '뼈다귀를 동정하는 한편 다소 안심도 했다'는 문장에서 나타나듯이, 마을 사람들은 말할 것도 없고 친구들조차 뼈다귀를 시기하고 질투하고 있었다는 것을 알 수 있다. 또 뼈다귀가 상대하지를 않자, 친구들은 당황하기도 하고 화를 내기도 하다가 '뼈다귀의 키가 자라지 않는 건 성기가 반밖에 없기 때문이라며 수군거리고 소리 죽여 비웃어대'기도 한다. 자기보다 나은 사람, 또 자기보다 못한 사람에 대한 인간의 시기와 질투, 그리고 모멸에는 친구라는 존재조차 무의미하다는 사실을 여실히 보여준다.

이러한 뼈다귀의 집을 보는 마을 사람들의 인식은 중국집 주인이 대표하여 보여준다. 즉 중국집 주인의 '아버지라는 놈은 증발, 오빠는 소년원, 그런 별난 구석에 모녀가 살며, 시장에 채소찌꺼기를 주우러 다니는 지경이니 불쌍하다'라는 생각이 뼈다귀 집안에 대한 마을 사람들의 공통된 인식이라고 할 수 있다. 마을 사람들은 그곳에서 가장 소외되어 있는 집을

자신들의 소문의 대상으로 삼는다. 마을에서 뼈다귀 집이 소문의 대상이
될 수밖에 없었던 이유이다.

　마을에는 아직 이렇다 할 사건이 일어난 적이 없다. 그러나 마을 사람
들의 귀에는 이런저런 소문이 들려온다. 경찰이 '이 마을에 그런 종류의
이야기는 얼마든지 있지만 그 남자의 짓이라는 증거도 없고 피해 신고도
들어오지 않은 걸 보면 실제로 있었는지 없었는지도 확실하지 않아요. 다
소문에 불과합니다'라고 말하듯이, 뼈다귀에 관하여 마을 사람들에게 돌
아다니는 이야기는 파친코 사건을 제외하고는 증거도 없고 모두 소문에
불과하다. 하지만 마을 사람들은 그렇게 생각하지 않는다. 단지 증거가
없을 뿐이고, 사건의 용의자는 그 남자일 것이라고 굳게 믿고 있다.

　소문은 순식간에 퍼진다.

　소문은 '조용히 그러나 확실하게' 퍼져나간다. 뼈다귀와 양씨 형제 사
이의 사건도 현장에 있었던 십여 명에 의해, 그날 밤 사이 소문은 온 동네
에 퍼진다. 마을 사람들은 비굴하게 웃다가 그 사건을 떠올린다. 그리고
살아남은 뼈다귀의 여동생을 볼 때마다 마을 여자들은 무관심한 채 하고
남자들은 복잡한 생각에 얼굴을 찌푸리기도 한다. 사람들의 영상에 자신
들이 한 일과 사건이 가져다준 처참한 기억이 남아 있기 때문이다.

　그때 사건 현장에 있었던 사람들은 그렇게 많지 않았는데도 어느 정도
나이를 먹은 마을 사람들은 누구나 비슷한 장면을 머릿속에 담고 있다.
그러나 사건에 대한 기억의 영상은 모두가 다르다. 요컨대 사건 현장에
있었던 사람들은 각각 다른 기억을 가진다. 즉 같은 사건에 대하여 '이것
은 처참한 영상과는 별도로 사람들에게 기억되'어, 어느 사람은 '노파는

106

사건 이전에 이미 죽어 있었다'라고, 또 다른 사람은 '아니 수라장을 바로 눈앞에서 지켜보다가 충격사한 것이고, 살아서 텔레비전 앞에 버티고 앉아 있을 때부터 몸이 경직되기 시작했을 거라'는 둥, 사람마다 제각각의 기억을 가지는 것이다.

요컨대 사건 현장을 직접 본 사람들의 기억조차 모두 제각각으로 불분명한 것이다. 또 기억은 변형된다. 그러므로 사건을 직접 보지도 않고 다른 사람의 말에만 의지하는 소문이라는 매체가 가지는 신빙성의 문제는 말할 것도 없다. 마을 사람들이 직접 본 사건 현장의 기억이 불확실한데 그것을 보지 않고 말하는 사람들의 이야기가 어떻게 변형되어 갈지는 상상하기에 그다지 어렵지 않은 것이다.

기억의 불확실성과 함께 또 하나의 중요한 요소는 소문에 대한 마을 사람들의 진정성이다.

무엇보다 마을 사람들은 뼈다귀와 양씨 형제 사건의 진실에 어떠한 관심도 없다. 마을 사람들은 뼈다귀와 양씨 형제의 싸움을 염려하는 진정성을 가지지 않는다. 단지 그들은 사건이라는 것이 일어나는 사실 자체를 즐기고 있을 뿐이다. 뼈다귀에 관련된 사건이라면 어떠한 것이라도 상관없는 것이다. 단지 사람들은 그것에 대하여 서로 이야기하면서 얼마 동안 재미있어 할 뿐이다.

마을에 일어난 방화사건에 대하여, 끝난 일은 어떻든 상관없고 마을 사람들은 탐욕스러운 이와타(岩田) 사장이 뼈다귀에게 어떤 반응을 보일까에만 주목하고 있었듯이, 남의 일에 까닭 없이 덩달아 떠들어 대는 구경꾼들은 뼈다귀와 양씨 형제 사이에서 일어날 일을 마음대로 지껄이며 재

107

미있어 한다. 그러나 '끝난 일은 어떻든 상관없고'에서 알 수 있듯이, 그들의 말 속에 진정성이 있는 말은 하나도 없었다. 단지 마을 사람들에게는 자신들의 소문을 위하여 뼈다귀와 양씨 형제가 보여줄 장면이 중요한 것이었다. 마을 사람들은 두 사람의 싸움을 말리기는커녕 구경거리를 보기 위하여 달려간다. 그들은 아무런 생각이 없는 단지 한 덩어리의 방관자들이었다.

그때 누군가가 이제 참을 수 없다며 달리기 시작했다. 그러자 옆에서 남아 있던 사람들도 환성을 울리며 따라가다가 그중 몇 사람은 사람들이 많이 모여 있는 곳, 목욕탕이나 선술집, 파친코 가게로 향했다. 십여 개의 노골적인 '악의'가 한덩어리가 되어 다리를 건너는 광경은, 우연히 지나가는 사람에게는 무섭게 보였겠지만, 그중에는 어릴 때 이렇게 정신없이 달렸었지 하며 그리움으로부터 순진하게 웃는 자도 있었다.[10]

다른 사람들의 소문을 즐기는 노골적인 악의가 있었음에도 불구하고, 순진하게 웃는 자도 있다는 문장으로부터, 마을 사람들은 단지 소문이라는 매체를 즐기고 있을 뿐이라는 사실을 알 수 있다. 그들은 뼈다귀와 양씨 형제의 싸움에 관하여 어떠한 책임도 느끼지 않는다. 마을 사람들에게 중요한 사실은 뼈다귀와 양씨 형제의 안전이 아니고, 뼈다귀와 양씨 형제가 보여줄 폭력 장면인 것이다. 하지만 그들은 이러한 폭력 장면을 기억하지 않는다.

사건 후 마을 사람들은 사건의 후유증으로 불안해한다. 그러나 그들은 뼈다귀가 개천가의 집으로 돌아오자 별로 실망하지도 않는다. 기본적으로 마을 사람들에게는 뼈다귀가 개천가의 집으로 돌아오는가 혹은 돌아오지 않는가가 중요하지 않았다. 마을 사람들에게 중요한 것은 소문으로서의 뼈다귀인 것이다. 마을 사람들에게는 소문이 없는 한, 즉 뼈다귀의 힘이 사라진 후, 그가 자신의 집에 돌아오든 마을을 떠나든 이미 아무 상관이 없는 것이다. 소문이 없으면 뼈다귀는 죽은 것이나 다름없었던 것이다.

소문은 마을 사람들에 의하여 만들어지고 전파되며 확대된다.

그러나 마을 사람들은 단지 소문에 이끌리고 그 소문이 사실인가 아닌가를 확인하지는 않는다. 사실을 알려고 하기는커녕 그들은 소문이 사실이기를 바라고 있다고 생각할 수 있다. 여기에서 소문의 진실은 묻혀 버린다. 이미 소문은 그것이 사실인가 아닌가의 문제를 벗어나 버리게 되는 것이다. 물론 여기에서 소문이 사실인가 아닌가의 의미는 중요하지 않다. 단지 마을 사람들이 그 소문을 사실로서 이해하고 있다는 것이 중요할 뿐이다. 사실로서 이해된 소문은 마을 사람들이라는 공동체 사회가 즐기는 '유희'가 된다.

한편, 소문이 미확인된 추측이라고 하면 그것은 마을 사람들에게만 있는 것이 아니었다. 마을 사람들의 소문의 당사자인 뼈다귀 역시 사실만을 이야기하지는 않는다. 마을에 방화사건이 일어나자 뼈다귀는 그 방화사건의 주모자로 료이치를 의심한다. 그것은 일찍이 료이치가 문화주택을 방화한 전력이 있기 때문이다. 소문의 직접적인 피해자인 뼈다귀조차 자신이 당사자가 될 때에는 불확실한 추측을 하는 것이다. 그러나 곧 방화사건의 진범이 잡힌다. 결국 마을 사람들의 소문에 의하여 모든 흉흉한 사건의 주모자가 된 뼈다귀와, 추측으로 료이치를 의심하는 뼈다귀의 차이는 없는 것이다. 요컨대 마을 사람들과 같이 뼈다귀가 소문의 범위를 벗어나지 못하는 것으로부터 볼 때, 소문이라는 매체가 얼마나 커다란 범위를 가지고 있는지를 알 수 있다. 소문의 영향을 벗어나려면 그 마을을 떠나는 수밖에 없다. 마을에 남아 있는 한 결코 소문의 영향에서 벗어날 수 없기 때문이다. 작품의 마지막에 료이치가 마을을 떠나는 것은 소문에 대한 탈주를 시도함을 의미한다.

「나쁜 소문」에서 마을 사람들은 뼈다귀를 소문의 대상으로 삼아 그들의 공동체를 유지한다. 그러나 앞에서 살펴보았듯이 뼈다귀가 저지른 폭력사건은 파친코 사건뿐이고, 나머지 사건들은 사실로 드러난 것이 없다. 그러나 마을 사람들은 소문이라는 불확실한 매체를 이용하여 뼈다귀를 마을에서 일어난 여러 가지 흉흉한 사건의 진원지로 만들어 버리는 것이다. 그러면 마을 사람들이 뼈다귀를 공동체의 소문의 진원지로 만들어 버리는 이유는 무엇일까.

그것은 공동체가 가지는 집단적 속성에 있다. 즉 공동체 집단은 언제나 내부에 응어리진 분노와 같은 부정적(否定的) 감정을 분출하기 위한 대상을 찾고자 한다는 점이다. 뼈다귀는 마을 사람들의 이러한 분노와 부정적 감정의 분출 대상이 되었던 것이다.

공동체라는 것은 서로 다른 생각을 가지고 있는 개인들의 집합이기에, 크건 작건 간에 충돌과 대립이 발생하는 과정에서 공동체 내부에 스트레스가 쌓여가게 된다. 굳이 역사가 짧고 체제가 안정되지 않았더라도, 일반적으로 공동체는 이를 축제나 공동노역(公同勞役), 종교 등의 형태로 승화시키는 나름의 제도(制度)를 보유하는데, 때때로 그것만으로는 공동체의 갈등이 충분히 해소가 되지 않는 경우가 있다. 그러한 경우 공동체는 내부의 이질적인 또는 외부로부터 유입된 특정한 존재를 희생양으로 삼아 적으로 규정하여, 그것을 공격하는 행위를 통하여 축적된 응어리를 해소하고 구성원의 단결을 꾀한다. 과거의 마녀 사냥, 신분 차별, 인종 차별뿐만 아니라 현대의 이지메(왕따) 현상 등도 그 좋은 예가 될 것이다. 그리고 이것은 궁핍한 생활이 사람들의 심성을 거칠게 하고, 공동체를 아우르는 제대로 된 규범이나 질서도 확립되지 않았던 당시 상황 속에서는 극단적인 형태로 나타나게 된다고 볼 수 있다.

이러한 공동체와 개인의 관계는 현월의 또 다른 작품인 「그늘의 집(陰の棲みか)」에서도 분명하다. 「그늘의 집」에서 집단촌 사람들은 자신의 욕망만을 추구하며 집단촌을 벗어나려고 했던 숙자에게 집단 린치를 가한다.

그때 집단촌 광장에는 아이들을 제외한 대부분의 주민들이 모여 있었다. (중략) 남자들은 숙자가 쓰러지려고 할 때마다 찬 우물물을 머리 위로 뒤집어 씌우고, 여자들은 순서대로 돌아오는 죽도로 등이나 어깨를 쿡쿡 찌르거나 때렸다. 사람들은 담담하게 마치 떡을 찧는 리듬으로 되풀이했다. 그곳에 광기가 개입할 여지는 없었고, 사람들은 해야 할 일을 묵묵히 해내고 있을 뿐이었다. 모두가 무표정했으며 눈가나 일어서는 모습에서 피곤함을 엿볼 수는 있었지만 자기 차례가 왔을 때 빠지는 사람은 한 사람도 없었다.[11]

「그늘의 집」에서 집단촌 사람들의 집단 폭력은 지하은행에서 돈을 훔친 중국인 노동자들에게서도 똑같이 적용된다. 집단촌 사람들은 공동체의 규칙을 어긴 숙자에게, 자신이 '해야 할 일을 묵묵히 하고', '모두가 무표정했으며', '자기 차례가 왔을 때 빠지는 사람은 한 사람도 없었다'라는 설명에서 보듯이, 집단촌 사람들은 집단촌이라는 공동체의 규칙을 어긴 자에 대한 폭력적인 제어를 당연한 것으로 받아들이고 있다.

말할 것도 없이「그늘의 집」의 집단촌 사람들은「나쁜 소문」의 마을 사람들과 다르지 않다.「그늘의 집」에서 집단촌 사람들의 룰을 어긴 것에 대한 제어가 집단적인 폭력으로 나타나는 것에 대하여,「나쁜 소문」에서는 그것이 마을 사람들이 퍼뜨리는 소문으로 나타나는 것이다.「나쁜 소문」에서 마을 사람들이 퍼뜨리는 소문이라는 불확실한 매체는 다수라는 수의 힘을 빌리면서 무시무시한 폭력으로 변한다.

한편, 뼈다귀는 자신에 대한 마을 사람의 소문이라는 무차별적 폭력에 역시 폭력으로 대응한다.

뼈다귀는 분노(憤怒)를 가슴에 담고 산다. 뼈다귀는 마을에서 일어나는 사건들의 중심에 서 있으며, 깊이를 알 수 없는 분노와 증오를 가슴에 품고 때때로 이를 폭력이라는 수단을 통해 발산한다. 뼈다귀는 마을 사람들의 소문의 직접적인 대상이다. 그런데 그는 소문의 피해자임과 동시에 소문의 확대재생산 과정에 깊게 관여하고 있다고 볼 수 있다. 뼈다귀가 폭력이라는 격한 대응을 함에 따라 그에 대한 마을 사람들의 소문의 속도와 범위도 커져가는 것이다.

마을 사람들은 뼈다귀의 폭력에 마음이 무거워지면서 뼈다귀에 대한 소문을 더 퍼트린다. 또 뼈다귀에 대한 마을 사람들의 소문의 범위가 점점 더 커져감에 따라서 그의 폭력의 정도도 높아진다. 소문과 폭력의 악순환이 발생하는 것이다. 이 점은 마을에서 뼈다귀에 관련된 소문의 규모와 영향력이 점점 커져가는 일련의 과정을 살펴보면 한층 명확히 알 수 있다. 마을 사람들의 소문은 눈에 보이지 않지만 분명하고 확실한 폭력으로 다가온다. 그리고 뼈다귀는 이러한 마을 사람들의 소문을 폭력으로 인식하고, 물리적인 폭력으로 대응한다. 그러나 뼈다귀의 행동은 한계가 있는 소극적인 폭력이었다.

뼈다귀는 마을 사람들의 자신에 대한 소문이라는 폭력에 대하여 자신이 생각하는 폭력으로써 대응한다. 그런데 뼈다귀가 행하는 폭력은 적극적인 것이 아니었다. 뼈다귀는 굴욕이라고 생각되어 분노를 느끼면서 행하는 자신의 폭력에 대하여 항상 어떠한 명분을 가지려고 노력한다. 파친코 사건을 제외하면, 그의 복수를 위한 행동에는 반드시 어떠한 계기와 명분이 필요했다. 그리고 분노의 감정을 축적할 수 있는 상당한 시간이 필요하였다. 즉 그의 폭력은 이성적인 사고(思考)를 통하여 나오는 행동이었던 것이다. 소극적인 폭력이 될 수밖에 없는 것이다.

이러한 뼈다귀의 행동 양식은 여러 사건을 통해 나타난다. 예를 들어 건어물상에 대한 복수 사건에서도, 뼈다귀는 료이치가 시장에서 넘어진 것을 계기로 하여 그것을 명분으로 삼아 건어물상에 대한 복수를 행한다. 가나코 아버지 사건에서도 그는 양씨 형제에게 뭇매를 맞으면서도 '제 아버지가 강에서 끌어올린 익사체의 모습으로 돌아왔다면 누구든지 그렇게 되지. 어쩔 수 없어' 하고 연약한 어조로 변명을 늘어 놓으며 자신을 납득시킨다. 그리고 양씨 형제에 대한 복수 사건에서도, 뼈다귀는 그 지역에 일어난 방화 사건을 복수의 계기로 삼고 분노의 감정을 축적하여 료이치의 채근에 의하여 비로소 행동을 시작한다.

만일 어떠한 계기가 일어나지 않았으면 뼈다귀의 분노는 자신의 가슴 속에 남아 있었을 것이다. 그러므로 그는 굴욕을 느끼는데도 불구하고 복수의 명분이 성립하지 않으면, 체육 선생의 사건과 같이 자신을 자해하기도 한다. 요컨대 뼈다귀의 폭력에는 명분이 있어야 하고 분노의 축적 시간을 필요로 한다. 이성적이고 소극적인 폭력이라고 할 수 있다. 이러한 뼈다귀의 행동은 조카인 료이치와 구별된다.[12]

그러나 뼈다귀가 마을에서 마지막까지 살아남을 수 있었던 것은 그가 사용한 폭력이 소극적인 행동에 머물렀기에 가능한 일이었다. 뼈다귀가 료이치처럼 감정적이고 적극적인 폭력을 사용했으면, 그는 결코 마을에서 계속 살아갈 수 없었을 것이다.

4. 양씨 형제(梁兄弟)의 경우

양씨 형제를 마을의 중심 인물로 볼 것인가, 뼈다귀와 마찬가지로 본질적으로는 집단에서 소외(疎外)된 인물로 볼 것인가, 라는 문제는 이들을 핵심인자(核心因子)로 하는 인간관계 고찰에 심대한 영향을 미친다. 이들의 위상을 어디에 두느냐에 따라 최후의 폭력 사태를 '마을과 뼈다귀의 대립'으로 볼 것인지, '아웃사이더 간의 충돌'로 볼 것인지의 여부가 결정되기 때문이다.

여기에서 양씨 형제에 대하여 살펴보자.

양씨 형제는 뼈다귀 또래이며 상당한 불량배이다. 양씨 형제는 뼈다귀와 마찬가지로 자신들도 '죽음의 신(神)'이라고 말한다. 즉 마을에서 자신들이 나쁜 일을 많이 한 것을 스스로 인정하고 있는 것이다.13 양씨 형제는 뼈다귀의 여동생이 매춘의 길로 들어선 것도 전적으로 그들의 책임이 크다는 것을 알고 있다. 하지만 같은 죽음의 신이지만, 마을에서 뼈다귀가 소문의 대상이 되는 것에 대하여 양씨 형제는 소문의 대상이 되지 않는다.

양씨 형제는 뼈다귀의 여동생을 매춘시킨 죄로 소년원에 들어간다. 그러나 마을에 그들의 사건에 대한 소문은 퍼지지 않는다. 즉 십대 소년들이 여중생을 데리고 매춘을 했다는 것, 8개월 동안 소년원에 있었다는 것, 중국집 주인을 비롯하여 몇 명이 경찰의 조사를 받았다는 것 등의 일을 마을 사람들은 거의 모른다. 당사자들이 철저히 입을 다물고 있기 때문이다. 소문의 이중성이다.

이렇게 마을에 양씨 형제에 대한 소문은 퍼지지 않는다. 그것을 현월은 '기적적'이라고 표현하지만, 애당초 양씨 형제에 대한 소문은 퍼질 수 없었다. 왜냐하면 이 사건에서 알 수 있듯이 마을 사람들과 양씨 형제는 서로 공생(共生)관계이기 때문이다. 양씨 형제가 주선한 매춘을 한 사람들은 모두 마을 사람들 자신들이다. 그러므로 만약 양씨 형제에 대한 소문이 퍼지게 되면 거기에는 예외 없이 자신에 대한 이야기도 들어가 있게 된다. 마을에 양씨 형제에 대한 소문이 퍼질 리가 없는 것이다.

요컨대 양씨 형제는 뼈다귀와 같은 '죽음의 신'임에도 불구하고, 그들은 마을 사람들의 소문의 대상이 되지 않는다. 그 이유는 여러 가지가 있을 수 있겠지만, 소문의 대상을 한 곳에 집중해야 하는 점, 그리고 양씨 형제의 아버지가 시장 안에 위치한 점포를 운영한다는 점 등을 들 수 있다. 양씨 형제는 마을 사람들과 같은 공동체에 속해 있는 것이다.

그러므로 양씨 형제는 마을 사람들이 뼈다귀의 여동생과 매춘을 하고, 자신의 아버지마저 그러한 행동을 해도, 지금 이대로 '모두가 행복'한 것이 아닐까 하고 생각한다. 하지만 그 '모두의 행복'을 위해서 뼈다귀 집안의 희생이 필요한 것을 그들은 인식하지 못한다. 그들은 마을 사람들의 '모두가 행복'이 뼈다귀와 그의 여동생이라는 희생양으로부터 오고 있다는 사실을 결코 이해하지 못하는 것이다.

양씨 형제의 동생은 료이치에게 뼈다귀에 대한 마을 사람들의 소문을 말해준다. 이렇게 양씨 형제가 료이치에게 뼈다귀의 소문을 말해준다는 것으로부터 그들이 마을의 주류 사회에 속해 있다는 것을 알 수 있다. 또한 료이치가 양씨 형제의 동생에게 이야기한 뼈다귀의 정보는 순식간에 온 마을에 퍼진다. 양씨 형제와 마을 사람들의 관계를 알 수 있는 것이다. 양씨 형제는 어젯밤에 일어난 일로, 료이치만 알고 있다고 생각한 뼈다귀에 대한 소식도 이미 알고 있을 정도였다.

양씨 형제의 동생은 '오해하면 안 되니까 하는 말인데 이건 어디까지나 소문이야. 뼈다귀가 한 짓이라는 증거는 전혀 없어', '남의 말 좋아하는 사람들의 농담에 지나지 않지만', '어쨌든 쓸데없는 이야기야'라는 전제 조건을 달면서도, 그는 '순 엉터리라고 단정할 수 없는 것이 재미있다'라고, 마을 사람들과 같은 생각을 가진다. 그에게는 마을 사람들과 같이 뼈

다귀의 소문이 하나의 '구경거리'에 불과한 것이다. 마을 사람들이 구경
거리가 시시하게 끝나서 실망하고 있듯이, 그 역시 구경거리가 시시하게
끝나지 않기를 바라는 것이다.

이렇게 양씨 형제는 마을에서 주류 사회에 속하는 인물이다. 그리고 그
들의 주위에는 언제나 마을 사람들이 있다. 양씨 형제의 아버지 사건에서
도 그의 집 앞에는 사람들이 많이 모여 있었고, 양씨 형제가 뼈다귀의 집
을 찾아갈 때에도 그들의 뒤에는 마을 사람들이 몇 명 있었고, 가나코가
구급차에 실려 갔을 때도 구급차를 멀찍이 둘러싸고 있던 수십 명의 마을
사람들이 술렁거린다. 양씨 형제 주위에는 언제나 마을 사람들이 둘러싸
고 있는 것이다.

또 이것은 양씨 형제의 책략이기도 하였다. 양씨 형제는 자신들이 관계
하는 사건에 마을 사람들을 끌어들인다. 그들은 마을 남자들도 끌어들여
의논을 하여, 그들의 생각을 받아들임으로써 자신들의 책임을 어느 정도
떠넘길 수 있다는 생각을 하는 것이다. 양씨 형제는 마을 사람들이 '제멋
대로 자신의 생각을 지껄여댈' 것이라는 사실을 알고 있다. 그렇게 '제멋
대로 자신의 생각을 지껄여대'는 마을 사람들에 의하여 그들은 공동 책임
을 지게 된다. 요컨대 양씨 형제는 뼈다귀와 함께 마을에서 일어나는 사
건의 중심에 있지만, 마을 사람들과 소문이라는 같은 사실을 공유하고 있
기 때문에 소문의 대상이 되지 않는다.[14]

그러나 양씨 형제가 오로지 마을 사람들의 편이었던 것은 아니다. 양씨
형제는 뼈다귀를 이해하기도 한다.

뼈다귀와의 관계 및 여러 사건에서 그들이 취하는 태도를 자세히 들여

다보면 생각을 달리하게 되는데 특히 마지막 장면이 그러하다. 여기서 양씨 형제가 비록 가나코를 해코지한 것에 대해 복수할 목적으로 강력한 물리적 폭력을 행사했으나, 결정적으로 뼈다귀의 숨통을 끊어 놓지 않았다는 사실은 주목할 만하다. 이는 결국 그들의 복수가 '이에는 이, 눈에는 눈'이라는 원칙을 벗어나지 않으며 마을 사람들이 원하는 뼈다귀 살해(殺害)와는 거리가 멀다는 점, 즉 마을을 대표해서 마을 사람들을 위해서 한 행위가 아니었다는 점을 말해준다.

한 가지 재미있는 사실은 그들은 여타의 경우 정도를 넘어서는, 예를 들어 살인미수로 수감될 정도의 강력한 폭력을 휘두르지만 유독 뼈다귀에게는 1:1의 원칙을 적용한다는 점이다. 그들의 부친이 호흡이 멎은 상태로 뼈다귀 손에 실려 왔을 당시에도 충분히 오해가 가능한 상황이었지만 구타하는 정도로 그치고, 끌려간 가나코를 처음 발견했을 때에도 마찬가지로 구타에 그친다. 그리고 오히려 미안한 마음에 치료비를 물어주겠다는 약속까지 한다. 심지어 최후에 벌어진 복수도 '가나코의 성기를 훼손했으니 유사한 종류의 것으로 처벌한다'라는 식이다.

그들이 그러한 판단 내지 결정을 내린 이면(裏面)에는 '뼈다귀에 대한 모종의 동류(同類) 의식', 달리 표현하자면 '자신들 역시 결국은 아웃사이더(outsider)라는 의식'이 잠재해 있다고 판단된다. 양씨 형제는 나이도 비슷하기 때문에 뼈다귀가 파친코 가게 앞에서 젊은 남자의 사타구니를 찌르려고 했던 마음도 충분히 이해하고 있기도 했다.

그리고 이 점이 마을 사람들과 양씨 형제를 결정적으로 구분하는 요인으로 작용하였고, 그 결과 출소 후 점포 운영과 친절함으로 주류 사회로부터 인정받고 편입되었으나 본질적으로는 이방인(異邦人)일 수밖에 없는 상태를 가져왔다. 이러한 상황은 료이치로 하여금 뼈다귀와 양씨 형제 사이에 극적인 화합이 이루어질 것이라는 비현실적이고 낙관적인 기대를 갖게 하는 계기가 되기도 한다. 료이치가 자기 고모와 양씨 형제의 동생과의 결혼을 생각하기도 하는 것이 그것을 말해준다. 또 이러한 사실은 사건 후, 결국 양씨 형제가 마을을 떠나 히로시마(広島)로 이사한 것으로부터도 알 수 있다.

5. 결론

이상, 현월의 「나쁜 소문」에 나타난 소문과 뼈다귀의 관계에 대하여 살펴보았다.

요컨대 뼈다귀는 파친코 사건을 일으킴으로써 마을 사람들의 소문의 대상이 되어버린다. 이것은 그의 폭력적인 성격이 원인이었는데 그가 폭력적인 성격을 가지게 된 것은 어릴 적에 입은 성기 손상 사건의 영향이 컸다. 또한 그가 가지고 있던 의외적인 행동도 마을 사람들에게 소문의 대상으로서 충분히 매력적인 요소였음에 틀림없었다. 그리고 아버지가 없는 가난한 집안 사정도 마을 사람들의 소문의 대상이 된 하나의 원인이었다.

「나쁜 소문」에서 소문은 집단 내부에 응어리진 부정적 감정을 분출하기 위한 대상 찾기로 나타나고 있다. 그 대상이 뼈다귀였다. 소문은 마을 사람들에 의하여 만들어지고 전파되며 확대된다. 마을 사람들은 단지 소문에 이끌리고 그 소문이 사실인가 아닌가를 확인하지는 않는다. 사실을 알려고 하기는커녕 그들은 소문 자체를 즐기고 있다. 여기에서 소문의 진실은 묻혀 버린다. 이미 소문은 그것이 사실인가 아닌가의 문제를 벗어나 버리게 되는 것이다. 물론 여기에서 소문이 사실인가 아닌가의 의미는 중요하지 않다. 단지 마을 사람들이 그 소문을 사실로서 이해하고 있다는 것이 중요할 뿐이다. 사실로서 이해된 소문은 마을 사람들이라는 공동체 사회가 즐기는 유희가 된다.

현월은 마을 사람의 소문이라는 폭력과 뼈다귀의 물리적인 폭력을 비교한다. 뼈다귀의 물리적인 폭력은 마을 사람들의 소문이라는 폭력에 결코 이길 수 없었다. 그렇기 때문에 이러한 마을공동체의 억압은 새로운 폭력의 악순환이라는 형태로 다시 모습을 드러낼 것임을 현월은 「나쁜 소문」에서 암시하고 있다. 그리고 바로 이것이 작가가 보여주고 싶었던 인간 사회의 모습이라고 할 수 있다.

역주

1 현월,『나쁜 소문』문예춘추사, 2000년 6월, p.7.

2 같은 책.

3 같은 책.

4 트라우마는 원래 정신적 외상이라는 뜻이다. 어렸을 때 받았던 충격이나 외상이 현재까지 영향을 미치는 것을 말한다.

5 현월,『나쁜 소문』문예춘추사, 2000년 6월, pp.33-34.

6 같은 책.

7 그러나 뼈다귀의 여동생과 자신의 여동생인 가나코를 대하는 양씨 형제의 이중성에 대해서는 의문의 여지가 있다.

8 한스 J. 노이바우어 지음, 박동자, 황승환 옮김『소문의 역사』세종서적, 2001년 6월, pp.278-280.

9 시미즈 이구타로(清水幾太郎)지음, 이효성 옮김『유언비어의 사회학』청람문화사, 1977년 6월, p.36.

10 현월,『나쁜 소문』문예춘추사, 2000년 6월, p.128.

11 현월,『그늘의 집』문예춘추사, 2000년 3월, p.68.

12 뼈다귀와 료이치의 행동 양식에 대해서는, 황봉모「현월(玄月)의『나쁜 소문(悪い噂)』- 료이치(凉一)의 변화 과정 추적을 통한 읽기-」(『日語敎育』2006년 3월, 한국일본어교육학회)를 참조할 것.

13 그들은 앞에서 오는 차가 클랙션을 자주 울렸다는 것만으로 운전수를 때려, 동생은 살인미수로 2년, 형은 상해죄로 1년, 각각 소년원에서 다녀오기도 한다.

14 양씨 형제의 가족 중에서 특이한 존재는 가나코이다. 가나코는 불량스러운 사람들이 마을에 존재하고 있다는 것을 마치 자신의 죄처럼 느낀다. 가나코는 자신이 죄를 짓고 있다는 자학적인 고정관념에 빠져 있다. 그런데 가나코가 생각하는 그 불량스러운 사람 중에 뼈다귀는 들어 있지 않다. 마을에 사는 아이들은 개천가에 있는 뼈다귀의 집에 접근하지 말라는 주의를 받는다. 그 집일을 알고 싶어 하는 아이들은 자신들을 무시하는 료이치의 눈빛이 마음에 안 든다고 한다. 하지만 가나코는 그런 료이치의 눈이 좋다고 하면서, '이

마을 어른들보다 더 차분해 보이고 왠지 안심이 된다'라고 말한다. 가나코는 마을 어른들의 들떠 있는 모습을 보고 있다. 14세의 어린이의 눈인 가나코에게 소문으로 얼룩진 마을 사람들의 음흉한 눈빛이 보였던 것이다. 순수한 어린이의 눈으로 보았을 때 마을 어른들의 이상한 행동들이 간파되고 있었다.

5. 현월(玄月)
『무대 배우의 고독
(舞台役者の孤独)』

-노조무(望)의 페르소나(persona)-

1. 서론

현재 일본 문단에서 가장 활발하게 활동하고 있는 재일 한국인 작가는 현월(玄月)과 유미리라고 할 수 있다. 현월은 재일 한국인 2세로서 2000년『그늘의 집(蔭の棲みか)』이 아쿠타가와 상을 수상하면서 본격적으로 일본 문단에 등장한 작가이다. 그는 재일 한국인이지만 재일 한국인의 특수한 상황을 묘사하는 것보다, 인간이 가지고 있는 보편적인 면을 파헤치고 있는 작가이다.

현월의『무대 배우의 고독(舞台役者の孤独)』은 1998년 4월 동인지『백아(白鴉)』2호에 발표된 후, 그해 12월 하반기 동인잡지 우수작으로서『문학계(文学界)』에 게재되어 주목을 끈 작품이다.『무대 배우의 고독』은 현월의 실질적인 데뷔작으로, 그는 이 작품에서 주인공인 갱생한 불량소년 노조무(望)가 한 인간으로 성장해 가는 과정을 그렸다.

본서에서는『무대 배우의 고독』의 주인공인 노조무라는 인물의 성장 과정에 주목하려고 한다. 노조무의 성장 과정은 보통의 아이들과 다른 것이었다. 본서에서는 주인공 노조무의 주위 환경이 그의 성장 과정에 있어서 어떠한 영향을 미쳤는가를 생각해 본다. 또 노조무와 마유코와의 관계를 통하여 노조무가 어떻게 어머니와 동생에 대한 죄의식을 벗어내고 한 사람으로 성장하여 가는지를 살펴보고자 한다.

2. 노조무의 성장 과정 - 페르소나의 형성

현월의 『무대 배우의 고독』의 주인공 노조무는 갱생한 청년이다. 비록 갱생하기는 했지만 노조무는 자신이 가야 할 길을 찾지 못하고 여전히 현실에서 방황하고 있다. 이렇게 그가 방황하는 이유는 그의 마음속에 남아 있는 어린 시절의 기억으로부터 벗어나지 못하기 때문이었다. 노조무의 어린 시절은 보통의 아이들과 많이 다른 것이었다.

어린 시절 노조무의 주위에서는 비정상적으로 죽음이 많이 일어난다. 어린 노조무에게는 할아버지의 죽음, 아버지의 죽음, 어머니의 죽음 등 빈번하게 죽음이라는 사건이 일어난다. 그런데 노조무는 비록 어린 나이였지만 이러한 비정상적으로 많은 죽음에 대해 아무런 반응을 보이지 않는다. 그는 이러한 가까운 사람들의 부재(不在)인 죽음을 담담히 받아들인다.

가까이서 겪은 사자의 수를 세기 시작해 그 수가 서른을 넘었어도 아직 반도 되지 않는 열두 살의 그는, 죽음을 하나의 정지된 그림 저편으로 쫓아내는 방도를 익히게 되었다. (중략) 그에게 죽음이란, 불길, 그것도 조그만 철문을 통해 들여다보는 네모나게 잘린 불길이었다. 네모난 문으로 보이는 불길은 소리도 없고 터져 흩어지지도 않는, 다른 것과 분리된 평면상의 조용한 그림이었다. (중략) 그는 죽음이라는 단어를 손가락으로 쓰기만 해도 이 그림을 세세하게 떠올릴 수 있다. 그리고 그 그림은 그에게 그림엽서를 보는 정도의 감동밖에 주지 않았다.[1]

　노조무는 어렸을 때부터 많은 죽음을 일상적인 일로 접해왔기 때문에 죽음에 대해 특별히 느끼는 감정이나 슬픔이 없다. 열두 살의 나이에 무려 서른이 넘는 죽음을 경험한 그가 누군가의 죽음을 잊는다는 일은 매우 간단한 것이었다. 그에게 죽음은 평면상의 조용한 그림에 불과하였다. 일반적으로 큰 충격으로 다가오는 자신의 주위 사람들의 죽음을 대하는 노조무의 이런 태도는 언뜻 둔하고 무딘 사람으로 보일 수도 있다.

　그러나 실은 그는 굉장히 여리고 상처받기 쉬운 성격이었다. 노조무는 '대부분의 경우, 대수롭지 않게 주고받는 말이라든가 남들이 무심코 한 행동에, 남들 못지않은 상상력을 지닌 그의 마음은 그런 사소한 자극에 의해 금방 신이 나기도 하고 상처를 받기도 했던' 사람이었다. 그러나 이렇게 여린 성격의 노조무였지만 그는 주위의 많은 죽음에 대하여 애도와 슬픔의 시간을 거치지 않는다.

　요컨대 열두 살의 노조무는 비정상적으로 많은 주위 사람들의 죽음에 대하여 자신을 보호하기 위하여 자아방어기제[2]를 실행하게 된 것이다. 주위 사람들의 비정상적으로 많은 죽음은 아직 정서적으로 성장하지 못한 아동기의 그에게 무거운 짐이 되었을 것이고, 그는 쉴 새 없이 계속되는 죽음 속에서 자신을 방어하기 위한 것으로 죽음을 감정의 이입 없이 객관적으로 바라보는 방법을 터득하게 된다. 그는 자신을 지키는 보호 장치로써 죽음을 정지된 그림 저편으로 쫓아내는 방도를 익히게 되었던 것이다. 상처받기 쉬운 성격의 노조무였지만 방어기제를 실행하여 누군가의 죽음을 그림 저편으로 쫓아내면, 그 죽음은 이미 그에게는 아무런 감정도 남아 있지 않게 되어 버린다. 따라서 그에게 한 인간의 부재라는 죽

126

음의 의미가 '네모나게 잘린 불길'을 그린 그림엽서를 보는 정도의 가벼움으로 인식될 수 있게 되었던 것이다. 노조무는 어떠한 참혹한 죽음도 간단히 그림 저편의 기억 속에 처박아 넣을 수 있었다.

방어는 자아가 불안에 대처하는 것을 돕기 위해 존재한다. 그는 두려움을 회피하기 위하여 방어기제를 사용하지 않을 수 없었다. 만약 자아의 방어기제를 작동하지 않았으면 어린 노조무는 주위의 비정상적으로 많은 죽음이라는 현실의 엄청난 상황에 압도되어 버텨내지 못했을 것이다. 그에게 자아방어기제의 작동은 생존을 위한 것이었다.

이러한 죽음에 대한 주인공의 무덤덤한 태도는 어머니의 죽음을 접했을 때에도 일관되게 적용된다.

죽음에 대한 노조무의 반응은 숙부에게 어머니가 제주도에서 죽었다고 들었을 때에도 변하지 않는다. 노조무는 그 무렵 어머니를 떠올리는 일은 거의 없었지만, 아무리 그렇다고 해도 그때만은 '머릿속이 얼어붙는 것 같은 한기를 느꼈'다. 그러나 그는 '울려고도, 죽은 이유를 물으려고도 하지 않았'다. 단지 노조무는 '자기 방 침대에 쓰러져 불길 그림을 떠올리며, 또 한 사람 죽었구나, 하고 마음속으로 중얼거리고 그것으로 모든 것을 흘려보냈던' 것이다. 그에게는 어머니의 죽음도 단순히 또 한 사람의 죽음에 불과했다.

이렇게 자신을 낳아준 어머니의 죽음조차도 그것에 대한 노조무의 반응은 차가웠다. 그에게 어머니의 죽음은 다른 이들의 죽음에 비해 '머릿속이 얼어붙는 것 같이' 충격적이었지만, 그 충격은 오래 머무르지 못하고 그는 그때까지 해왔던 것처럼 어머니의 죽음을 간단히 기억의 저편으로 보내버린다. 노조무는 어머니의 죽음에 대해서도 자신의 방어기제를 실행하였던 것이다.

이렇듯 죽음을 무감정적, 객관적으로 바라보는 태도는 가까운 사람들의 죽음으로 인한 부재로부터 노조무 자신을 보호하기 위한 방어기제로서 그에게 깊게 뿌리내리게 된다. 그리고 이러한 방어기제 요소는 그의 대인관계와 성격 형성에 커다란 영향을 미치게 된다. 그러나 어머니에 대한 그리움, 방어기제를 실행한 상처와 죄책감은 그의 무의식 속에 억압(抑壓)되어 내내 그의 자아를 혼란스럽게 만든다. 노조무의 어머니에 대한 생각은 억압된다.

노조무가 처음 자아방어기제를 실행하게 된 것은 어머니를 떠나 숙부 집에 오게 되었을 때였다. 그는 적응력이 뛰어났다. 노조무는 숙부와 숙모를 아버지, 어머니로 부르는 데 조금도 주저하지 않았고, 얼마 안 있어 다소 터무니없는 어리광도 부릴 수 있게 되었다. 그는 대단히 짧은 시간에 숙부의 가정에 적응하였다. 그러나 노조무의 이러한 적응은 정상적인 적응이라고 할 수 없다. 상실에 대한 애도를 거치고 상실을 인정하며 재구성하여 통합한 후 현실에 적응하는 것이 건강한 적응이라고 할 때, 그의 경우 이러한 모든 과정이 생략되어 있다. 노조무는 상실에 대한 애도 기간이 필요 없었던 것이다. 어린 노조무에게 페르소나(persona)[3]가 형성된 것이다. 노조무는 페르소나를 쓰고 무대로 올라간다.

페르소나는 우리가 다른 사람들과의 관계에서 쓰게 되는 가면이다. 페르소나는 사람들이 일상적인 삶에서 사용하는 의식적이고 피상적인 성격으로, 외적 태도 또는 외적 인격이라고 불리기도 한다.[4] 페르소나에 의해

128

개인은 자신의 성격이 아닌 다른 성격을 연기할 수 있는데, 어린 노조무는 비정상적으로 많은 주변인들의 죽음에 대하여 자신을 보호하기 위한 장치로 페르소나를 사용했던 것이다. 페르소나는 단순히 외부 세계와의 자연스러운 관계를 가지도록 하기 위한 하나의 부드러운 보호막이며 자기가 처해 있는 환경과 자신의 정신생활에 잘 적용한다. 그러나 어떤 환경에서는 이것이 너무 편리한 것이 되어 그 사람의 본성을 이 막 뒤에 숨기게 한다.5 어린 노조무는 아직 외부 세계에 노출되지는 않았지만 가족이 그 나름대로의 외부 세계였다. 노조무는 이 외부 세계에서 페르소나의 막(幕) 뒤에 숨어 있는 것이다.

그런데 어머니의 죽음에까지 페르소나를 통한 자기방어에 충실한 노조무였으나 동생의 죽음은 달랐다. 남동생의 죽음은 그가 여태까지 경험해 온 죽음과는 아주 다른 것이었다.

사람들은 대체를 통해 상실을 해결하고자 하는 성향이 있다. 상실한 존재를 대체할 수 있는 대상을 찾아 그것에 애정을 쏟음으로써 상실로 인한 고통에서 벗어나고자 하는 시도인데, 노조무에게 있어 남동생은 어머니에 대한 대체적 존재로 이해할 수 있다. 노조무는 '동생이 생긴 걸 아주 기뻐한다. 그는 동생이 생기기를 쭉 바라고 있었다는 착각마저 들었'을 정도로 동생을 좋아한다. 그러나 동생도 얼마 지나지 않아 질병으로 죽게 되는데 노조무에게 동생의 죽음은 어머니를 포함한 다른 이들의 죽음과는 전혀 다른 의미를 지니는 것이었다.

그가 열세 살이 되고 동생이 죽었을 때, 그는 일찍이 경험한 적이 없는 슬품에 사로잡혔다. 그는 자신의 애정 거의 전부가 남동생에게 쏠려 있었다는 것을 처음으로 깨달았다. 그러나 깨달은 그 순간부터 애정이 식기 시작했다는 것을 알고 그는 깜짝 놀랐다. 동생의 죽음은 그가 겨우 실감한 '사랑하는' 것을 빼앗았다. 이것은 죽음에 익숙한 그에게는 피할 수 없는 일이었다. 왜냐하면 사자는 언제나 잰 걸음으로 도망가 기억과 손을 잡고, 불길 저편에서 불에 타 형체도 없이 사라지기 때문이다.

이것을 참아낼 수 없다고 생각한 그는, 동생과 자주 놀던 놀이터에서 의식을 올릴 생각을 해냈다. 덕분에 동생의 모습은 칠 년이 지난 지금도 선명했다.[6]

노조무는 동생의 죽음을 자신의 어머니를 포함한 이제까지의 다른 죽음과 다르게 받아들인다. 그는 동생의 죽음에 대하여 방어기제를 실행하지 않는다. 노조무는 동생이 죽자 일찍이 경험한 적이 없는 슬픔에 사로잡히게 된다. 이 '죽음'은 어머니라는 존재와 치환한 동생의 죽음이었기에 노조무는 견딜 수 없이 괴로워한다. 동생이 불길 저편에서 불에 타 형체도 없이 사라지는 것을 참아낼 수 없다고 생각한 그는 괴로움을 극복할 방법으로 동생을 기리는 '미끄럼틀 의식'을 시작한다.

여기에서 주목해야 할 부분은 '자신의 애정 거의 전부가 남동생에게 쏠려 있었다'는 것을 깨달은 순간부터 '애정이 식기 시작했다'라는 문장이다. 이것은 동생의 죽음 전까지 주인공의 동생에 대한 애정이 무의식적인 것이었다는 것을 의미하며, 그것을 의식하자 바로 식어버리기 시작했다는 것은 소중한 존재의 상실로 인한 고통에서 벗어나기 위한 방어기제가 작동(作動)하고 있다는 것으로 해석할 수 있다. 하지만 노조무는 더 이상 방어기제를 작동시키지 않는다.

자기 어머니의 죽음을 간단히 불길 그림 저편으로 보낸 노조무였다. 하지만 그는 동생의 죽음을 불길 그림 저편으로 보내지 않는다. 무엇보다 죽은 사람의 나이에서 자신의 나이의 숫자를 빼는 놀이를 하던 노조무에게 자신보다 어린 동생의 죽음은 충격이었을 것이다. 노조무에게 동생의 죽음은 '네모나게 잘린 불길'을 그린 그림엽서가 아니었다. 주위의 수많은 죽음을 하나의 정지된 그림 저편으로 쫓아내 버린 노조무였으나 동생의 죽음은 그림 저편으로 쫓아내지 않는다. 그는 동생의 죽음을 기억한다. 동생의 죽음에 대하여 노조무는 기억을 말소시킨 공포만을 불길 그림 저편으로 밀어낸다. 그리고 동생을 잃은 슬픔만을 간직한 채, 동생을 기리는 의식을 생각해낸 것이다.

노조무가 동생을 기리는 의식을 하는 또 하나의 중요한 이유는 동생의 죽음에 자신이 직접적으로 관계되어 있다고 생각했기 때문이다. 노조무는 자신이 잘못하여 동생이 죽었다고 생각하는 것이다. 그는 속이 울렁거린다는 동생을 안아 올려 두세 번 올렸다 내렸다 했는데 동생이 갑자기 피를 토했다. 그런데 피를 토한 동생을 보고도 두 시간이나 방치하여 두었던 것이다. 그러므로 노조무는 동생의 죽음에 대한 죄의식에 사로잡혀 동생을 기리는 의식을 하게 된다.

그런데 이렇게 동생의 죽음을 기리는 의식을 올리는 행위는 동생에 대한 죄의식과 함께, 그의 무의식 속에 억압되어 감추어져 있던 어머니의 죽음에 대한 죄의식의 표출이라고 할 수 있다. 어머니의 죽음을 간단히 그림 저편으로 쫓아버렸던 노조무는 어머니의 존재를 치환한 동생의 죽음을 보고 어머니에 대한 죄책감을 느끼는 것이다. 7년여에 걸친 '미끄럼틀 의식'은 의식적으로는 동생의 죽음을 기억하고 슬퍼하는 자리였지만, 동시에 무의식적으로는 불길 그림 저편의 기억으로 쫓아버렸던 어머니에 대한 죄책감을 보상하는 자리이기도 하였다. 동생의 죽음은 어머니의 죽음에 연결된다.

3. 무의식의 표출 - 공상

갱생한 노조무는 책을 읽거나 신문을 읽으면서 상상력의 세계를 넓혀간다. 노조무는 이러한 상상력을 배경으로 하여 자주 공상(空想)에 빠지게 되는데, 그는 신변에서 일어난 일을 공상 속에서 부풀려 이야기를 만들어 내는 즐거움을 발견한다. 공상은 노조무에게 꿈과 같은 것이었다. 공상은 상당히 복잡하게 얽혀 있어 주인공인 자신을 부정하면서도 마지막에는 더없이 행복한 해방감을 안겨주는 쾌감을 주었다. 현실생활이 자기 마음대로 움직여 주지 않은 노조무는 공상의 세계에서 마음껏 날개를 펴는 것이었다.

공상은 자신이 현실에서 하지 못했던 행동을 상상을 통해서라도 이루고 싶어 하는 갈망이다. 공상은 현실에서 이루지 못한 욕망을 가능하게 하는데 이러한 욕망은 노조무의 무의식의 세계를 나타낸다. 공상 속에서는 현실에서 억제되어 감추어져 있는 모든 행동을 자유롭게 할 수 있는

데, 이러한 공상 속의 행동은 노조무의 무의식 속에서 억압되어 잠재되어 있던 욕망의 표출에 다름 아니었다. 페르소나가 자신을 보호하기 위한 의식적인 행동이라고 한다면, 공상은 꿈과 더불어 무의식의 또 다른 표출이라고 생각할 수 있다. 노조무의 공상 속에서는 그가 현실 세계에서 의식하지 않았던 가공의 세계가 펼쳐진다. 노조무는 이 가공의 세계에서 마치 꿈에 빠져들듯이 자기만의 연극에 빠져든다.

노조무는 그날 일어난 자전거 날치기 사건에 대하여 공상 속으로 빠져든다.

노조무는 자전거로 날치기를 하던 후배들을 생각한다. 자전거에서 떨어진 어린아이는 죽은 것 같았다. 그는 죄를 묻기 위하여 후배들의 아지트를 찾아가 그들을 훈계하고 경찰서로 인계한다. 노조무는 자신에게 반항하는 후배 한 명을 죽도록 때리기까지 한다. 그는 그 후배가 죽었을지도 모른다고 생각한다. 노조무는 공상 속에서 마음껏 자신의 상상력을 펼친다.

그는 공상 속에서 여느 때처럼 십자가에 걸린 남동생을 떠올리고, '슬쩍 봤을 뿐이지만 죽음에 익숙한 그에게 가장 새로운 사자인 여섯 살짜리 남자아이와 어쩌면 죽었을지도 모를 후배를 생각하면서 그들의 죽음으로 일어날 여러 가지 슬픔을 생각이 미치는 데까지 상상하고, 또 그러한 슬픔을 공유하고 있다는 걸 깨닫고는 마음의 고동 소리를 느낀다. 그리고 그런 자신이 아주 인간답다는 생각에 현기증이 날 정도로 충족감을 느꼈던' 것이다. 이렇게 노조무는 공상 속에서 자신만의 연극에 몰입한다. 그리고 이러한 무의식(無意識)적인 자아가 공상 속에서 노조무의 욕망을 충족시킨다.

하지만 실제로 노조무가 후배들에게 했던 일은 공상 속과 많이 달랐다. 노조무는 중학교 1학년 밖에 안 된 현행범을 앞에 두고 고개를 떨군 채 조심하라는 말밖에 못했던 것이다. 그는 어떤 말로도 그들을 설득할 자신이 없었기 때문이었다. 이미 갱생한 자신은 그들을 훈계할 자격이 없다고 생각한다.

한편 노조무는 자신의 공상 이야기를 뒷 성당에 사는 마유코(繭子)에게 남김없이 털어 놓는데, 마유코는 노조무와 많은 이야기를 나누면서 비정상적으로 많은 죽음에 대한 자기방어기제로서 페르소나를 연기하는 노조무의 마음을 간파하고 있었다. 또 그녀는 노조무가 어머니의 치환인 자기 동생의 죽음에 대해서는 동생을 기리는 의식을 올리고 있는 것도 알고 있었다. 그러므로 자전거 공상 이야기를 들은 마유코는 노조무에 대하여 다음과 같이 말한다.

"노조무, 넌 역시 죽음의 익숙함에서 벗어나려고 애쓰고 있구나. 이야기를 잘 만들어서 그 속에 자기 자신을 놓았어. 특히 마지막에 '현기증이날 정도로 충족감을 느꼈다'라는 부분이 좋아. 위선의 냄새가 물씬 풍기거든."

"야, 잠깐 내가 죽음의 익숙함에서 벗어나려고 애쓰고 있다고?"

"그래, 동생을 기리는 의식을 올리고 책을 읽고 갱생하는 게 다 그런 게 아냐?"

"넌 나를 너무 몰라. 위선이란 말을 듣는 것도 천만뜻밖이고, 네가 그런 식으로 이해하다니 정말 맥이 빠지는데. 하지만 어쩌면 그럴지도 모르지."[7]

마유코는 노조무가 현실이 아닌 공상에 빠지며 방황하고 있는 이유를 잘 알고 있었다. 성장 과정에서 부모의 부재를 경험했기에 그가 방황하는 것은 당연하다고 생각하는 것이다. 노조무가 살고 있는 동네 또한 그에게 나쁜 영향을 줄 뿐이었다. 마유코는 노조무와 많은 이야기를 나누고 그가 자신을 보호하기 위하여 어린 시절 비정상적으로 많은 죽음을 불길 그림 저편으로 쫓아버린 것을 안다. 그는 어머니의 죽음까지도 간단히 불길 그림 저편으로 쫓아버렸다. 앞에서 이야기했지만 노조무의 페르소나는 이러한 '죽음의 익숙함'에서 자신을 보호하기 위한 방어기제 장치였다. 노조무에게는 자신을 보호하기 위하여 가까운 사람의 죽음에 대하여 아무런 감정이 없는 페르소나가 형성되어 있는 것이다. 노조무 자신은 이것을 인식하지 못하고 있지만 마유코에게는 이것이 보이는 것이다.

마유코는 동생을 기리는 의식을 올리고, 책을 읽고, 갱생하는 모습을 보이는 노조무의 행동이 위선이라고 말한다. 여기에서 마유코가 말한 '위선'은 노조무가 행한 페르소나의 또 다른 이름이다. 그런데 이러한 마유코의 말에 대하여 노조무는 그녀에게 위선이란 말을 듣고 싶지 않다고 속으로 생각하면서도 묘하게 납득해버린다. 노조무가 마유코의 말을 묘하게 납득해버린 이유는 현재 자신의 삶이 거짓스럽게 보이는 때가 자주 있었기 때문이다. 노조무는 그녀를 통해 자신도 몰랐던 자신의 모습을 발견해 간다.

페르소나와 더불어 공상(空想)도 노조무의 자아방어기제의 또 다른 방법이었다. 노조무는 공상을 통하여 현실에서 도피한다. 페르소나와 공상은 노조무의 현실 회피 방법이었다. 마유코는 일찌감치 이러한 노조무의 행동이 위선이라는 것을 눈치 채고 있었다. 왜냐하면 그녀는 노조무가 어

135

머니의 죽음에 대한 죄의식으로 괴로워하고 있는 것을 알고 있었기 때문이다. 또 노조무가 동생을 기리는 의식을 올리는 것도 동생의 죽음에 대한 죄의식으로부터 나오는 행동이라는 것을 마유코는 알고 있었던 것이다. 마유코는 노조무가 어쩌면 자신과 너무 많이 닮아서 그런 것이 아닐까 생각한다.

마유코는 뒷 성당의 조립식 창고에 사는 여자이다. 마유코라는 이름은 노조무가 멋대로 붙인 것인데, 그녀의 피부색과 솜털의 감촉이 옛날 집에서 친 적이 있는 누에와 닮았기 때문이었다. 마유코가 이곳으로 옮겨와 살기 시작한 지는 반년쯤 된다. 마유코는 남편에게 버림을 받은 뒤 노조무가 사는 동네에 거처를 마련하여 몸을 팔 손님을 받기 시작하여 노조무와 만나게 된다. 노조무는 자신을 위해 마유코가 한국 성당 앞에 버려졌다고까지 생각하고, 그동안 백 번 이상 이곳을 드나들면서 자기 자신에 대해 털어놓는 걸 조건으로 마유코의 과거를 캐물었다. 그는 한 달에 15만 엔 이상이나 그녀에게 돈을 쓰면서, 그녀와의 관계에서 의미를 찾으려고 노력한다.

노조무는 '나와 마유코의 관계는 육체와 정신이 각각 다른 영역에서 연결되어 있다. 그런 관계에서는, 육체는 다른 여자로 대체할 수 있지만, 정신적으로는 불가능하다는 것을 이미 실증을 마친 셈이다'라고 할 정도로 자신과 마유코는 정신적으로 연결되어 있다고 생각한다. 현실에서 방황하는 노조무는 마유코에게서 자신의 어머니의 모습을 보았던 것이다. 어머니에 대한 노조무의 마음은 마유코에게 투영된다.

또한 마유코도 노조무에게서 자신의 모습을 본다.

마유코는 '내가 보기엔 너와 내가 비슷한 처지인 것 같아'라며 자신과 노조무가 죄의 보상을 위하여 그 길을 찾아 헤매고 있는 게 비슷하다고 말한다. 마유코는 넘어졌을 때 자신을 보호하기 위하여 아들을 떨어뜨린 것과 집주인 아저씨가 자신 때문에 죽음을 맞이한 것에 대하여 심한 죄의식을 느낀다. 두 사건은 결코 자신의 탓이 아니었지만 그녀는 그것을 자신의 죄로 인식하여 괴로워하는 것이다. 이렇게 아들과 자신 때문에 죽은 사람에 대한 죄의식으로 괴로워하는 마유코는 어머니와 동생의 죽음에 대해 괴로워하는 노조무를 같은 입장에서 이해하고 있었던 것이다.

4. 어머니와의 만남 - 페르소나의 탈각

이 작품에서 노조무는 끊임없이 현실과 공상 속에서 혼란을 겪는다. 노조무의 공상은 어린 시절 자주 가던 한국 성당 신부인 캐나다인 카라반에 이른다. 노조무는 어린 시절 어머니를 따라 카라반의 집에서 놀곤 했었다. 그 집은 그의 어린 시절과 더불어 기억에 남아 있었다. 살아있을 때 그의 어머니는 영일, 영한, 일한사전을 커다란 보자기에 싸들고 매주 토요일마다 카라반의 집을 찾았다. 그를 카라반의 집에 다니게 한 사람도 어머니였다.

노조무는 공상 속에서 카라반과 해후한다. 그런데 오랜만에 만난 카라반이 그에게 저주를 퍼붓는다.

"이 저주받은 원숭이! 네 어머니는 어디 갔냐? 너를 길러준 남자와 여자는 어디 갔냐? 네가 죽인 불쌍한 어미들은 어디 갔냐? 그리고 그 어미들의 두 아들은 어디 갔냐? 동생만 옆에 달고 다니면 다 해결될 줄 아니? 이 저주받은 땅이 낳은 저주받은 원숭이야. 네 몸에 흐르는 피의 반이, 너를 다시 데려올 거다. 왜냐하면 너는 이 저주 받은 땅에 붙들려 매여 있기 때문이다. 너는 혼자서 이 땅의 모든 것을 체현하고 있다. 왜냐하면 너는 이 저주받은 땅이 낳은 저주받은 원숭이이기 때문이다!"[8]

이러한 카라반의 말을 듣고 노조무는 갑자기 머리가 깨질 듯한 아픔에 휩싸여 꿇어앉는다. 그는 소리 지르고 싶었지만 말이 나오지 않았고 두통을 동반하는 저주를 풀지 못하고 쭈그려 앉는 것이다. 물론 이것은 노조무의 제멋대로의 일방적인 공상 장면에 불과할 뿐이었다. 비록 노조무의 공상 장면이었지만, 한국 성당 신부였던 카라반이 이렇게 욕하는 모습을 생각할 정도로 어머니의 죽음에 있어서 노조무는 커다란 죄의식(罪意識)을 느끼고 있었던 것이다.

카라반이 나오는 공상 장면은 노조무의 무의식의 표출이었다. 노조무가 카라반에게 '원숭이 자식'이라며 비난받는 공상은 노조무의 내면 속에 친가에서 내쫓겨 제주도로 떠나간 어머니를 찾아가지 않았다는 것에 대한 죄책감, 자신이 혼혈이라는 것에 대한 열등감 같은 것들이 뒤섞여 만들어진 것이다. 노조무의 마음속에는 어머니의 죽음에 대하여 자신이 아무런 일도 하지 못했던 죄책감이 깊게 자리 잡고 있다. 또 여기에서 비록 공상 속의 이야기이지만 노조무가 '혼자서 이 땅의 모든 것을 체현하고

있다. 왜냐하면 이 저주받은 땅이 낳은 저주받은 원숭이이기 때문이다!'
라는 카라반의 말은 '너를 불량배로 만든 건 이 고장의 환경'이라는 마유
코의 말과 일치한다. 이것은 일찍이 노조무가 자신이 사는 이 동네를 '저
주받은 땅'이라고 말한 것과 같은 의미이다.

　일본에서 노조무가 태어나고 자란 환경은 한국인이 많이 사는 동네였
다. 재일(在日)인 그의 현실, 그렇게 돌아가신 어머니, 동생의 죽음 등은
무거운 짐이 되어 그를 억누른다. 노조무에게 이러한 거부하고 싶은 현실
들이 그의 공상 속에서 폭포처럼 카라반의 저주를 통해 적나라하게 표출
되었던 것이다.

　노조무는 카라반이 나오는 공상 장면을 이해하지 못한다. 그러나 무의
식의 공간에 어머니에 대한 죄의식이 억압되어 숨겨져 있는 노조무에게
있어 이러한 공상은 이미 예견되어 있는 것이었다. 노조무는 옛날에 어머
니가 방마다 큰 전기 카펫을 깔던 것을 떠올리고, 어머니가 생각난 것이
기뻐서 그것을 마유코에게 말했을 때, 마유코는 '죽은 사람의 기억이 불
길 저편에서 돌아왔네. 그것도 어머니의 좋은 추억이 되어, 재기의 징조
가 보이는 것 아냐?'라며 노조무에게 어머니에 대한 기억을 상기시킨다.
이러한 마유코에 대하여 노조무는 어머니의 말을 기억 속에서 불러낸 것
은 정말 오랜만이라며 기뻐했던 것이다. 그 뒤 그의 무의식의 공간 속에
억압되어 숨겨져 있던 어머니에 대한 기억이 카라반을 통하여 공상으로
나타난 것이다.

　노조무에게 공상은 꿈과 같은 것이었다. 노조무의 공상은 꿈과 같이 이
어진다. 꿈(공상)속에서는 이러한 상황이 극으로 꾸며져 무대 위에 올려

진다. 꿈에서 우리는 미처 알지 못했던 우리 본성의 한 측면을 보면서도 그 꿈이 자신과 관계있다는 것을 알지 못한다. 개인이 자신의 페르소나와 동일시하고 그 페르소나에 부정적으로 작용하는 인격의 나머지 부분은 무시할 때 그런 일이 벌어진다.[9]

카라반의 저주서린 말에 괴로워하던 노조무는 죽음의 불길을 본다.

그는 이것이 누구를 위한 불길 그림인가 하는 생각이 들었지만, 순간적으로 머리에 떠오른 사람은 마유코였고 마유코 이외에는 어떤 얼굴도 떠오르지 않았다. 그런데 이제 끝이다 싶은 순간에 입에서 튀어나온 말은 끊어질 듯 끊어질 듯 이어지는, '어머니'였던 것이다. 이렇게 노조무는 죽음의 불길이라는 절대 절명의 순간, 처음에 마유코의 얼굴을 떠올리고 마지막에는 어머니라는 말을 내뱉는다. 마유코가 그의 어머니가 된 것이다. 그에게 마유코는 죽은 어머니의 투영이었다. 노조무의 공상 이야기를 비롯하여 그가 고민하는 모든 이야기를 들어주는 마유코는 노조무에게 어머니와 같은 존재였던 것이다.

노조무는 공상 속에서 어머니를 찾았으면서도 마유코에게 '죽은 사람들을 잊어버리는 건 건강한 거라고 생각해. 그게 어머니든 누구든 상관없어'라고 큰소리친다. 하지만 이러한 노조무의 반응은 억압의 해제에 대한 자기부정(自己否定)이었다.[10] 비록 방어기제를 작동하고 있었지만 어린 노조무가 비정상적으로 주위 사람들의 많은 죽음을 경험하는 것이 실제로 얼마나 힘들었는지를 짐작하기는 어렵지 않다. 어머니가 죽었다는 소식을 듣고 아무것도 묻지 않고, 아무 말도 하지 않았지만 노조무는 괴로웠을 것이다. 또 동생이 죽고 난 후 혼자 방에서 일주일 동안 괴로워하던 모습에서 노조무가 동생의 죽음에 얼마나 힘들어했는지 알 수 있다. 어린 나이에 가까운 사람의 죽음을 불길 그림 저편으로 쫓아 보낸 경험은 노조무에게 잊고 싶은 기억임에 틀림없다. 무엇보다 어머니의 죽음을 간단히 불길 저편의 기억으로 쫓아버린 것은 내내 그의 마음에 남아 있었다.

그동안 노조무가 현실에 적응하지 못하고 공상을 하거나 방황했던 것은 그의 무의식 속에 잠재되어 있던 어머니에 대한 죄의식 때문이었다. 그런데 카라반이 출현하는 공상으로 노조무의 무의식 공간에 있던 어머니에 대한 죄의식의 회복 욕망이 배출된 것이다. 무의식은 항상 그 근원적인 전체에의 지향성으로 말미암아 의식에 작용하여 의식으로 하여금 무의식적인 내용을 의식하도록 촉구한다. 의식이 그것을 외면하여 그 정도가 너무 지나치게 되면 보상적으로 증가된 무의식의 힘이 의식을 해리하거나 무의식의 콤플렉스가 의식을 사로잡는다.[11]

생각은 여러 가지 요건과 주위의 환경에 의하여 억압당한다. 그것은 의식에서 벗어난 상태로 마음에 머무르면서 활동을 한다. 그리고 주위의 환경이 좋아지면 그 생각은 의식 속에서 되살아날 수 있는 것이다. 마침내 노조무의 의식 바깥에 있던 억압된 상태가 공상에 의하여 되살아난 것이다. 그리고 이것을 일깨우게 되는 것이 마유코의 역할이었다.

마유코는 노조무의 상태를 정확히 꿰뚫고 있었다. 이미 마유코는 노조무의 무의식의 세계를 보고 있었던 것이다. 그녀는 노조무에게 그의 무의식에서 억압되어 잠재되어 있는 감정은 어머니의 죽음에 대한 죄의식이라는 사실을 인식시킨다. 마유코는 노조무에게 다음과 같이 말한다.

141

"노조무의 경우는, 이 말과는 상황이 전혀 다르지만 결국은 와신상담이야. 잊어버리는 게 가장 좋은데, 잊어버리면 안 되는 것을 위해 뭔가 특별한 일을 하는 거야. 노조무는 최소한의 인간성을 유지하기 위해, 동생을 불길 그림 저편으로 보내지 않으려고 의식을 올리고 있는 거잖아? 또 그것과 반대로, 공상의 마지막 순간에 어머니라고 불렀지? 내가 아닌 것이 유감이지만, 그건 분명히, 노조무가 열 살 때 앞으로의 인생을 무리 없이 살아가기 위한 수단으로 어머니를 억지로 불길 그림 저편으로 밀어낸 것에 대한 반동이라고 생각해. 너는 그때 숙부와 숙모의 보호가 필요했으니까. 그리고 갑자기 나타난 동생에게 어머니 대신 애정을 쏟았지. 동생을 기리는 의식도 마더 콤플렉스의 일그러진 형상의 하나지. 어머니를 팽개친 것에 대한 죄의 보상의 의미일지도 모르고. 그래도 그런 무의식중의 갈등이 너의 정신 발육을 저해했다고 할 수는 없을 거야. 노조무는 건강하잖아. 정말 건망증이 심하다니까. 너를 불량배로 만든 건 이 고장의 환경이지……."[12]

마유코는 어린 노조무가 당시 숙부와 숙모의 보호가 필요하고 인생을 무리 없이 살아가기 위한 수단으로 어머니를 억지로 불길 그림 저편으로 밀어내었다는 사실과, 동생을 기리는 의식 역시 어머니에 대한 죄의식으로부터 나온 행동이라고 말한다. 마유코는 어린 시절 자신을 보호하기 위하여 실행하였던 노조무의 페르소나를 정확히 지적한다. 마유코는 그동안 노조무와 많은 이야기하면서 노조무가 가지고 있는 페르소나를 정확히 꿰뚫고 있었던 것이다.

노조무는 자신의 페르소나(가면)를 벗긴 마유코에 대하여 부정하고 분노하지만, 노조무 자신보다 마유코가 더 잘 그를 파악하고 있었다. 가면은 그것을 쓰고 있는 사람에게는 보이지 않기 때문이다. 프로이트는 역동적 개념으로 파악한 무의식이 대단히 강력한 힘을 가지고 있다고 주장한다. 이것에 대하여 리처드 월하임은 '역동적으로 무의식적인 생각은 첫째, 억압이 되었고, 둘째, 계속되는 압력에 의해 의식으로부터 추방되어 있는 것이다. 그리고 여기에서 무의식적인 생각도 두 가지로 구분되게 되는데, 하나는 의식화 될 수 있는 것이고 다른 하나는 아예 의식의 접근이 불가능한 것이다. 전자는 프로이트 이전에도 오랫동안 검토되어 온 것으로서 통상 "전의식(前意識, preconscious)"이라고 한다. 반면 후자는 "무의식"이라고 한다. 프로이트는 이 두 개념 사이의 경계가 명확히 나뉘어 있고 그 차이는 인식의 강약 혹은 정신적 명석성의 정도 차이로는 설명될 수 없는 본질적인 차이라고 강조한다.'[13]

두 가지의 무의식적인 생각 중에서 노조무의 것은 의식으로의 접근이 불가능한 무의식이 아니고, 의식화 될 수 있는 무의식적인 생각, 즉 전의식이었다. 이것이 공상을 통하여 나타난 것이다. 공상은 노조무가 무의식 중 전의식의 단계였기에 이것이 의식으로 발전하여 일어난 현상이다. 그런데 무의식적 상태가 스스로 의식적인 것이 되지는 않는다. 무의식적 상태가 의식적인 것이 되려면 그 중간에 연결고리가 놓여야 한다. 프로이트는 '무의식적인 상태가 어떻게 의식적인 것이 되는가'라는 질문에 대하여, '무의식적인 것은 그것에 상응하는 단어 제시와 연결됨으로써 의식적인 상태가 되는 것이 가능해진다'라고 대답한다.[14] 노조무에게 그 연결고리는 어머니였다. 노조무는 공상에서 '어머니'라는 단어 제시와 연결됨

143

으로써 어머니에 대한 무의식이 의식으로 발전되어 나타났던 것이다.

그런데 노조무에게 어머니와 동생의 죽음이 그의 기억에 언제까지 남아 있었던 것에 비하여, 자신을 양육하였고 최근에 죽은 숙부와 숙모의 그 죽음은 갑자기 닥쳐와, 재빨리 불길 그림 저편으로 사라졌다. 숙부와 숙모의 죽은 얼굴도 사인도 그의 기억에서 사라진 지 오래였던 것이다. 이렇게 자신을 양육한 숙부와 숙모가 노조무의 기억에서 금방 사라진 것은 그들이 그에게 부모로서의 역할을 제대로 해주지 못하였기 때문이라고 할 수 있다. 그리고 노조무도 이러한 숙부와 숙모에 대한 죄의식이 없었기에 그들의 죽음은 불길 그림의 저편으로 금방 사라져 버린 것이다.

앞에서도 말했지만 노조무가 주위의 비정상적으로 많은 죽음을 간단히 불길 그림의 저편으로 쫓아버리는 것, 어머니의 죽음을 듣고도 제주도로 달려가거나 숙부에게 어머니의 소식을 좀 더 캐묻지 않았던 것, 동생의 죽음에 대한 태도, 이 모든 행동은 자아방어기제에서 나온 것이었다. 그리고 그가 동생을 기리는 의식을 올리는 것은 변형된 방어기제로 자신의 최소한의 인간성을 유지하기 위한 행동이었다. 노조무 본인은 이러한 자신의 행위에 대하여 정확한 이유를 몰랐지만 마유코는 노조무와의 이야기를 통해 이미 노조무의 무의식속에 잠재되어 있는 이러한 갈등 요소를 간파하고 있었던 것이다. 그리고 그동안 노조무의 무의식 속에 억압되어 잠재되어 있던 어머니의 죽음에 대한 죄의식은 그가 카라반에게 저주당하는 공상 장면으로 표출되었던 것이다. 이렇게 노조무의 어머니와 동생의 죽음은 노조무의 무의식 속에서 나와 의식이 된다. 노조무는 마유코를 통하여 서서히 가면 뒤에 숨겨진 자신의 모습을 깨닫기 시작한다.

144

공상 속에서 카라반에게 쫓기던 노조무였다. 그러나 실제로 십여 년 만에 만난 카라반은 예전과 달라진 것이 없었다. 노조무를 만난 카라반은 그의 어머니에 대하여 말한다.

얼굴을 마주하는 게 무척 오랜만이군. 마망(馬望). 네 어머니는 내 앞에서는 그렇게 불렀어. 망이라는 이름은 한국에서는 잘 쓰지 않는다며 불만스러워했지. 난 지금도 그때 일을 선명히 기억한다. 꽤 오래전의 일인데도 마치 엊그제 일처럼 느껴지는군. 그때 나한테는 힘이 없어서 네 어머니를 구해주지 못했지.15

이러한 카라반의 말에 대하여 노조무는 '구하지 못한 것은 나다'라는 생각이 솟구치고, 지금이라면 어머니를 구할 수 있다고 생각한다. 노조무가 어머니에 대하여 그러한 감정을 가진 것은 처음이었다. 이렇게 노조무는 어머니를 구하지 못했다는 것에 대해 극심한 죄의식을 느끼고 있었지만, 어머니를 구하지 못한 것은 그의 책임이 아니었다. 그 당시 노조무는 너무 어렸었다. 당시 어른이었던 카라반조차도 힘이 없어서 노조무의 어머니를 구할 수 없었다. 요컨대 당시 어린 노조무가 할 수 있는 일은 아무것도 없었던 것이다.

무의식은 바로 노조무 자신이며, 자신의 일부인 것이다. 개인은 무의식의 존재를 인정함으로써 인간적인 성숙을 기대할 수 있다. 고통스러운 현실을 맞닥뜨리더라도 피하고 외면하면 결코 치유가 되지 않는다. 이 악물고 아픈 현실과 마주서야 한다. 자신 안의 상처를 치유하는 것은 오로지 자신의 몫이며 자신 안에 힘이 생기고 튼튼해져야 화해할 수 있고 용서할 수 있는 것이다.

이제 노조무가 해야 할 것은 그러한 현실(現實)을 인정하는 일이었다. 그 당시 자신은 너무 어려서 어떻게도 할 수 없었다는 것, 어머니를 구할 수 없었다는 것을 인정하는 것이다. 현실을 인정함으로써 그는 어머니의 죽음에 대한 죄의식으로부터 벗어날 수 있는 것이다. 그리고 어머니의 죽음을 마주 대할 수 있는 것이다. 카라반에게 어머니에 대한 이야기를 듣고 노조무는 그 당시 어쩔 수 없었던 자신의 모습을 인정한다. 비로소 노조무는 어머니의 죽음을 이해하고 죄의식으로부터 벗어난다. 노조무의 페르소나는 탈각된다. 노조무는 페르소나를 벗고 무대(舞台)에서 내려온다.

이렇게 노조무는 카라반의 도움으로 무의식 속에 억압되어 잠재되어 있던 어머니의 죽음에 대한 죄의식에서 완전히 벗어나게 된다. 어머니의 죽음에 대한 죄의식에서 벗어난 노조무는 자신의 집으로 들어오라는 카라반의 제안을 단연코 거부하면서 자신은 자신의 길을 걸을 것이라고 말한다. 이제 노조무는 자기실현(自己實現)[16]의 길을 걸어갈 수 있을 것이다. 자기실현은 무의식을 의식화함으로써 가능하다. 무의식을 의식화함으로써 인간은 자신 자신의 본성과 조화를 이루면서 살아갈 수 있다. 이렇게 무의식은 의식에 대하여 보상적 관계에 있는 것이다.

노조무는 변화한다. 노조무는 어머니의 죽음에 대한 죄의식에서 벗어나는 것과 동시에 동생의 죽음의 기억으로부터도 벗어나게 된다. 노조무는 동생의 죽음에 대한 죄의식에서 벗어난다. 동생의 죽음도 역시 노조무 자신의 잘못이 아니었다. 동생은 몸이 약해서 죽었던 것이다. 어머니를 구할 수 없었던 것과 마찬가지로 그가 동생을 구할 수는 없었던 것이다. 처음에 공원의 미끄럼틀에서 동생의 죽은 이미지를 보고 노조무는 '그저 압도당한 채 무릎을 꿇을 뿐'이었지만 이제 그는 동생을 기리는 의식을 올리지 않는다. 그는 미끄럼틀로 다가가 마음을 집중시켜 보았지만 '동생의 모습을 떠올릴 수가 없었'다. 비로소 그는 동생의 죽음으로부터 자유로워진 것이다.

공상과 현실 속에서 방황하는 노조무는 지금까지 한 번도 진정한 의미의 대결을 해본 적이 없었다. 그는 자신의 생활을 게임 감각으로 즐겨왔다. 이것은 죄의 보상을 찾아 헤매고 있던 노조무에게는 어쩔 수 없는 일이기도 했다. 하지만 어머니와 동생의 죽음에 대한 죄책감에서 벗어나고 마유코가 없어진 지금, 비로소 그의 생활은 행동으로 돌진할 이유가 생긴다. 그는 이제 절실해질 것이다. 노조무는 '본 무대는 이제부터이다'라고 생각한다. 이 작품의 마지막 장면에서 노조무가 경찰조사를 받고 있는 소년에 대하여 '힘내'라고 말하는 것은 소년이 아니고, 오히려 자기 자신에게 말하는 것이라고 할 수 있다. 소년에게 그렇게 말하고 노조무가 공원을 온 힘을 다해 달려가기 시작하는 것은 자기실현을 위한 마음가짐이라고 생각한다.

5. 결론

이상, 현월의『무대 배우의 고독』에서 주인공 노조무의 성장 과정을 통하여 노조무에게 페르소나와 공상이 어떻게 나타나고 있는지 고찰하여 보았다.

요컨대 어린 노조무는 주위의 비정상적으로 많은 죽음에 대하여 자기 보호를 위하여 자기방어기제를 실행한다. 그는 가까운 사람들의 많은 죽음에 대하여 애도와 슬픔의 시간을 가지지 않고, 그들의 죽음을 불길 그림 저편으로 쫓아버린다. 노조무에게 페르소나가 형성된 것이다. 그에게 죽음은 단지 그림엽서를 보는 것처럼 아무 감정이 없는 것이었다. 그것은 어머니의 죽음에 대해서도 마찬가지였다. 그러나 동생의 죽음에 대해서는 달라진다. 노조무는 동생의 죽음을 불길 저편의 기억으로 보내지 않고, 그를 기리는 의식을 올린다.

이러한 노조무의 페르소나는 그와 많은 이야기를 나누었던 마유코에 의하여 간파된다. 그리고 공상에서 한국 성당의 신부였던 카라반에 의하여 노조무는 자신의 무의식 속에서 억압되어 감추어져 있던 어머니에 대한 죄의식을 표출하는 것이다. 그리고 현실에서 카라반의 도움으로 어머니와 동생의 죽음을 인정하고, 비로소 어머니와 동생에 대한 죄의식에서 벗어나게 된다.

그동안 현실과 공상 속을 방황하며 적당히 게임 감각으로 살아온 노조무였지만 어머니와 동생에 대한 죄의식에서 벗어난 노조무는 자신의 길을 걸어갈 것이다. 이제까지 그는 마유코에게 감싸 안긴 애벌레였다. 하

148

지만 지금부터 그는 애벌레에서 탈피한 성충이 되어 하늘을 날게 될 것이다. 이것은 그동안 그와 대화 상대를 해주었고 그의 무의식의 세계를 알려주었던 마유코가 없기 때문에 더 절실해질 것이다. 노조무는 페르소나와 공상에서 벗어나 자아를 회복하여 비로소 자기실현의 길로 들어서게 된다.

역주

1 현월(2000) 「무대 배우의 고독」 『그늘의 집』 문예춘추사, p.156.

2 자아방어기제(ego defense mechanism). 자아가 원초아나 초자아의 무의식적인 위협적 생각이나 외부적 환경에서 오는 위험으로부터 자신을 보호하기 위한 방식을 지칭하는 프로이트 용어.

3 페르소나(심리학)[persona]. 진정한 자신과는 달리 다른 사람에게 투사된 성격을 말한다. 이 용어는 칼 구스타브 융이 만들었는데 에트루리아의 어릿광대들이 쓰던 가면을 뜻하는 라틴어에서 유래한 것이다. 융에 따르면, 페르소나가 있기 때문에 개인은 생활 속에서의 자신의 역할을 반영할 수 있으며, 따라서 자기 주변 세계와 상호관계를 맺을 수 있다. 또한 자신의 고유한 심리구조와 사회적 요구 간의 타협점에 도달할 수 있기 때문에 페르소나는 개인이 사회적 요구에 적응할 수 있게 한다. (한국 브리태니커회사 (2002) 『브리태니커 세계대백과사전』 p.331)

4 자아와 외부 세계와 접촉하는 가운데 자아는 외부의 집단 세계에 적응하는 데 필요한 여러 가지 행동 양식을 익히게 된다. 이것을 융은 외적태도(external attitude) 또는 페르소나라

고 하였다. 동시에 내적 세계, 즉 무의식계에 적응하는 가운데 외적 태도에 대응하는 내적 태도가 생기고 이것이 '심혼(seele)'이라 부르는 것이다. 외적 태도나 내적 태도는 거의 여러 개의 인격체처럼 일정한 특징을 가지고 있는 것이므로 이를 외적 인격, 내적 인격이라 부르기도 한다. (이부영 (2006)『분석심리학』일조각, p.81)

5 G G 융 저, 설영환 옮김 (1986)『의식의 뿌리에 관하여』예문출판사, p.185.

6 현월 (2000)「무대 배우의 고독」『그늘의 집』문예춘추사, p.157.

7 같은 책.

8 같은 책.

9 에드워드 암스트롱 베넷 저, 김형섭 옮김 (1997)『한권으로 읽는 융』도서출판 푸른숲, p.156.

10 이것은 억압의 해제에 대한 저항이다. 비록 어머니에 대한 노조무의 생각이 무의식적인 것에서 의식적인 것으로 바뀌긴 했으나, 그 생각을 제시한 것 자체가 억압의 해제라고는 볼 수 없다. 억압을 해제하려면 먼저 저항을 극복해야 한다.

11 이부영 (2006)『분석심리학』일조각, p.60.

12 현월 (2000)「무대 배우의 고독」『그늘의 집』문예춘추사, p.220.

13 리처드 월하임 저, 이종인 옮김 (1999)『프로이트』시공사, p.282.

14 같은 책, p.296.

15 현월 (2000)「무대 배우의 고독」『그늘의 집』문예춘추사, p.249.

16 자기실현을 하는 데 있어서 첫째는 자아에 덮어씌운 페르소나를 벗기는 일이며, 둘째는 자아를 무의식의 내용의 암시적인 힘에서 구출하는 일이라고 융은 말한다. (이부영 (2006)『분석심리학』일조각, p.121)

6. 현월(玄月)
「땅거미(宵闇)」에 나타난 성(性)

─공동체의 남성과 여성─

1. 서론

현월(玄月)은 그의 일련의 작품을 통하여 '재일 한국인 사회'라는 소수 집단에서 벌어지는 부조리를 파헤치며 인간의 근원적 악(惡)과 폭력을 주시해왔다. 현월은 작가 자신의 정체성의 발로이기도 한 재일 한국인의 군상(群像)을 소설에 투영시키면서도 동시에 인간의 존재 양상을 정확히 포착하는 데 성공했기에 그의 소설은 보편성을 획득하고 있다.

현월은 「땅거미(宵闇)」(『文学界』 2000년 3월)에서도 역시 인간의 근원에 자리하고 있는 '악'과 '폭력'이라는 주제 의식을 여실히 보여주고 있다. 「땅거미」에서 더 이상 성(性)은 남성과 여성의 관계맺음이나 화합이 아닌 폭력이라는 힘의 원리에 따라 작동되는 일종의 '성-폭행'이라는 권력 구조로써 존재한다. 이는 소설의 배경이 되는 '마쓰리'라는 비일상적인 공간에서, 즉 광기 어린 여름 축제의 황홀경 속에서 더욱 은밀히 자행되고 있음에 주목할 필요가 있다. 「땅거미」의 주인공인 지카(チカ)가 겪고, 목격하고, 나아가 소문으로 듣는 일련의 사건들을 통해 우리는 성(性)이 단순한 인간의 존재 양식이 아닌, 힘의 지배와 권력의 구조 아래 철저히 귀속되어 있음을 파악할 수 있다.

「땅거미」에서 나타나고 있는 일련의 사건에 관계하고 있는 인물들은 다음의 세 가지로 나누어 분석할 수 있다. 우선 가학적인 성을 표상하는 '남성'과 그러한 지배적인 성에 억압받는 '여성', 마지막으로 물리적인 사건에는 직접적으로 개입하지 않으나 소문이라는 형체 없는 모습으로 관계하고 있는 마을의 '제3자'들이다. 본서에서는 「땅거미」에 나타난

'성'과 '폭력'을 심층적으로 분석하기 위하여 '남성'의 경우, '여성'의 경우, 그리고 마을 사람들이라는 '제 3자'의 경우를 통하여 각각 고찰하려고 한다.

2. 「땅거미」에 나타난 가학적인 성 ; 남성의 경우

마쓰리가 현대 일본 사회에서 개인이나 집단 그리고 지역사회에 대해서 수행하는 역할과 기능은 실로 다양하다. 마쓰리는 마을 사람들이 일상생활의 불만을 일시에 날릴 수 있는 욕망의 분출구 역할을 한다.

　마쓰리는 마쓰리에 참가하는 개인으로 하여금 일상으로부터의 해방감을 느끼게 해준다. 마쓰리의 시공간은 바로 일상을 벗어난 카오스와 엑스터시의 시공간이다. 마쓰리는 일상생활에서 할 수 없는 것, 혹은 하지 못하게 금지된 것들로부터의 해방 공간인 셈이다. (중략) 본래 축제의 시공간은 일상의 부정이며 정지이기 때문에 일시적으로 해방된 공간이 형성된다. 일상의 시공간을 비일상의 시공간으로 전환시킴으로써 얻게 되는 카오스의 해방 공간과 거기서 얻게 되는 희열감과 도취감이 마쓰리의 최대 매력이라고 볼 수 있다.[1]

또한 마쓰리는 공동체의 질서 유지와 재생산에 기여하는 기능을 가진다. 그러므로 마을의 갈등을 재통합하는 마쓰리는 '지역 공동체의 공동의식, 즉 지역사회에의 아이덴티티 확인의 핵이며 가장 큰 수단으로 인식되어 있'[2]는 것이다. 마쓰리는 일 년에 한 번 있는 마을의 여름 축제로서 신사(神社)에서 단지리(山車)가 나가면서 그 절정을 맞게 된다. 단지리가 마을을 달려가는 광경은 마쓰리의 클라이맥스이자 최고의 구경거리이다. 마쓰리(여름 축제)에서 마을 사람들은 흥분된 상태로 환상의 시공간으로 빠져 들며 일상의 고단함을 잠시 잊고 해방된 시간을 만끽한다. 특히 마쓰리에서 남성들은 비정상적인 집단 환각의 세계에 빠져든다.

현월의 「땅거미」의 배경이 되는 마쓰리는 일상에서 벗어난 비일상의 세계(世界)이다. 「땅거미」의 세계는 어스름이 몰려오는 땅거미라는 시간과 비일상적인 마쓰리라는 공간이 어우러져 발생하는 환상의 세계이다. 비일상적인 환상의 세계가 펼쳐지는 마쓰리에서는 일상적 세계에서 일어나기 어려운 사건들이 일어난다. 인간의 이성으로 지배되고 절제되는 낮의 시간을 넘어 비이성과 광기가 깨어나는 밤과의 경계적 시간인 '땅거미', 이 불안한 시간인 땅거미는 비일상의 마쓰리라는 혼돈과 광기가 용인되는 공간과 맞물려 작중 인물들에게 엄습해 온다. 그리고 바로 거기에서 일어나고 있는 정체 모를 성폭행 사건은 사건으로 인식되지도 않은 채 마을 한 구석에서 그저 벌어지고 또 아무 일도 일어나지 않은 듯 지나간다.

「땅거미」에서는 지카라는 인물의 진술을 통하여 과거 성폭행을 당한 사건을 회상하는 방식으로 구성함으로써 남성이 성적 폭력을 가하는 과정이나 그것이 발생하게 된 배경 등이 구체적으로 언급되어 있지 않다. 단지 마쓰리 기간에 남성들이 지카에게 성폭력을 가했고 그로 인해 20여 년의 시간이 흐른 뒤에도 그녀가 여전히 정신적 외상에 시달리고 있음을 짐작할 수 있을 따름이다.

「땅거미」에서 지카는 사촌동생인 유우(ユウ)의 방문으로 10여 년간 피해왔던 동네 여름 축제에 참가하게 되면서 고통스런 옛 기억을 떠올리게 되는데 그것은 당시의 성폭행의 기억이었다. 지카는 그때의 충격으로 그동안 동네 여름 축제에 가지 못하고 있었지만 올해에는 유우의 방문으로 어쩔 수 없이 참여하게 된 것이었다. 그런데 비일상(非日常)의 세계인 여름 축제 때에 여성에 대한 성폭행의 행위는 비단 지카의 경우뿐만이 아니고 계속 발생하여 왔다.

그러므로 지카는 나라(奈良)에서 여름 축제를 구경하러 온 유우에게 '단지리 구경하는 건 좋은데, 언닌 말이야. 끝난 후에 네가 그 애들이랑 노는 건 찬성할 수 없어. 축제가 끝난 후에는 다들 흥분하기 마련이거든' 이라고 말하면서 여름 축제에 흥분한 남성들의 비정상적인 행동을 주의시키고 있다. 지카가 유우에게도 그런 일이 있을 것을 미리부터 염려하는 장면에서 마쓰리라는 배경이 그러한 성적 폭력을 발생시키는 주된 요인이 되고 있음을 알 수 있다. 그녀는 비일상적 상황인 축제에서 흥분한 상태에 있는 사람들이 억눌려 있던 광기를 분출하면서 그것이 폭력적 형태로 나타날 가능성에 대해 경계하고 있는 것이다.

비일상적인 여름 축제에 참가하는 남성들은 집단 환각 상태를 경험한다. 여름 축제에서 남성들은 어린아이부터 어른에 이르기까지 비정상적인 집단 환각에 빠져들고, 여성들은 축제에 지나치게 몰두한다. 마쓰리에서 비정상적인 집단 환각에 빠진 남성들은 현실에서 일어날 수 없는 가학적인 일을 생각한다. 지카를 성폭행한 남성의 행위는 마쓰리라는 비일상적인 시공간 속에서 발생한 광기어린 것이었다. 여성에 대한 이러한 남성들의 성(性)에 대한 인식은 이후, 왜곡된 남성 지배 의식을 형성한다.

여기에서 여성에 대한 남성들의 성 의식이 얼마나 가학적인 것인지를 살펴보자. 지카는 축제날 집에 돌아오지 않은 유우에게 무슨 일이 일어났는지 당시 그녀와 함께 있었던 다쓰노부(タッノブ)와 마(マ-)를 만나 물어보게 되는데, 그 과정에서 그녀는 여성에 대한 폭력을 폭력이라고 인식하지 못하고 오히려 유우에게 잘못을 뒤집어씌우며 죄의식조차 느끼지 못하는 '남성'의 모습을 발견하고 있다.

우선 당시 유우와 함께 있었던 고등학생인 다쓰노부의 경우를 살펴보자. 축제가 끝난 뒤 다쓰노부와 아이들은 유우와 다른 두 명의 여자아이를 포함해 10명이 함께 개축 중인 집에 몰래 들어간다. 그때 다쓰노부는 단지리 행렬 때 마와 유우가 둘이서 재미 보고 있지 않았냐고 마를 추궁하는 것이다.

"그러자 다쓰노부가 갑자기 일어나서 나도 한 번 하자며 바지 벗는 시늉을 했어. 유우는 웃으면서, 누구랑 하는지는 내가 결정하는 거야, 안 그래, 마? 하면서 내 어깨에 머리를 기댔어. 다쓰노부의 얼굴이 일그러지는 걸 본 순간, 난 코를 얻어맞고 쓰러지고 말았어. 다쓰노부가 유우의 손을 잡아끌고 안에 있는 방으로 가려고 했는데, 다른 남자애들이 나도, 나도, 하면서 몰려가는 모습은 안 봐도 잘 알 수 있었어. 유우가 알았어, 알았다니까, 이 손 놔. 하지만 한 사람만이야, 라고 하자 남자아이들은 가위바위보를 하기 시작했어."[3]

이것은 중학생인 마의 진술이지만, 여기에서 다쓰노부를 포함한 남자

156

아이들에게 유우를 한 사람의 여성으로서 인격적으로 대하는 자세는 보이지 않는다. 그들에게 있어 유우는 성적 욕구를 해소하기 위한 단순한 대상에 지나지 않는다. 유우가 그것은 '내가 결정하는 거야'라고 하면서 웃음으로 무마하며 마의 어깨에 기대어보지만 다쓰노부는 폭력으로 마를 제압해버리고 유우를 끌고 방 안으로 들어가 버리려고 한다. 그리고 남자 애들은 이러한 다쓰노부를 말리기는커녕 자신들도 유우와 성행위를 하기 위해 가위바위보를 할 뿐이다. 여기에서 여성은 단지 남성들의 '성(性)'을 위한 수단으로 전락해 버리는 것이다.

유우의 말을 무시하고 자신들끼리 가위바위보로 순서를 결정하는 남성들의 모습은 이미 그들 의식 속에 감추어져 있던 성에 대한 비이성적 관념과 광기를 대변하는 것이라고 할 수 있다. 유우가 상대는 '내가 결정하는 거야'라고 성적 자기결정권을 주장하지만 여성을 성의 대상으로만 인식하는 그들에게는 아무런 소용이 없는 일이었다. 이것은 여름 축제 때에 마을 남성들이 빠져있는 집단 환각의 상태에 다름 아니다. 여름 축제 때에 마을에서 이어져 내려오는 집단 환각의 악습은 축제에 흥분 상태인 중, 고교생들의 남성에게도 면면히 이어지고 있는 것이다.

그런데 유우를 가지고 남성들이 실랑이를 하고 있을 때, 경찰이 그들이 있는 곳을 찾아오고 각성제를 마시고 있던 모두는 황급히 도망간다.

"다들 잽싸게 도망가더라고. 사촌동생은 마와 같이 신사 쪽으로 뛰어갔어. 그렇지만 마는 경찰이 무서워서 곧 집에 간 모양이니까. 그 애, 지나가는 남자한테 걸려든 거 아냐? 그 애는 그런 계집애야."[4]

유우의 사촌언니인 지카 앞에서 거리낌 없이 '지카 누나한테 이런 이야기 하긴 싫지만, 그 사촌동생, 여간이 아니더라구'라고 말하는 다쓰노부의 모습은 마냥 태연하기만 하다. 유우가 '그런 계집애'이므로 '지나가는 남자에게 걸려들었을' 것이라는 다쓰노부의 태도는 각성제까지 사용하면서 여름 축제에 빠져 있는 그가 여성을 어떠한 방식으로 보고 있는지 확연하게 드러낸다. 다쓰노부는 어떠한 죄의식도 없이 유우가 '그런 계집애'이므로 성을 위한 수단으로 하여도 가능하다는 도식을 통해 자신의 폭력적인 행동을 합리화하여 버린다. 여기에서 여성에 대한 다쓰노부의 평상시의 인식과 그러한 인식에서 나오는 폭력적인 행동의 실체를 알 수 있다.

여름 축제 때 집단 환각 상태에 있는 익명의 군중들은 마을 공동체에 전해져 내려오는 악습에 빠져든다. 「땅거미」에서 성폭행의 가해자는 주인공인 지카에게 매우 친숙한 북치는 오빠였을 수도 있고, 포장마차 오빠였을 수도 있다. 누구였든지 모르지만 분명한 것은 그들 역시 일상에서는 매우 정상적인 마을 사람들 중 한 사람이라는 것이다. 유우에게의 가해자 역시 누구인지 특정되지는 않았지만 마을 사람들 중 한 사람이고 그 역시 일상에서는 극히 정상적인 사람이었을 것이다. 그러나 비일상인 여름 축제에서 집단 환각 상태에 빠진 남성들은 이성을 잃은 행동을 한다. 여름 축제 기간에 마을에서 남성들은 익명의 다수로 되어 계속 성폭행 사건을 일으킨다. 그리고 이러한 성폭행 사건은 마쓰리가 끝난 뒤에 남성들의 삐뚤어진 성(性) 의식을 형성하는 것이다.

한편 비일상적인 여름 축제는 남성뿐만이 아니라 여성들에게도 이상(異常)한 흥분한 상태를 불러일으킨다. 축제에 참가하는 여성들은 사람들이 뿜어내는 열기에 '지나치게 몰두한' 상태에 빠져 들어간다. 특히 사물에 대한 이성적인 판단이 어려운 어린 여성의 경우에 이러한 현상이 극심하게 일어난다. 실제로 어린 시절 지카도 비일상인 여름 축제에서 '지나치게 몰두한' 상태에 있었던 것이다.

지카는 여름 축제에서 '지나치게 몰두한' 상태를 경험한다. 여기에서 몰두한 상태란 '나'에게 찾아오는 환상을 말한다. 지카는 축제라는 비일상인 공간적 배경과 함께 그 열기에 의해 '지나치게 몰두한 상태'일 때 성폭행을 당한다. 그녀는 일 년에 한 번뿐인 여름 축제에서 능동적이며 흥분을 주체하지 못하는 상태가 되는데 이때 어디선가 '목소리'가 들려오고 손길이 닿는다.

지짱, 지짱…… 민가가 빽빽이 들어선 조용한 골목에서는 소리가 메아리쳐 뜻하지 않은 방향에서 들려오는 경우가 자주 있습니다. 소리가 난 곳을 두리번거리며 찾고 있는 나의 손을 갑자기 커다란 손이 붙잡았습니다. 나는 그 손을 덥썩 물었습니다. 손이 움츠러든 곳은 집과 집 사이에 열려진 대문 안의 깜깜한 어둠 속이었습니다.[5]

지카가 자신의 체험을 묘사하는 장면이다. 지짱이라는 소리가 들리고 지카는 그 목소리를 찾아서 골목으로 들어간다. 지카는 성폭행을 당하지만 상대가 누군지 알지 못한다. 하지만 커다란 손이 지카의 손을 잡았다는 것으로 볼 때 축제에 참가한 어른 남성이라는 것은 추측할 수 있다. 그리고 그 다음 해도 그 다음 다음 해도 '지나치게 몰두한' 상태라서 움직이지 못하게 된 지카를 부르는 목소리가 어둠 속에서 들려온다. 이렇게 여름 축제에 '지나치게 몰두한' 상태에 있던 지카는 열 살 때부터 몇 년 동안 누군지 알 수 없는 남성들로부터 성폭행을 당하는 것이다.

그런데 여름 축제에서 이렇게 '지나치게 몰두한' 상태를 경험한 여성은 지카만이 아니었다. 「땅거미」에서는 비단 지카뿐만이 아니고, 요시나가(吉永) 씨 댁 막내딸이나 유우의 경우까지 모두 다섯 명의 여성들이 축제에 '지나치게 몰두한' 상태를 경험한다. 그들은 축제에 '지나치게 몰두한' 상태에서 남성으로부터 여러 가지 정황상 성폭행을 당하였지만 그들에게는 어떠한 기억도 없다. 축제 때 남성들의 성폭행은 대상 여성에게 행위에 대한 기억조차도 남기지 않을 정도로 여성들을 물질화한다. 그리고 「땅거미」에서 등장하는 남성은 단순히 성폭행으로 끝나는 것이 아닌 일종의 비이성적 '표식'을 여성의 신체에 남겨두고 있는데, 이것은 작품 속에서 인간의 '악(惡)'의 한 형태인 폭력성을 더욱 잔혹하게 드러내 보이는 역할을 한다.

이것은 여름 축제에서 '지나치게 몰두한' 상태에 빠진 여성에게 잘못이 있다고 할 수 있다. 하지만 어린 여성들이 축제에 '지나치게 몰두한' 상태에 있다고 하여도, 이러한 상황이 남성들의 성폭행의 정당한 이유가 되지는 않는다. 왜냐하면 축제 때 여성들의 남성에 대한 성폭력 행위는 발생하지 않기 때문이다. 이것은 물리적 힘의 문제이고, 권력 구조의 문제이다. 무엇보다 이것은 마을 공동체에서 전해져 내려오는 악습의 문제이다. 여름 축제의 악습에 물들어 있는 남성들은 이제 각성제까지 사용하면서 성폭행의 대상을 물색하고 있는 것이다. 비일상인 여름 축제에서 남성들은 성폭행이라는 마을의 악습을 이어간다.

「땅거미」에서는 「나쁜 소문」에서 나왔던 가나코(加奈子)의 이름이 등장하고 있다. 「나쁜 소문」에서 가나코는 정육점을 하는 양씨 형제의 동생으로 오빠가 저지른 죄를 대신 속죄하는 여성으로 서술된다. 지카는 어릴 때 옆집에 살았던 가나코 언니의 이야기를 초등학교에 들어가서 알게 되는데 이것은 가나코의 '일'이 소문의 형태를 빌려 그 동네에 계속해서 알려지고 있는 것을 의미한다. 특히 지카가 초등학교에 다닐 무렵, 같은 반 남자아이가 자신의 손에 우유를 끼얹은 여자아이를 향해 '너도 정육점 누나처럼…… 속에서 병을 깨뜨릴 테야!'라고 외치는 모습은 그러한 소문이 어린 시절부터 남성들의 의식 속에 어떻게 받아들여지고 있는지를 분명히 알려준다. 젊은 여선생이 그 소리를 듣고 달려와 남자아이를 나무라지만 남자아이는 오히려 여선생을 들이받고 교실을 나가버릴 뿐이다.

즉 가나코에 대한 소문은 남성들이 여성에게 가하는 폭력을 아무렇지 않게 받아들이게끔 하는 역할을 하고 있음을 암시한다. 이렇게 마을의 남성들은 여성들에게 대하여 어릴 때부터 왜곡되고 잔혹한 성 의식이 몸에 배어 있는 것이다. 여성에 대한 이러한 잘못된 인식은 그들이 중학교에 진학하고 또 고교에 가도 별반 달라지지 않는다. 이것은 앞에서 설명했듯이 간단히 다쓰노부와 마의 경우를 보아도 알 수 있는 것이다. 현재 세대에서 일어나고 있는 마을의 악습은 그 다음 세대에서도 똑같이 발생할 것이다.

「나쁜 소문」에서 가나코나 뼈다귀의 여동생이 그러하였듯이 「땅거미」에서도 여성은 지극히 비이성적이고 비인격적인 방식으로 남성의 성적 도구화가 될 뿐이다. 「나쁜 소문」에서 가나코를 끔찍이도 아꼈던 양씨 형제이지만 그들의 '죄'[6]로 인해 가나코는 자신과 전혀 관계가 없는 남성들을 일부러 찾아가 오빠들이 했던 행위에 대한 보속의 의미의 성행위를 베푼다. 또 마지막에 그녀는 뼈다귀에게 잔혹한 방식으로 성기를 훼손당하기까지 한다.

또한 뼈다귀의 경우, 자신의 여동생이 수많은 남성들의 성적 상대가 되는데도 그것을 개의치 않을 뿐더러 일말의 수치심이나 불쾌감도 느끼지 않는다. 뼈다귀는 아무런 감정도 없이 여동생이 매춘으로 벌어들인 돈으로 먹고 살아간다. 이렇게 「땅거미」와 「나쁜 소문」에서는 여성(女性)이 남성(男性)의 의식 속에 어떻게 인식되는가를 잘 보여주고 있다. 여기에서 여성들은 남성들의 가학적인 성의 수단으로서 인식되고 있을 뿐이다. 단지 그것이 「나쁜 소문」에서는 매일 벌어지는 일상적인 일이었고, 「땅거미」에서는 여름 축제라는 비일상적인 시공간이었다는 것이 다를 뿐이다.

3. 「땅거미」에 나타난 억압받는 성 ; 여성의 경우

「땅거미」에서 다루는 중심 사건은 여름 축제 때에 일어나는 '성폭행'이다. 그곳에서 일어나고 있는 정체 모를 성폭행 사건은 사건으로 명명되지도 않은 채 마을 한 구석에서 그저 벌어지고 또 아무 일도 일어나지 않은 듯 지나간다. 땅거미는 낮의 빛으로 대변될 수 있는 인간 이성의 세계와, 밤의 어둠 속에서 스멀스멀 이빨을 드러내는 반이성과 인간의 광기 혹은 그 근원적 악의 경계이다. 현월은 「땅거미」에서 이 두려운 어스름

162

의 시공간 속에서 불안하게 노출되어 있는 성(性)과 폭력의 양상을 통해 피해자인 여성들이 어떻게 억압받고 있는 가를 생생히 보여주고 있다.

「땅거미」에서 여름 축제 때 마을 여성들은 계속 '성폭행'을 당한다. 우선 소설 전체에 성폭행을 당하는 피해자가 주인공 지카와 사촌동생 유우, 요시나가 씨 댁 막내딸, 가나코 언니, 빨간 구두의 여자 등 모두 다섯 명이나 된다는 점을 파악할 수 있다. 무엇보다 가장 큰 문제는 다섯 명 모두 가해자인 남성이 누구인지 그 실체조차 파악하지 못하고 있다는 점이다. 축제에서 성폭행을 당한 여성들은 자신들을 억압한 남성들의 정체를 알지 못한다. 그리고 그 결과, 가해자와 피해자 양 측이 존재함으로써 성립되는 '성폭행'이라는 사건은 가해자는 증발해 버리고 피해자만을 남겨 놓는 최악의 사태로 이어지게 된다. 더더욱 끔찍한 것은 그 모든 책임은 피해자 혼자서 떠맡을 수밖에 없다는 것이다.

그리하여 피해자만 있고 가해자가 없는 이 해결 불능의 악습은 개개인의 여성이 잠재적 피해자이자 억압받는 개별자인 반면, 남성은 그저 힘을 가진 익명의 다수로 존재하고 있음을 알 수 있다. 다시 말하자면, '남성과 여성', 이 두 주체로 균형을 이루고 완성되고 화합되어야 할 성이 '폭력'이라는 힘의 지배 관계로 잔인하게 둔갑하고 있는 것이다. 이로써 남성은 성의 지배자로 군림하며 여성을 철저히 억압하는 잔혹한 불균형의 현상을 야기하고 있다. 「땅거미」에서 여성들의 성은 철저하게 억압받는다.

「땅거미」의 주인공 지카는 열 살 때에 축제에서 성폭행을 당한 이후, 매년 축제에 참가할 때마다 알지 못하는 남성들로부터 성폭행을 당한다. 여름 축제에서 그것이 무엇인지 알지도 못한 채 성폭행을 당하게 되는 지

카에게 일어난 성적 폭력은 그녀에게 극심한 정신적인 충격을 주어 그 후
유증은 상상을 초월하는 것이 된다. 성폭행이라는 단어를 이끌어낼 수 없
을 만큼 어린 지카에게 폭력은 폭력이 아닌 형태로 그녀의 일생에 시도
때도 없이 찾아와 지우지 못할 상처로 남게 된다. 그 폭행은 지카의 일생
의 한 순간 한 순간마다 연상되어 그녀가 남들과 같은 정상적인 생활을
할 수 없게끔 방해한다.

　학교 공부도 암기는 잘 했어도 응용은 전혀 못했고, 몇 안 되는 친구들과
같이 있을 때는 친구들이 하는 것을 그대로 따라했고, 집에 있으면 아버지가
심부름을 시킬 때를 제외하고는 만화나 텔레비전도 안 보고 그냥 앉아 있거
나 아무렇게나 누워 있거나 하는, 그런 넋 빠진 아이가 된 것은, 어려서부터
단지리 주위에서 미친 듯이 춤을 춘, 그 원체험 때문임이 분명합니다.[7]

　지카가 성폭행 사건으로 얼마나 충격을 받았는지 알 수 있는 대목이다.
그날의 사건은 지카에게 원체험(原体験)이 되어 그녀의 행동과 사고에 큰
변화를 가져왔고 보통 아이들과 같은 일상생활조차 하기 힘들게 만들었
다. 어렴풋한 느낌 속에 감지되고 있는 이 사건은 언제나 지카를 그곳에
묶어두고 정신적으로 괴롭힌다. 어린 여자아이는 '만화나 텔레비전도 안
보고 그냥 앉아 있거나 아무렇게나 누워 있거나 하는, 그런 넋 빠진 아이
가 된' 것이다. 어린 시절의 이러한 사건은 '극히 평범한 여자가 됐어야
했'을 지카를 극히 평범한 여자가 되지 못하게 하고, 그녀의 마음속에는
'분노인지 초조함인지를 알 수 없는 작은 응어리가 마음 한구석에 생기'

게 되는 것이다.

이렇게 지카는 정상적 사고가 불가능해졌을 뿐 아니라, 자주 어린 시절의 자신의 환영을 보게 되고 그날의 자신의 모습을 겹쳐보게 된다. 어릴 적 동네 사람들이 부르던 '지짱'이라는 호칭은 어디선가 아직까지도 자꾸만 환청으로 들려오고, 타인의 목소리 속 '지짱'은 그 옛날의 그 남자의 목소리와 겹쳐진다. 그날의 일을 결코 잊을 수 없는 지카는 더 이상 마을 축제에는 참석할 수 없게 되고 지난 일의 공포 때문에 혼란스러워한다.

또한 「땅거미」 속에 나타난 일련의 성폭력들은 피해자들이 의식하지 못하는 상황에서 벌어진다는 무의식의 속성을 지니고 있음을 간과해서는 안 된다. '타자'의 성폭행으로 인해 성적 수치감과 더불어 인간의 자존 의식이 박탈당하는 그 순간, 자신이 폭행당하고 있는지조차 모른다는 것은 피해자의 주체성이 모조리 파괴되고 있음을 의미하는 것이다. 지카는 고등학교 때 겪은 성폭행의 경험을 꿈이라고 생각한다.

꿈, 속인 줄 알았습니다. 거의 마비된 아랫배에서 입자 같은 것이 소용돌이치고 있었습니다. 입자의 소용돌이는 아랫배를 떠나자 인두에 데인듯한 아픔이 되어 마루에 흘린 물처럼 순식간에 전신으로 펴져 가는데, 그 상태를 나는 남의 일처럼 느끼고 있었습니다.[8]

지카는 성폭행을 '남의 일'처럼 느끼고 있다. 그리고 그녀는 '순간적으로, 이것은 가나코 언니가 당했던 일을 모의 체험하고 있는 게 아닐까 하고 생각'한다. 이러한 지카의 고백에서 알 수 있듯이, 성폭행이라는 타자에 의한 주체성의 억압을 의식조차 하지 못하고 남의 일로 받아들인다는 것에서 그 어떤 주체성의 여지도 남김없이 강탈당하고 마는 성폭행의 극도의 잔혹성을 인식할 수 있다. 나아가 지카가 '10년 전 여름 축제가 있었던 밤의 그 사건? 나는 완벽하게 길든 걸까요?'라고 자문하듯이 그녀는 성폭행에 길들여지기까지 한다.

지카는 그 경험에 대해 지금의 자신에게 결코 나쁜 기억이 아닐뿐더러 오히려 그리울 정도라고 말한다. 그녀는 일 년에 한 번밖에 없는 여름 축제의 밤, '나는 확실히 살아 있다는 것을 실감할 수 있는 극히 제한된 그 몇 시간 동안, 나는 온몸과 영혼을 바쳐, 아니, 피동적인 자세가 아니고 오히려 그리울 정도'라고 성폭행의 일을 기억한다. 그리고 고등학교 때 축제 기간의 신사에서 겪은 경험을 '나는 아픔으로 하반신이 완전히 마비됐는데도 어딘가 즐기는 것 같았'다고 말하고 있다. 이렇게 지카의 폭행에 순응된 모습을 보면, 성폭행이 여성의 자존감을 얼마나 파괴하고 있는지 알 수 있다. 지카는 가나코 언니가 당했던 일을 모의 체험하고 있는 게 아닐까 하고 생각하지만, 어릴 때 소문으로 듣던 가나코 언니가 당한 '일'이 이제 자신의 '일'이 되었던 것이다.

이러한 남성의 폭력적인 성의 억압은 여성이 성에 있어 소극적인지 혹은 적극적인지 하는 소위 조숙한 태도와 상관없이 일관되게 작용하고 있다. 성적으로 겁쟁이이던 지카와는 달리 사촌동생 유우는 성에 조숙했다. 지카는 어지간한 남자라도 그녀를 주체하지 못할 것이라고 생각한다. 유우는 자신의 음모를 메추라기 알 크기만큼만 남겨 놓을 정도로 성에 조숙해 있었던 것이다.

어젯밤 목욕하면서 본 윤기 있고 까무잡잡하면서 팽팽한 가슴과 허리, 그리고 무엇보다도 음모를 메추라기 알 크기만큼만 남겨 놓고 깔끔하게 깎아낸 그 솜씨에, 경험이 충분한 이성의 의지를 느끼지 않을 수 없는 그 부분을 목격한 나는, 키가 크고 앞가슴도 두툼해지고 얼마간 성 체험도 있을 장난기가 한창인 남자애들이라 하더라도, 정작 결정적인 순간에는 유우를 주체하지 못할 게 분명하다고 동정하는 마음마저 들었습니다.9

지카는 성(性)에 대하여 숙맥이었지만, 유우는 '그런 남자들을 어떻게 다루어야 하는지는 나도 잘 알아'라고 말할 정도로 성에 적극적인 모습을 보이며 성의 자기결정권을 가지고 있는 여성이다. 그러므로 지카는 유우가 자신과는 다르다고 생각하고 오히려 그녀에게 기죽을 남성을 동정하기도 하지만 성폭력의 결과는 그녀가 상상한 것의 반대였다. 남성들의 성폭력은 여성이 성에 적극적이든 소극적이든 것에 관계하지 않고 똑같은 결과를 초래한다. 요컨대 '사랑하고, 몸을 요구당하고는 괴로워하고(성적으로는 정말 겁쟁이였습니다)' 성에 있어 소극적 자세를 보이는 주인공 지카와 성에 적극적이어서 음모 손질까지 매끈하게 한 사촌동생 유우의 성폭행의 후유증은 후유증의 크고 적음의 차이가 있을지언정 결코 다르지 않는 것이다. 성적으로 겁쟁이이던 지카와는 달리 성에 조숙했던 사촌동생 유우도 남성이 가하는 성폭력의 철저한 피해자로 전락할 뿐이다.

성폭력의 후유증은 성적 경험이 많고 적고의 문제가 아니다. 그것은 성적 결정권이 자신에게 있는가 없는가의 차이인 것이다. 성적 결정권이 자신에게 없을 때 그것은 폭력이 되고 그 후유증은 엄청난 결과를 초래한다. 유우가 성에 적극적인 모습을 보였어도 성의 자기결정권이 없었기 때문에 남성의 폭력에 힘없이 무너지는 것은 지카와 똑같은 것이다. 요컨대 성에 접근하는 개인의 의지나 자세와 전혀 무관하게 사회의 성적 억압의 희생양은 '어떤' 여성이 아니라 '모든' 여성임을 알 수 있는 것이다.

마을 공동체에서 집단 환각에 의한 성폭행이라는 악습은 시간이 지나도 멈추지 않고 대상이 되는 여성이 바뀔 뿐 계속된다. 앞에서도 언급하였듯이 여기에서 눈여겨볼 것은 남성의 성적 폭력이 여성이 전혀 인지하지 못하는 상태에서 진행되어지고 있다는 사실이다. 「땅거미」에서 성폭행을 당한 여성들은 모두 그러한 사실을 기억하지 못한다. 나중에 집에 돌아와 사분의 일 정도 떨어져 나간 자신의 유두를 보고 그것을 안 지카와, '이것 봐. 없어'라고 지카 언니에게 깎여나간 자신의 음모를 보이고 나서야 비로소 자신이 폭행당한 것을 자각하는 유우의 모습도 지카와 마찬가지이다.

지카와 유우뿐만이 아니라 성폭행을 당한 여성들도 모두 꿈결에 홀린 것처럼 당한다. '누구한테 무슨 짓을 당했는지 본인은 전혀 기억이 없다'는 요시나가 씨 댁 막내딸부터 시작해서, 신사(神社) 청소 중에 발견된 훗날 지카가 당했던 곳과 같은 위치에서 빨간 옷을 입은 여자가 마치 죽은 것처럼 누워 있었던 것도 그러하다. 그들 모두 성폭행을 당했을 것이라고 추측되는 상황과 또 아마도 성폭행을 당했을 것이라는 마을 사람들의 소문으로 자신의 '일'을 알게 되는 것이다.

이렇게 「땅거미」의 여성들은 성폭행을 당하지만, 자신들이 성폭행을 당한지도 알 수 없을 뿐더러 무엇보다 자신을 성적으로 억압하는 남성을 보지도 못한다. 보이지 않는 남성들에게 대항할 수는 없는 법이다. 피해 자인 여성들은 그 어떤 주체성도 용인되지 못한 채, 보이지도 않고 저항 할 수도 없는 남성들에게 철저하게 억압된 채로 끊임없이 당하고만 있는 것이다. 그리고 이러한 악습은 여름 축제 기간 중에 마을 공동체에서 계 속 이어지는 것이다.

지카는 축제 도중 만난 작은 여자아이의 모습에서 어린 시절의 자신의 모습을 발견한다.

　　열 살쯤 되어 보이는 축제 옷차림의 여자아이가 하얀 버선을 신은 다리를 높이 올리고 모퉁이에서 이쪽으로 달려오고 있습니다. 눈앞을 지나갈 때 나 는 앗! 하고 소리를 지르고 일어서고 말았습니다. (중략) 그 여자아이가 나일 리가 없습니다. 그러나 그 시절의 나와 같은 여자아이가, 그 시절의 나처럼 단지리 행렬이 지나가버린 후의 정적을 깨면서 모퉁이를 달려 나가는 일이 없다고 말할 수 있을까요?[10]

지카는 열 살쯤 되어 보이는 축제 옷차림의 여자아이를 보고 어린 시절 의 자신의 일을 기억한다. 이곳에서 모퉁이를 달려오고 있는 열 살쯤의 여자아이는 지카 그녀에 다름 아니다. 지카는 어린 시절 땅거미가 사라진 어둠 속에서 낯선 손으로부터의 기억을 떠올리며 저 여자아이에게도 같 은 일이 일어나지 않을 거라고 단언할 수 없다고 생각한다. 이것은 집단 환각에 의한 여름 축제에서의 폭력이 현재의 열 살쯤의 여자아이에게까 지도 계속되고 있다는 것을 암시한다.

여름 축제 때의 성폭행은 반복된다. 축제에서의 성폭력이 계속되리라는 것은 피해자인 여성들이 계속 발생되고 있다는 것에서 알 수 있다. 여름 축제 때 마을에서 이러한 행위가 계속된다는 것은 여성이 남성에게 억압받고 그 부당한 힘의 구속에 저항할 기력조차 빼앗긴 채 기어이 복종하고 마는 권력지배 관계를 의미한다. 이 구조는 마을 공동체의 악습의 은밀하고 내밀한 확대 재생산의 양상을 드러내고 있는 것이다. 여름 축제에서 각성제를 흡입하는 중, 고교생의 행위와 가나코에 대하여 말하는 초등학생은 집단 환각에 빠져있는 남성들이 앞으로도 계속 이어지리라는 사실을 말해준다. 하지만 이와 같은 폭력적 현실에도 불구하고 여성들은 마을공동체의 유지를 위하여 계속 피해자로서 남아 있게 되는 것이다.

4. 「땅거미」속 성(性)을 둘러싼 소문 ; 제3자의 경우

「땅거미」에서는 '성(性)을 둘러싼 소문'이 어떻게 '제3자'들 사이에 퍼지고 그것이 또 다른 폭력이 되어 소문에 관련된 사람들을 억압하고 있는지 보여주고 있다. 소문은 그 진실성 여부와 관계없이 사람들 사이에 퍼져 있는 사실 혹은 일종의 정보로서, 심리학에서는 '사람들의 공통의 관심사에 대한 정보가 사람들 사이에서 계속 전달되는 경우와 같이 우발적이며 비조직적인 경로를 통하여 전달되는 연쇄적인 커뮤니케이션'이라고 정의한다. 요컨대 소문은 '우발적이며 비조직적인 경로를 통하여 전달되는 정보'라고 할 수 있다.

또 한스 J. 노이바우어는『소문의 역사』에서 소문이라는 단어의 역사를, '소문이라는 개념 자체는 메타포처럼 원래의 법학적인 맥락에서 여전히 무엇인가를 담고 있다. 왜냐하면 소문이라는 이 단어의 어원을 따져보면 소식, 비명, 외침, 평판이라는 의미뿐만 아니라 카오스, 대참사, 범죄 등의 의미와도 관련을 맺고 있다. (중략) 이것은 강간, 도둑질, 강도, 살인, 타살 등과도 유사한 뜻이다. 소문이라는 단어의 어휘사는 이미 비상사태에 대하여 암시하고 있다'[11]라고 설명하고 있다. 이렇게 하여 보면 소문은 비명, 범죄, 살인 등과 비슷한 것으로서 일상적이지 않고 정상적이지 않은 상태인 '비상 상태'를 의미한다고 생각할 수 있다. 소문이 퍼져 있는 상황은 이미 비일상적이고 비정상적인 상태인 것이다.

우선「땅거미」에서 여성의 성(性)에 대한 '소문'이 사람들 사이에 어떤 식으로 유포되고, 제 3자는 그러한 '소문'을 어떻게 바라보고 있으며, 당사자들은 '소문'으로부터 어떤 식으로 고통받는지 살펴보도록 하겠다. 여름 축제에서 성폭행을 당한 지카는 집에 돌아가는 길에 동네 아주머니를 만난다.

어찌할 바를 몰라 멍하니 주저앉아 두 번째 생리가 갑자기 온 것 같다고 하는 내 말에, 아줌마가 슬프고 난처한 표정을 지은 것은, 내가 어렸을 때 어머니와 사별하고 아버지 밑에서 혼자서 자랐기 때문일 것입니다. 아줌마의 손을 빌어 일어났을 때, 조금 전에 제대로 올리지 않은 팬티 속에 괴어있던 걸쭉한 덩어리가 넓적다리를 타고 떨어지는 것을 알았습니다. (중략) 아줌마는 그 광경을 보고도 전혀 개의치 않은 모양으로, 머리띠를 풀러 발바닥을 닦고

있는 나에게, '어른다운 여자'로서의 자각이 얼마나 중요한가를 득의양양하게 설교하는 것이었습니다.[12]

지카가 처음으로 '소문'에 포함되기 시작하는 장면이다. 지카의 장딴지로 흐르는 몇 줄기의 피를 바라본 아주머니가 슬프고 난처한 표정을 지은 것은 지카에게 일어난 일을 어느 정도 간파하거나 또는 이미 '그럴 것'이라고 추측하고 있기 때문일 것이다. 그러므로 그녀는 슬프고 난처한 표정을 짓기는 하였지만, 걸쭉한 덩어리가 넓적다리를 타고 떨어지는 광경을 보고도 전혀 개의치 않는 것이다. 동네 아주머니는 이러한 지카의 모습을 보고 그녀의 몸에 대하여 걱정하거나 안타까워하기는커녕 오히려 '어른다운 여자'로서의 자세에 대하여 득의양양하게 설교한다. 동네 아주머니는 지카가 잘못한 것이 아닌데도 이 '일'을 지카의 잘못으로 돌린다. 이것은 여름 축제에서 이미 이러한 '일'이 자주 발생하고 있기에 동네 아주머니가 익숙해져 있기 때문이라고 생각할 수 있다.

한편 그녀는 이제부터 지카에 대한 일을 마을 사람들에게 사실처럼 퍼뜨리고 다닐 것이다. 세상 어느 곳이나 소문은 동네 아주머니에게서 시작된다. 동네 아주머니는 소문의 가장 직접적인 전파자라고 할 수 있다. 실제로 동네 아주머니는 피해자에게 고통이 될 수 있는 소문을 아무렇지 않게 남에게 이야기하고 다닌다. 이것은 지카가 성년이 된 뒤에 만난 동네 아주머니가 '네가 벌써 졸업했으니까 하는 말인데, 난 여자아이가 축제에 너무 빠지는 건 별로 좋지 않은 것 같아. 3년 전 요시나가 씨 댁의 막내딸처럼, 무슨 일이 있었는지도 모르는 사이에 큰 코 다친 일도 있고, 아이들은 절제할 줄 모르니까 말이야'라고 지카에게 요시나가 씨 댁 막내딸에 관한 소문을 들려주는 것으로부터도 알 수 있다. 이것을 보면 분명 지카의 '일'도 3년도 지나지 않아서 '어른다운 여자'로서의 자세에 대하여 득의양양하게 설교하던 아주머니에 의하여 마을에 소문으로 전파되었다고 생각할 수 있다. 소문은 이렇게 소리 없이 또 사실 관계에 상관없이 마을 사람들에게 전달된다.

지카는 자신이 당했던 일과 비슷한 일을 겪은 다른 여성의 이야기를 들으며 자신도 그러한 소문의 일부가 되었을지 모른다고 생각한다. 자신의 '일'이 이미 소문의 대상이 되었다고 생각하는 지카는 마을의 남성들에게 순수한 마음을 가질 수 없다. 그녀는 만나는 남자마다 경계를 하게 되는 것이다. 지카는 우연히 마주친 포장마차 오빠를 보고 혼란스러워하는 모습을 보인다.

잠깐 숨을 돌린 나는 소름이 끼쳤습니다. 등에서 느껴지는 포장마차 오빠의 숨결이 갑자기 생생해져서, 그때까지 젖은 스펀지를 꾸욱 누른 것처럼 번지던 땀이 일제히 가셨습니다. 나는 견딜 수 없어서 뒤돌아보았습니다. 스테인리스 상자 건너편, 파이프 의자에 앉아서 담배를 피우고 있던 오빠는 애교스러운 표정으로 눈썹을 올리며, 왜? 라고 묻듯이 고개를 갸우뚱했습니다.13

지카가 포장마차 오빠로부터 이상한 기운을 느끼는 부분이다. 그녀는 '소름이 끼쳤습니다. 등에서 느껴지는 포장마차 오빠의 숨결이 갑자기 끈적거리기 시작했고, 그때까지 젖은 스펀지를 꾸욱 누른 것처럼 번지던 땀이 일제히 가셨'을 정도로 불안한 감정에 사로잡힌다. 지카는 과거 자신이 겪은 '일'이나 몇 차례의 소문을 접하면서 포장마차 오빠로부터 막연한 두려움을 느끼는 것이다. 그러나 뭔가 섬뜩한 느낌이 들어 돌아보는 지카를 향해 애교스러운 표정을 지어보이는 포장마차 오빠는 아무것도 모르는 표정을 짓는다.

여기에서 포장마차 오빠가 소문이라는 거울을 통해 지카를 바라보는 것인지 지카가 단지 피해의식에 젖어 지나치게 과민 반응을 보이고 있는 것인지는 확실히 알 수 없다. 그러나 그녀에 대한 소문이 발생하였을 가능성이 있다는 것은 충분히 생각해 볼 수 있다. 포장마차 오빠가 정말로 아무것도 모를 수도 있지만, 그가 마을에 퍼져 있는 소문을 듣고 자신의 눈앞에 있는 지카를 보면서 성적 욕구를 느꼈을지도 모른다. 요컨대 축제 때에는 으레 이러한 일이 있기 마련이라는 소문이 사람들의 인식 속에 있고 지카는 자신의 입장에서 그 소문을 받아들이고 있다고 볼 수 있다.

한편 참배 길에 우연히 마주친 갓친(かっちん)과 시게(繁) 오빠를 만나도 이유 없이 경계하는 모습에서 자신의 '일'에 대한 소문에 고민하는 지카의 모습을 발견할 수 있다. 그녀는 자신을 알고 있는 모든 마을 남성들을 두려워한다.

나는 몇 년 동안이나 소원했던 두 사람이 왜 이렇게도 친절히 대해주는지 잠시 생각했습니다. 어려서부터 '큰 지붕 아저씨', '북 아저씨'라고 부르면서 따라다녔고, 초등학교에 들어가서는 어른들이 하는 식으로 별명을 부르면서, 춤과 북채 놀림을 넋을 잃고 바라보기도 하고 열심히 흉내 내기도 했습니다.

여름 축제가 가까워지면 어디선가 나타나 단지리를 손질하기 시작하는 10여 명의 남자들 중에서도 두 사람은 유독 진지하게 몰두했습니다……. 어쩌면, 이 두 사람은 나의 여름 축제에서의 체험을 모두 알고 있는 게 아닐까? 문득 이런 생각이 떠올라 몸서리를 쳤습니다. 그럴 리가, 그럴 리가 없어. 나는 웃어넘기고 싶었습니다. 그런데 눈물이 흘러나와 아무것도 보이지 않게 되었습니다.14

지카는 어려서부터 친밀하게 따라다니던 갓친과 시게 오빠에게서 어쩌면 이들도 실제로 자신에 관한 소문을 들어 알고 있는 것이 아닌가 하는 강한 공포심에 사로잡힌 모습을 보인다. 지카는 '어쩌면 이 두 사람은 나의 여름 축제에서의 체험을 모두 알고 있는 게 아닐까? 문득 이런 생각이 떠올라 몸서리를 쳤습니다'라고 고백할 정도로 혹여 그것이 밝혀 질까봐 두려워하고 있다. 그러면서 그녀는 이러한 지독한 현실에 대하여 하염없이 눈물을 쏟는 것이다.

앞에서 설명했듯이 「땅거미」의 주인공 지카는 자신에게 성폭행이 일어났는지조차 의식하지 못할뿐더러, 극심한 육체적 충격과 함께 정신적인 충격을 받는다. 정신적인 충격은 그녀의 정상적인 성장에까지 영향을 미쳤다. 그리고 이것에 더하여 그녀는 자신의 '일'에 대한 마을 사람들의 소문을 의식해야 하는 피해까지 받고 있는 것이다. 여름 축제 때의 사건이 마을 공동체에서 여성에게 얼마마한 억압으로 다가오고 있는지를 알 수 있다.

소문의 위력은 한정할 수 없는 정도로 굉장하다. 지카는 여섯 살 때 만난 가나코 언니와의 만남을 초등학교에 들어간 후에 기억한다. 지카는 여섯 살 때 갑자기 이사를 간, 그녀의 집 근처에 살던 가나코 언니가 어떤 일을 당해서 동네에서 살 수 없게 됐는지를 초등학교에 들어간 후에 알게 되는데, 이것은 소문의 범위가 얼마나 커다란 것인가를 말해 준다. 지카가 어린 나이에도 이미 가나코 언니에 대한 소문을 듣고 있었다는 것은 그만큼 마을 사람들은 모두가 소문의 영향을 받지 않을 수 없다는 것을 이야기한다. 소문은 어른이나 아이에 관계없이 모든 사람에게 순식간에 그리고 광범위하게 퍼져 있는 것이다.

한편 소문은 같은 사건을 자신에게 유리하게 이야기하는 사람들의 진술에 의하여 왜곡되어 전파된다. 「땅거미」에서는 소문이 어떠한 방식으로 생성되고 또한 그것이 왜곡되어 가는지가 세 명의 아이들의 이야기를 통하여 나타나 있다. 요컨대 무리지어 같이 있던 다쓰노부와 마, 그리고 유우의 이야기가 각각 다른 것이다. 사건에 대한 세 명의 이야기가 각각 다르지만 이러한 이야기는 누구의 말이 진실임에 관계없이 각각의 이야기가 사실이 되어 소문으로 마을에 퍼져나가는 것이다.

축제에서 남성들인 다쓰노부와 마는 유우와 함께 있었던 시간을 자신들에게 유리하게 진술한다. 유우와 함께 있던 시간에 대하여 다쓰노부는 다음과 같이 말한다.

"그것보다 지카 누나한테 이런 이야기 하긴 싫지만, 그 사촌 동생, 여간이 아니더라구. 뒷정리가 끝나고 열두시쯤부터 무리를 지어 놀고 있었는데, 거기서 내가 마와 옥신각신하는 사이에 다른 남자애랑 몰래 빠져나가 어디론가

가려고 했어."[15]

유우 일로 자신을 찾아온 지카에게 다쓰노부는 '유우가 다른 남자애랑 몰래 빠져나가 어디론가 가려고 했'다고 진술한다. 또한 마는 유우의 이야기를 들으러 온 지카에게 '유우가 각성제를 흡입하였다'라고 진술한다. 이렇게 다쓰노부의 진술과 마의 진술이 엇갈리지만 유우가 행실이 좋은 여자가 아니라는 사실에서는 일치하고 있다. 진실이 무엇이든지 간에 이러한 그들의 이야기는 소문이 되어 퍼져갈 것이다.

즉 앞서 언급한 소문이 사건과 전혀 관련 없는 사람의 단순한 추측이나 전달에서 비롯되었다면, 다쓰노부와 마의 경우처럼 소문은 자신을 보호하거나 합리화하기 위해 사실을 왜곡하며 전하는 과정에서 재생산되기도 하는 것이다. 이때부터 소문은 진실 여부를 떠나 누가 먼저 많은 이들에게 자신의 이야기를 믿게 만드느냐에 따라 또 다른 형태의 폭력의 기제가 된다. 다쓰노부와 마는 지카 이외의 다른 이들에게도 자신의 왜곡된 이야기를 전할 것이고, 그것은 다른 여자들의 소문과 뒤섞여 제멋대로 생성되고 부풀려져서 마을에 일파만파로 퍼질 것이다. 여기에서 소문은 사실관계 여부를 떠나 사실이 된다.

그런데 이 사건에 대한 유우의 진술도 다르다. 유우는 이 사건에 대하여 지카에게, '자신은 각성제를 마시지 않았고, 슬슬 집에 가야겠다고 생각해서 망보는 걸 교대하러 나가는 남자아이를 따라 나갔다'라고 이야기한다. 이렇게 같은 사건에 대하여 세 사람의 진술이 각각 다른 것이다. 세 사람의 이야기 중에서 누구의 말이 사실인지는 알 수 없다. 어쩌면 세 사람의 진술이 모두 거짓일 수도 있다. 세 사람 모두 상황을 자신에게 유리하도록 거짓말을 하고 있는지도 모른다. 하지만 마을 사람들은 다쓰노부와 마의 이야기를 사실로서 받아들일 것이다. 성(性)에 대한 소문은 남성들의 욕망을 자극하여 다쓰노부와 마의 이야기가 왜곡되고 확대 재생산될 가능성이 훨씬 더 크기 때문이다. 여기에서 진실은 묵인된다. 설령 이 사건에서 유우의 말이 사실일지라도 앞으로 마을에서는 다쓰노부와 마의 이야기가 사실로서 받아들여져 그것이 소문이 되어 돌아다니게 될 것이다.

소문에는 사실도 있고 사실이 아닌 것도 있을 것이다. 그러나 그것의 사실관계 확인은 누구도 하지 않을 것이다. 단지 마을 사람들이 자신이 들은 소문에 의거하여 소문에서 들려지는 사람들을 평가한다는 것은 분명하다. 이렇게 마을공동체에서 여성들은 성폭행이라는 직접적인 육체적 충격과 함께 극심한 정신적인 외상, 그리고 소문의 대상이 되면서 마을의 희생양이 된다.

소문은 살아서 움직인다. 그리고 그것은 살아서 움직이기 때문에 스스로 생성되고 성장해 간다. 즉 가정이 추측으로 변하고 추측이 단정으로 변하며, 이 단정으로부터 다시 새로운 가정이 생기고 그것이 추측이 되고 단정(斷定)이 되어 가는 것이다.[16] 이렇듯 소문은 그것의 진실 여부를 떠나 확실치 않은 몇 가지 팩트만을 가지고 관련자들의 감정은 개의치 않은 채 그들 주변을 맴돈다. 특히 성을 둘러싼 소문은 마을 남성들의 욕망을 자극하여 그 파동 범위는 상상 이상으로 거대해진다고 할 수 있다. 이렇게 「땅거미」에서는 성을 둘러싼 소문이 사람들의 호기심을 자극시키고 급속도로 확산되며 사람들의 입을 거치면 거칠수록 그들의 구미에 맞게 왜곡되

어 결국에는 당사자에게 또 다른 크나큰 폭력으로 돌아오는 모습을 보여
주고 있다.

「땅거미」에서 지카는 성폭행을 당한 유우에게 '걱정마, 다 끝난 일이
야'라고 위로하지만, 이것은 다 끝난 일이 아니다. 마을에 그녀에 대한 소
문이 은밀하게 돌아다닐 것이기 때문이다. 지카와 유우의 경험은 또 다시
소문이 되어 마을에 떠돌 것이며 이러한 악순환이 이어지면서 앞으로도
마을에 이러한 일은 계속 발생할 것이다.

여름 축제에서의 성폭행 사건에 대한 지카와 유우의 후유증은 조금 다
르다. 유우는 지카보다 이러한 충격에서 쉽게 벗어날 가능성이 있다. 성
에 대하여 소극적인 지카보다 적극적인 유우의 충격이 적을 것이라는 사
실은 명백하다. 실제로 유우는 성폭행 사실을 알고 충격은 받으나 '남자
친구에게 혼나겠다'는 지극히 단순한 생각을 할 뿐이었다. 무엇보다 유우
는 마을을 떠나 나라로 돌아간다. 마을을 떠나 나라로 돌아가 버리는 유
우에게 마을 사람들의 소문은 들리지 않을 것이다. 그러나 이것은 단지
후유증의 많고 적음의 차이이지 후유증의 유무의 것은 아니다. 유우의 경
우에도 자기 마을에 돌아가서도 성폭행의 후유증은 결코 사라지지 않을
것이다. 자신도 모르는 사이에 메추라기 알만큼 있던 음모가 깎여진 기억
은 그녀에게 언제까지나 나쁜 기억으로 남아 있을 것이기 때문이다.

소문은 이어진다. 소문은 그것과 관련된 사람들에게 피해를 주기도 하지
만 소문에 전혀 관계없는 사람들에게까지 영향을 주기도 한다. 예를 들어
「땅거미」에서 성(性)을 둘러싼 소문은 직접적으로 피해를 당한 위의 다섯
명의 여자들뿐만이 아니고, 직접적으로 피해 받지 않은 여성들에게까지도

적지 않은 위협이 되는 것은 말할 필요도 없다. 금붕어 놀이를 하던 지카 친구의 딸도 언제든지 성폭행의 위협에 놓여 있다고 할 수 있다. 소문은 아직 피해를 당하지 않은 여성들도 잠재적인 피해자로 만들어 버린다.

소문은 마을 사람들의 또 다른 집단 환각이며 또한 악습(惡習)이다. 축제 때 마을에서 남성들은 어른에서 청소년에 이르기까지 집단 환각 상태에 빠져 있는데, 소문도 집단 환각 상태의 한 형태라고 볼 수 있다. 여름 축제에서 남성들이 중, 고교생까지 집단 환각에 빠져 있다고 한다면, 소문은 남녀노소를 구분하지 않고 마을전체가 빠져 있는 집단적 환각과 악습의 세계라고 할 것이다. 비일상인 여름 축제 때의 마을 사람들의 집단 환각과 악습은 축제가 열리고 마을이 존재하는 한 계속되어질 것이다. 그리고 집단 환각 과정을 거쳐 일상생활에서의 스트레스를 푼 마을 공동체는 축제가 끝난 뒤 아무런 일도 없었던 것처럼 다시 일상의 생활로 돌아가도 마을의 소문은 계속 이어질 것이다.

5. 결론

본서에서는 현월의 「땅거미」에 나타나는 '남성'과 '여성', 그리고 '제3자'의 성(性)에 대한 입장 및 태도를 살펴보았다.

요컨대 '마쓰리'라는 비일상적 시공간 속에서 벌어지는 성폭행에 대하여 그것을 바라보고 관계하는 사람들의 위치에 따라 분명한 차이가 나타나는 것을 발견할 수 있다. '남성'의 경우 그것은 이들 의식의 밑바닥에

갈려있던 폭력성이 비일상적인 마쓰리를 통해 분출되는 과정에서 여성을 물리적 힘으로 제압하고 일방적으로 성적 폭력을 가하는 형태로 나타난다. 이것은 지카가 그 '일'을 당한 지 20여 년이 흐른 뒤에도 여전히 계속해서 잔존해 있는 위험이며, 가나코에 관한 소문이 파급되는 양상이나 다쓰노부나 마의 진술을 통해 여성에 대한 남성의 지배적 성 관념의 모습을 유추할 수 있게 한다.

'여성'의 경우는 자신이 그러한 상황에 처해 있는지조차 알지 못한 채 무방비하게 성을 유린당하고 그로 인해 계속해서 정신적 외상에 시달리는 모습을 보이고 있다. 여성은 성적 주체성이 용인되지 않을뿐더러 가해자가 누군지조차 알지 못한다. 단지 그것은 잘려나간 유두나 깎여나간 음모처럼 비이성적인 신체변화를 통해서만 인식할 수 있을 뿐이다. 또한 여성에 대한 폭력은 이에 그치지 않고 사람들의 소문에 의해 확대 재생산되는데 그 과정에서 '제3자'가 또 다른 가해자가 되어 이들을 억압하고 있음을 발견할 수 있다. 소문은 욕망에 사로잡힌 남성들에게 유리하게 왜곡되고 편집되어 마을 사람들에게 파급된다. 요컨대 이것은 소문에 내재된 집단적 폭력성으로, 사실 여부를 떠나 마을 사람들의 입맛에 맞는 방향으로 조작되어지고 은폐되어지는 일종의 집단적 유희인 것이다.

현월은 「땅거미」를 통해 인간 내부에 잠재되어 있는 '악'이 어떠한 방식으로 발현되고 있는지 밝혀내는 과정에서, 특히 여성에 대한 남성의 성적 폭력이 '마쓰리'라는 특수한 환경을 빌려서 평소 억눌려 있던 광기가 집단 환각으로 표출된다고 본다. 축제라는 비일상적인 시공간에서 남성은 물리적 힘을 통하여 여성을 억압하고 폭력을 통한 지배적 구조를 계속해서 양산해내고 있고, 마을 사람들은 소문을 통하여 이것을 확대 재생산한다. 하지만 여성은 다중적인 피해로 고통 받으면서도 주체적으로 대항하지 못하는 피동성을 보여주고 있다. 현월은 「땅거미」를 통해 성(性) 문제의 부조리를 지적하면서 이러한 악습은 인간 사회에서 악순환처럼 반복된다는 것을 말하고 있다.

역주

1 김후련 (2005) 「전통과 현대의 퓨전문화, 마쓰리」 『국제지역정보』 한국외대 외국학종합연구센터, pp.86-87.

2 김양주 (2005) 『축제의 역동성과 현대 일본 사회–시만토강 유역사회와 '마쓰리'의 인류학』 서울대학교 출판부, p.353.

3 현월 (2000) 「땅거미」 『나쁜 소문』 문예춘추사, pp.182-183.

4 같은 책, p.181.

5 같은 책, p.150.

6 가나코는 양씨 형제의 차를 치고 달아난 세 남자가 양씨 형제에게 붙잡혀 칼로 해코지 당하는 장면을 목격한 뒤 형제 대신 죄의식을 느끼고 그들을 찾아가 자신의 몸을 통한 성행위를 함으로써 사과한다. 이후 가나코는 주기적으로 그들을 찾아가 관계를 맺으며 죄의식을 떨치는 특이한 모습을 보이고 있다.

7 같은 책, pp.152-153.

8 같은 책, p.168.

9 같은 책, p.141.

10 같은 책, p.149.

11 한스 J. 노이바우어 지음, 박동자, 황승환 옮김 (2001) 『소문의 역사』 세종서적, pp.278-280.

12 현월 (2000) 「땅거미」 『나쁜 소문』 문예춘추사, pp.151-152.

13 같은 책, p.148.

14 같은 책, p.175.

15 같은 책, p.180.

16 황봉모 (2006) 「현월의 『나쁜 소문』–'소문'이라는 폭력」 『일본연구』 한국외대 일본연구소, p.287.

7. 현월(玄月) 문학 속의
재일 제주인

1. 들어가며

현월(玄月)은 1965년 오사카(大阪)에서 태어난 재일 한국인 2세로, 2000년 「그늘의 집(蔭の棲みか)」이 아쿠타가와(芥川) 상을 수상하면서 본격적으로 일본 문단에 등장한 작가이다. 그의 주요한 작품으로서는 「무대 배우의 고독(舞台役者の孤独)」「나쁜 소문(悪い噂)」「말 많은 개(おしゃべりな犬)」「이물(異物)」「권족(眷族)」 등이 있다. 현월은 현재 일본 문단에서 가장 활동적으로 활약하고 있는 재일 한국인 작가라고 할 수 있다.

현월은 재일 한국인이지만 재일 한국인의 특수한 상황을 묘사하는 것보다, 인간의 보편적인 면을 그리고 있는 작가라고 말할 수 있다. 그렇기 때문에 이소가이 지로(磯貝治良)는 현월 문학의 위상을 '탈구축과 구축의 더블 스탠딩'[1]이라고 평가하고 있다. 그의 말대로 현월은 일본의 소수집단인 재일 한국인이지만, 실존적인 인간 양상을 추구하는 작가라고 할 수 있다. 그러나 '더블 스탠딩'이라는 말처럼 현월은 작품 속에서 재일 한국인 사회를 그리고 있다. 요컨대 재일 한국인 사회에서 일어나는 인간의 실존적인 모습이 그의 작품의 핵심이 될 것이다. 본서에서는 현월의 주요한 작품을 중심으로 하여, 그의 문학에 있는 더블 스탠딩의 한 쪽인 재일 한국인의 모습에 대하여 살펴보기로 한다.

2. 현월 문학의 재일(在日) 제주인

현월의 주요한 작품은 다음과 같다.

「무대 배우의 고독」은 1998년 4월, 동인지『백아(白鴉)』 2호에 발표된 후, 그해 12월 하반기 동인잡지 최우수작으로서『문학계(文学界)』에 게재되어 주목을 받은 작품이다. 「무대 배우의 고독」은 현월의 실질적인 데뷔작으로서, 그는 이 작품에서 주인공인 갱생한 불량소년 노조무(望)가 한 사람의 인간으로 성장해 가는 과정을 그리고 있다.

「나쁜 소문」은 1999년 5월호『문학계』에 발표된 작품이다. 현월은 「나쁜 소문」에서 뼈다귀(骨)라는 인물을 등장시켜, 마을 사람들의 '소문'이라는 폭력과 뼈다귀의 물리적인 폭력을 비교한다. 「나쁜 소문」에서 '소문'은 집단 내부의 복잡하게 뒤얽힌 부정적인 감정을 분출하기 위한 대상 찾기로서 작용한다. 그리고 그 대상이 된 것이 뼈다귀였다. '소문'은 마을 사람들에 의해서 만들어지고, 전달되고, 확대된다. 마을 사람들은 단지 '소문'에 이끌리며, 그 '소문'이 사실인가 아닌가는 확인하지 않는다. 사실을 확인하기는커녕 그들은 '소문' 그 자체를 즐기고 있다. 이곳에서 '소문'의 진실은 매몰되고 이미 '소문'은 그것이 사실인가 아닌가의 문제를 벗어나 버린다. 물론 여기에서 '소문'이 사실인지 아닌지의 의미는 중요하지 않다. 단지 마을 사람들이 그 '소문'을 사실로서 받아들이는 것이 중요한 것이다. 사실로서 이해(理解)된 '소문'은 마을 사람들이라는 공동체사회(共同体社会)가 즐기는 유희가 된다.

「그늘의 집」은 1999년 11월호『문학계』에 발표된 작품으로, 현월은

187

이 작품으로 아쿠타가와 상을 수상하였다. 「그늘의 집」에 의해, 그는 기성문단에 인정되면서 비로소 현월이라는 작가가 탄생되었다고 할 수 있다. 「그늘의 집」에서 주인공 서방은 75세로, 자신의 힘으로는 아무것도 할 수 없는 노인으로 설정되어 있다. 이 작품에서 서방이라는 인물은 무기력하고, 자신의 정체성(正体性)을 모르는 노인으로부터 탈주(脱走)의 과정을 거쳐 자신의 정체성을 되찾는다. 그는 탈주의 과정을 통하여 새롭게 다시 태어난다. 지금까지 아무것도 할 수 없었던 서방은 자신의 힘으로 나가야마(永山)의 소유로부터 벗어나고, 또 그것은 마지막에 경찰에 대항하는 과격한 행동으로 이어진다. 이러한 과정을 거쳐 서방은 나가야마와 대등한 관계가 되는 것이다. 그리고 서방과 나가야마는 함께 경찰에 대항하는 것에 의하여, 자신들의 정체성을 회복하게 되는 것이다.

「말 많은 개」는 2002년 9월호 『문학계』에 발표된 작품이다. 「말 많은 개」의 주인공은 노부오(ノブオ)인데, 그는 「그늘의 집」에 나오는 집단촌(集落)의 주인인 나가야마의 아들이다. 이렇게 「그늘의 집」의 나가야마의 이야기는 「말 많은 집」의 노부오로 이어진다. 그는 「그늘의 집」에서 집단촌 출신의 야구 팀 '매드 킬'의 후보 선수로 나왔던 적이 있다. 이 작품에서 그는 이름조차 나오지 않은 존재였지만, 「말 많은 개」에서 노부오는 주인공으로서 등장한다. 현월은 이 작품에서 노부오의 행동을 통하여 죄와 벌의 관계를 묻는다.

「이물」은 2005년 2월호 『군상(群像)』에 발표된 작품이다. 현월은 이 작품에서 재일 한국인 1세의 유형(類型)에 해당되지 않은 이케야마(池山)와 '새로운 재일 1세'인 순신을 등장시킨다. 이 작품에서는 기존의 재일 한국인 세대와 새롭게 일본에 건너온 '새로운 1세'와의 재일 사회에서의 대립과 갈등이 보인다. 그는 이 작품에서 각양각색의 인물 군상의 삶을 묘사하면서 정의(正義)와 속죄의 문제를 추구한다.

「권족」은 2007년 7월호『군상』에 발표된 작품이다. 현월은 「권족」에서 여자 주인공인 도메(トメ)를 통하여, 재일 한국인 대가족의 모습을 그린다. 이 작품에서는 유일한 일본인인 도메를 중심으로 한 다카미쓰 가(家)의 역사가 애정, 증오, 간통, 근친상간을 교착시키면서 시대를 거듭하고 시간을 넘어서 표현되어 있다. 거의 매년 아이를 낳는 도메는 밥도 제대로 하지 못하고, 청소도 잘 하지 못하며 아이들이 입는 옷 또한 제대로 신경 쓰지 않지만, 아이들은 모두 어머니가 초인적으로 일하는 모습을 보며 자란다. 그런데 수십 명의 아이를 낳은 어머니인 도메가 낯선 남자에게 범해져 태어난 차남의 가정에서는 이상한 성적(性的) 성향 때문에 근친상간이 계속해서 행해진다. 그리고 이러한 근친상간을 반복하는 모습은 마치 '숙명(宿命)'과 같이 전개되어 간다.

현월은 이러한 작품 속에 다른 재일 문학자와 마찬가지로 한국을 그리고 있다. 그런데 그의 작품에서 묘사된 한국은 주로 제주도이다. 그는 재일 사회에 있는 제주도에 대하여 이야기한다. 한 마디로 말해, 현월의 한국은 제주도이다.

현월의 부모는 제주도에서 일본에 온 재일 1세이다. 현월은『문학계』에서 열린 김석범과의 대담에서, 자신의 부모에 대하여 이야기하고 있다.[2] 그는 자신의 부모가 제주도에서 온 1세라고 하면서 아버지의 고향은 성산면 신천리(城山面新川里)라는 곳이고, 해방 후에 한 번 제주도에 귀국했었지만 '4·3사건'³ 직후, 일본에 다시 돌아왔다고 이야기한다. 말할 것도 없이 제주도가 고향인 아버지의 영향으로 현월도 제주도에 대하여 흥미를 가지게 되었을 것이다. 재일 한국인인 현월에게 제주도는 부모의 고향이기도 하지만, 자신의 고향이기도 한 것이다.

제주도에 대한 이러한 현월의 인식은 그의 문학에서 잘 나타나 있다. 「말 많은 개」에서 노부오가 경험한 서울의 모습을 제외하면, 그가 묘사한 한국의 대부분의 모습은 제주도였다. 현월은 자신의 작품에서 제주도의 풍경, 역사, 민속, 관습 등 제주도의 여러 가지 모습을 그리고 있다. 그리고 이러한 제주도의 문화는 일본에 사는 재일 한국인 생활에 깊이 뿌리내리고 있다. 제주도는 재일 제주도 사람들의 마음속에 그대로 살아 있는 것이다.

그러면 현월이 자신의 작품에서 제주도를 어떻게 묘사하고 있는지 살펴보자. 현월은 「무대 배우의 고독」에서 제주도 출신인 '백제(百濟)의 김'이라는 사람을 통하여 제주도의 풍경(風景)을 다음과 같이 묘사하고 있다.

아름다운 바다와 다양한 해변, 커다란 전복에 몸이 튼실한 도미, 혀에 딱 달라붙어 떨어지지 않는 문어의 발, 그러나 그들을 먹으려면 서울과 비슷한 돈이 든다. 그래도 누구나 다 말을 탈 수 있고, 본토에서 온 신혼여행 커플을 태우고 말을 끄는 것만으로도 좋은 장사가 되고, 사람들은 온화하고 여성들은 일을 잘한다. 아니 그렇다고 하여도 아무것도 없는 섬에 다름이 없고, 해변이든가 밭이든가 섬 어디에 있어도 발바닥을 예리하게 상처 입히는 화산암이 없는 땅으로 가고 싶다고 누구나가 원하고 있으며, 나도 그랬다고 반복하

고 반복하여 이야기했다.[4]

노조무는 이것과 거의 같은 내용의 이야기를 일찍이 어머니에게서 들은 적이 있었다. 요컨대 제주도는 풍경이 아름다운 섬이지만, 아무것도 없는 가난한 곳이다. 가난한 제주도 사람들은 백제의 김과 같이 바다를 건너 일본으로 온다. 노조무 어머니의 친척이라는 김은 당초, 일본의 친척방문이라는 이유로 일본에 건너오는 많은 한국인과 같은 경우였다. 그들은 재일 한국인이 경영하는 마을 공장(町工場)에 일을 찾았고, 비자가 만료된 후에도 당연하다는 듯이 계속 체류하였다. 백제의 김은 그가 백제(百済, くだら) 근처에서 처음 살았던 데서 붙여진 별명으로, 노조무의 불량동료 선배가 그렇게 부르기 시작하였던 것이다. 제주도 출신인 백제의 김은 일본과 한국을 왕래하면서 각성제나 대마를 가지고와 소년을 상대로 팔았다.

또 김은 제주도에서 일본으로 날품팔이를 데리고 오기도 했다. 이렇게 현월의 작품에는 백제의 김과 같이 제주도에서 온 날품팔이가 자주 등장한다. 「나쁜 소문」에서도, 「그늘의 집」에서도, 「말 많은 개」에서도, 그리고 「이물」에서도 제주도에서 날품팔이가 일본으로 온다. 이것은 당시의 제주도의 가난한 현실을 이야기하고 있다고 할 수 있다.

한편, 현월은 「나쁜 소문」에서도 제주도에 대하여 이야기한다.

「나쁜 소문」에 나오는 료이치(涼一)의 아버지는 어린 시절 제주도에서 일본에 건너온 사람이었다. 그는 어두운 배 밑바닥에서 많은 사람들이 토하고 있는데도 불구하고 혼자서 아무렇지도 않았기 때문에 자신은 선원

체질이라고 말하던 사람이었다. 또 료이치가 물건을 사러 가던 조선 시장
(朝鮮市場)도 그가 '이곳은 조선인의 마을이 아니다. 제주도 사람의 마을
이다'라고 말했던 아버지의 말씀을 떠올리고, 시장 아케이드의 끝은 제주
도 시장과 연결되어 있다고 망상(夢想)할 정도로 제주도의 시장과 같은
것이었다.

현월은 「나쁜 소문」에서 설날 아침, 재일 사회의 어느 집에서도 행하여
지는 제사의 모습을 다음과 같이 그리고 있다.

> 설날 아침, 내 방에 선명한 색의 병풍을 펼치고, 그 앞에 탁자를 놓고, 순백
> 색의 얇은 천으로 씌운다. 조상에 대한 제단(祭壇)이 되어, 머리와 꼬리가 통
> 째로 남은 도미와 통째로인 닭과 쇠고기 구운 것과 콩나물과 고비, 그리고 여
> 러 가지 과일과 떡을 올린다. 제단의 양 끝에 초를 키고, 향로에 향을 꽂고,
> 잔에 설탕물과 청주를 붓고, 제물 위를 왔다 갔다 하게 한다. 가장인 숙부가
> 의식을 행하고, 나와 함께 무릎을 꿇고 몇 번이나 엎드려 두 번 반의 절을 되
> 풀이한다.[5]

설날 아침에 행해지는 이러한 제사 의식은 한국의 오랜 관습이다. 한국
에서는 정월이 되면 제사라는 의식을 행한다. 이러한 의식을 행하는 것에
의해, 조상을 기리고 가족의 건강과 행복을 비는 것이다. 그런데 한국에
서는 각 지방마다 제사를 행하는 방식이 조금씩 다르다. 이곳에서 묘사된
제사 방식은 제주도의 관습에 따른 것이라고 할 수 있다. 그들이 제주도
에서 온 사람이기 때문이다. 이러한 제사를 끝내고나서 그들은 온 가족이

이코마(生駒)에 있는 한국 절에 간다. 재일 사회에서 한국의 제주도 식 제사가 행해지고, 한국 절이 있는 것이다.

현월은 「이물」에서, 이러한 이코마 산에 있는 한국 절의 모습을 그리고 있다. 재일 1세의 여성들은 젊은 시절에 건너온 일본에서 살아남기 위하여 동향인(同鄕人)과의 관계를 소중히 생각했다. 경제적으로는 계 등의 상호부조 시스템에 의존하고, 정신적으로는 절 등의 종교 시설에 의존하였던 것이다. 그래서 이코마에는 60개가 넘는 한국 절이 만들어지게 되었다. 물론 이 절도 제주도에서 온 절이다. 이렇게 현월 문학에서는 제주도의 생활이 그대로 재일(在日)의 생활이 되어 있다. 제주도의 생활과 재일의 그것이 다르지 않은 것이다.

현월은 「이물」에서, 이코마 산에 있는 한국 절의 무당이 행하는 '오가미(おがみ)' 의식 중에 영(靈)이 무당에게 내려오는 장면을 다음과 같이 묘사하고 있다.

무당은 경(お経)을 올리고, 징을 두드리고, 영에게 말을 걸고, 춤추며 뛰고, 가족 모두의 생년월일과 이름을 소리 내어 읽고, 팥을 흩뿌려서 점을 치고, 긴 비단 끈 앞에 묶인 창칼을 두 개 던져서 점을 치고, 술인가 설탕물을 입에 머금어 늘어서 있는 사람들의 얼굴에 세차게 내뿜고, 내려온 영에게 몸을 빌려서, 무릎을 꿇고 있는 아내와 자손에게 이야기하기 시작한다, 아팠다, 괴로웠다, 그때 너희들은 이렇게 하여 주지 않았다, 저렇게 해 주지 않았다, 그러나 언제나 너희들을 사랑하고 있다, 그러나 죽을 수 없다, 매일, 매일 밤, 계속 울고만 있다, 괴롭다, 괴롭다, 어떻게 하면 좋은가……6

여기에서 '오가미'는 제주도의 토착무속신앙인 '굿'과 거의 같은 의식이다. '오가미', 즉 '굿'은 한국에서 무당이 인간의 길흉화복(吉凶禍福)을 신에게 기원할 목적으로 제물을 바치고, 가무와 의식을 행하는 제의(祭儀)이다. 무당은 '오가미' 의식에서, 영혼을 부르고(청신-請神), 위로하고 (향연-饗宴), 보내는(송신-送神) 과정을 담당한다.7 무당은 인간과 신과의 중개자로서 인간의 기원을 신에게 보고하고, 신의 결정을 인간에게 알리는 역할을 한다. 이러한 '굿'의 의식은 무당이 춤과 노래를 통하여 몰아의 경지에 빠지고 나서야 비로소 가능한 것이다. 한국에서는 각 지역에 따라서 여러 가지 '굿'의 종류가 있는데, 여기에서는 제주도의 '굿'의 형식인 것이다.

토착무속예의(土着巫俗礼儀)인 '굿'은 사람들의 삶의 방식에 중요한 요소로서, 역사적으로 공동체를 형성하고 유지하는 역할을 하여왔다. 이러한 한국의 민간신앙은 일본에는 보이지 않는다. 그런데 이러한 제주도의 토착무속예의가 일본에서 행하여지고 있는 것이다. 물론 이것은 재일 한국인이 제주도에서 가져온 것이다. 설날에 행해지는 제사와 함께 이러한 의식을 통하여 재일 한국인 여성들은 가족의 건강과 행복을 기원한다.

현월은 「그늘의 집」에서, 집단촌의 '서방의 아버지 등은 광장 구석에 공동변소를 만들 때, 그 옆에 울타리로 둘러싼 돼지 축사를 만들었다. 돼지는 사람 똥을 먹고 자란다. 물론 똥 투성이가 되지만 비가 씻어 없앨 때까지 풀어놓아 둔다'라고 제주도의 생활을 쓰고 있다. 이러한 돼지 키우는 방식은 서방의 아버지 등의 고향인 제주도에서 늘 행해지는 방식이었다. 이렇게 현월 문학에서 재일 사람들은 제주도의 문화가 생활화되어 있음을 알 수 있다.

현월 작품에서 제주도의 영향은 마을 사람들의 생활 속에서 점점 더 커져간다. 「그늘의 집」에서 몇 년에 한 번씩 제주도에서 온 무녀(巫女)는, 시간이 흘러 「이물」에서는 아예 절을 만들고 일본에 거주하게 된다. 그 수도 60개를 넘고 있다. 그리고 마을에는 제주도 사투리와 한국어와 일본어가 뒤섞인 회화가 넘쳐나게 되는 것이다. 「이물」에 나오는, 마을에 십수 년 전부터 정착하여 살기 시작하는 한국과 중국의 조선족 자치주에서 온 '새로운 1세'들도, 옛날 1세와 똑같이 정신적인 면에서의 지주(支柱)가 필요하기 때문에 이코마 산에 있는 한국 절에 다니게 된다. 그들도 제주도의 토착무속예의인 '굿'의 영향을 받게 된다. 재일 사회에서 제주도 문화의 영향은 계속 이어지는 것이다.

한편, 「권족」에서 권족 집안을 이끌고 있는 도메는 집안의 대를 이을 며느리를 제주도에 직접 가서 데리고 온다. 권족 내에서 재일 제주인의 피, 이른바 순혈을 이어가기 위해서이다. 그것은 권족을 위한 일이기도 했지만, 그녀 자신을 위한 일이기도 했다. 즉 그렇게 부단한 노력으로 재일 제주인의 혈통을 유지하려 한 것은 그녀가 권족 내에서 살아남기 위한, 그리고 자신의 존재 의의를 찾기 위한 수단이었다고 할 수 있다. 도메가 마지막으로 한 일이 며느리인 춘미(春美)를 제주도에서 데리고 온 일이었다.

죽기 10년 전, 88세의 도메는 마지막 힘을 짜내듯, 두 가지의 일을 했다. 하나는 가즈미의 아이를 처리하는 것이었고, 다른 하나는 뒤를 잇게 할 무철의 장남의 신부를 찾아내는 것이었다. 양 쪽 모두 꽤 성공한 것처럼 생각되었다.

195

적어도 춘미에 대해서는, 지금 상태로 보면 잘 되어가고 있다.[8]

위의 인용문에서와 같이, 그녀는 자신의 고유성인 일본 국적을 가진 며느리들을 맞는 것이 아니고, 굳이 제주도까지 방문하여 며느릿감을 골라 일본으로 데리고 온다. 이것이 바로 그녀가 권족 내 재일 제주인의 피를 지키려 행하는 일의 대표적 예이다. 재일 제주인은 일본에서 자신들의 혈통을 이어가기까지 하는 것이다.

이렇게 재일 제주인은 일본에서 자신들만의 사회를 구축한다. 그들은 제주도의 문화, 풍속 등을 그대로 일본에 들여와 생활한다. 제주도의 시장, 제사, 한국 절, 그리고 자신들의 순수한 혈통을 잇기 위해서 제주도에서 며느리를 데리고 온다. 재일 사회는 제주도의 축소판이었다. 요컨대 현월 문학의 원점(原点)은 제주도이다. 현월은 그의 전 작품을 통하여 제주도를 그리고 있는데, 그의 문학에서 제주도는 작품의 제재(題材)라는 것보다 작품의 근간의 의미이다. 그리고 이러한 제주도의 모습은 어머니와 같은 존재이기도 하였다. 그의 문학에 있는 제주도는 어머니의 모습이었다.

3. 현월의 제주도는 어머니

현월의 작품 중에 나오는 한국은 제주도이고, 재일 한국인은 제주도에서 온 사람들이다. 「그늘의 집」에서 집단촌을 만든 사람들은 제주도에서 온 사람들이었다. 이 작품의 무대인 집단촌은 서방의 아버지처럼 제주도에서 온 일곱 사람이 만든 마을이다. 제주도에서 일본에 건너온 서방의 아버지 세대 사람들은 일본의 황무지를 개간하여, 우물이 있는 집단촌을 만들었다. 그리고 이 작품에서 제주도는 집단촌에 사는 대부분의 사람들의 고향이기도 했다.

앞에서 말한 것과 같이, 「무대 배우의 고독」에서 노조무(望)의 어머니와 「나쁜 소문」에 나오는 료이치 아버지도 어린 시절 제주도에서 건너온 사람이었다. 또 「이물」에 나오는 이케야마(池山)의 아버지도 역시 전전(戰前)에 제주도에서 오사카에 건너온 사람이다. 마을의 전형적인 아이 많은 재일 한국인 가정인 다카야마(高山)가족도 양친이 제주도출신이었다. 이렇게 현월의 작품에서 잘 나타나고 있듯이 예전부터 일본에 살고 있는 많은 재일 한국인은 제주도에서 온 사람들이었다.

그런데 어떻게 한국에서도 인구가 적은 제주도에서부터 이렇게 많은 사람들이 일본에 오게 되었던 것일까. 현월은 「이물」에서 그 이유를 다음과 같이 설명하고 있다. 약간 긴 문장이지만 인용해 본다.

백 년 정도 전, 일본이 한국을 병합하기 전부터 마을에 제주도에서 건너온 사람들이 살기 시작하고 있었다. 일본 어선에 제주도 연안의 좋은 시장이 황폐화되고, 많은 농민이 총독부에 토지를(합법적으로) 빼앗기게 된 후, 뒤에 오사카의 기업이 제주도에서 직공(職工)을 적극적으로 모집하고, 제주도와 오사카 간의 정기선도 취항하였으므로 많은 제주도 사람들이 오사카에 건너왔다. 그중에서도 마을은 '리틀 제주도'라고 말하여져도 좋을 정도였다. 최초에 정착한 사람들의 지연혈연이 동향인(同鄕人)을 더욱 이끌었다. 오사카에 가

197

면, 우선 그 마을이다 라는 식으로. 종전 무렵에는 마을의 반 정도를 차지하는 한국인의 대부분을 제주도 사람이 차지하였다. 그 뒤 그들의 대다수는 고향에 돌아가고, 어느 정도는 그대로 정주(定住)하였다.

그런데 1948년에 제주도에서 4·3 사건이 일어나자, 난을 피해 많은 제주도 사람들이 다시 마을에 몰려들어 왔다. 그 후에도 한반도에서는 전쟁이 일어나 정치도 경제도 불안정한 상태가 계속되는 중에, 제주도에서의 도항자(渡航者)는 어찌어찌 80년대까지 이어졌다. 군사정권 하의 한국에서는 국외로 나가는 것이 곤란하였기 때문에 밀항인가 그렇지 않으면 일본에 사는 친척을 방문한다는 이유로 여권을 받았다. 마을의 재일 1세들은 적극적으로 고향의 혈연관계에 있는 사람들을 초청하여 일을 맡겼다.[9]

일본과 제주도는 오래전부터 깊은 관계에 있었다. 현월은 인구가 적은 제주도에서 온 사람들이 일본에 살게 된 몇 가지의 이유를 들고 설명하는데, 그중에서 가장 큰 계기가 된 것은 제주도에서 일어난 4·3사건이었다. 제주도에서의 무시무시한 탄압을 피하여, 현월의 부모와 같이 많은 제주도 사람들이 일본에 건너왔다. 그리고 그들은 일본에서의 괴로운 생활에서도 제주도의 관습, 문화, 민간신앙 등을 지켜왔다. 제주도 사람들의 토속적인 문화는 일본에 있어서도 계승되었던 것이다.

그런데 제주도에서 온 사람은 남자만이 아니었다. 여성도 여러 가지 이유로 제주도에서 일본으로 건너오게 된다. 현월이「무대 배우의 고독」에서 묘사한 노조무의 어머니도 경제적인 이유로 제주도에서 시집온 사람이었다. 또 이 작품에 나오는 야마모토(山本)부인도 노조무의 어머니와 똑같은 케이스였다. 그리고 두 사람과 같은 처지의 여성이 상당수 있다고 말하여진다. 현월은 「무대 배우의 고독」에서 일본인 남성과 제주도 여성과의 결혼에 대하여 이렇게 서술하고 있다.

이 땅의 재일 한국인 가운데에 한국인 아내를 소개시켜 주는 사람이 있어서 야마모토 부인 그 외 몇 명과 제주도에서 건너온 것이었다. 그 무렵 제주도는 가난하여, 일본에 가기 위해서라면 무엇이라도 한다는 사람이 얼마든지 있었다고 한다. 그러한 사정을 잘 알고 있는 재일 한국인 브로커는 혼기가 많이 늦었거나, 아내와 사별하거나 한 일본 남성을 제주도에 보내 선을 본 후, 결혼식과 신혼여행을 짧은 시간에 하나로 모아서 거행했다.[10]

이러한 일본인과 제주도 여성과의 결혼 이야기는 「이물」에서도 나온다. 그녀들은 가난한 제주도에서 일본으로 시집왔다. 그러나 그녀들이 타국에서의 생활 습관 차이를 극복하는 것은 쉬운 일이 아니었다. 결국 노조무의 어머니도, 야마모토 부인도, 제주도의 인습(因襲) 깊은 마을에서 몸에 밴 삶의 방식을 극복할 수는 없었다. 제주도에 돌아가고 싶지 않다고 말하던 노조무의 어머니는 제주도에 돌아가 죽고, 야마모토 부인도 어느 사람에게 살해당해 버린다. 「이물」에서 제주도에서 마을로 온 고제연 (こ·チェヨン)의 결혼도 행복한 것이 아니었다.

앞에서 말했던 것과 같이 현월 문학에 있는 한국은 제주도이고, 한국인은 제주도에서 온 사람들이다. 그의 작품에서는 제주도의 모든 것이 그려져 있다. 그리고 그 제주도는 어머니와 같은 곳이기도 하였다. 현월 문학에서 제주도는 모두가 돌아가고 싶어 하는 어머니의 품과 같은 존재였던 것이다.

「무대 배우의 고독」에서 제주도출신인 노조무의 어머니는 일본인 남편이 죽자, 일본의 집에서 소외되어 제주도에 돌아가 죽는다. 「그늘의 집」에서 집단촌의 계를 통하여 마을 사람들의 돈을 가로챈 숙자(スッチャ)가 도망치려고 했던 곳도 제주도였다. 이것은 제주도가 그녀의 고향이기도 하지만, 역시 제주도가 그녀의 어머니와 같은 곳이기 때문이라고 생각할 수 있다. 어머니와 같은 존재가 아니라면 아무리 고향이라고 해도 돌아가고 싶어 하지 않았을 것이다. 「무대 배우의 고독」에서 백제의 김도 '언제까지나 이런 일하며 살 수 없다'고 하면서, 고향 섬인 제주도에 돌아가고 싶어 한다. 「이물」에서 일본인과 결혼한 고제연도 결국은 제주도에 돌아간다. 요컨대 제주도에서 일본에 건너온 사람들은 언젠가는 고향인 제주도에 돌아가고 싶다고 생각하고 있는 것이다. 말할 것도 없이 그들에게 제주도는 어머니의 품과 같은 존재이기 때문이다.

옛날 가난했던 제주도는 이제 가난하지 않다. 「이물」에서 제주도에 가는 아쓰시(敦史)에게 우히(ウヒ)가 '제주도에는 무엇이든지 있어. 살 수 없는 것은 없어'라고 말하고 있듯이, 제주도는 이미 가난한 섬이 아니다. 지금은 모든 면에 있어서 일본과 거의 다름없는 곳이라고 생각할 수 있다. 70년 전 「그늘의 집」에서 집단촌을 만드는 서방 아버지 세대의 가난하였던 제주도 사람들은 '새로운 1세'가 등장하는 「이물」에서는 가난하지 않다. 이것이 제주도에서 온 사람들이 그곳에 돌아가고 싶어 하는 또 다른 이유이기도 할 것이다.

200

4. 재일 한국인의 미래

주지하는 바와 같이, 일본과 한국은 역사적으로 복잡한 관계를 가지고 있다. 일본에 살고 있는 재일 한국인은 이 두 국가의 복잡한 관계의 직접적인 대상이기도 하다. 그런데 현월은 재일 한국인의 한국과 일본과의 관계를 어떻게 생각하고 있을까. 현월은 「그늘의 집」에서, 재일 한국인 2세인 다카모토(高本)를 통하여 현재의 재일 한국인의 실상(實像)을 이야기한다.

「그늘의 집」의 모두 부분에서, 다카모토는 서방과 만나서 전쟁에 참가한 조선 군인에 대한 일본 정부의 화해권고 이야기를 한다. 그는 서방에게 전후 보상금에 대한 재판 소송을 하면 어떤가 하고 말하면서, '나 같이 전후에 태어난 재일은 당신과 같은 사람의 심정을 이해하기 힘들다. 재일이어도 지금의 젊은 사람 가운데에는 조선인이 그 전쟁에 일본 군인으로서 참전했던 것조차 모르는 사람들도 많다. 하여간 만약 정말로 재판을 하면 내가 할 수 있는 것은 무엇이라도 하겠다'라고 덧붙인다. 다카모토는 자신은 역사 문제에 대하여 잘 모르지만, 만약 서방이 재판 소송을 한다면 할 수 있는 것은 무엇이라도 하겠다고 약속하는 것이다.

그러나 다카모토의 이야기는 이 작품의 마지막 부분에 와서 바뀐다. 다카모토는 서방에게 이렇게 말하는 것이다.

이 나라하고 역사 문제를 마무리 짓는 건 우리 세대 이후에는 불가능해요. 그걸 영감 세대 사람들 자신의 손으로 죽기 전에 마무리 지어달라는 거예요. 우리들은 아니 나는 너무 무력해요. 적당한 돈과 사회적 지위를 유지하는 것

만으로 만족하며 마음도 몸도 풀릴 대로 풀려 버렸어요. 이 나라 하는 꼴에
이러쿵저러쿵 불만을 토로할 자격이 없는 게 아닌가하는 생각에 빠질 때마다
어찌할 바를 모르고 술이나 퍼먹지요. 그리고나서 깨끗이 잊어버리고 다시
아무렇지도 않게 하루하루를 살아가지요. 그런 식으로 되풀이 하는 거예
요.[11]

다카모토는 자신은 '너무나도 무력'하다고 실토한다. 그는 자신들의
세대는 이미 일본과의 역사 문제에 흥미도 없고, 또 그것을 해결할 어떠
한 의지도 없다고 말한다. 그리고 1세대인 서방에게 그들의 세대에서 역
사 문제를 해결해달라고 말하는 것이다. 다카모토는 재일 2세대의 역사
인식을 대표한다. 재일 2세대는 일본에서 태어나 일본어를 모어(母語)로
하고, 일본문화 속에서 자라난 세대이다. 사실상, 그들이 일본인과 다른
점은 없다. 그들이 양국 간의 역사 문제에 관심이 멀어져있는 것은 당연
하다. 재일 2세대 입장에서 본다면, 재일 한국인의 민족적 정치적 정체성
이라는 문제보다 자신들이 이 나라에서 무엇을 하고 어떻게 먹고 살아갈
것인가 하는 현실적인 문제가 더 중요하다고 할 수 있다.

다카모토는 서방에게 앞에서 말한 일본 정부의 보상금 문제는 언급하
지 않고, 단지 일본 정부가 기금을 만들어 위로금 정도를 준다고 하면서
이 나라에서는 그것이 고작이라고 말한다. 그는 일본 정부에 대하여 이미
어떠한 기대도 가지고 있지 않다. 그는 자신들은 일본 정부에 전후 보상
금 문제를 주장할 의지도 없지만, 위로금을 받으면 그것으로 역사 문제가
모두 해결된다고 생각하고 있는 것이다. 이러한 다카모토의 생각은 현실

에 안주하는 대부분의 재일 2세대가 가지고 있는 공통적인 것이라고 할
수 있다. 재일 2세대인 현월 자신도 원체험(原体驗)으로서 피해자의식과
재일로서의 피차별 의식은 없다고 말한다.

이렇게 현월은 현재 일본에 살고 있는 재일 2세대인 다카모토를 통하
여 이제부터 일본에 사는 재일 한국인의 미래를 말하고 있다.「그늘의 집
」에서 재일 한국인의 권리를 주장한 서방의 아들 고이치(光一)는, 옛날 아
파트가 늘어선 나카노(中野)노상에서 '전신을, 발가락 관절에 이르기까지
보랏빛으로 부운 시체'로 발견된다. 고이치의 주장은 재일 한국인의 모국
에 대한 모국애와 재일 한국인의 인간적인 생활에의 외침이었다. 실제로
고이치의 주장은 재일 한국인으로서는 당연한 행동이었다. 그러나 이러
한 고이치는 살해당했던 것이다.

현월은 이 작품에서 재일 한국인의 권리를 주장한 고이치를 죽이는 것
과 함께 현실에 안주한 다카모토를 그리는 것에 의해, 일본에서 살아가는
재일 한국인의 현실과 미래를 이야기하고 있다고 말할 수 있다. 고이치는
다카모토의 친구이기도 했다. 고이치는 죽어버리고, 다카모토는 역사의
식이 없다. 요컨대 일본 사회가 스스로 변하지 않는 한, 이 나라에서 재일
한국인의 권리를 주장하는 것은 무리라고 할 수 있을 것이다.

5. 나가며

현월은 「그늘의 집」을 제주도에서 일본에 건너와, 집단촌을 만든 서방의 아버지 이야기로부터 시작하고 있다. 이 작품에서 서방의 아버지가 '백 년은 문제없을 거야. 너의 손자의 손자도 이 물을 데운 것으로 갓난아이를 목욕시킬 것이야'라고 말했던 것처럼, 그들은 집단촌의 우물이 영원히 계속되리라고 생각하고 있었을지도 모른다. 그러나 서방 세대에서 집단촌의 우물은 이미 말라 버렸다. 서방의 아버지가 말한 '너의 손자의 손자도 이 물을 데운 것으로 갓난아이를 목욕시킬 것이야'라고 했던 우물은 두 세대를 넘지 못하고 말라버린 것이다. 이곳에서 집단촌의 우물은 이제부터 일본에서 살아가는 재일 한국인의 현실을 이야기하고 있다고 할 수 있다.

요컨대 「그늘의 집」에 나오는 집단촌의 우물은 일본에서의 재일 한국인의 현재와 미래를 상징하고 있다. 만약 집단촌의 재일 한국인의 수가 늘어났으면 집단촌의 우물은 결코 마르지 않았을 것이다. 사람들은 모든 방법을 동원하여 우물의 물을 지켰음에 틀림없다. 우물의 물이 없으면 재일 한국인이 집단촌에서 살 수가 없기 때문이다. 그러나 이곳에 살고 있던 재일 한국인들은 집단촌을 떠나가고, 집단촌의 우물은 말라버렸다.

그러면 현월은 일본에서의 재일 한국인들의 미래에 대하여 비관적으로 보고 있을까.

결론적으로 말해, 현월은 재일 한국인들에게 희망을 가지고 있다. 이 마을에 새로운 사람들이 찾아오기 때문이다. 「이물」에 나오는 '새로운 1

204

세'가 그들이다. 이 작품에서 '새로운 1세'들은 한국과 중국에서 온다. 이러한 '새로운 1세'들은 마을 사람들과 함께 살아간다. 재일 2, 3세들과 '새로운 1세'들은 동시대여도, 접점은 거의 없다. 그들은 같은 피가 흐르고 있다고 해도, 문화와 언어가 다르기 때문이다. 그러나 그들은 사이좋게 살아간다.

현월은 그들이 사이좋게 지내는 이유로서, 마을 사람들은 '그들이 문제를 일으키지만 않으면 관심도 없다'라고 하면서, 그것이 가능한 것은 '그들 사이에 이해가 대립하고 있지 않기 때문이다'라고 덧붙인다. 요컨대 기존의 마을 사람들과 '새로운 1세'들은 일하는 영역이 다른 것이다. 현월은 이러한 '새로운 1세'들에게서 재일 사회의 희망을 보고 있다. 그는 이러한 '새로운 1세'들에 의해, 마을에 신진대사(新陣代謝)가 행해지고, 활성화될 수 있다고 보고 있다. 현월이 이야기하고 있듯이 이제부터 기존의 마을 사람들과 '새로운 1세'들은 서로 도와가면서 사이좋게 살아갈 수 있을 것이다.

역주

1 이소가이 지로(磯貝治良)『〈在日〉文学論』新幹社, 2004년 4월, p.237.

2 「행복한 시대의 재일작가」『文学界』文藝春秋, 2000년 3월, p.13.

3 1948년 4월 3일, 미군정 치하에 있던 제주도에서 발생한 사건. 이 사건의 발생 배경은 1945년 이후 좌우익간의 정치적 갈등에서 비롯되었다. 8·15 해방 이후, 제주도는 일제강점기의

사회주의 세력들이 정치적 주도권을 잡았다. 그중에는 혁명적 좌익세력의 인사들이 많이 포함되어 있다. 그러나 미군정의 지지를 받은 우파세력이 강화되어 사회주의자들과 이들 사이의 정치적 갈등이 점차 심화되었다. 제주도에서 이러한 갈등은 1947년 3·1절 기념집회 과정에서 미군정 경찰이 제주도민들에게 발포하여 6명이 사망하자 본격적으로 심화되었다. 이 사건 이후 제주도에 침투, 암약하던 남조선노동당의 사주에 의해 제주도민들과 미군정 및 우파 세력 사이의 갈등은 걷잡을 수 없이 악화되었다. 갈등은 경찰과 서북청년단 등의 제주도민에 대한 탄압으로 더욱 증폭되었다. 이러한 탄압에 대항하여 제주도민들이 1948년 4월 3일을 기해 일제히 봉기했다. 봉기한 사람들에 편승한 좌익계는 폭력적 탄압 중지, 단독선거 반대, 단독정부 반대, 민족통일, 미군정 반대, 민족독립 등의 정치적 구호를 내세웠다. 사건 초기에 미군정은 경찰을 동원하여 이를 진압하려 했으나, 사태가 더욱 악화되자 군을 투입하여 진압했다. 그 결과 진압과정에서 약 28만 명의 도민들 중 많은 무고한 사람들을 포함, 약 10%에 해당하는 3만여 명의 사상자를 낸 것으로 추정되며, 이 사건은 발발 1년여 만인 1949년 봄에 종결되었다. 사건 종결 후 6·25 전쟁을 거쳐 남북분단이 심화되면서 이 사건은 언급되는 것 자체가 금기시되었다. 그러나 1990년대 들어 한국 내 민주화의 진전과 남북화해 분위기가 조성되면서 학계와 지역 주민에 의한 역사적 재조명 작업이 활발히 이루어졌고, 2000년 1월 국회에서 '제주 4·3 진상규명 및 희생자 명예회복에 관한 특별법'이 제정되면서 피해자 접수 신고 및 정부차원의 진상 조사를 실시하게 되었다. 『브리타니카 세계대백과사전』 19, 한국 브리타니카 회사, 2002년 10월, pp.364-365.

4 현월 「무대 배우의 고독」 『그늘의 집』 문예춘추, 2000년 3월, p.228.

5 현월 「나쁜 소문」 문예춘추, 2000년 6월, pp.100-101.

6 현월 「이물」 講談社, 2005년 4월, p.100.

7 현용준 『제주도무속과 그 주변』 집문당, 2002년 11월, p.39.

8 현월 「권족」 講談社, 2007년 11월, p.187.

9 현월 「이물」 講談社, 2005년 4월, p.151.

10 현월 「무대 배우의 고독」 『그늘의 집』 문예춘추, 2000년 3월, pp.150-151.

11 현월 「그늘의 집」 문예춘추, 2000년 3월, p.89.

8. 소수집단 문학으로서의 재일 한국인 문학

－가네시로 카즈키(金城一紀)의 「GO」를
중심으로－

1. 머리말

포스트모더니즘은 모더니즘과 달리 이른바 '탈중심화(脫中心化)'와 '다양성'이라는 현상에 의하여 특징지어진다. 사실상 이 현상이 포스트모더니즘을 규정짓는 가장 핵심적인 요소라고 할 수 있다. 포스트모더니즘은 전통적인 계급적 질서의 붕괴, 그리고 새로운 계급의 출현에 의해 특징지어진다. 포스트모더니즘에 이르러 이른바 '억압된 것의 복귀'가 매우 중요한 문제로 대두되기 시작하였다. 그동안 주변적인 것으로 무시되거나 도외시되어 왔던 모든 것들에 이제 새로운 의미가 부여되면서 그 중요성이 새롭게 부각되기 시작하였던 것이다. 이러한 현상은 정치적인 것을 넘어 경제와 사회, 그리고 문화의 영역까지 확장된다.

이러한 '억압된 것의 복귀' 현상은 무엇보다도 소수민족의 부상에서 잘 나타난다. 이것의 가장 좋은 예는 미국의 흑인(아프리칸 아메리칸) 문학이다. 미국 흑인의 경우 물론 오래전부터 민권운동이 있었지만, 1960년대 초부터 시작된 블랙 파워와 같은 정치 운동으로 말미암아 흑인의 위치가 많이 격상되었다. 정치적인 측면에서뿐만이 아니라 문화적인 측면에 있어서도 그들은 상당한 권리와 자유를 획득하는 데 성공하였다. 특히 문학의 경우 '흑인 문학'이라는 용어가 새로이 만들어질 만큼 흑인 문학가의 활약이 눈에 띄게 활발해졌다. 그동안 미국 문학의 전통에서 소홀히 취급되거나 거의 무시되어온 흑인 작가들의 작품이 새롭게 조명되기 시작하였던 것이다.

그런데 이 시기에 이르러 이러한 현상이 흑인의 경우에만 해당되지 않고 다른 소수민족의 경우에도 나타나기 시작하였다. 즉 인디언 원주민(네

208

이티브 아메리칸)을 비롯하여 아일랜드 계통의 민족, 동유럽의 민족, 멕시코 계통의 민족, 그리고 한국, 중국, 일본과 같은 동양 민족이 자기 고유의 정체성을 과시하게 되었던 것이다.

한편 이러한 미국 문학의 경우는 일본 문학에서도 그대로 적용된다. 일본 문학에는 재일 한국인(조선인) 문학, 오키나와(沖繩) 문학, 아이누(アイヌ) 문학, 그리고 부락민(部落民) 문학 등 일본의 주류 문학과는 다른 그들만의 독자성을 가진 소수집단의 문학이 존재한다. 재일 한국인 문학은 일본에 정주하고 있는 한국인의 문학이다. 재일 한국인 문학은 일본 내의 소수집단 문학의 하나이지만, 여러 가지 면에 있어서 일본의 그 외의 소수집단 문학과는 다른 문학이라고 할 수 있다. 재일 한국인 문학은 일본과 한국의 정치적 이데올로기와 민족적 정체성에 근거하여, 그 독특한 영역을 고수하여 왔다. 무엇보다도 재일 한국인 문학은 일본의 소수집단 문학 중에서 가장 커다란 영역을 차지하고 있는 문학으로서 일본 문학의 분야를 확장시켜왔다. 일본과 한국 두 국가와 일본어와 한국어라는 두 언어의 경계선에 있는 재일 한국인 문학은 일본 문학의 시야를 넓히고, 일본 문학에 새로운 영역을 열어주었다.

포스트모던 시대에 있어 '억압된 것의 복귀'가 중요한 문제로서 대두되고 있는 이때, 일본 문학에 있어서도 소수집단 문학인 재일 한국인 문학연구의 중요성이 고조되고 있다. 이렇게 일본 근대 문학에서 소수집단 문학인 재일 한국인 문학연구의 중요성이 요청되고 있는데, 일본 문학에서 재일 한국인 문학을 보는 관점은 일본 근대 문학의 시각을 벗어나지 않는다.

본서에서는 일본 근대 문학에서의 재일 한국인 문학이라는 시점보다,

보편적인 문학이론을 통하여 소수집단 문학으로서의 재일 한국인 문학을 살펴보려고 한다. 본서에서는 들뢰즈(Deleuze)와 가타리(Guattari)의 소수 집단의 문학이론을 통하여 재일 한국인 문학의 특징을 고찰하려고 한다. 여기에서는 재일 4세대의 작가인 가네시로 카즈키(金城一紀)를 중심으로, 소수집단 문학으로서의 재일 한국인 문학을 고찰한다. 본서에서는 들뢰즈와 가타리의 소수집단 문학의 중요한 특징인 소수집단 문학의 정치적 성격과 집단적 배치 등이 가네시로 카즈키의 「GO」에서 구체적으로 어떻게 나타나고 있는지를 살펴보고자 한다.

2. 소수집단 문학으로서의 재일 한국인 문학

들뢰즈와 가타리는 1975년에 간행된 『카프카 : 소수문학을 위하여』라는 저서에서 소수문학이라는 개념이 가지는 중요성을 설파하고 있다. 그는 소수문학을 '소수언어로 된 문학이라기보다 다수 언어 안에서 소수자가 만들어내는 문학'으로 정의하고, 소수문학의 중요한 특징으로써 다음과 같은 세 가지를 제시하고 있다. 즉 그것은 언어의 탈영토화, 소수문학이 가지는 정치적 성격, 발화행위의 집단적 배치 등이다. 이 이론에 의하여 생각할 때, 재일 한국인 문학은 들뢰즈와 가타리가 말하는 소수집단 문학의 특징이 무엇보다도 잘 드러나고 있는 문학이라고 할 수 있다.

주지하는 바와 같이 재일 한국인 문학은 특수한 정치적인 시대 상황에서 태어난 문학이다. 요컨대 재일 한국인 문학은 특이한 정치적 정체성과 민족적 갈등을 가지고 있는 문학이다. 오늘날과 같이 일본에 정주하고 있는 조선인(한국인)이 '재일(在日)'이라는 말로 불리게 된 것은 일본에서 전후의 일이다[1]고 한다. 제2차 세계대전의 패배 후 조선인(한국인)이 일본에 정주하게 되었고, 그들의 문학이 재일 한국인 문학이 된 것이다. 그러나 실제로는 그전에도 여러 가지 사정으로 일본에 이주(移住)해온 조선인(한국인)이 있어서 재일 한국인 문학의 출발은 일찍부터 시작되었다고 생각할 수 있다.

일본 문학의 세계에 본격적으로 등장한 재일 한국인 문학자는 1932년 4월에 『개조(改造)』의 현상소설에 당선된 「아귀도(餓鬼道)」를 쓴 장혁주(張赫宙)라고 말하여진다. 그는 실질적으로 재일 한국인 문학의 최초의 작가였다. 그러나 그는 이후 변절된 삶을 살고 일본에 귀화해버렸기 때문에, 재일 한국인 문학으로 취급하기에 곤란함이 있는 것이 사실이다. 그러므로 일반적으로 재일 한국인 문학에서는 1939년에 일본의 대표적인 문학상인 아쿠타가와(芥川) 상의 최종후보작인 「빛 속으로(光の中に)」를 쓴 김사량을 재일 한국인 최초의 작가로서 평가한다. 그리고 김사량과 같은 시대에 활동한 작가들을 재일 제1세대라고 하는데, 제1세대 작가군은 일반적으로 한국에서 출생하여 어린 시절을 보낸 뒤 일본으로 이주한 작가를 말한다. 재일 1세대의 문학은 일제 시대의 체험과 전쟁이 끝난 후 '재일'의 현실을 소재로, 지배계급의 언어인 일본어와 모국어인 한국어와의 경계선에서 태어난 문체를 가지고, 정치적이고 민족적 정체성을 작품에 강하게 나타내고 있는 문학이라고 할 수 있다.

제2세대 작가는 제1세대에 의하여 일본에서 출생, 성장한 본격적인 재일 세대라고 할 수 있다. 그들은 자신이 사용하고 있는 일본어와 모국어인 한국어 사이의 언어적 갈등과, 태어나서 살고 있는 일본과 조국인 한국 사이에서 생기는 정치적 민족적인 정체성의 혼란을 가장 심하게 겪은 세대라고 할 수 있다. 사실상 재일 한국인의 정치적 민족적인 정체성의 문제는 이들로부터 출발한다고 볼 수 있다.

그리고 재일 3세대 작가는 조국의 언어인 한국어를 상실하고 있는 점에서 제2세대와 같지만, 시간의 흐름에 의하여 2세대가 지닌 조국과의 거리에 한층 깊은 틈이 형성되고 있다. 그러므로 재일 3세대가 되면 문학의 대상이 재일 한국인의 정치적 민족적인 정체성보다는 개인의 문제로 옮겨져, 보편적인 실존 문제와 각자의 취향으로 일관한다. 현실적으로 일본에서 가장 활동적으로 활약하고 있는 3세대 작가 유미리의 경우를 보면 이러한 현상은 확실하다. 그녀의 작품에는 재일 한국인의 정치적이고 민족적인 정체성 문제보다는 일반적인 인간들의 모습이 그려져 있다고 볼 수 있다.[2]

이러한 재일 한국인 문학에 가네시로 카즈키가 등장한다. 가네시로는 1968년 일본 사이타마 현(埼玉県)에서 출생하여 초, 중학교의 민족학교를, 그리고 일본 고교와 게이오(慶応)대학을 졸업했다. 요컨대 가네시로는 재일 한국인의 현재적 상황을 정면으로 파헤친 최초의 나오키(直木)문학상 수상 작가라고 할 수 있다. 그의 등장에 의하여 재일 한국인 문학이 한 단계 성장하였는데, 이것은 재일 한국인을 다룬 재일 한국인 문학이 일본의 대중, 즉 일본 국민들에게 받아들여졌다는 것을 의미한다.

가네시로는 그의 데뷔작인 「레벌루션 No. 3」[3]에서도 학교에서 소외된

소수집단 그룹인 '더 좀비즈(ザ·ゾンビーズ)' 문제를 취급하였지만, 「GO」
에서 본격적으로 일본에서 소수집단인 재일 한국인 문제를 들고 나왔다.
그는 「GO」로 나오키 상을 받은 후, 하야시 마리코(林真理子)와 가진 대
담4에서 「GO」를 쓴 이유에 대하여, '재일 한국인 작가가 모두 좁은 집안
에 틀어박혀 있는 느낌이 들었다. 일반인을 향한 작품이 아니라 인텔리를
위하여 쓰고 있는 것 같은 생각이 들어, 철저하게 일반 사람들이 읽을 수
있는 것을 써보고 싶었다'고 말한다. 그리고 자신보다 위 세대의 재일 한
국인 작가들은 조국, 국가에 대한 희구심(希求心)이 있어 갈등이 있다고
생각하지만, 자신들 세대에는 그러한 갈등이 없다고 덧붙인다. 조국에 대
한 갈등이 없는 그의 등장은 새로운 재일 한국인 문학의 등장이었다. 그
의 문학을 재일 4세대라고 부를 수 있는 이유이다.

그는 동시대이지만 재일 3세대 문학에까지 남아있는 소극적인 이미지
와 어두움과 무력함을 극복하여 가는 적극적인 '재일'을 주장한다. 일본
이라는 국가(국적)와 일본이라는 민족은 다르다. 마찬가지로 한국이라는
국가(국적)와 한국 민족이라는 것은 다르다. 요컨대 '국적과 민족은 다르
다. 살기 편한 곳이 좋다'라는 그의 생각은, 기본적으로 어두운 과거를 제
재(題材)로 하고 있고 그 과거의 영상을 현재에까지 끌고 있는 작품이 대
부분인 기존의 재일 한국인 문학과는 다르다고 할 수 있다. 그는 바로 자
기 자신의 이야기이기도 한 재일 한국인의 현실을 정면으로 응시하여 그
들의 정체성을 고민하고 그들이 살아가는 구체적인 모습을 일본 문학 한
가운데에 내놓았다. 그는 형식화된 재일 한국인 문학을 뛰어넘어, 이제까
지의 재일 한국인 문학에서 볼 수 없었던 명랑한 사고방식과 현실을 적극

적으로 풀어헤쳐 나가려는 삶을 제시하고 있다. 이 작품에는 지금 현재를 살아가는 재일 한국인의 모습이 구체적으로 나타나 있으며, 그 해결 방법 또한 구체적으로 제시되어 있다. 이곳에 가네시로 문학의 의의가 있고, 재일 한국인 문학이 지향해야 할 목표가 있다고 할 수 있다.

3. 「GO」의 정치성(권력)

인간은 정치적인 동물이라는 말이 있듯이, 철학, 역사, 경제, 사회, 문화 등 인간 삶의 모든 부분에 '정치(政治)적인 것'이 파급되어 있다. 즉 인간의 삶은 폭넓은 의미에서 모든 분야가 '정치적인 것'에 포함된다고 생각할 수 있다. 소수집단 문학의 중요한 특징은 소수집단 문학의 정치성이다. 요컨대 들뢰즈가 소수집단의 문학에서 말하듯이, 소수집단의 비좁은 문학공간은 모든 개인적인 문제가 정치에 연결될 수밖에 없게 된다. 개인적인 문제가 현미경적 투시를 통하여 확장시켜지는 소수집단의 문학은 개인적인 문제가 필연적으로 정치적인 문제로 부각되어 진다. 지배 민족의 문학권에서 단순히 행인들의 발길을 붙잡는 것이 여기에서는 삶과 죽음의 문제로 부각된다.

예를 들어보자.

「GO」에서 한 사람의 죽음이 있다. 이것이 일본 문학이었다면 한 사람의 죽음으로 처리될 수 있다. 그러나 「GO」에서 정일의 죽음은 단순히 한 사람의 죽음으로써 처리되지 않는다. 정일의 죽음에는 한 사람의 개인적인 문제가 아닌 모든 재일 한국인의 문제가 필연적으로 연결되어 있기 때문이다. 왜 그녀가 치마저고리를 입고 있었고, 왜 일본 남학생이 그녀에게 말을 못 붙이는 것이 부끄러운 일이며, 왜 정일이가 둘 사이에 개입하지 않으면 안 되었는지가 모두 정치적으로 해결할 수밖에 문제로 나타난다. 만약 이 작품이 소수집단의 문학이 아닌 지배 민족의 문학이었다면, 그녀가 치마저고리를 입고 있지 않고, 그러므로 일본 남학생이 그녀에게 말을 못 붙이는 것이 부끄러운 일이 아니며, 정일이가 둘 사이에 개입할 이유가 전혀 없는 것이다.

이것이 소수집단의 문학이 가지는 정치적 특성으로, 그 특성은 소수집단 문학의 집단적 성격과도 깊은 연관을 가지고 있다. 정치가 근본적으로 집단을 대상으로 하고 있는 행위이기 때문이다. 문학은 구체적인 현실의 반영이고, 총체적인 삶의 방식을 제시한다. 문학이 집단을 배경으로 하는 이야기이든 개인적인 이야기이든 그곳에는 반드시 인간들의 다른 삶의 방식이 전제되어 있다. 여기에서 각 집단의 권력에 대하여 살펴보고 싶다.

「GO」에서는 여러 집단이 나온다. 그 집단은 일본민족이라는 다수집단에서부터 민족학교로 대표되는 소수집단까지 각 집단은 각각 집단으로서의 나름대로의 권력을 가지고 있다. 다수 집단은 그것에 맞는 정치적인 권력을 가지고 있고, 소수집단의 권력 역시 그것에 맞는 형태로 나타난다.

우선, 「GO」에서 대표적인 다수집단인 국가 권력에 대하여 살펴보자. 스기하라(杉原)의 아버지는 몇 년 전까지 파친코의 경품 교환소를 네 군데 운영하고 있었다. 그러나 지금은 두 군데로 줄었다. 줄어든 이유는 경찰이 주인에게 아버지가 야쿠자와 깊은 관계라고 모함했기 때문이다.

「GO」에서는 경찰로 대표되는 국가권력(國家權力)에 대하여 다음과 묘사하고 있다.

주인은 아버지가 야쿠자와 깊은 관계 따위는 없다는 것을 알고 있지만 국가 권력에 반항하면 어떻게 되는 지도 잘 알고 있기 때문에 그 말에 따르지 않을 수 없었다. 그리하여 아버지는 20년 동안이나 지속되어온 거래가 눈 깜박할 사이에 끊기고, 새로운 경품 교환소는 경찰의 OB가 운영하게 되었다. 경품 교환소는 제법 수입이 좋은 장사였다. 과연 경찰은 '개'라는 별명이 붙을 만큼 후각이 발달하여 돈 냄새를 잘 맡았다.[5]

비록 모함이라는 것을 알고 있어도, 경찰이라는 국가 권력 앞에 주인은 거역하지 못한다. 다수집단인 국가 권력의 힘이 어떠한 가를 알고 있기 때문이다. 국가 권력은 자신의 커다란 힘을 이용하여 소수집단의 이익을 침해한다. 소수집단의 사람들은 다수 집단의 횡포에 대하여 개인으로는 아무런 힘을 가지지 못한다.

그러면 여기서 소수집단의 사람들도 노력하여 다수집단에 속하면 되지 않겠는가 하는 의문이 발생한다. 하지만 「GO」에서는 이것이 근본적으로 봉쇄되어 있는 것이다. 다수집단에 속한 사람들과 소수집단에 속한 사람들은 일견 아무런 차이가 없다. 하지만 소수집단의 사람들은 권력에 가까이 갈 수 있는 사회 시스템에서 자라지 않았다. 다수집단의 사람들은 소수집단의 사람들이 다수집단의 권력 구조에 편입할 수 없는 사회 시스템을 만들어 놓고 있는 것이다. 이 나라의 시스템은 외국인에게 무수한 걸

림돌을 마련해 두었던 것이다. 외국인 지문 제도에 지문을 찍음으로 수세미 선배는 그의 최대 자랑인 두 다리가 정지되었다. 수세미 선배는 '권력이란 정말 무서운 거야. 다리가 어지간히 빠르지 않는 한 끝까지 도망치기는 어려워'라고 말하며, 사회 시스템으로 만들어져 있는 다수집단의 권력에 굴복하는 것이다.

고자카이 도시아키(小坂井敏晶)는 『민족은 없다』6에서 '민족의 동일성은 허구이다'라고 단정하고, '모든 사회는 그 내부에 이방인을 안고 있다. 그들의 존재야말로 인간의 동일성을 낳는 원천을 이룬다. 이방인이 없는 사회에서 인간은 살 수 없다'라고 한다. 그는 일본이 서양이라는 두려운 대상을 만났을 때, 사회의 폐쇄성 덕분에 자기동일성의 위기에 빠지지 않고 서양화에 대응할 수 있었듯이 재일 한국인(조선인)을 비롯한 일본에 사는 소수집단에게도 동일성을 확보할 수 있는 환경을 제공해야 한다고 말한다. 그렇게 해야 비로소 다수집단과 소수집단과의 알력이 줄어들어 사회를 변혁시킬 수 있다는 것이다.

민족의 동일성은 허구이지만, 그러나 현실은 그렇지 않다. 다수집단과 소수집단은 같은 국가 안이지만, 각각 다른 사회에서 살고 있는 것이다. 다수집단은 소수집단의 조건 없는 동화를 요구하고, 소수집단은 단연코 그것을 거부한다. 두 집단의 본질적 성격은 타협할 수 없는 것이다. 이것이 소수집단 사람들이 정치적이 되지 않을 수 없는 이유이고, 소수집단 문학이 정치적 특징을 가지게 되지 않을 수 없는 이유이다. 또 정치적 특징은 집단적 성격과도 밀접한 관계에 있다.

다수집단에 맞서기 위하여 소수집단도 나름대로의 대항 방법을 모색하였다. 다수집단으로부터 스스로를 보호하기위하여 소수집단인 재일 조선인(한국인)사회는 민족학교라는 그들만의 요람을 만들었다. 그러면 일본에서 대표적인 소수집단인 재일 조선인(한국인)의 민족학교에 대하여 살펴보자. 가네시로는 「GO」에서 스기하라를 통하여 민족학교를 다음과 같이 설명하고 있다.

그렇다. 학교는 매우 싫었지만 친구들과 그 안에 있으면 자신이 확실한 무엇인가에 지켜지고 있는 안심감이 있었다. 예를 들어 그것이 굉장히 작은 원을 그려 완결하고 있어 나를 답답하게 조르고 있다고 하여도 그곳으로부터 나가기 위해서는 상당한 용기가 필요하였다.[7]

또 가네시로는 「GO」에서 민족학교를 종교의 '교단'에 비유하는 스기하라에 대하여 정일을 통하여 다음과 같이 말하고 있다. 민족학교는 그들에게 종교와 같이 구원을 주는 존재였다.

"나, 종교에 대하여 그다지 잘 모르지만, 종교가 여러 가지 의미에서 약한 입장에 있는 인간의 받침 접시가 되는 역할을 가지고 있다고 하면, 민족학교라는 교단은 절대로 필요해. (중략) 나, 일본 학교에 갔으면 필시 이지메 당해서 자살했는지도 몰라. (중략) 민족학교에 다니게 되어 쿠루파(말썽덩이) 같이 언제나 터프하게 뛰어다니는 친구를 보고 있는 동안 나도 어느덧 강해지게 되었어. 근처의 놈들이 뭐라고 얘기해도 신경 쓰지 않게 되었어."[8]

과연 학교는 어느 학교나 마찬가지로 사회로부터 보호막을 쳐준다. 그런데 재일 조선인이 민족학교에 가지고 있는 믿음은 일본인의 그것과는 비교할 수 없을 만큼 커서, 종교와 비슷한 것이었다고 할 수 있다. 일본 민족이라는 다수집단 속에서 살아가야 하는 소수민족으로서 그들만의 요람인 민족학교라는 울타리를 만들어 놓은 것은 소수집단이 선택할 수 있는 최소한의 방어였다. 그런데 비록 소수집단이지만 그 집단에도 집단의 힘이라는 것이 있어서 나름 그 역할을 하고 있다. 민족학교는 재일 조선인 학생들을 보호하는 울타리 역할을 하였고, 적어도 여기에서 학생들은 다수집단의 누구에게도 간섭받지 않을 자유를 얻고 있었다.

정일은 민족학교를 통하여 비로소 한 사람의 인간으로 성장할 수 있었고, 스기하라도 민족학교라는 원 안에 있으면 자신이 확실한 무엇인가에 지켜지고 있다는 느낌이 있었다. 만일 정일이 민족학교가 아니고, 일본인 학교를 다녔다면 그의 말대로 이지메를 당하여 올바른 인간으로 성장하지 못했을지 모른다. 그러므로 그는 민족학교의 역할에 대하여 이해하고 자신도 그 역할을 담당하려고 한다. 비록 민족학교가 여러 가지 문제점이 있다고 해도, 민족학교라는 작은 권력의 보호 속에서 자라온 그가 민족학교라는 집단을 절대적으로 옹호하는 것은 당연한 일이다.

하지만 정일은 앞으로 민족학교가 변해야 한다는 것을 안다. 정일의 이야기를 들어보자.

나 같은 어린양을 위해서 교단은 필요해. 난 말이지 일본의 대학에서 열심히 공부해서 제대로 된 지식을 가지고 교단으로 돌아 와, 내 후배들이 넓은 곳으로 나갈 수 있도록 가르쳐주고 싶어. 내가 너희들에게 받은 용기를 나눠

주고 싶어. (중략) 김일성이 죽고 난 후, 교단도 변하기 시작하고 있어. 조금씩이지만 바깥 세계에도 눈을 돌리고 있어. 내가 돌아갈 때에는 '상조회' 같은 것으로 되어 있을 것 같아.[9]

여기에서 교단이란 민족학교를 가리킨다. 정일은 기존의 민족학교를 통하여 변화를 구하려고 하는 것이다. 그는 일본의 대학에서 열심히 공부해서 제대로 된 지식을 가지고 교단으로 돌아와 자신의 후배들이 넓은 곳으로 나갈 수 있도록 가르쳐주고 싶다고 말한다. 무엇보다 민족학교도 변하고 있었다. 그러나 민족학교 '개교 이래의 천재'라던 정일은 민족학교에 돌아갈 수 없었다. 정일은 일본학생과의 다툼으로 죽게 된다. 민족학교를 지키려던 정일의 죽음으로 민족학교는 희망이 없어졌다고도 볼 수 있다. 하지만 민족학교는 계속 이어진다. 민족학교에는 정일대신에 원수가 그 자리를 메우게 되는 것이다. 원수는 다음과 같이 말한다.

나도 다 알고 있어. 북조선이나 조총련이나 우리들을 이용해 먹을 생각밖에 하지 않고, 전혀 믿을 수 없다는 것 따위는. 하지만 나는 이쪽에서 열심히 뛸 거야. 이쪽에는 나를 의지하여 주고 있는 친구들이 꽤 있으니까. 그 녀석들을 위해서 열심히 뛰는 동안만큼은 나는 멍청한 놈이 아닌 거야.[10]

민족학교 출신이지만, 이미 원수도 북조선과 조총련의 실체를 정확하게 파악하고 있다. 그는 북조선과 조총련의 실체를 알고 있으면서도, 자신은 그곳에서 열심히 뛰겠다고 말하는 것이다. 이미 바꾸어야 할 실체를 알고 있기에 원수가 할 일은 오히려 쉬울지도 모른다. 원수는 자기를 의지하고 있는 친구들을 위하여 일찍이 정일이 꿈꾸고 있던 세계에 들어간다. 정일이 못다 한 일을 원수가 이어받는 것이다. 그런데 이러한 원수와 비슷한 생각을 가지고 있는 사람이 나타난다. 스기하라와 고교 3년 내내 같은 반이었다는 미야모토(宮本)이다. 미야모토는 국적이 한국이었다. 하지만 그는 줄곧 일본의 의무 교육을 받고 자랐기 때문에 한국말도 모르고 한국에 대하여 아는 것이 없다. 미야모토는 말한다.

> 나는 지금 '재일' 청년들을 모아 어떤 모임을 만들려고 하고 있어. 그 모임에는 북조선이니 한국이니 조총련이니 민단이니 그런 구별이 전혀 없어. '재일'의 권리를 위해서 공부하거나 활동하여 가자는 그런 모임이야. 벌써 100명 정도 모였고 앞으로도 늘어 날거야. 너도 그 모임에 참가하지 않을래. 너 같은 인간이 참가해 주면 굉장히 듬직하겠는데.[11]

미야모토가 만들려고 하는 모임은 '재일' 청년들의 모임으로, 이 모임은 북조선이니 한국이니 조총련이니 민단이니 그런 구별이 전혀 없고, 단지 '재일'의 권리를 주장하기 위하여 만드는 모임이다. 따라서 미야모토가 구상하는 모임은 원수가 속한 민족학교라는 집단보다 범위가 크다고 생각할 수 있다. 이 모임에는 남과 북의 이념의 벽이 없는 '재일' 청년들이 모이는 집단이기 때문이다. 요컨대 미야모토가 만들려고 하는 집단의 범위가 더 커, 이 집단의 권력이 더 크다고 할 수 있다. 이렇게 소수집단이지만 원수는 민족학교, 그리고 미야모토는 '재일' 청년들이 모이는 집단을 통하여 변혁을 시도하고 있는 것이다. 스기하라와 같은 연배인 정일, 원수, 그리고 미야모토는 모두 집단이라는 원 안에서 현실을 바꾸려고 한다. 그들이 말하는 원의 범위와 집단의 성격은 각각 다르지만, 집단의 권력을 통하여 현실을 바꾸려고 하는 것은 일치한다.

4. 집단과 개인

친구들이 모두 집단(集團)의 권력을 통하여 변화를 꿈꾸고 있을 때, 그런데 스기하라는 어떨까.

밖에 나가면 차별받지만, 그러나 학교 안에 있으면 누군가가 지켜주고 있는 듯 평화롭다. 굉장히 작은 권력이지만, 민족학교도 하나의 권력이었다. 스기하라도 그것을 잘 알고 있다. 그도 학교 안에 있으면 평화로웠다. 그런데 정일과 원수가 소수집단이지만 안정된 집단 속에서 그 권력을 통하여 현실을 바꾸어볼 생각을 하는 반면, 스기하라는 자신이 아버지에게 배운 권투와 같이 안정된 틀을 벗어난 치열한 방법을 생각하고 있었다. 권투는 자신의 원을 자신의 주먹으로 부수고, 원 밖에서 무엇인가를 빼앗아오는 행위이다. 원밖에는 강한 놈들이 많이 있다. 원 밖에 나가기 위해서는 상당한 용기가 필요한 것이다. 원 안에 있으면 편안하다. 소수집단이지만 나름의 권력이 있는 그곳에서 나오려는 것은 더 큰 집단의 권력 속에 포함되지 않는 한, 상당한 용기가 필요한 것이다. 그러나 스기하라는 원 안에서의 안주를 포기하고, 국적을 바꾸기 전에 그가 아버지와 함

222

께 보았던 태평양의 넓은 바다와 같은 새로운 세계로 뛰어드는 것이다.

스기하라는 집단에서 나와 개인(個人)을 선택한다. 스기하라는 아버지에게 이 용기를 배웠다. 그는 아버지를 통하여, 또 친구인 정일을 통하여 자신이 어떤 방법으로 나가야 하는가를 나름대로 생각하고 있다. 스기하라는 모임의 가입을 권유하는 미야모토에게 말한다.

네가 하려고 하는 일이 어쩌니 저쩌니 그런 문제가 아니야. 옳은 일이고 의의가 있는 일이라고 생각해. 하지만 나는 누구하고도 행동을 같이하지 않고, 너희들과 같은 것을 하고 싶어. (중략) 내가 국적을 바꾸지 않은 것은 이제 더 이상 국가 같은 것에 새롭게 편입되거나 농락당하거나 구속당하고 싶지 않아서였어. 이제 더 이상 커다란 것에 귀속되어 있다는 감각을 견디면서 살아가는 것은 절대로 싫어. 설사 그것이 도민회 같은 것이라도 말이야.12

스기하라는 미야모토의 이야기가 '옳은 일이고 의의가 있는 일이라고 생각한다'고 하면서도, 자신은 '누구하고도 행동을 같이하지 않고, 너희들과 같은 것을 하고 싶어'라고 말한다. 요컨대 스기하라와 정일, 원수, 그리고 미야모토는 현실을 바꾸려고 하는 마음은 모두 같다. 단지 그들은 현실을 바꾸려는 방법이 각각 다를 뿐이다. 스기하라는 이들과는 다른 방법을 생각하고 있는 것이다. 스기하라가 생각하고 있는 것은 개인적인 시각이었다.

스기하라는 미야모토에게 '반드시 쓰러뜨려야 할 막강한 놈이 있어. 그 놈을 쓰러뜨리기 위해서는 공부도 해야 하고 몸도 단련해야 해. 일단 그

놈을 쓰러뜨리지 않으면 더 이상 앞으로 나아갈 수가 없어'라고 말한다. 스기하라가 '반드시 쓰러뜨려야 할 막강한 놈'은 자기가 이기지 못한 아버지를 말한다. 그리고 그는 자기 아버지를 쓰러뜨리면 자신은 무적으로 세계까지 변화시킬 수 있다고 생각한다. 여기에서 그가 '반드시 쓰러뜨려야 할 막강한 놈'은 정확히 말하면 아버지라기보다 아버지 세대를 말한다고 볼 수 있다. 또, 아버지를 쓰러뜨리는 것은 아버지 세대를 쓰러뜨리는 것이다. 그런데 실제로 스기하라는 이미 아버지에게 이기고 있었다. 그와의 시합에서 아버지는 반칙을 함으로써 이미 패한 상태였던 것이다. 누구보다도 아버지는 이것을 잘 알고 있었다.

그러므로 스기하라와의 마지막 시합에서 이긴(?) 후, 아버지는 '이제 우리들 시대가 아니다'라고 말하면서, '이 나라도 점차 변해가고 있다. 앞으로는 더 많이 변하겠지. 재일이니 일본인이니 하는 것. 앞으로는 없어질거야. 장담한다. 그러니까 너희들 세대는 밖으로 눈을 돌려야 해. 그렇게 살아가야 돼'라고 덧붙이는 것이다. 일생을 재일 조선인으로 살아오고, 단지 하와이에 가고 싶다는 이유로 얼마 전 국적을 북조선에서 한국으로 바꾼 아버지는 시대가 변해 가는 것을 누구보다도 정확히 알고 있었다. 그가 북조선에서 한국으로 국적을 바꾼 것이 단지 하와이에 가기 위함이 아닌 것은 물론이다. 자신의 아들에게 좀더 넓은 세계를 보여주기 위하여, 그에게 선택의 폭을 넓혀주기 위하여, 또 국적의 의미 없음을 가르쳐 주기 위하여, 자신에게는 바꾸어도 이미 아무런 의미도 없는 국적을 바꾼 것이다.

한편 「GO」에서는 재일 한국인과 다른 또 하나의 소수집단에 속한 인물이 등장한다. 야쿠자의 아들인 가토(加藤)이다. 야쿠자는 일본 내의 사회적인 소수집단이라고 할 수 있다. 일본인이지만 소수집단인 가토는 스기하라에게 자기와 함께 일을 할 것을 제안한다. 가토는 심각한 눈빛을 하고 말한다.

나나 너 같은 놈은 애초부터 약점을 짊어지고 살아가고 있다구. 우리는 쌍둥이처럼 똑같단 말이야. 우리 같은 놈들이 이 사회를 헤쳐 나가려면 정공법으로는 안 돼. 알잖아? 사회 한 구석에서 참고 있다가 크게 되어 시큰둥한 얼굴로 우리들을 차별한 놈들에게 성공해 보이자구.[13]

민족적 소수집단인 재일 한국인이나 일본 내 사회적 소수집단인 야쿠자는 같은 소수집단으로 일본의 지배계급으로부터 소외되어 있고 차별받는다고 할 수 있다. 가토가 '쌍둥이처럼 똑같다'고 말하듯이, 그들은 같은 처지라고 할 수 있다. 그러므로 가토는 스기하라에게 소수집단끼리 뭉쳐서 주류 사회에 도전하기를 제안하는 것이다. 하지만 스기하라는 '나하고 너는 닮지 않았어. 나하고 너는 달라'라고 말하며 역시 가토의 제안도 거절한다.

가토는 야쿠자라는 소수집단의 원 안에서 그 권력을 이용하여 다수집단을 상대하려고 한다. 스기하라는 두 사람이 다르다고 말하지만, 민족적 소수집단인 재일 한국인이나 일본 내 사회적 소수집단인 야쿠자는 같은 소수집단으로 일본의 지배계급으로부터 소외되어 있고 차별(差別)받는다는 사실에서 같은 의미이다. 그리고 다수집단의 권력에 대항하기 위해서는 같은 소수집단끼리 뭉쳐야 한다는 것도 알고 있다.

　그러나 앞에서 말했듯이 스기하라가 생각하는 것은 가토와 다른 개인적인 시각이라고 할 수 있다. 스기하라는 가토가 말하는 '사회 한 구석에서 참고 살아가는' 방법이 아니라, 오히려 정공법으로 사회를 헤쳐 나가는 방법을 생각하고 있기 때문이다. 결국 가토는 스기하라의 의견에 따라가게 된다. 가토는 스기하라에게 '야쿠자의 아들이란 것만으로는 안 돼, 이제. 그것만 가지고는 모자란다고. 그것만 가지고는 너를 따라잡을 수 없어. 무언가를 찾지 않으면, 그것도 있는 힘을 다해서. 나도 상당히 힘들어. 일본인이라는 것도 말이야'라며 고백하게 된다. 소수집단이지만 집단의 권력을 이용하여 주류 사회에 들어가려고 하였던 가토가 스기하라를 통하여 변화해 가는 것이다.

　요컨대 스기하라가 꿈꾸고 있는 세계는 우선 개인적으로 스스로 선 후, 그 다음을 생각하는 것이라고 할 수 있다. 그는 자신의 문제가 '재일'이라는 집단의 벽 안에 가두어 놓고 있는 한, 결코 해결될 수 없다는 것을 안다. '재일'이라는 집단의 벽안에 가두어 놓고 있는 한, 그 벽은 부서지지 않을 것이다. 스기하라는 '재일'이라는 것을 개인의 문제로 인식하고 개인적으로 노력할 때 돌파구를 마련할 수 있다고 생각하는 것이다.

　무엇보다 이러한 스기하라에게는 일본인 여자친구인 사쿠라이(桜井)가 있었다. 사쿠라이 아버지는 다수 집단인 전형적인 일본인이었다. 그녀의 아버지는 도쿄(東京)대학을 졸업했고, 과거 학생운동 투사 출신이며 유능한 회사원이었다. 그는 흑인을 '아프리칸 아메리칸', 그리고 인디언을 '네이티브 아메리칸'이라고 이해할 수 있는 엘리트였고, 무엇보다도 일본을 싫어했다.

　이러한 그도 자신의 딸인 사쿠라이에게 '한국과 중국인의 피는 더럽다'라는 잘못된 인식을 심어준다. 그리고 이 잘못된 인식은 사쿠라이에게 오랜 시간에 걸쳐 주입되면서 고정관념으로 자리 잡는다. 한국과 중국인에 대한 이러한 사쿠라이 아버지의 인식은 일본에서 소수집단인 재일 한국인과 재일중국인을 일본국이라는 자신들의 세계에서 소외시키는 것으로, 이러한 소외(차별)의 출발에는 권력을 지향하는 인간의 사회적 속성이 자리 잡고 있다고 볼 수 있다. 타인을 대상화함으로써 '우리'라는 정신적 안락함을 찾으려는 태도. 바로 사쿠라이의 아버지가 이러한 모습이다. 그리고 사쿠라이가 아버지의 이야기를 그대로 받아들이는 모습은 다수 집단인 일본인의 일반 대중의 정서가 어떤지를 보여주고 있는 것이다.

　그러나 사쿠라이는 스기하라와의 만남을 통하여 변한다. 사쿠라이의 변화는 같은 일본인인 가토가 변한 것과 같은 과정이다. 이 작품의 의미는 오랫동안 내려와 그대로 굳어져 버린 고정관념(잘못된 인식)이 두 사람의 만남을 통하여 변화하여 가는 데 있다. 사쿠라이는 스기하라를 사랑함으로써 변화하여 간다. 그녀는 스기하라를 통하여 자신이 태어나고 자라면서 가지고 있던 '한국과 중국인의 피는 더럽다'라는 고정관념을 깨어 버리는 것이다. 비록 그것이 잘못된 인식이었다고 하더라도 자신이 어렸을 때부터 교육받은 생각을 바꾼다는 것은 상당한 용기를 필요로 하는 것이다. 스기하라가 아버지를 통하여 안전한 원 안에서 나갈 용기를 얻은 것처럼, 사쿠라이는 스기하라와의 만남을 통하여 고정관념을 깰 용기를 얻는다. 그녀는 기존 일본 사회의 틀을 부수고 스기하라 라는 개인을 선택한다.

　두 사람이 다시 만나던 날 사쿠라이는 '이제 스기하라가 어느 나라 사람이든 상관 안 해. 때로 날아와서 나를 쏘아봐주면 일본말을 할 줄 몰라도 상관없어. 스기하라처럼 날기도 하고 쏘아볼 수도 있는 사람, 아무데도 없는걸 뭐'라고 하며, 겨우 이것을 깨달았다고 말한다. 그녀는 스기하라와의 만남을 통하여 오랫동안 자신을 지배하고 있던 순수혈통의 일본인이라는 인식에서 벗어나게 되는 것이다.

무지(無知)는 막연한 두려움을 키우고 그 벽은 올바른 지식을 통하여 깨어진다. 여기서 무엇보다 중요한 것은 사쿠라이가 누구의 강요도 없이 그녀 스스로 변한다는 사실이다. 그녀는 많은 책을 읽고 생각하고 하면서 그녀 스스로 자신을 둘러싸고 있던 잘못된 인식을 깨닫는다. 그녀는 공부를 통하여 순수 혈통의 일본인이라는 벽을 스스로 깨부수는 것이다. 사쿠라이의 변화는 다수 집단인 일본인의 변화를 나타낸다. 그러므로 그녀의 말을 듣고 스기하라는 눈물을 흘리는 것이다. 요컨대 사쿠라이의 변화에 의하여 사쿠라이 가족이 변할 것이고, 이것은 일본 다수 집단의 변화로 이어질 것이다. 궁극적으로 일본 다수 집단의 변화는 다수집단(多數集團)과 소수집단이 차별 없는 공정한 사회 시스템의 변화로 나타날 것이다. 물론 이러한 일본 다수 집단의 변화로 인하여 소수집단의 다수집단에 대한 인식도 바뀌어갈 것이다.

이렇게 스기하라는 사쿠라이를 통하여 다수 집단인 일본인과 동등한 관계를 맺는다. 사쿠라이는 스기하라에게 '가자'라고 말한다. 이것은 스기하라에게 문제가 되는 차별을 일본인인 자신과 함께 극복해가자는 목소리로, 가네시로는 사쿠라이의 '가자'라는 말을 통하여 차별을 극복하는 방법을 제시하고 있다고 생각할 수 있다. 차별의 극복은 차별받는 사람의 저항도 중요하지만, 사쿠라이가 울고 있는 스기하라의 눈물을 닦아주는 것처럼, 근거 없는 차별을 무시할 수 있는 다수집단의 동반자가 필요하다는 사실이다. 두 사람은 이러한 동등한 관계를 바탕으로 다수집단인 일본인과 소수집단(少數集團)인 재일 한국인이 동등하게 살아가는 사회를 만들어갈 것이다.

다수 집단인 일본인과 소수집단인 재일 한국인은 결국은 같은 사회에서 살고 있는 사람들이다. 소수집단인 정일이 다수 집단인 일본인 학생의 칼에 찔려 죽었지만, 정일을 죽인 일본인 학생도 엄청난 충격을 이길 수 없어 자살한다. 그는 미안하다는 말을 남기고 죽는다. 이 사건은 다수 집단인 일본인과 소수집단인 재일 한국인이 서로 영향을 주고받는 상호보완적인 관계로 어느 한편의 일방적인 관계가 아닌 것을 보여준다.

집단과 개인은 서로 의견이 다른 것이 아니고, 방법의 차이 일뿐이다. 스기하라는 개인으로 원수의 집단, 그리고 미야모토가 만드는 모임과 함께 모든 사람이 차별 없이 평등한 공동체를 만들려고 노력할 것이다. 그리고 결국에는 스기하라도 모임에 참가할 것이다. 이 세계에 그 혼자 살아갈 수 없기 때문이다. 단지 스기하라가 참가하는 모임은 같은 민족으로 소수집단인 조총련과 민단의 '재일' 청년들만의 모임이 아닌 사쿠라이 같은 일본인도 포함된 모임, 즉 국적과 민족과 인종과 종교를 모두 초월한 모임이 될 것임에 틀림없다.

또 여기에는 재일 한국인과 같은 정치적 소수집단과 더불어, 아이누족, 오키나와 민족, 부락민 등 일본 내 소수집단도 포함될 것이다. 가네시로는 이 작품에서, 지배 민족인 일본인과 소수집단인 재일 한국인, 또 다른 소수집단, 그리고 개인까지 모두 차별 없이 동등한 입장에서 활동하는 사회야말로 진정한 평등 사회이고, 이러한 사회에서 그들은 비로소 새로운 세계로 나아갈 수 있다고 말하고 있다. 가네시로는 스기하라와 사쿠라이의 만남을 통하여 그 가능성에 대하여 말하고 있는 것이다.

5. 결론

본서에서는 들뢰즈와 가타리의 소수집단 문학의 중요한 특징인 소수집단 문학의 정치적인 특성과 집단적인 성격을 재일 한국인 4세대 문학인 가네시로 카즈키의 「GO」를 통하여 알아보았다.

가네시로의 「GO」는 재일 4세대라는 시점에서 볼 때, 재일 1세대, 재일 2세대 그리고 재일 3세대의 재일 한국인 문학과 비교하여 정치적, 민족적 정체성 문제가 많이 엷어졌다고 생각할 수 있다. 그러나 지금까지 살펴보아 온 것과 같이, 「GO」에서는 들뢰즈와 가타리의 소수집단 문학의 중요한 특징인 정치적 성격과 집단적 배치가 잘 나타나고 있다. 이 작품에서는 개인적인 문제가 반드시 정치적인 문제로 발전되고, 또 그것은 재일 한국인 사회라는 집단적인 모습으로 나타난다고 할 수 있다. 이렇게 「GO」에서 잘 나타나듯이, 재일 한국인 문학은 소수집단 문학의 특징을 가지고, 그 정치적 성격과 집단적 배치는 다수 집단과의 관계에 있어 떼려야 뗄 수 없는 관계에 있는 것을 알 수 있었다. 또 다수 집단의 대표로써 경찰로 상징되는 국가권력과 소수집단의 상징인 민족학교가 각각 나름대로의 권력을 가지고 있는 것을 알 수 있었다.

결론적으로 원수와 미야모토 등 같은 또래의 친구들이 소수집단이지만 집단의 권력을 통하여 변화를 구하는 데 반하여, 스기하라는 집단보다 개인의 역할을 중요시하는 모습을 볼 수 있었다. 스기하라는 개인적인 시각으로, 원수와 미야모토 등의 친구들은 집단의 권력을 통하여 각각 차별 없고 평등한 사회를 만들어 갈 것이다. 앞으로 그들은 소수집단인 조총련과 민단의 '재일' 청년들만의 모임이 아닌 일본 내 소수집단도 포함된, 그리고 사쿠라이 같은 다수 집단의 일본인도 포함된 모임, 즉 국적과 민족과 인종과 종교를 모두 초월한 모임을 만들어 차별 없고 평등한 사회를 만들어 나갈 것임에 틀림없다.

앞에서 말했듯이, 들뢰즈에 의하면 소수집단의 문학의 첫 번째 특징은 탈영토화율이 그 문학에 강하게 드러난다는 점이다. 재일 한국인 문학에서 언어의 탈영토화 문제는 중요한 테마이다. 일본어와 한국어라는 두 언어의 경계선에 있는 재일 한국인 문학에서 언어문제는 소수집단인 재일 한국인 문학자가 직면하는 가장 직접적인 문제라고 할 수 있다. 말할 것도 없이 재일 한국인 문학자가 사용하는 일본어는 일본인 문학자가 사용하는 일본어와 다른 미묘함이 있다. 재일 한국인 문학자는 일본인 문학자와는 다른 그들만의 독특한 문화 공간을 가지고 있어서, 그들 나름의 표현 방식으로 일본어를 쓰고 있기 때문이다. 이러한 다른 문화 공간에서 생성된 일본어가 일본인이 사용하는 일본어와 다를 것이라는 것은 분명한 일이고, 중요한 것은 그들이 일본어의 영역을 넓혔다는 사실이다. 재일 한국인 문학에 있는 언어의 탈영토화 문제는 다음을 기대한다.

역주

1 『일본 문학사 제14권(岩波講座日本文学史第14巻 二〇世紀の文学3)』 이와나미(岩波)서점, 1997년 2월, p.141.

2 유미리가 동아일보와 아사히(朝日)신문에 동시에 연재하고 발행된 「팔월의 저편(八月の向こう)」은 민족적 정체성을 다루고 있는 작품으로 그녀의 지금까지의 작품 성향과는 다른 예외적인 경우라고 할 수 있다.

3 「레벌루션 No. 3(レウオリユーションNo. 3)」『소설현대(小説現代)』 1998년 5월.

4 『주간 아사히(週刊朝日)』 아사히(朝日)신문사, 2000년 10월 27일, p.53.

5 「GO」 강담(講談)사, 2000년 3월, p.28.

6 고자카이 도시아키(小坂井敏晶), 방광석 옮김 『민족은 없다』 뿌리와 이파리, 2003년 8월, p.237.

7 「GO」 강담사, 2000년 3월, p.65.

8 같은 책, p.78.

9 같은 책, p.79.

10 같은 책, pp.227-228.

11 같은 책, p.202.

12 같은 책, pp.219-220.

13 같은 책, p.135.

9. 『레벌루션 No. 3
(レウオリューション No. 3)』
『플라이 대디 플라이
(FLY DADDY FLY)』의 주변인

1. 머리말

가네시로 카즈키(金城一紀)는 1968년 일본 사이타마 현(埼玉県)에서 출생하여 초, 중학교의 민족학교, 그리고 일본 고교와 게이오(慶応)대학을 졸업했다. 그는 데뷔작인『레벌루션 No. 3(レウオリューション No. 3)』에서 학력 사회인 일본 사회에서 소외된 삼류 고교생인 '더 좀비즈' 문제를 취급하였으며, 나오키(直木) 상을 수상한『GO』에서는 순혈주의 국가인 일본에서 정치적 민족적 소수집단인 재일 한국인 문제를 들고 나왔다. 그리고『플라이 대디 플라이(FLY DADDY FLY)』에서 주류 사회 안에서의 주변인과 소수자와의 관계에 대하여 이야기하고 있다. 요컨대 그는 일본의 주류 사회에서 소외된 주변인들을 대상으로 작품 활동을 하고 있는 작가라고 할 수 있다.

중심과 주변의 경계가 없어진 포스트모더니즘 시대에 있어서 일본의 주류 사회에서 소외된 주변인을 취급하는 그의 문학은 중요한 의미가 있다. 그의 작품에는 일본의 주류 사회에서 주변인으로서 살아가는 소수자들의 소외된 모습이 잘 나타나 있으며, 또 그것을 극복하는 해결 방법 또한 구체적으로 제시되어 있다. 그는 학력 사회인 일본 사회에서 소외된 사람들을 단지 주변인의 위치에서가 아니라 주체적인 시각으로 봄으로써, 일본 사회에서 소외받고 있는 소수자들이 명랑한 사고방식으로 주류 사회와 올바른 관계를 맺으면서 현실을 적극적으로 풀어헤쳐 나가는 삶을 추구하고 있는 것이다. 이곳에 가네시로 문학의 의의가 있고, 일본의 주류 사회에서 주변인들의 역할을 중요시하는 그의 문학의 지향점이 있다고 할 수 있다.

본서에서는 가네시로의『레벌루션 No. 3』와『플라이 대디 플라이』를 통하여 주류 사회로부터 소외된 주변인의 모습을 고찰하여 본다. 본서에서는 가네시로 카즈키의 작품에서 주류 사회인 일본 사회와 주류 사회로부터 소외된 주변인들의 관계가 구체적으로 어떻게 나타나고 있는지를 살펴보고, 주류 사회와 주변부(周邊部) 세계와의 소통의 가능성에 대하여 생각해본다.

2. 『레벌루션 No. 3』의 '더 좀비즈'

『레벌루션 No. 3』[1]은 1998년 5월호『소설현대(小説現代)』에 발표된 「레벌루션 No. 3」, 1998년 12월호『소설현대』에 발표된「런 보이즈 런(ラン、ボーイズ、ラン)」, 그리고 새로 쓴「이교도들의 춤(異教徒たちの踊り)」이라는 세 편을 모아서 단행본으로 출간된 것이다.『레벌루션 No. 3』은 이렇게 세 편으로 구성되어 있지만 작품에는 같은 인물들이 등장한다. 작품이 서로 연결되어 있는 것이다. 그런데 이 작품의 주인공들은 모두 주류 사회에서 소외된 주변인이라는 공통점을 지니고 있다. 한 마디로 말하여『레벌루션 No. 3』은 주류 사회에서 소외된 주변인들의 문학이라고 할 수 있다. 이 작품에 나오는 '나', 순신, 히로시 등은 일본의 삼류 고교에 다니는 학생들이다. 이들이 삼류 고교에 다닌다는 것 하나만으로 우리는 이들이 학력 사회인 일본 사회로부터 소외된 인물들이라는 사실을 알 수

있다. 일본 사회에서 삼류 고교는 인생에 있어서 패배자들이 모인 곳이라고 할 수 있기 때문이다.

주변인은 주류 사회인 다수집단에 속하지 못한 사람들이다. 즉 주류 사회의 권력에 들어가지 못하고 소외받고 있는 사람들이다. 학력 사회인 일본의 주류 사회에서 삼류 고교 학생들은 주변인이다. 사람들은 그들을 '좀비(ゾンビ)'라고 부르는데, 좀비라는 명칭의 유래는 두 가지 의미가 있다. 하나는 학력 사회에서 평균 학력이 뇌사 상태인 '살아있는 시체'에 가까운 존재라는 것과, 또 하나는 '죽여도 죽을 것 같지 않아서' 이러한 명칭을 붙였다고 전해진다. 이 두 가지가 좀비라고 불리는 그들의 정체성이라고 할 수 있다. 즉 이것을 간단히 말하면, 그들은 비록 '성적은 나쁘지만 끈질긴 근성을 가진 존재'들이라고 할 수 있다. 그들은 '더 좀비즈(ザ・ゾンビーズ)'라는 모임을 결성하는데 그들의 멤버는 모두 47명이다.

여기에서 '더 좀비즈' 멤버들 가운데 중심적인 인물들을 구체적으로 살펴보자.

우선 이 작품에서 이야기를 풀어가는 '나'를 살펴보자. '나'의 이름은 미나카타(南方)이다. '나'의 부모는 와세다(早稻田)대학과 게이오(慶応)대학을 나온 엘리트이고, '나'도 전형적인 우등생이었다. 소위 '나'는 일본의 주류 사회에 속해 있었다고 볼 수 있다. 그러나 '나'는 중학교 2학년 때 전학 온 여학생 때문에 일어난 사건으로 말미암아 성적이 떨어져서 지금의 삼류 고교에 진학하였다. 또 부모는 지금 이혼하여, '나'는 엄마와 함께 산다. 이혼의 이유는 아버지의 불륜이었다.

미나카타인 '나'는 학력 사회인 일본 사회에서 성적이 나빠서 삼류 고교를 다닌다는 사실과, 부모의 이혼으로 편모가정이라는 이유로 주류 사회로부터 소외된 주변인이라고 생각할 수 있다. 말할 것도 없이 학력 사회인 일본 주류 사회의 기본적인 조건은 자신이 일류 고교를 다니고, 일류대학을 나온 양친이 있는 화목한 가정일 것이다. 그런데 주류 사회에서 볼 때 '나'는 삼류 고교를 다닌다는 것과 이혼가정이라는 두 가지의 결정적인 결함을 가지고 있다. 삼류 고교를 다닌다는 것과 이혼 가정이라는 두 가지의 결정적인 결함으로 '나'는 주류 사회로부터 소외되어 여러 가지 차별을 받는다고 생각된다. '나'는 주류 사회에서 주변인으로 밀려난 경우라고 할 수 있다.

다음에는 박순신(朴舜臣)을 살펴보자.

박순신은 이름에서 알 수 있듯이 재일 조선인이다. 일본에서 살고 있는 재일 조선인은 일본 사회에서 정치적, 민족적인 소수집단이어서 박순신은 일본 사회에서 주변인이라고 할 수 있다. 그런데 같은 주변부에 있어도 재일 조선인인 순신은 기본적으로 일본인인 '나'보다 더한 소수자이다. 일본인이 아니기 때문이다. 재일 조선인인 순신은 이미 다수집단인 일본 사회의 차별에 익숙해 있다. 순신은 '만약 차별이라는 개념에서 완전히 해방될 수 있다면 그 순간에 죽어도 후회는 없다'라고 진지하게 말할 정도로 차별을 일상적으로 느끼고 있는 것이다. 그가 일본의 주류 사회에서 얼마나 커다란 차별을 받아왔는지 알 수 있다. 그는 이러한 차별에서 자신을 지키는 방법으로 누구와 싸워도 지지 않을 몸을 만들어 놓고 있었다.

다수집단의 일본인은 재일 조선인에 대한 주류 사회의 차별을 결코 이해하지 못한다. 순신은 대학에도 가지 않고 취직도 하지 않는다고 말한다. 그는 '일본 사람이 같은 일본 사람을 차별하는데 외국인을 차별하지 않을 리가 없기에' 자신은 취직을 하지 않는다고 말한다. 순신의 성적이 '더 좀비즈' 멤버 중에서 가장 좋았음에도, 그는 일본인이 아니면 안 된다고 하면서 대학과 취직을 포기하는 것이다. 여기에서 그가 일본 사람이 같은 일본 사람을 차별한다는 의미는 학력에 대한 차별로 소위 기업에서 대학 출신에 비하여 고교 출신이 차별을 받는다는 것과 대학 학벌에 따라 출세가 달라진다는 것을 말한다. 이렇게 같은 나라 사람끼리도 학력에 의하여 차별하는 마당에 자신과 같은 외국인에 대한 차별이 어쩌하리라는 것은 알 수 있다는 것이다. 삼류 고교를 다니고 있는 순신은 삼류 고교와 재일 조선인이라는 이중의 차별을 받는다고 할 수 있다. 순신은 자신에게 '조선으로 돌아가라'고 하는 일본 사람에 대하여 다음과 같이 말한다.

> 나는 이 나라에서 태어나서 아무 불편 없이 컸어. 그래서 어렸을 때는 내가 왜 차별을 받는지 몰랐지. 화가 나니까 걸리는 놈들은 모조리 두들겨 패주기로 했어. 그런데 말이야, 요즘 들어서 알겠더라고. 아무리 싸움에서 이겨본들 결국은 나의 패배라는 것을. 알겠니? 승부는 언제나 다수 측이 이기게 되어 있으니까.[2]

사회적 약자인 소수자들은 다수자들이 경험하지 못하는 문제를 안고 그것과 싸우며 살고 있다. 그러나 다수자들은 소수자가 무슨 일로 고통받으며, 또 왜 자신들과 싸우려고 하는지 모른다. 주류 사회의 사람들은 소수집단인 그들의 존재조차 모른다. 순신은 개인적인 싸움에서 이겨도 그것이 일시적이라는 것을 안다. 왜냐하면 승부는 언제나 다수 측이 이기게 되어 있기 때문이다. 주류 사회의 사회 시스템은 다수집단인 자기들에게 유리하게 만들어져 있는 것이다. 주류 사회는 자신들의 사회 시스템을 동원하여 소수집단인 재일 조선인의 차별을 제도적으로 묵인하고 있다. 이것은 다수집단이 그들의 권력을 유지하려고 만든 장치이기도 하다. 다수집단은 소수집단인 재일 조선인이 그들의 영역에까지 넘어 들어와 자신들의 사회에 참여하는 것을 극도로 싫어하는 것이다. 이렇게 자신과 타자를 구별하는 차별은 다수집단인 일본 사회가 그들의 권력을 지키기 위한 가장 유용한 방법이기도 한 것이다. 문제는 사회 시스템에 있다.

한편 이러한 순신의 말에 '더 좀비즈'의 리더인 이타라시키 히로시(板良敷ヒロシ)는 자신이 '수상이 되면 절대로 차별이 없는 나라를 만들어 보이겠다'라고 공언한다. 그는 자신이 '납득할 수 없는 것을 바꾸고 싶다'며 그렇게 선언하는 것이다. 히로시는 오키나와(沖縄) 출신이기에 일본 주류 사회에서 소외되어 있는 사람이다. 히로시는 흑인이고 혼혈인데다가 아버지도 없어서 자신의 고향인 오키나와에서도 이지메를 당했다. 그는 일본에서 소수집단인 오키나와에서도 이지메를 당하는 소수집단 속에서도 소수자였던 것이다. 그것은 그가 흑인이고 아버지가 없는 가정을 가지고 있었기 때문이다. 다른 '더 좀비즈'의 멤버들과 마찬가지로 히로시도 몇 가지의 주변인적인 요소를 가지고 있다고 할 수 있다.[3]

그러나 재일 조선인과 같이 소수집단인 오키나와 출신의 히로시가 수상이 되는 일은 없었다. 그는 어른이 되기도 전에 백혈병으로 죽고 마는 것이다. 수상이 되어 차별 없는 나라를 만들겠다는 히로시의 죽음은 일본 사회가 차별 없는 사회가 되는 것이 불가능해지는 것을 의미한다. 그러나 언제까지 이 세상이 다수집단의 의도대로만 되어지지는 않을 것이다. 무엇보다 히로시는 죽었지만 '더 좀비즈'의 멤버들이 히로시의 뜻을 함부로 버리지 않을 것이기 때문이다. 자신이 납득할 수 없는 것은 당연히 바꾸어야 하는 것이다. 일시적인 싸움에서의 승리에도 불구하고, '늘 다수 측이 이기게 되어 있다'라는 순신의 말에 대한 '나'의 생각은 이렇다.

그 말대로 아까 우리에게 굴복한 놈들은 가까운 장래에 사회 한가운데에 들어가 다른 형태로 우리들을 굴복시키고 승리를 거머쥐려 할 것이다. 그리고 우리는 몇 번이나 패배의 쓴 맛을 보게 되리라. 하지만 그게 싫으면 이렇게 계속 달리면 된다. 간단하다. 놈들의 시스템에서 빠져나오면 된다. 초등학교 1학년의 달리기 경주처럼 계속 달리면 된다.[4]

문제는 소수자의 폭력이 필요하지 않는 공정한 사회 시스템이다. 그러한 사회 시스템을 만드는 것이 무엇보다도 중요한 일인 것이다. 그것은 이미 다수집단인 주류 사회가 소수자들이 아무리 발버둥쳐도 빠져나올 수 없는 자신들만의 사회 시스템을 만들어 놓고 있기 때문이다. 그 사회 시스템 안에 있는 한, 주변인이 주류 사회의 사람을 이길 수 있는 방법이 없다. 그러므로 다수집단만을 위한 사회 시스템을 바꾸는 것만이 진정한 승리를 거머쥐기 위한 가장 중요하고 시급한 문제인 것이다. 순신은 이제 두 번 다시 폭력을 쓰지 않는다고 선언하고, 자신은 '진정한 승리'를 거머쥐고 싶다고 말한다. 여기에서 '진정한 승리'는 공정한 사회 시스템을 통한 경쟁에 의한 승리를 말한다.

비록 일시적인 싸움에서 승리했다고 하더라도 주류 사회의 단단한 시스템으로 구성되어 있는 벽을 주변인이 뛰어넘는 것은 불가능하다고 할수 있다. 그들이 쉽게 접근할 만큼 주류 사회의 시스템이 그렇게 만만하지 않기 때문이다. 주류 사회는 이미 모든 방면에 걸쳐 소수자들이 그들의 자리를 넘보는 것을 막을 장치를 해두었던 것이다. 무엇보다도 주류 사회는 그들만의 영역을 지키기 위하여 소수자가 생각할 수 없을 정도의 부단한 노력을 하고 있다. 그러나 소수자들도 이러한 주류 사회가 만들어놓은 사회 시스템을 넘어설 방법을 생각한다. 무엇보다 주류 사회 중심으로 만들어져 있는 정체된 사회 시스템을 바꾸어야 하기 때문이다.

여기에는 무한한 노력이 필요하다. 즉 '더 좀비즈'의 정신적 어머니인 닥터 모로(ドクターモロー)가 말하는 것처럼, 주류 사회의 사람들보다 더 열심히 노력하는 것이다. 그들은 주류 사회의 사람들보다 더 한 노력을 함으로써 주류 사회의 시스템을 자신들의 시스템으로 바꾸어 놓을 수 있는 것이다. 그들이 주류 사회보다 더 노력을 하면 할수록 자신들의 시스템으로 된 자신들의 사회를 만들어갈 가능성이 높아진다고 할 수 있다.

'더 좀비즈'의 모임에 참가하는 학생들은 휴대전화와 노래방과 시부야(渋谷)계, 그리고 프로야구팀 거인(巨人)을 싫어한다는 공통점을 가지고 있다. 휴대전화와 노래방과 시부야계는 지금의 학생들에게 폭발적인 인기를 끄는 소위 유행의 첨단에 있는 매체이다. 휴대전화와 노래방과 시부야계는 주류 문화를 상징하는 코드라고 할 수 있다. 프로야구팀 거인은 말할 것도 없이 일본의 주류 문화의 상징이다. 일본 프로야구는 거인의 승리를 위하여 존재하고, 일본 프로야구에서 다른 팀들은 거인의 우승을 위하여 패배해야 한다. 일반적으로 사람들은 모두 주류 사회에 들어가려고 애쓰고, 또 유행의 첨단을 걷고 싶어 한다. 그런데 '더 좀비즈'는 이러한 주류 문화와 유행의 첨단에 있는 매체를 거부하고 있는 것이다. 즉 그들은 모두가 맹목적으로 추구하는 것들로부터 벗어나고 싶은 것이다. 그들은 보통 사람들과 달리 사회에서 추구하는 기존의 모든 가치를 의심하는 사람들이라고 할 수 있다.

그들이 보통 사람들과 다른 것은 '더 좀비즈'라는 모임의 탄생에서부터 설명된다. 요컨대 '더 좀비즈'라는 모임은 '나'와 순신, 히로시, 아기, 가노야가 입학식 날 국가인 기미가요를 부르지 않은 데서 생겨난 모임이었다. 그들이 기미가요를 부르지 않는 이유는 기미가요가 어쨌다느니 그런 것이 아니고, 단지 '전원이 무감각하게 같은 노래를 부른다는 행위' 그 자체가 마음에 들지 않았기 때문이었다. '전원', '무감각', '같은 노래'라는 말은 획일적인 주류 사회가 자신들의 사회를 안전하게 지키기 위하여 만들어낸 제도적 장치이다. 그들은 무슨 날이면 '전원이' '아무런 생각 없이' '반드시' '기미가요'라는 노래를 불러야만 된다. 그것에는 어떠한 이론의 여지가 없는 것이다.

그러나 입학식 날 기미가요를 불러야만 하는 이유는 없다. 단지 그것은 주류 사회가 만들어 놓은 규칙에 불과하다. 그리고 전원이 무감각하게 같은 노래를 부른다는 행위는 주류 사회가 만들어 놓은 규칙에 아무 생각 없이 따라가는 행위인 것이다. 주류 사회는 기미가요를 부르기 싫어하는 사람이 있을 수 있다는 가능성을 인정하지 않는 것이다. 그들은 '전원에서 일탈하는 것', '감수성, 즉 기존의 가치를 의심하는 것', 그리고 '다름'이라는 의미를 알지 못한다. 주류 사회가 폐쇄적이 되는 이유이다. 그런데 '더 좀비즈'의 멤버들은 이러한 획일적인 규칙과, 또 그것에 아무런 생각 없이 따르는 것이 싫었던 것이다. 그들의 행동은 모두가 맹목적으로 따라하는 것에 대한 반감(反感)이었다.

그들은 주류 사회의 문화를 아무 생각 없이 따라가는 것에 대하여 비판적인 시각을 가지고 있다고 할 수 있다. 이러한 '더 좀비즈' 멤버들이 모두가 무감각하게 추종하는 휴대전화와 노래방과 시부야계, 그리고 거인팀을 좋아하지 않는 것은 당연한 일이었다. 그것이 주류 사회의 상징이기 때문이다. 무엇보다 주류 사회에서 소외되어 있는 그들에게 이러한 주류 사회의 문화는 어울리지 않는다고 할 수 있다. 주류 사회는 주류 사회의 문화가 있고 주변인 역시 그들만의 문화가 있는 것이다.

삼류 고교 학생들의 모임인 '더 좀비즈'의 정신적 어머니는 닥터 모로라고 불리는 생물선생인 요네쿠라(米倉)였다. 그가 닥터 모로라고 불리는 이유는 교과 과정을 무시하고 무턱대고 유전에 관한 수업을 하기 때문이었다. 그는 유전이 세상을 바꿀 수 있다고 설파한다. 그는 '유전자 전략으로 주류 사회를 형성하고 있는 답답한 계급 사회에 바람구멍을 뚫어야 한다'고 말한다. 그는 성적이 좋은 일류 고교 학생들은 단지 공부하는 재능을 가지고 있을 뿐이고, 그렇지 않은 학생들도 다른 재능을 가지고 있다고 말한다. 단지 일본 사회가 학력 사회이기에 성적이 좋은 학생들이 주류 사회를 형성하고 있다는 것이다.

자연은 우성과 열성이 결합하면서 균형을 이룬다. 그렇지 않으면 자연은 붕괴된다. 사회도 마찬가지이다. 우등생과 열등생이 결합하여 균형을 맞추어야 한다. 그의 말 그대로 같은 성질의 유전자끼리 뭉쳐 있는 사회는 일그러져 있는 사회라고 할 수 있다. 이것은 학력 사회인 일본 사회의 현실을 보면 분명하다. 일본 사회는 모든 것을 학력이라는 기준으로 재단하기에 여러 가지 사회적 문제를 발생시킨다. 일류 고교만을 인정하는 주류 사회는 이미 그들 이외의 것을 볼 수 있는 시야를 잃어버린 것이다. 그러므로 주변부 세계와 주류 사회가 소통하여 새로운 사회를 만들어야 한다. 그래야 사회가 균형을 이룰 것이다. 여기에 다수집단이 주류를 이루는 일본 사회에서 소수자인 주변인의 역할이 있는 것이다.

가네시로는 주변부 세계와 주류 사회와의 이러한 소통에 대하여, '내가 재일동포를 포함한 마이너리티를 그리는 이유는 우선, 고인 물이 썩듯이 비슷한 사람끼리 모여 있는 곳에선 절대 새로운 게 태어나지 않는다고 생각하기 때문이다. 새 피가 흘러들어야 새로운 것도 생긴다'[5] 라고 말한다. 주변부 세계는 언제나 새로운 발상을 할 수 있는 에너지가 넘치고 있는 사회이다. 주류 사회와 주변부 세계와의 소통은 주변부 사람들뿐만이 아니고, 주류 사회를 위해서도 꼭 필요한 일인 것이다.

3. 주변부 세계와의 소통

이 작품의 세 번째 꼭지인 「이교도들의 춤」에서 요시무라 쿄코(吉村恭

子)를 스토킹하던 대기업 인사부장인 시바타(柴田)는 다음과 같이 말한다.

　　너희들도 언젠가는 알 때가 오겠지만 회사란 군대와 같은 곳이다. 한 사람

　이 현저하게 규율을 어기면 군 전체가 붕괴된다. 나는 군의 상부에 있는 사람

　으로서 항상 부하의 관리에 총력을 기울이지 않으면 안 된다. 그리고 우리들

　이 사는 이 사회 역시 마찬가지다. 모두가 엄격한 규율 아래 정확히 발을 맞

　춰 나가야만 하는 것이다.[6]

　사회는 항상 엄격한 규율 아래 있어야 한다는 시바타의 말은 주류 사회
의 인식을 나타낸다. 주류 사회의 일원인 시바타의 견해에 의하면 회사와
군대, 그리고 사회는 모두 엄격한 규율이라는 면에서 같은 의미이다. 즉
군대와 같이 엄격한 규율이 주류 사회의 규율인 것이다. 그는 불량 외국
인 떼거리가 사회를 어지럽히는 원인 중의 하나라고 말하며, 놈들을 '이
사회에서 내몰아야 한다'고 말한다. 요컨대 시바타가 말하는 이 사회라는
의미는 높은 학력을 가진 순혈의 일본인들만으로 이루어진 사회라고 할
수 있다. 그의 논리는 주류 사회의 논리를 대변한다. 주류 사회에서 볼
때, 일본이라는 사회는 안정된 사회로서 그들끼리는 아무런 문제가 없는
데 외국인이나 다른 소수자들 때문에 어지러워졌다는 것이다. 그는 어지
러운 사회를 안정시키기 위하여 스토킹을 하고 있다고 한다. 그런데 스토
킹이 더 사회를 불안하게 만드는 것일 것이다. 그의 논리가 모순인 것은
말할 필요도 없다.

　이것은 국가권력의 대표인 경찰도 마찬가지였다. 큰 사건으로 번질 수

도 있었던 사건을 해결해 준 '더 좀비즈'의 멤버들에게 경찰은 자신들의 영역에 침범한 그들을 정말 완벽할 정도로 냉대한다. 경찰은 자신들의 임무를 대행한 멤버들에게 감사는커녕 오히려 주의를 주는 것이었다. 왜냐하면 경찰은 그들이 자신들의 고유한 영역을 침범했다고 생각했기 때문이었다. 범인을 잡는 것은 경찰만이 가지고 있는 커다란 권력인 것이다. 경찰은 '더 좀비즈'의 멤버들에게 이러한 자신들의 권력에 대한 위협을 느꼈기 때문에 그들을 냉대하는 것이다.

이렇게 주류 사회의 일원인 시바타와 그 대표적인 기관인 경찰의 예에서 나타나듯이, 그들은 자신들의 사회에서 일어나는 현상에 대하여 제대로 인식하지 못한다. 시바타는 스스로 자신들의 사회를 구원하려고 하지만, 이미 그는 자기 자신이 스토킹이라는 범죄를 저지르고 있다는 사실을 인식하지 못한다. 자신이 이미 범죄자이면서 다른 사람을 설교하고 있는 것이다. 이것은 경찰의 경우도 마찬가지이다. 경찰은 자신들을 대신하여 범인을 잡아준 '더 좀비즈'의 멤버들을 냉대한다. 자신들의 영역을 침범했다고 생각하기 때문이다. 그러나 만일 '더 좀비즈'의 멤버들이 아니었으면 사건은 더 커졌을 것이고, 그 책임은 고스란히 경찰에게 돌아갔을 것이다. 경찰이 '더 좀비즈'의 멤버에게 고마운 마음을 가지지 못하는 것은 그들을 인정하지 않기 때문이다. 주류 사회의 사람들은 자신들에게 속해있지 않은 주변인을 인정하지 않는다.

「이교도들의 춤」은 마을에 온 남자가 마을 사람들에게 환영받지 못한다는 이야기로부터 시작된다. 마을 사람들은 그에게 마음을 열려고 하지 않았다. 그의 생김새며 사용하는 말이 자신들과 전혀 달랐고, 또 자신들의 종교와 달랐기 때문이었다. 마을 사람들은 그 남자를 무서워하고 멀리한다. 이렇게 사람들은 자신과 조금이라도 다른 사람을 이해하지 못한다. 자신과 다른 그가 자신들의 영역을 침범할까 두려워하기 때문이다. 마을에 온 사람이 마을 사람들과 생김새, 언어, 그리고 종교의 어느 것 한 가지만 달라도 그들은 그를 차별하였을 것이다. 그런데 마을에 온 남자는 마을 사람들과 무려 세 가지나 달랐던 것이다. 마을 사람들이 그를 자신들의 마을에 끼워주지 않은 것은 당연했다.

그러나 마을에 온 남자는 자신을 받아들이지 않는 마을 사람들에게 실망하지 않고 자신의 자유로운 춤을 보여준다. 그리고 두 팔을 벌리고 드넓은 하늘로 자유로이 날아오르는 독수리 같은 남자의 춤을 본 마을 사람들은 마침내 그를 받아들이게 되는 것이다. 마을 사람들은 자신들과 다른 남자의 춤에 반한 것이었다. 그런데 질투가 많은 왕은 춤추는 남자의 다리를 자르게 한다. 하지만 두 다리를 잃은 남자는 다시 광장에 모습을 나타낸다. 그가 광장에서 어떠한 행동을 했을 것이라는 것은 분명하다. 그는 다리를 잃어도 춤을 추었다. 무엇보다 중요한 사실은 그는 모든 것을 잃어도 계속 춤을 춘다는 것이다. 비록 왕이라고 할지라도 그가 춤추는 것을 막을 수 없는 것이다.

여기에서 중요한 것은 남자가 자신을 받아들이지 않는 마을 사람들에게 실망하지 않고 마을 사람들에게 가까이 가려고 노력한 결과, 그는 마을 사람들에게 받아들여진다는 것이다. 마을 사람들은 그의 노력을 받아들여 그의 다름을 인정한다. 여기에서 주류 사회와의 관계에 있어서 소수자의 노력이 필요하다는 것을 알 수 있다. 그러나 소수자의 노력만으로는 한계가 있다. 주류 사회가 변하지 않으면 안 되는 것이다. 이것은 마을 사람들이 그의 다름을 이해하고 그를 자신들의 마을에 받아들인 것으로 나타난다. 요컨대 주류 사회와 주변인과의 소통의 가능성은 주변인의 노력과 함께 주류 사회 사람들의 열린 마음이 중요하다고 생각된다.

『레벌루션 No. 3』에서 '더 좀비즈'의 멤버들은 두 번의 실패에도 불구하고 결국 성화(聖和)여고의 학원제에 들어가서 성화의 여학생들과 짝짓기에 성공한다. 학력 사회인 일본 사회에서 삼류 고교인 '더 좀비즈'의 멤버들과 일류 고교인 성화와의 만남은 주류 사회와 주변인과의 관계에 있어서 하나의 중요한 시각을 제시하고 있다. 삼류 고교생인 '더 좀비즈'의 멤버들은 일류 고교인 성화에 들어가기 위하여 모든 노력을 기울인다. 그리고 이러한 노력에 의하여 비로소 성화의 학생들은 그들을 받아들인다. 즉 주변인의 노력이 주류 사회를 변화시킨 것이다. 요컨대 이 작품의 의의는 삼류 고교라는 주변부 세계가 일류 고교인 주류 사회 성화의 학생들에게 받아들여졌다는 곳에 있다.

성화의 학생들에게 접근하기 위한 '더 좀비즈' 멤버들의 노력은 눈물겨운 것이었다. 그리고 강인한 것이었다. 그들은 두 번의 실패를 거울삼아 성화의 학원제에 들어가기 위하여 부단한 노력을 하였다. 성화여고의 학원제에 동원된 대학생들은 그들의 벽이었다. 그러나 이러한 벽을 '더 좀비즈'의 멤버들은 누구도 생각하지 못했던 정공법으로 돌파하고 주류 사회와의 소통의 공간을 만들었다. 여기에서 그들은 자신들에게 가로막힌 150여 명의 벽을 정문 돌파라는 정정당당한 방법으로 돌파했다. '더 좀비즈'의 멤버들은 어떠한 비겁한 방법도 쓰지 않고 그들만의 힘으로 당당히 교문을 통과하여 성화의 문으로 들어갔던 것이다. 그들이 성화의 여학생들에게 받아들여진 것은 이러한 노력의 결과였다. '더 좀비즈'의 어머니인 닥터 모로의 말대로 그들은 자신들의 노력을 통하여 주류 사회와의 만남을 이끌어내게 된 것이다.

그들이 성화의 여학생들과 만날 수 있게 된 것은 두 번의 실패에서 얻은 교훈의 덕택이었다. 요컨대 그들은 성화의 교문에 들어가는 것만이 목적이 아니었다. 지난 두 번의 실패 때에도 그들이 성화의 문을 통과할 수는 있었다. 그러나 첫 번째는 사람 목숨에 관계되는 구급차를 이용했다는 것이 여학생들에게 평판이 나빠서 실패하였고, 두 번째의 방법은 궁상맞다는 평판이었다. 성화의 여학생들에게 거절당한 것은 당연한 결과였다. 그들이 세 번째로 시도한 정면 돌파만이 오직 성화 여학생들의 마음을 잡을 수 있었던 것이다. 성화 여학생들은 정면으로 교문을 돌파한 그들의 용기를 인정하여 주었던 것이다. 성화의 학생들은 그들이 삼류 고교를 다니고 있다는 것을 문제 삼지 않았다. 무엇보다 여학생들은 그들의 용기에 감동하였던 것이다. 누구도 그렇게 자신들을 만나기 위하여 '더 좀비즈' 멤버들 같이 교문을 돌파한 사람은 없었다. 이것은 '더 좀비즈' 멤버들만이 할 수 있는 일이었다.

주류 사회인 성화의 여학생들은 이러한 그들의 노력에 의하여 변화하게 된다. 여기에서 삼류 고교인 주변부 세계와 일류 고교인 주류 사회가 소통된다. 이렇게 주류 사회의 변화는 올바른 교육을 받은 젊은 청춘에서 시작된다. 그들이 변하면 그들의 부모들도 변할 것이다. 이러한 성화 여학생의 변화는 학력 사회인 일본 사회가 변화하는 계기가 될 수 있을 것

249

이다. 그들의 만남으로 꽉 막힌 일본 사회에서 주변부 세계와 주류 사회 간의 소통의 가능성이 열리는 것이다.

이렇게 소수자들의 모임인 '더 좀비즈'는 성화여고라는 주류 사회와의 만남을 통하여 더 이상 주변인이 아니게 된다. 그들은 주변부 위치에서 성화여고라는 주류 사회와 소통하게 되었기 때문이다. '더 좀비즈'의 모임에 참가하는 학생들은 휴대전화와 노래방과 시부야계와 프로야구팀 거인을 싫어한다는 공통점을 가지고 있었다. 그러나 성화의 학원제에 참가한 후 '더 좀비즈'의 멤버들 사이에는 휴대전화의 벨이 울린다. 비로소 그들도 주류 문화와 접촉하게 되는 것이다. '더 좀비즈' 멤버들은 성화의 여학생들을 통하여 주류 사회와의 올바른 관계를 맺을 수 있을 것이라고 생각된다.

가네시로 문학에서 주류 사회와 주변부 세계와의 소통의 문제는 그의 대표작인 『GO』에서도 볼 수 있다.

『GO』에서 다수집단인 일본인들이 재일 조선인을 보는 시각은 여자 경찰이 민족학교의 초등학교 2학년인 학생에게 '너희들 같은 사회의 쓰레기는 길 가장자리로 걸어라'[7]라고 하는 말에서 극명하게 드러난다. 다수집단인 일본 사회는 소수집단의 재일 조선인 초등학생들에게 이미 사회의 쓰레기라는 인식을 심어주고 있는 것이다. 소수집단인 재일 조선인은 초등학교 시절부터 이미 다수집단과의 차이를 느끼고, 그 벽을 넘어설 수 없다는 것을 알게 된다. 이 사회는 소수집단들에게 무수함 걸림돌을 마련해 두고 있는 것이었다. 재일 조선인은 일본에서 태어나, 일본에서 자랐고 일본말로 이야기했지만, 다수집단 사람들에게 재일 조선인은 타자였다. 그들은 다수집단 사람들에게 조선국적을 가지고 있는 '외국인'이었던 것이다.

그런데 여기에 일본의 주류계급인 사쿠라이(桜井)가 등장한다. 사쿠라이는 전교 학생이 같은 시간에 같은 것을 먹는다는 이유로 급식을 싫어한다. 그녀는 그것을 끔찍하다고까지 생각한다. 전교 학생이 같은 시간에 같은 것을 먹는 것은, 『레벌루션 No. 3』에서 기미가요 제창 때, 학생들 '전원이 무감각하게 같은 노래를 부른다는 행위'와 연결된다. 요컨대 '전원', '무감각', '같은 노래'라는 말은, '전교 학생' '같은 시간' '같은 음식'과 이어지는 것이다.

여기에서 사쿠라이가 보통의 주류 사회의 일본인과는 다르다는 것을 알 수 있다. 그녀는 『레벌루션 No. 3』에서의 시부야와 휴대전화와 노래방, 그리고 프로야구팀 거인을 좋아하는 다수의 일본인과는 다른 일본인인 것이다. 사쿠라이는 『레벌루션 No. 3』의 '더 좀비즈' 멤버와 같은 부류의 사람인 것이다. 그것은 나중에 사쿠라이가 스기하라(杉原)를 찾아온 것에서 알 수 있기도 하다.[8] 이렇게 사쿠라이가 보통의 일본인과 다른 생각을 가지고 있었기에, 그녀는 재일 조선인 스기하라를 찾아올 수 있었다고 생각된다. 가네시로는 『GO』에서, 재일 조선인 스기하라와 주류 사회의 사쿠라이와의 만남을 통하여 주변부 세계와 주류 사회와의 소통의 가능성을 보여주고 있는 것이다.

4.『플라이 대디 플라이』의 주변인

『플라이 대디 플라이』[9]는 가네시로 카즈키의 세 번째 작품이다.

이 작품에서 가네시로는 자기 딸이 고교 권투 선수에게 폭행당한 평범한 회사원인 스즈키 하지메(鈴木一)가 자기 단련을 통하여 그 권투 선수에게 멋진 복수를 하게 되는 이야기를 그리고 있다. 가네시로 카즈키의 데뷔작『레벌루션 No. 3』의 '더 좀비즈'는『플라이 대디 플라이』에서 역시 같은 모습으로 나타난다. 단지 이 작품에서 그들은 주인공이 아니라 주인공을 도와주는 역할을 한다. 주인공은 일본의 주류 사회에서 중심부가 아닌 주변부에 위치한 일본인이다. 그는 소위 준주변적인 세계(semiperipheral areas)[10]의 인물이라고 할 수 있다.

주인공 스즈키는 47살의 평범한 회사원으로, 도쿄에서 태어나 도쿄에서 자랐다. 중키에 적당한 살집으로 역 계단을 오르내리는 데 힘들어지고 있는 상태이다. 학교는 이류 대학 출신으로 더 이상 승진의 비전이 없다. 집이 신흥 주택지에 있어서 매일 고등어조림 같은 만원 전철에 몸을 싣고 집과 회사를 오간다. 이렇게 모든 것이 평범한 그에게 딱 하나 특별한 것이 있는데 그것은 가족이었다. 그런데 자신에게 그렇게도 특별한 딸인 하루카(遥)가 어느 놈에게 폭행을 당하고 병원에 입원하게 된다. 주인공 스즈키는 '더 좀비즈' 멤버들의 도움[11]으로 자신을 극복하고, 자신의 딸을 폭행한 주류 사회의 최고봉인 이시하라(石原)에게 멋진 복수를 하는 것이다.

이시하라는 그 이름[12]에서 알 수 있듯이 일본의 주류 사회에서 중심적인 위치에 있다고 할 수 있다. 그는 일류 고교를 다니고 고교 권투 선수권을 3연패 하였고, 무엇보다 자신의 주위에 있는 모든 것들이 주류 사회의 중심에 있다. 이렇게 이시하라가 그렇듯이 우리는 이름에 의하여 그 사람의 출신을 구별한다. 이름은 정체성을 상징하기 때문이다. 요컨대 '더 좀비즈' 멤버들의 이름은 어딘가 달라서 이름에서부터 주류 사회와는 거리가 있는 사람이라는 것을 알 수 있다. 즉 이다라시키는 오키나와 출신을 나타내는 이름, 박순신은 재일 조선인임을 나타내는 이름이다. 이러한 이름은 일본 주류 사회에서 필연적으로 아웃사이더로 남을 수밖에 없는 이름이다. 이시하라와 다르게 그들을 주변부로 내모는 결정적인 요소는 이름이다. 그들의 이름은 밝히는 순간 고개를 갸우뚱할 수밖에 없게 만들기 때문이다. 자신이 어떤 이름으로 불리고 그 이름이 어떤 뜻을 지니는가는 곧 자신이 어떤 정체성을 지니는가와 불가분의 관계에 놓인다. 이러한 자신들의 이름으로 말미암아 그들은 주류 사회인 일본 사회로부터 소외되고 차별받게 되는 것이다. 이 작품에서 이시하라와 '더 좀비즈'의 멤버들은 이름에서부터 모든 면에 걸쳐서 완전히 대칭적인 위치에 있다고 생각된다.

『플라이 대디 플라이』에서 주인공 스즈키의 딸인 하루카가 다니는 학교는 『레벌루션 No. 3』에서 '더 좀비즈'의 멤버들이 침입하고자 하는 일류 고교이다. 스즈키는 '티켓을 소지한 관계자 이외에는 출입할 수 없는 축제에 잠입하려고 했던 삼류고등학교 남학생 이야기를 들은 적이 있다'고 기억한다. 그리고 그는 그들이 우아한 꽃봉오리를 꺾어 보려는 불량한 놈들일 것이라고 생각한다. 스즈키는 단지 일류 고교와 삼류 고교라는 사실만으로 그 사람을 우수한 사람과 불량한 놈으로 구분하여 버리는 것이

다. 그러나 그는 이렇게 자신의 머릿속에서 막연히 '불량한 놈들일 것이다'
라고 생각한 학생들의 도움으로 자신의 행복을 뺏어간 사람들에게 복수할
기회를 얻는다. 정말로 불량한 놈은 그가 머릿속으로 불량한 놈들이라고
생각했던 사람들이 아니라, 그가 우수한 사람으로서 생각하고 있던 일류
고교생이었다. 그가 생각하는 기준은 학력 사회인 일본 사회에서 흔히 일
어나는 오류였다. 미나카타는 주인공인 '나'에게 다음과 같이 말한다.

> 우리는 시험 문제를 잘 풀지 못한다는 단 하나의 이유로 쭉정이 취급을 당
> 해요. 우리가 어떤 인간성을 가지고 있는가는 아무런 관계도 없는 거죠. 간단
> 히 시험을 쳐서 그 결과로 인간을 분류하고 레테르를 붙이고 알기 쉽게 한 곳
> 에 모아서 관리하려는 게 기분 나빠요. (중략) 우리는 우리가 무얼 할 수 있는
> 지 어떤 인간인지 보여주고 싶어요. 지금 우리를 관리하는 놈들이라든지, 미
> 래에 우리를 관리하려는 놈들에게.[13]

미나카타는 단지 성적만으로 사람을 판단하는 일본 사회를 비판한다.
그는 성적과 인간성, 그리고 성적과 그 인간의 가능성과는 아무런 관계가
없다는 것을 안다. 미나카타는 자신이 일찍이 공부를 잘하는 우등생이었
기에, 누구보다도 성적과 인간성과 그리고 그 인간의 가능성은 전혀 관계
가 없다는 것을 인식하고 있는 것이다. 그가 말하고자 하는 것은 『레벌루
션 No. 3』에서 그들의 정신적인 어머니인 닥터 모로가 하는 이야기와 통
한다. 즉 사람을 평가하는 기준이 성적만이 아니라는 것이다. '더 좀비즈'
멤버들에게는 성적이 아닌 또 다른 재능이 있는 것이다. 그것은 정체되어

있는 계급사회인 주류 사회에 바람 구멍을 뚫을 수 있는 재능이다.

일본의 주류 사회는 자신들만의 획일적인 사회 시스템을 만들어 놓고 모든 사람에게 자신들의 시스템을 강요하고 있다. 만일 자신들의 시스템에 제대로 적응하지 않으면 주류 사회는 그들을 소외하고 차별하는 것이다. 그러므로 이러한 시스템에 적응하지 못하는 사람들은 자연스럽게 주류 사회로부터 멀어져 간다. 학력 사회인 일본 사회에서 정해 놓은 레벨은 단 하나로, 그것은 성적이었다. 이 성적에 의하여 일본 사회에서는 주류 사회 사람과 그곳에 속하지 못한 주변인으로 나뉜다. 일본인이지만 삼류 고교를 다니는 미나카타와 야마시타, 그리고 이류 대학을 나온 스즈키가 그런 경우라고 할 수 있다. 물론 일본 사회에서 소수집단인 재일 조선인들과 오키나와, 북해도의 아이누 출신 사람들은 이들보다 더 주변부에 위치하는 이중(二重)의 소외를 가진 주변인이다. 그들의 존재는 가려져 있다. 순신의 싸움을 보고 주인공 스즈키는 비로소 박순신이라는 존재에 대해 인식한다.

나는 지금까지 힘껏 살아왔어. 다른 사람에게 조금도 부끄럽지 않게 살아 왔어. 그렇지만 지금은 모든 게 부끄러워. 박 군의 말대로 나는 지금까지 반경 1미터 정도의 시야밖에 갖지 않았던 거야. 우연한 기회에 자네들을 만나 그것을 깨닫게 되었지. 나는 박 군을 위하여 지금까지 아무것도 하지 못했어. 그 같은 존재가 있다는 사실조차 모르고 있었어. 그에게 더 이상 그런 식으로 싸우게 하고 싶지 않아. 나는 고작 샐러리맨이고 세상을 바꿀 힘도 없지만 대신에 그를 지켜주고 싶어. 나는……14

순신의 도움으로 강해진 주인공은 '더 좀비즈'의 멤버들과 함께 이시하라에게 멋진 복수를 결행한다. 그런데 여기에서 주인공을 돕는 사람은 같은 사회의 일본인이 아니고 소수집단인 재일 조선인의 순신과 '더 좀비즈' 멤버들이었다. 스즈키는 이제까지 존재 자체도 몰랐던 재일 조선인의 도움으로 그가 목적한 바를 달성하게 된다. 그리고 그는 비로소 자신을 도와준 순신이라는 소수집단인 재일 조선인의 존재를 알게 되는 것이다. 스즈키는 자신이외의 세계가 있다는 것을 알고 변화한다.

스즈키에게 있어서 주류 사회의 사람들은 오히려 그의 행동을 방해만 할 뿐이었다. 주류 사회에서 지배적 위치에 있는 이시하라 측은 하루카의 담당 의사를 돈으로 매수하여 자신들의 의지대로 한다. 담당 의사는 같은 학교를 나온 동문이었다. 그는 반드시 경찰에 신고해야 하는데도 돈을 받고 사건을 무마시켜 준다. 그들이 서로 주류 사회 중심부에 있기 때문이다. 이렇게 같은 주류 사회의 일본인이어도 주류 사회의 계급에 의하여 중심과 주변부로 나뉘어 있는 것이다. 주류 사회와 주변부 세계의 경계(境界)가 분명하듯이, 주류 사회에 있어서도 중심과 주변의 경계는 분명하다.

이 작품의 의의는 주류 사회에 속한 평범한 일본인 주인공이 주류 사회의 도움을 받아 자신의 목적을 달성하는 것이 아니라, 소수집단인 재일 조선인과 또 다른 주변인들의 도움으로 자신의 목적을 완성하는 것에 있다. 같은 주류 사회에 속한 이시하라 측은 오히려 그의 적이었다. 그의 편은 주변부 세계에 있는 '더 좀비즈' 멤버들이었다. 한편 주변인의 도움을 받은 주인공은 이제 소수집단인 재일 조선인의 존재를 인식하고 그들을 지켜주고 싶다는 생각을 하게 된다. 처음에 순신이 스즈키를 도와주지만 그의 도움을 받은 스즈키는 순신의 존재를 알고 그를 지켜주고 싶다고 생각하는 것이다. 여기에서 주류 사회의 보통 사람과 주변부 세계가 연결된다. 요컨대 가네시로는 이 작품을 통하여 주류 사회의 보통 사람과 주변부 세계와의 소통의 가능성(관계회복의 가능성)에 대하여 이야기하고 있는 것이다.

주류 사회의 사람과 주변부 세계의 사람은 다르지 않다. 그들은 어쩌면 동일인이다. 이것은 미나카타인 '나'를 보면 확실하다. '나'는 부모가 일류대학 출신이고 전형적인 우등생으로 소위 주류 사회의 일원이었지만, 조그마한 사건에 의하여 간단히 주변인으로 전락하게 된다. 주류 사회의 사람과 주변인은 언제든지 그 위치가 바뀔 수 있는 것이다. 문제는 '나'가 주류 사회에서 주변인으로 전락하는 것이 매우 간단한 일이었듯이, 주변인인 '나'가 주류 사회에 들어가는 것도 간단해야 한다는 것이다.

성적을 최고의 가치로 여기는 학력 사회인 일본 사회는 그 잘못된 기준으로 인하여 삐뚤어지고 왜곡되어 있는 사회이다. 예를 들어 댄스파티가 열리는 뻐꾸기 둥지에서 LSD를 먹고 있는 학생은 일류 고교생들이었다. 그리고 주류 사회의 중심부에 있는 이시하라는 하루카를 폭행하고도 자신이 무엇을 잘못했는지 모른다. 그가 다니는 일류 고교의 선생들도 사건을 숨기는 데 급급하였다. 이것은 대기업 인사부장인 시바타의 경우도 마찬가지이다. 순혈주의를 지향하는 시바타도 정체된 일본 사회가 만든 희생물이라고 할 수 있다.

여기에 기존의 가치 체계를 의식하지 않는 주변부 세계 사람들의 역할이 필요한 것이다. 주변인들은 주류 사회에 대한 저항과 전복을 통하여 기존의 틀을 벗어난 새로운 시도를 한다. 이것이야말로 주변부 사람들의 힘이고 생명력이다. '더 좀비즈' 멤버들과 같이 그들의 생각은 자유롭고 신선하여 주류 사회에 새로운 활력을 불어 넣을 것이다. 무엇보다 그들은 자신들이 믿는 가치를 끊임없이 추구하는 근성이 있다. 그러므로 주류 사회가 주변인을 받아들이는 것은 주변인만이 아니라, 주류 사회를 위해서도 반드시 필요한 일인 것이다.

가네시로는 『레벌루션 No. 3』에서 주류 사회의 일류 고교인 성화여고와 주변부의 삼류 고교인 '더 좀비즈' 멤버들과의 결합을 시도한다. 『GO』에서는 주류 사회의 사쿠라이와 소수집단인 재일 조선인 스기하라와의 만남을 통하여 두 집단간의 소통의 가능성을 말한다. 그리고 『플라이 대디 플라이』에서 주류 사회의 평범한 일본인과 주변부 세계와의 만남을 통하여 두 세계간의 소통의 가능성에 대하여 이야기하고 있는 것이다. 요컨대 가네시로는 그의 작품을 통하여 폐쇄된 사회가 아니고 열린사회로 나아가야 하는 일본 사회의 사회 시스템에 대하여 이야기하고 있다고 할 수 있다. 그는 일본에서 주류 사회 사람과 주변부 세계 사람이 함께 살아가는 사회 시스템을 만들고자 한다고 생각된다.

5. 맺음말

이상, 가네시로의 『레벌루션 No. 3』와 『플라이 대디 플라이』를 통하여 학력 사회인 일본의 주류 사회로부터 소외된 주변인의 모습을 살펴보 았다.

요컨대『레벌루션 No. 3』에서 '더 좀비즈' 멤버들은 부단한 노력을 통하여 주류 사회인 성화여고와의 만남을 이루어낸다. 그리고 이러한 노력에 의하여 비로소 성화의 학생들은 그들을 받아들인다. 즉 주류 사회와 주변부 세계와의 소통의 가능성이 열리는 것이다. 또『플라이 대디 플라이』에서 주류 사회의 평범한 사람인 주인공 스즈키는 주변부 세계의 재일 조선인 순신과 '더 좀비즈' 멤버들의 도움으로 자신이 목적한 바를 이룬다. 그리고 그는 주류 사회로부터 재일 조선인 박순신을 지킬 결심을 하게 된다. 순신을 통하여 변화하는 것이다.

이렇게 가네시로는 자신의 작품을 통하여 주류 사회와 주변부 세계와의 소통의 가능성(관계 회복의 가능성)에 대하여 이야기하고 있다. 성적을 최고의 가치로 여기는 학력 사회인 일본 사회는 그 잘못된 기준으로 인하여 일그러져 있는 사회이다. 여기에 기존의 가치 체계를 의식하지 않는 주변부 세계 사람들의 역할이 필요한 것이다. 주류 사회와 주변부 세계와의 소통은 주변부 사람들뿐만이 아니고, 주류 사회를 위해서도 꼭 필요한 일이라고 생각한다.

가네시로는 최근 '더 좀비즈'와 관련된 이야기로, 태어나서 처음으로 모험을 하는 여고생들의 이야기를 그린『SPEED』(2005년 7월, 角川書店)라는 작품을 발간하였다. 이 작품에 대해서는 다음 기회를 기약한다.

역주

1 『레벌루션 No. 3(レヴォリューション No. 3)』講談社, 2001년 10월.

2 같은 책.

3 이 작품에서 그 외에 '더 좀비즈' 멤버로 나오는 사람들로서는, 아기를 비롯하여, 가야노(萱野), 야마시타(山下) 등이 있다. 아기는 일본과 필리핀의 피가 섞인 혼혈아였다. 그런데 필리핀 쪽 사람인 엄마 쪽에 스페인 사람과 화교의 피가 흐르는 덕분에 아기는 4개국의 DNA를 가지고 태어났다. 그는 혼혈인 특유의 멋진 몸을 가지고 있지만, 순혈주의 국가인 일본 사회에서 역시 인종적인 면에서 소수자라고 할 수 있다. 가야노는 아버지가 국철에서 해고당하고 교도소에 가 있는 가정을 가진다. 그는 혼자서 아르바이트를 하면서 학교에 다니고 있다. 아버지가 교도소에 있고 아르바이트로 생활하는 가야노 역시 일본의 주류 사회에 속하지 못한 주변인이라고 할 수 있다. 야마시타는 언제나 어리벙벙한 행동으로 말썽을 일으키는 친구이다. 삼류 고교를 다니는 그도 주변인이다. 그리고 또 다른 주변인으로서 사루지마(猿島)와 람보(ランボー)가 있다. 사루지마는 민족계 체육대학 출신의 체육 선생이다. 그는 일류대학 출신이 아닌 민족계 대학 출신인 점과 학력 사회인 학교에서 중심 과목이 아닌 체육 과목을 맡고 있다는 점에서 주변인이라고 할 수 있다. 그러나 그는 같은 소수자이면서 '더 좀비즈'의 학생들에게 사소한 것으로 폭력을 행사한다. 람보는 재미 교포 2세이다.

4 『레벌루션 No. 3』講談社, 2001년 10월, p.125.

5 가네시로 카즈키『씨네 21』인터뷰, 한겨레신문사, 2005년 7월 27일.

6 『레벌루션 No. 3』講談社, 2001년 10월, p.264.

7 가네시로 카즈키『GO』講談社, 2000년 3월, p.54.

8 이것에 대해서는 (황봉모「소수집단 문학으로서의 재일 한국인 문학─가네시로 카즈키(金城一紀)『GO』를 중심으로」『일어일문학연구』48집, 한국일어일문학회, 2004년 2월)을 참조할 것.

9 가네시로 카즈키 저. 양억관 옮김.『플라이 대디 플라이』북폴리오, 2003년 10월.

10 중심부와 주변부 세계의 가운데에 있어서 이들 사이의 갈등 해소 역할을 하는 지역을 말한다. (왈러슈타인(Wallerstein)외 저. 김영철 옮김.『세계 자본주의체제와 주변부 사회공동체』(주)인간사랑, 1987년 5월, p.37.)

11 재일 조선인인 박순신의 도움이 가장 컸다. 순신은 주인공에게 육체적 훈련을 시켜서 주

인공이 이시하라에게 멋진 복수를 하게 한다.

12 여기에서 이시하라라는 인물은 일본에서 극우파인 동경도 지사 이시하라 신타로(石原慎太郎)가족을 상징하고 있다고 생각된다. 그것은 이시하라의 아버지가 영화배우 이시하라 유다로이고, 어머니가 영화배우인 고토 메구미라는 것에서 유추할 수 있다.

13『플라이 대디 플라이』 pp.91-92.

14 같은 책.

10. 재일 한국인의 연애와 정체성

─가네시로 카즈키(金城一紀)의『GO』─

1. 들어가며

연애는 모든 청춘 남녀의 이상이고 환상이다. 청춘 남녀들은 연애라는 과정을 통하여 자신의 인생을 한 단계 성숙시키기도 하고 일생일대의 아픔을 겪기도 한다. 남성들의 아름다운 여성에 대한 추구는 전 세계의 공통된 이야기로서, 무엇보다 아무런 조건이 없는 청춘 남녀의 연애는 아름답다. 고래(古來)로부터 이러한 청춘 남녀들의 순수하고 열정적인 연애에 대한 이야기는 세계 어디서나 변함없는 문학 테마가 되어 왔다.

청춘 남녀들의 연애에 대한 이상은 일본 사회에서도 똑같이 나타난다. 청춘 남녀의 연애 이야기는 일본 문학에서 가장 보편적인 테마의 하나이다. 또한 연애에 대한 이상은 일본의 주류집단뿐만이 아니고 소수집단의 사람들에게 있어서도 당연히 같은 감정으로 이해된다. 그런데 이러한 연애에 있어서 일본의 소수집단 사람들은 주류 사회 사람들이 근본적으로 인식하기 어려운 장벽을 가지고 있다. 재일 한국인의 경우, 그것은 국적의 문제이다. 요컨대 일본에 살고 있는 재일 한국인은 아무런 조건이 없어야 할 남녀 간의 연애에 있어서도 반드시 뛰어넘어야 하는 국적이라는 장벽을 가지고 있는 것이다.

본서에서는 일본에서 활동하는 재일 한국인 신세대 작가 가네시로 카즈키(金城一紀)의 문학을 통하여 재일 한국인의 연애에 대하여 고찰한다. 여기에서는 가네시로 카즈키의 대표작인 『GO』(講談社, 2000년 3월)에 나타난 연애 과정을 통하여, 재일 한국인의 연애와 정체성과의 관련성에 대하여 생각해 보고, 잘못된 고정관념에 대처하는 일본의 구세대와 신세대의 차이를 구체적으로 비교해 보고자 한다.

2. 사쿠라이(桜井)라는 일본인 여성

권보드래는 『연애의 시대』에서 '연애'에 대하여 "'연애'라는 말은 'Love' 중에서도 남녀 사이의 사랑만을 번역한다. 신에 대한, 인류에 대한, 부모에 대한, 친구에 대한 사랑은 모두 'Love'이지만 '연애'는 아니다"라고 하면서, "그것은 '연애'라는 말이 다양한 관계 가운데 남녀의 관계를 도드라지게 한다는 발상이 언어 자체에 배어 있었기 때문이다"[1]라고 설명한다. 이렇게 '연애'라는 말은 여러 가지의 사랑 가운데 남녀 간의 관계만을 나타내는 의미로 사용된다.

가네시로 카즈키의 『GO』는 연애소설이다. 가네시로는 2000년 나오키(直木) 상 수상작인 『GO』를 '이 소설은 나의 연애를 다룬 것이다'라는 문장으로 시작한다. 그리고 그는 '그 연애는 공산주의니 민주주의니 자본주의니 평화주의니 귀족주의니 채식주의니 하는 모든 "주의"에 연연하지 않는다'라고 부연한다. 요컨대 가네시로는 『GO』라는 작품은 주인공인 스기하라(杉原)의 연애 이야기이고, 이러한 남녀 간의 관계는 다른 모든 요소들을 초월한다고 설명하고 있는 것이다. 그는 이 작품에서 일본에 사는 재일 한국인 청년이 어떠한 연애 과정을 거쳐야 하는지를 이야기한다.

스기하라는 민족학교에서 일본의 삼류 고교에 진학한 재일 한국인 학생이다. 아버지는 파친코에서 경품교환소를 하고 있고, 어머니는 평범한 주부이다. 스기하라의 가족은 스기하라가 고교에 진학할 때 북조선에서 한국으로 국적을 바꾸었는데 국적을 바꾸어도 그에게 달라진 것은 아무 것도 없었다. 이렇게 국적이라는 것은 그에게 간단하게 바꿀 수 있으며 바꾸어도 아무것도 달라지지 않는 존재에 불과한 것이었다. 이것은 그가 국적을 한국에서 일본으로 바꾸어도 역시 똑같이 해당될 이야기였다. 그에게 국적이라는 것은 중요하지 않았다. 그에게 중요한 것은 국적보다 연애였다.

스기하라는 일본인 여학생 사쿠라이(桜井)를 친구인 가토(加藤)가 카페 〈Z〉에서 주최하는 생일 파티 모임에서 만난다. 그는 이곳에서 자신의 앞자리에 앉은 사쿠라이에게 한 눈에 반한다. 가네시로는 『GO』에서 스기하라가 사쿠라이를 처음 만나는 장면을 다음과 같이 묘사한다.

나의 동태 시력은 정확하게 회전하는 그녀의 목덜미와 후두부와 등의 미세한 부분까지 포착하고 있었지만, 그 어느 것에도 기억이 없었다. 한 바퀴 여행을 끝낸 그녀는 '있지 있지 굉장하지?'라는 느낌을 갖는 미소를 얼굴에 띠고 있었다. 입에서 혀가 살짝 나와 있었다. 내가 옛날에 길렀던 개는 새끼였을 때 언제나 혀를 살짝 내밀고 잠잤었다. 나는 그 기억을 떠올렸다. 그녀는 무척이나 귀여웠다.

나는 물었다.

"너는, 누구?"[2]

스기하라는 자신 앞에 앉은 여자에 대하여 전혀 기억에 없었다. 그런데

사쿠라이는 카페에 들어와 스기하라의 테이블에 앉은 뒤 아무 말도 하지 않고 자신이 앉아 있던 스툴을 있는 힘껏 돌린다. 그리고 스툴이 멈춰진 후 사쿠라이는 스기하라에게 사이코메트링(サイコメトリング)[3]이라는 심리테스트를 시도하는 것이다.

사쿠라이는 사이코메트링을 통하여 스기하라가 어떠한 사람인지 맞추어 간다. 그녀는 스기하라가 농구를 하고 있고 몇 명을 때려눕힌 적이 있다는 등 말하는데, 자신이 어떠한 사람인지를 맞추어 가는 것에 그는 놀란다. 하지만 사쿠라이가 초능력을 지닌 여자는 아니었다. 스기하라는 사쿠라이를 처음 보지만 그녀는 이전부터 스기하라라는 인물을 알고 있었던 것이다. 요컨대 사쿠라이는 스기하라가 올지도 모른다는 생각에 카페〈Z〉의 모임에 왔던 것이었다. 그녀는 스기하라를 만나기 위하여 일부러 이곳에 찾아온 것이었다. 자신이 좋아하는 사람을 만나러 일부러 먼 곳까지 찾아오는 사쿠라이는 소위 신세대 여학생이라고 할 수 있다. 사쿠라이는 여자임에도 불구하고 먼저 남자인 스기하라가 있는 곳을 찾아간다. 신세대다운 행동이다.

사쿠라이는 신세대다울 뿐만이 아니고 보통의 일본인과 다른 여성이었다. 그녀는 전교 학생이 같은 시간에 같은 음식을 먹는다는 것은 끔직한 느낌이 든다고 급식을 싫어한다. 그리고 일본인임에도 일본 음악을 별로 안 듣고, 남자와 둘이서 하늘을 올려다보다가 별똥별을 보는 것만큼 부끄러운 일이 없다고 생각하는 여자이다. 이러한 그녀는 눈이 내리는 크리스마스이브에 남자를 만나는 것을 최악이라고 생각한다. 요컨대 사쿠라이는 기존의 정해진 틀에 자신을 맞추는 것을 무엇보다 싫어하는 여성이라고 생각할 수 있다.

이렇게 사쿠라이는 사람들이 생각하는 일반적인 관점에서 사물을 판단하지 않고, 자신이 직접 사물을 보고 판단하는 여성이었다. 그녀는 자신이 옳다고 생각하는 가치관을 가지고 행동하는 사람이었다. 사쿠라이의 친구들은 스기하라가 삼류 고교에 다닌다는 사실만으로 그녀에게 스기하라를 만나지 말라고 말한다. 하지만 사쿠라이에게 삼류 고교라는 것은 남자를 만나는 판단 대상이 아니었다. 사쿠라이는 자신이 반한 남자를 만나고 싶어 하는 여성이었다. 그리고 그녀는 그 남자를 만나기 위하여 먼 길을 찾아오는 용기 있는 여성이었던 것이다. 사쿠라이는 이렇게 보통 학생과 다른 신세대 여성이었기에 스기하라를 만날 수 있었다.

카페에서 나온 스기하라와 사쿠라이가 간 곳은 아무도 없는 학교 운동장이었다. 두 사람은 학교운동장에 들어가 함께 별똥별이 떨어지는 광경을 본다.

사쿠라이의 이마에서 '내 천'자가 없어졌다. 대신 매우 부드러운 미소가 얼굴에 떠올랐다.

'부끄러우니까, 별똥별 이야기는 누구에게라도 하지 마, 두 사람만의 비밀이야.'

이럴 때, 나 이외의 다른 남자라면 어떻게 할까.

나는 사쿠라이를 만지고 싶었다. 어떤 부분이라도 좋았다. 만졌을 때, 사쿠라이가 내 손을 받아준다면, 가슴에 충만하고 있는 초조감을 지워 없앨 수 있을 것 같았다. 나는 눈앞에서 미소 짓고 있는 여자를 절대로 잃어버리고 싶지

268

않았다. 만난 지 아직 몇 시간도 안 되어 거의 정체도 모르는 여자에 대하여, 놀랄 만큼 강렬하게 그렇게 생각하고 있었다. 그리고 그녀라면 내 손을 받아줄 것처럼 생각되었다.[4]

스기하라는 만난 지 몇 시간밖에 되지 않아서 정체조차 모르는 사쿠라이를 '절대로 잃어버리고 싶지 않다'고 생각한다. 바야흐로 스기하라에게 사쿠라이에 대한 연애의 감정이 시작되어 버린 것이다. 스기하라는 매력적인 사쿠라이를 행여 잃어버리지 않을까 하는 초조감으로 그녀를 만지고 싶어 하는데, '그녀라면 자신의 손을 받아줄 것이라고 생각한'다. 그녀를 만지는 것, 즉 신체를 접촉한다는 행위는 서로간의 친밀감을 표시하는 가장 유력한 수단이다. 상대방의 손을 잡는다는 행위는 단순히 신체적인 접촉만의 의미가 아니다. 손과 손을 마주 잡는다는 것은 서로의 마음과 마음을 연결시키는 행위라고 생각할 수 있다. 또한 이렇게 신체를 접촉한다는 것은 상대방에게 자신의 마음을 허용하고 있다는 의미이기도 하다.

그런데 실제로 사쿠라이는 이러한 스기하라의 마음을 헤아리고 있었다. 사쿠라이는 스기하라가 생각하고 있듯이 그의 손을 받아줄 줄 아는 여자였다. 사쿠라이는 먼저 교문을 나간 스기하라를 교문 철장으로 오라고 하고는 교문 철장을 사이에 두고 스기하라와 키스를 나누는 것이다. 두 사람은 이렇게 처음 만난 날 키스를 한다. 신세대 젊은이답게 만난 지 불과 몇 시간도 지나지 않았지만 마치 영화를 찍는 것처럼 두 사람은 첫 키스를 나눈다. 이 키스도 역시 사쿠라이가 스기하라를 끌어당겨 하는 키스였다. 이

269

렇게 두 사람의 연애가 시작된다. 스기하라와 사쿠라이의 연애는 사쿠라
이의 적극적인 행동으로 인하여 시작된 연애였다.

그러면 여기에서 가네시로는 어떠한 '연애'관을 가지고 있는지 살펴보
기로 하자.

가네시로의 연애관은 『대화편(対話篇)』에서 볼 수 있다. 그의 연애관은
한 마디로 말하여 목숨을 건 사랑이라고 할 수 있다. 그는 『대화편』에 세
편의 연애 이야기 소설을 수록하였는데, 여기에서 그는 사랑하는 사람들
은 계속 만나야 하며, 절대로 좋아하는 사람의 손을 놓아서는 안 된다고
쓰고 있다. 손을 놓아버리면 그 사람은 죽어버리기 때문이다. 즉 그에게
있어서 연애는 '손을 잡고 있는 것(살아 있는 것)', 아니면 '손을 놓는 것(죽
음)' 둘 중의 하나인 것이다.

가네시로는 연애란 '사랑하는 사람의 손을 놓지 않는 것'이라고 정의한
다. 그는 『대화편』에 수록된 「연애소설(恋愛小說)」을 다음과 같은 문장으
로 끝맺고 있다.

나는 지금 분명하게 생각한다.

언젠가 나는 소중한 사람을 만날 것이라고. 그리고 그 사람을 계속 살아 있
게 하기 위해서 결코 그 손을 놓지 않으리라고. 그렇다, 설사 사자가 덮쳐온
다고 하여도.

결국 소중한 사람의 손을 찾아 언제까지나 그 손을 잡고 있기 위해서, 오직
그러기 위해서 우리는 이 싱겁게 흘러가는 시간을 그럭저럭 살고 있다.

그렇지 않은가요?[5]

　가네시로는 사랑이 없는 나머지 시간들은 모두 사랑할 시간을 위한 부수적인 것에 불과하다고 인식한다. 그에게 있어, 사랑이 없으면 흘러가는 시간은 아무런 의미가 없고, 사랑 없이 싱겁게 흘러가는 시간들은 살아있는 시간이 아니다. 흘러가는 시간이 의미가 있기 위해서는 사랑(연애)이라는 것이 있어야 한다. 그리고 그 소중한 사람을 지키기 위해서는 사자도 두려워하지 않아야 한다는 것이다. 즉 가네시로가 추구하는 연애는 사자가 덮칠지라도 서로의 잡은 손을 놓지 않는, 즉 어떠한 경우라도 상대방의 손을 놓지 않는 필사적인 행동이라고 할 수 있다.

　사랑(연애)에 있어서 이러한 상대방을 위한 필사적인 노력은 가네시로의 다른 작품을 보아도 분명하다. 가네시로의 데뷔작인 『레벌루션 No. 3(レウオリューション No. 3)』과 『플라이 대디 플라이(FLY DADDY FLY)』는 주류 사회에서 밀려난 주변인의 이야기이기도 하지만, 상대방에게 순정(純情)을 가지고 노력하는 사람들을 묘사하고 있는 작품이기도 하다. 『레벌루션 No. 3』에서 '더 좀비스'들은 목숨을 건 교문 침입을 통하여 성화(聖和)여고의 여학생들에게 그들의 순정을 보여준다. 또 『플라이 대디 플라이』에서 주인공 스즈키 하지메(鈴木一)는 폭행을 당한 딸의 복수를 위하여 목숨을 건 극기 훈련에 들어간다.[6]

　요컨대 가네시로의 연애관은 상대방을 위하여 목숨을 걸 정도의 순정을 가진 연애관이라고 할 수 있다. 그런데 이러한 스기하라가 사쿠라이라는 여성을 만난 것이다. 지금까지 스기하라가 흘려보낸 모든 시간들은 두 사람의 연애를 위한 부수적인 시간들이었고, 두 사람에게는 이제부터의 시간만이 살아있는 시간이 될 것이었다.

3. 재일 한국인의 연애 과정

신세대인 스기하라와 사쿠라이의 연애 과정은 역시 신세대다운 연애 과정을 거친다. 두 사람은 그림을 감상하거나 음악 CD나 읽을 책을 함께 고르면서 데이트를 즐긴다. 또한 오페라를 보러가기 위한 시간을 기다리고 공부를 같이 하며, 대학입시를 대비하는 모의시험을 함께 보기도 한다. 그리고 두 사람은 여행을 가기 위해 아르바이트를 하기도 한다.

사이가 가까워진 사쿠라이는 스기하라를 집에 초대한다. 이후 두 사람의 데이트 장소는 사쿠라이의 집이 되었다. 사쿠라이의 가족에게 공개된 두 사람의 연애는 더욱 공공연하게 진행된다. 이러한 스기하라와 사쿠라이의 연애 과정은 일본의 일반적인 젊은 청춘 남녀가 겪는 연애 과정과 비슷하다.

사쿠라이는 일본의 명문 고교에 다니는 여학생이었다.

그리고 사쿠라이 가족은 일본의 주류 사회에 속한 사람들이었고, 사쿠라이 아버지는 전형적인 지배계층의 일본인이었다. 그녀의 아버지는 일본의 최고 명문인 도쿄(東京)대학을 졸업했고, 과거 학생운동 투사 출신이며 대기업에 다니는 유능한 회사원이었다. 그는 흑인을 '아프리칸 아메리칸', 그리고 인디언을 '네이티브 아메리칸'이라고 이해할 수 있는 엘리트였다. 그런데 이러한 사쿠라이 아버지도 자신의 딸의 남자친구로서 스기하라라는 존재를 인정한다. 또한 그녀의 가족들도 모두 스기하라를 환영한다. 이제 두 사람의 앞을 가로막는 장애물은 없을 리였다. 서로 좋아하는 두 사람 사이에는 아무런 문제도 없을 것이었다.

　재일 조선인에서 재일 한국인으로 국적을 바꾼 스기하라는 일본인에 대하여 근본적으로 자신이 차별당하고 있다는 선입관념을 가지고 있었다. 그러므로 그는 일본인과는 연애는커녕 제대로 된 만남을 할 수 있다고 생각하지 않았다. 일본 고교에 진학하여 만난 야쿠자 두목의 아들인 가토만이 그의 유일한 일본인 친구였다. 하지만 가토 역시 일본의 주류 사회에서 벗어나 있는 소외된 존재였다. 이제까지 스기하라는 일본의 주류 사회의 사람들과 만날 수 있다는 생각을 해본 적이 없었다. 그런데 이러한 스기하라가 일본의 주류 사회의 여학생을 만난 것이었다. 사쿠라이는 스기하라가 처음으로 만난 일본 주류 사회에 속한 사람이었다.

　두 사람의 연애는 일견 순조롭게 진행되는 듯이 보였다. 하지만 두 사람의 만남에는 애초부터 넘지 않으면 안 되는 장벽이 존재하였다. 그것은 스기하라의 국적(國籍) 문제였다. 스기하라는 일본인이 아니었다. 사쿠라이를 좋아하는 스기하라는 자신이 재일 한국인이라는 사실에 대하여 고민한다. 그는 자신이 일본인이 아니라는 사실을 사쿠라이에게 말해야 한다고 생각한다. 물론 자신은 국적이 아무런 문제가 아니라고 생각하고 있었지만 그것은 그의 생각일 뿐이었고, 문제는 사쿠라이가 그것을 어떻게 받아들이는가에 있었다. 친구인 정일도 이러한 스기하라를 걱정한다. 그만큼 일본에서 재일 한국인이라는 사실은 아무런 조건도 없을 청춘 남녀의 낭만적인 연애에 있어서도 반드시 뛰어넘어야 할 장벽이었던 것이다.

　스기하라는 자신이 일본인이 아니라는 사실과 사쿠라이와의 만남과는 아무런 관련이 없을 것이라고 확신하고 있었다. 자신은 일본인은 아니지만, 일본에서 태어나고 일본에서 자랐고 일본어를 사용하며 무엇보다 두 사람은 서로 무척이나 좋아하는 사이였기 때문이었다. 그러나 현실은 그렇지 않았다. 스기하라가 재일 한국인이라는 사실은 이미 두 사람의 만남에 가로막힌 커다란 장벽이 되어 있었다.

　스기하라는 정일의 죽음을 위로받기 위해 만난 사쿠라이에게 자신의 국적이 한국이라는 것을 말하게 된다. 스기하라는 사쿠라이를 사랑하고 있기에 서로의 모든 것을 받아들이기 전에 자신의 국적을 말해야만 한다고 생각하고 있었기 때문이다. 자신이 정말로 좋아하는 사쿠라이와 첫 섹스를 하기 전에 자신이 꼭 해야만 하는 이야기를 하는 것은 순수하고 깨끗한 사랑(순정)을 꿈꾸는 스기하라로서는 당연한 일이었다. 그는 침대 위에 정좌를 하고 이야기를 시작한다. 침대 위에 정좌를 하고 이야기를 시작할 정도로 스기하라에게 있어 국적 문제는 사쿠라이를 만나면서 내내 가지고 있던 부담감이었다. 그리고 마침내 그는 사쿠라이에게 자신의 국적이 한국이라고 말하는 것이다. 스기하라는 가장 중요한 순간에 자신이 가지고 있던 국적이라는 족쇄를 벗어버리는 것이다.

　무엇보다 그는 사쿠라이를 믿고 있었다. 사쿠라이라면 자신의 존재를 이해해주리라고 생각하였다. 스기하라는 자신이 무슨 말을 하든지 사쿠라이가 외면하지 않고 받아줄 것이라고 생각하였다. 처음 만났을 때 사쿠라이가 그의 손을 잡아주었듯이, 두 사람의 만남에 국적은 아무 문제도 아니라고 생각하고 있었던 것이다. 이러한 스기하라의 생각은 사쿠라이와의 연애 과정을 통하여 확신으로 바뀌어 있었을 리였다.

　그러나 자신의 국적이 어디든 신경 쓸 것 같지 않았고, 자신을 있는 그대로 받아줄 것으로 믿었던 사쿠라이가 전혀 다른 반응을 보인 것이었다.

일본의 주류 사회에서 자란 사쿠라이는 재일 한국인에 대하여 잘못된 인
식을 가지고 있었다.

사쿠라이는 무엇인가를 말하지 못하는 느낌으로 몇 번인가 입을 작게 벌리
고는 닫았다. 그것이 어떠한 말이든 하여간 사쿠라이의 목소리가 듣고 싶었
다. 나는, 머? 하고 부드럽게 말하며 사쿠라이를 재촉하였다. 사쿠라이는 눈
을 내리깔고 말했다.

'아버지가……, 어릴 때부터 쭉 아버지가 한국이든가 중국의 남자와 사귀
면 안 된다 하셨어…….'

나는 그 말을 겨우 몸속에 집어넣은 뒤, 물었다.

'거기에 무슨 이유가 있어?'

사쿠라이가 잠자코 있었기 때문에 나는 계속했다.

'…… 아버지는 한국이든가 중국 사람은 피가 더럽다고 말했어.'

충격은 없었다. 그것은 단지 무지와 무교양과 편견과 차별에 의해 뱉어진
말이었기 때문이다.[7]

사쿠라이는 스기하라가 재일 한국인이라는 사실에 놀란다. 그녀는 스
기하라가 당연히 일본인이라고 생각하였고, 그가 다른 나라의 국적을 가
지고 있다고는 생각조차 하지 않았던 것이다. 왜냐하면 스기하라는 일본
이름이고 일본어를 말하고 일본 사람 같이 생겼기에 사쿠라이는 그가 다
른 나라 사람이라고 하는 것은 생각할 수 없었기 때문이었다.

사쿠라이는 어릴 때부터 자신의 아버지로부터 '한국이든가 중국 사람

은 피가 더럽기 때문에 한국과 중국 남자를 사귀어서는 안 된다'는 말을 들으면서 컸다. 그녀는 한국과 중국 사람에 관하여 자신의 아버지가 말한 이야기를 그대로 믿고 자랐다. 그러므로 자신이 좋아하는 스기하라의 국적이 평소에 아버지가 피가 더럽다고 말한 한국이라는 사실에 놀란 것은 당연한 일이었다. 아버지에게 들은 이 잘못된 인식은 오랜 시간에 걸쳐 주입되면서 사쿠라이에게 이미 고정관념으로 자리 잡고 있었다.

적극적인 성격의 사쿠라이는 '아버지가……, 어릴 때부터 쭉 아버지가 한국이든가 중국의 남자와 사귀면 안 된다'고 했던 이야기를 눈을 내리깔고 말한다. 그녀가 이렇게 눈을 내리깔고 말하는 것은 자신이 말하면서도 자신의 말이 정당하지 못하다는 것을 알고 있기 때문이다. 요컨대 이것은 스기하라가 생각하는 '무지와 무교양과 편견과 차별에 의해 뱉어진 말'이었다. 앞에서 언급했듯이 스기하라는 사쿠라이의 아버지를 알고 있다. 한마디로 그는 일본의 주류 사회의 사람이라고 할 수 있다. 그런데 일본의 주류 사회를 형성하고 있는 사쿠라이 아버지 같은 사람이 한국인과 중국인의 피가 더럽다는 '무지와 무교양과 편견과 차별'에 싸여 있는 것이다. 재일 한국인에 대한 일본의 주류계급의 의식이 어떠한지를 알 수 있는 것이다.

한국인과 중국인에 대한 이러한 사쿠라이 아버지의 인식은 일본에서 소수집단인 재일 한국인과 재일중국인을 일본국이라는 자신들의 세계에서 소외시키는 것으로, 이러한 차별에는 자신의 민족만이 우월하다는 일본인의 민족적 우월감이 숨겨져 있다고 볼 수 있다. 타자를 자신보다 아래에 둠으로써 단일민족 일본인이라는 민족적 정체성을 주장하려고 하는 태도가 바로 사쿠라이 아버지의 모습이다. 일본의 다수 집단인 사쿠라이 아버지는 일본에 사는 소수집단인 재일 한국인과 중국인이 자신과 같은 세계에 산다는 것을 인정하지 않는다.

순탄하게 진행되던 스기하라와 사쿠라이의 만남은 결국 재일 한국인인 스기하라의 국적 문제라는 장벽에 부딪혀서 깨져 버린다. 스기하라는 사자가 덮칠지라도 잡고 있으려고 생각했던 사쿠라이의 손을 놓지 않을 수 없게 되었다. 이렇게 가네시로의 『GO』는 스기하라의 연애 이야기이지만, 그 연애는 스기하라의 정체성 문제와 떼어내어 생각할 수 없다. 스기하라가 일본에서 차별받고 있는 재일 한국인이기 때문이다. 재일 한국인은 일본에서 태어나고 일본에서 자랐고 일본어를 사용하지만 일본인과 다르다. 연애에 있어서, 즉 남녀 간의 만남에 있어서 일본인은 꺼릴 것이 아무것도 없다. 그러나 재일 한국인은 이러한 연애에 있어서도 국적이라는 조건이 따라붙는 것이다.

한편, 정일 사건의 경우도 스기하라와 같은 의미로 볼 수 있다.

일본인 학생은 치마저고리를 입은 여학생을 좋아하였다. 그는 그녀에게 말을 붙이고 싶었지만 어떻게 해야 하는지 방법을 모르고 있었다. 무엇보다 그녀는 일본인이 아니었다. 그는 자신과 다른 민족인 재일 조선인 여학생이 왜 일본에서 사는지도 몰랐고, 그녀가 왜 자신을 피하는지도 몰랐다. 그가 알고 있었던 것은 치마저고리를 입은 여학생에게 차이면 부끄럽다는 그저 주위 친구들이 말하는 잘못된 고정관념뿐이었다.

정일은 아무런 잘못이 없는데도 일본인 학생의 칼에 찔려서 죽는다. 물론 일본인 학생도 정일을 찌르고 싶어서 찌른 것은 아니었다. 일본인 학생이 정일을 찌른 것은 오해에서 비롯된 것이었다. 일본인 학생은 정일이 자신을 친다고 오해를 했기에 엉겁결에 그를 찔렀던 것이다. 그 오해의 배경에는 재일 조선인에 대한 잘못된 인식이 있었다. 스기하라의 경우와 마찬가지로, 정일 사건도 잘못된 인식과 오해로부터 일어났다.

정일과 일본인 학생, 그리고 스기하라와 사쿠라이는 좋은 친구가 될 수 있었고 또 당연히 그렇게 되어야 했다. 그러나 재일 조선인에 대한 잘못된 인식과 오해로 인하여 정일은 죽고, 정일을 찌른 일본인 학생도 죽는다. 또 스기하라와 사쿠라이는 서로 좋아하고 있으면서도 헤어진다. 그런데 재일 한국인(조선인)에 잘못된 인식으로 서로를 오해하게 만든 이러한 상황은 일본의 주류 사회에서는 오해가 아닌 인정된 사실로서 기능한다. 즉 정일을 죽인 일본인 학생과 스기하라와 헤어진 사쿠라이는 그렇게 오해를 할 수밖에 없는 사회에서 자랐고, 또 오해를 할 수밖에 없는 교육을 받았던 것이다. 일본인 학생과 일본인인 사쿠라이가 치마저고리의 여학생과 스기하라에게 한 행동은 오해가 아니고, 그들의 사회에서는 인정된 사실이었다.

이러한 일본 사회에서 가장 큰 피해자는 아무런 잘못이 없는 치마저고리의 여학생과 정일, 그리고 스기하라라고 할 수 있다. 그러나 정일을 죽인 일본인 학생과 자신이 좋아하는 스기하라를 받아들이지 못하는 사쿠라이도 모두 잘못된 일본 사회의 희생자라고 할 수 있다. 정일을 죽인 일본인 학생은 죄책감에 못 이겨 병원에서 뛰어내려 자살한다. 사쿠라이도 자신이 좋아하는 스기하라를 잃는다. 잘못된 고정관념과 오해에서 비롯된 이러한 상황을 되돌아보면 모두에게 아무것도 남는 것이 없다. 요컨대 잘못된 일본의 사회 시스템은 소수집단인 재일 한국인뿐만이 아니고, 일본인들까지도 피해자로 만들고 있는 것이다.

일본의 주류 사회는 자신들의 영역을 유지할 목적으로 일본에 거주하는 외국인을 관리하기 위하여 소위 외국인등록법이라는 법률을 만들어 놓았다.[8]

현실적으로 외국인등록법은 재일 한국인에게 자유로운 활동을 제한시키는 역할을 한다. 그러므로 『GO』에서 수세미 선배는 구청에 가서 지문날인을 하고 오면서, '드디어 잡혀버렸어…… 권력은 무서운 거야. 발이 매우 빠르지 않는 한, 도망칠 수 없어'라고 말하는 것이다. 외국인등록법이 일본에 사는 재일 한국인에게 어떻게 받아들여지고 있는 제도인지 알 수 있다. 요컨대 일본인들은 '외국인은 나쁜 사람들이기 때문에 목에 목줄을 매달아 놓자'라는 발상의 법률을 만들어 놓고, 일본에서 태어나고 일본에서 자란 재일 한국인에게도 '일본에 거주하는 외국인'이기 때문에 외국인 등록을 의무화시키고 증명서를 발급한다. 일본의 주류 사회에 있어서 일본에 거주하는 외국인은 나쁜 사람인 것이다.[9]

이렇게 일본의 주류 사회는 자신의 영역을 만들어 놓고 여기에 일본인 이외에는 인정하지 않는다. 그들은 자신들과 다른 곳에 속한 사람들을 이해하지 않는다. 일본의 주류 사회는 자신들과 다른 민족 사람들을 구별하여, 그들을 무시하고 차별한다. 그리고 자신의 영역에 넘어오려는 사람들을 경계한다. 외국인등록법이 그 대표적인 증거이다.

스기하라는 그날 하루에 가장 친한 친구인 정일을 보내고 또 자신이 좋아하는 사쿠라이와도 헤어진다. 스기하라는 집까지 걸어가다가 일본 경

찰을 만나는데 그는 옥신각신을 하다가 친해진 젊은 일본 경찰에게 자신
의 처지를 한탄하게 된다. 그는 사쿠라이가 재일 한국인 자신을 '무섭
다'라고 말한 것에 대하여 자신도 상당히 충격을 받았다고 하면서 다음과
같이 말한다.

> 난 지금까지 차별을 당하고서도 아무렇지도 않았어요. 차별을 하는 놈은
> 대체로 무슨 말을 해도 알아듣지 못하는 놈이니까. 한 대 쳐주면 그만이고 싸
> 움은 자신이 있었으니까 전혀 아무렇지도 않았어요. 앞으로도 그런 놈들에게
> 는 차별을 당해도 아무렇지도 않을 거예요…… (중략) 그런데 그녀를 만나고
> 부터는 차별이 두려워졌어요. 그런 기분 처음이었어요. 나는 지금까지 정말
> 로 소중한 일본 사람을 만난 적이 없거든요. 그것도 내 취향에 딱 맞는 여자
> 애는. 그래서 처음부터 어떤 식으로 사귀면 좋을지도 몰랐고, 게다가 내 정체
> 를 밝혔다가 싫다고 하면 어쩌나 하고 내심 걱정스러워서 줄곧 털어놓을 수
> 가 없었어요. 그녀는 차별 같은 거 할 여자가 아니라고 생각하면서도. 하지만
> 난 결국은 그녀를 믿고 있지 않았었나 봐요……. 가끔 내 피부가 녹색이나 뭐
> 그런 색이면 좋겠다고 생각해요. 그러면 다가올 놈은 다가오고, 다가오지 않
> 을 놈은 다가오지 않을 테니까 알기 쉽잖아요…….[10]

스기하라는 지금까지 어떠한 차별도 두렵지 않았다. 그는 '차별을 하는
놈은 대체로 무슨 말을 해도 알아듣지 못하는 놈이니까'라고 하는 자신이
있었고, 이러한 놈은 어차피 자신과 그다지 관계가 없는 사람이었다. 그
러나 스기하라는 사쿠라이와의 만남을 통하여 이러한 영역에 속하지 않

는 일본인이 있을 수 있다고 생각하게 되었던 것이다. 그는 자신이 좋아하는 사쿠라이는 절대로 차별 같은 시시한 것을 하지 않을 여성이라고 믿고 있었다. 하지만 사쿠라이도 재일 한국인에 대하여 이미 잘못된 고정관념을 가지고 있었다. 사쿠라이 같은 여자 고교생이 이 정도이면, 일본 사회에서 재일 한국인에 대한 잘못된 고정관념이 얼마나 심한가를 엿볼 수 있는 것이다.

스기하라는 젊은 경찰에게 자신의 피부가 녹색이었으면 좋겠다고 말한다. 이 문장으로 스기하라가 일본에서 재일 한국인의 차별에 대하여 얼마만큼 깊은 상처를 받아오고 있었는가를 알 수 있다. 인간의 피부가 녹색이 될 리는 없다. 하지만 사실 스기하라의 피부는 녹색이었다고 할 수 있다. 일본에서 소수집단인 재일 한국인은 일본 사람들에게 피부가 녹색인 인간 취급을 받았다고 생각할 수 있기 때문이다. 일본에서 재일 한국인은 녹색 인간이었다.

스기하라는 사쿠라이라는 인간 그 자체만을 좋아했다. 마찬가지로 그는 사쿠라이도 자신을 스기하라라는 인간 자체만으로 좋아하고 있다고 생각하였다. 그리고 자신이 좋아하는 여자인 사쿠라이라면 자신의 국적이 한국이어도 아무런 말도 없이 자신을 받아줄 것처럼 생각하고 있었다. 국적은 그리 중요하지 않는 것이고, 좋아하는 사람을 만나는 데에 있어서 국적은 관계가 없는 것이다. 무엇보다 그동안의 연애 과정을 통하여 스기하라는 사쿠라이가 '무슨 말을 하면 알아듣는 여자'라는 것을 알고 있었기 때문이었다. 물론 그에게도 혹시 사쿠라이가 자신을 받아들여 주지 않을지도 모른다는 일말의 불안한 감정이 있기도 하였다. 하지만 스기하라는 기본적으로 사쿠라이를 믿고 있었다. 만약 스기하라가 사쿠라이를 믿고 있지 않았다면, 그는 결코 자신의 국적 이야기를 하지 않았을 것이다.

하지만 스기하라가 믿었던 사쿠라이는 재일 한국인에 대하여 잘못된 고정관념을 가지고 있었다. 사쿠라이는 자신의 아버지의 잘못된 인식을 그대로 받아들이고 있었던 것이다. 그러므로 스기하라가 충격을 받은 것은 당연한 일이었다. 스기하라가 두려워하는 것은 이제 더 이상 사쿠라이 같은 여자를 만날 수 없다는 것도 있지만, 무엇보다도 자신이 믿었던 사람에 대한 믿음이 깨진 데에 있다. 이러한 두려움으로는 앞으로 스기하라는 어떠한 일본인도 만나지 못할 것이었다.

4. 구세대 일본인과 신세대(新世代) 일본인의 차이

스기하라는 일본에서 태어나고 일본에서 자랐고 일본어를 사용한다. 그는 사실상 일본인이라고 볼 수 있다. 그런데 일본인들은 자신을 '재일'이라고 분명하게 이름 붙여 차별한다. 스기하라는 왜 그들이 자신에게 '재일'이라는 꼬리표를 붙이며 차별하는지 모른다. 단지 스기하라는 자신은 자신일 뿐이라고 생각하고 있는 것이다. 차별은 재일 한국인이 일본인들과 같이 변호사나 의사가 될 수 없다는 것만이 아니었다. 재일 한국인은 좋아하는 일본인과의 연애조차도 불가능하였던 것이다. 이렇게 국적이 문제가 되어 스기하라와 사쿠라이는 헤어졌다.

하지만 사쿠라이는 구(舊)세대인 자신의 아버지 세대와 달랐다. 그녀는 젊은 여성이었다. 무엇보다 그녀는 일류 고교라든가 별똥별, 그리고 눈 내리는 크리스마스이브의 의미 등 일반적인 틀에 얽매이지 않는 신세대 여성이었다. 그녀는 기존의 잘못된 가치관을 아무런 의심 없이 받아들이는 구세대인 자신의 아버지와 달랐다. 그녀는 자신이 이해할 수 없는 지식을 스스로 찾아서 이해해 가는 여성이었다. 사쿠라이는 스기하라와 만나지 않는 동안 여러 가지 생각도 많이 하고, 책도 많이 읽고 하여 자신이 가진 '한국인과 중국인의 피가 더럽다'라는 오류를 정정하게 되는 것이다.

사쿠라이는 일찍이 체육관에서 농구를 하던 스기하라가 드롭킥을 하는 장면을 본 뒤로 스기하라를 만나려고 생각한다. 그녀는 '무슨 일이 있어도 꼭 스기하라를 만날 수 있다고 믿고 있었고' 그것은 확신에 가까웠다고 말한다. 그리고 친구가 스기하라가 다니는 고교에서 주최하는 파티 티켓을 보여주었을 때, 반드시 가야 한다고 생각하고 그녀는 자신이 좋아하는 사람을 만나기 위하여 카페 〈Z〉에 찾아왔던 것이다. 사쿠라이는 자신이 좋아하는 사람을 자신이 찾아가서 만나는 신세대 여성이었다.

이러한 사쿠라이이기에 스기하라와 헤어진 후, 그녀는 그녀 나름의 많은 생각을 했다. 우선 그녀는 여러 가지 책들을 통하여 왜 한국인이 일본에서 살게 되었는지에 대해서부터 공부했을 것이다. 또 과연 자신의 아버지 말대로 한국인의 피가 더러운지에 대하여 공부하였을 것이다. 신세대인 사쿠라이로서는 자신이 좋아하는 스기하라가 단지 한국인이라는 이유로 그의 피가 더럽다는 사실은 용인하기 어려운 일이었을 것이다.

한국인과 중국인, 그리고 일본인의 피가 다르다는 것은 기존의 지배 민족인 일본인이 피지배 민족인 한국인과 중국인을 멸시하고, 일본 민족의 우월성을 강조하기 위하여 만들어 놓은 잘못된 인식이었다. 구세대인 사쿠라이의 아버지는 이러한 잘못된 인식을 그대로 받아들여 사쿠라이에게 '한국인과 중국인의 피가 더럽다'는 자신의 잘못된 인식을 주입시켰던 것이다. 사쿠라이가 이러한 문제들을 풀기 위하여 머리 싸매고 책들에 둘러싸여 있는 모습을 상상하기는 어렵지 않다. 왜냐하면 두 사람의 헤어짐은 두 사람이 좋아하지 않아서가 아니고, 두 사람의 존재와는 전혀 관계없는 국적이라는 특이한 상황으로 헤어졌기 때문이다. 신세대 여성인 사쿠라이가 자신이 이러한 비상식적인 이유로 헤어지는 것을 이해할 수 없었던 것은 당연한 일이었다.

결국 사쿠라이는 스스로 공부를 하여 한국인과 중국인의 피가 더럽다는 것은 잘못된 인식이라는 사실을 깨닫는다. 말할 것도 없이 한국인과 중국인, 그리고 일본인의 피는 모두 같은 종류의 피인 것이다. 신세대 여성인 사쿠라이는 자신이 좋아하는 스기하라의 피가 더럽다는 자신의 아버지의 말을 이해할 수 없어서 스스로 열심히 책을 읽고 공부하여, 한국인과 중국인과 일본인의 피는 모두 같은 종류라는 올바른 지식을 깨우치는 것이다. 그리고 이렇게 사쿠라이는 공부를 통하여 한국인과 중국인에 대한 잘못된 인식을 바로 잡음으로써 비로소 자신이 자신의 주인이 된다. 지금까지 사쿠라이는 자신이 그녀의 주인이 아니었다. 사쿠라이의 주인은 그녀의 아버지였다. 아버지의 '한국인과 중국인의 피는 더럽다'는 말은 사쿠라이에게 잘못된 고정관념으로 주입되어 그녀는 자신이 좋아하는 스기하라까지 버리게 되었던 것이다. 그녀의 주인은 아버지였다.

그러나 사쿠라이는 많은 책을 읽고 생각하는 이러한 공부를 통하여 주체적인 삶을 사는 인간으로 다시 태어난다. 사쿠라이가 많은 책을 읽고 깊게 생각하는 공부를 통하여 그동안의 잘못된 인식을 바로잡는 것은 무엇보다도 그녀가 신세대 여성이기에 가능한 일이었다. 사쿠라이는 기존 세대에 물들지 않은 신세대 여성이기에 스스로의 공부를 통하여 재일 한국인에 대한 잘못된 고정관념을 깨뜨릴 수 있었다. 또 그것은 사쿠라이가 스기하라를 정말로 좋아하기 때문에 가능한 일이었다. 이제 사쿠라이는 국적으로 사람을 판단하지 않고, 그 사람만이 가지고 있는 매력으로 자신이 좋아하는 사람을 선택할 수 있게 되는 것이다.

이러한 사쿠라이의 변화는 같은 일본인인 가토가 변한 것과 같은 과정이다.

가토는 스기하라를 통하여 야쿠자의 아들이 아닌, 한 사람의 일본인으로 거듭난다. 그는 자신이 일본에서 야쿠자라는 사회적 소수집단이기에 그 안에서의 삶을 생각하고 있었다. 그러나 스기하라와의 만남을 통하여 가토는 '야쿠자의 아들이란 것만으로는 안 돼, 이제. 그것만 가지고는 모자란다고. 그것만 가지고는 너를 따라잡을 수 없어. 무언가를 찾지 않으면 안 돼. 그것도 있는 힘을 다해서. 나도 상당히 힘들어. 일본 사람이란 것도 말이야'라고 말하며, 소수집단이지만 기득권을 가진 야쿠자라는 세계에서 벗어나 새로운 길을 모색하려고 한다. 가토도 사쿠라이와 같이 스기하라와의 만남을 통하여 스스로 많이 공부하고 생각하여 자신이 가지고 있었던 고정관념을 바꾸는 것이다. 신세대의 모습인 것이다. 가토는 나름대로 안락한 소수집단에서의 지위를 포기하고 개인(個人)으로 선다. 이렇게 일본의 신세대들은 사쿠라이 아버지와 같은 구세대가 지니고 있던 잘못된 인식을 바로 잡아간다.

국적 문제를 둘러싸고 스기하라와 사쿠라이는 헤어졌다. 그러나 두 사람의 만남은 그것이 마지막이 아니었다. 크리스마스이브 날 스기하라의 집에 사쿠라이의 전화가 걸려 오고 스기하라는 사쿠라이를 다시 만난다.

사쿠라이의 목소리가 머리에 내려왔다.

'이제 스기하라가 어느 나라 사람이어도 상관없어. 때때로 날아와 쏘아보아 준다면 일본어를 하지 못해도 상관없어. 스기하라처럼 날거나 쏘아보거나 할 수 있는 사람은 어디에도 없는 걸.' '정말?' 나는 사쿠라이의 가슴에 머리를 묻은 채 물었다.

'정말이야. 나 겨우 그것을 깨달았어. 어쩌면 스기하라를 본 처음부터 알았었는지 모르지만' 사쿠라이는 그렇게 말하고 나의 정수리에 키스를 3번 하여 주었다. 사쿠라이의 손에서 힘이 풀렸기에 나는 천천히 얼굴을 가슴으로부터 떼었다. 사쿠라이는 내 얼굴을 바라보고 물었다.

'왜 울고 있어?'

'거짓말 하지 말아'라고 나는 말했다. '나는 사람 앞에서 울 수 없는 남자야.'

사쿠라이는 눈부신 것이라도 보는 것처럼 눈을 가늘게 뜨고 웃은 뒤, 또 내 볼에 양손을 대고 엄지손가락을 부드럽게 움직여 눈물을 닦아주었다.[11]

사쿠라이는 '스기하라처럼 날거나 쏘아보거나 할 수 있는 사람은 어디에도 없'다며 스기하라만이 가지고 있는 매력을 이야기한다. 이 세상에 하나밖에 없는 사람, 그것은 국적과 관계가 없다. 사쿠라이는 겨우 그것을 깨달았다고 하면서, 눈 오는 크리스마스이브 날 스기하라를 만나러 왔던 것이다. 이러한 사쿠라이의 말에 스기하라는 눈물을 흘린다. 스기하라의 눈물은 그동안의 차별에 대한 감정으로부터 나온 눈물이기도 하지만, 사쿠라이가 자신의 손을 잡아줄 수 있는 여자임을 확인하였기 때문에 흘리는 눈물이었다. 무엇보다 스기하라에 대한 사쿠라이의 변화는 다수 집단인 일본인의 변화를 나타낸다. 스기하라의 눈물은 이러한 다수 집단의 변화를 보고 있는 눈물이기도 하였다.

스기하라는 '나는 사람 앞에서 울 수 없는 남자야'라고 말하지만, 하지만 이제 그는 울어도 되는 것이다. 그의 옆에는 흐르는 눈물을 닦아줄 사쿠라이가 있기 때문이다. 사쿠라이가 있음으로 해서 스기하라가 흘리는 차별의 눈물은 새로운 의미로 다가올 수 있는 것이다. 이렇게 스기하라와 사쿠라이는 다시 만난다.

이 두 사람이 다시 만났다는 사실은 중요하다. 즉 두 사람의 만남으로 주류 일본인과 소수집단인 재일 한국인의 만남이 이루어지는 것이다. 이것은 스기하라 가족과 사쿠라이 가족의 만남을 거쳐 또 다른 일본인과 재일 한국인의 만남으로 발전해 갈 것이다. 물론 두 집단이 소통하는 길은 멀고 험하다고 생각된다. 신세대인 사쿠라이가 겨우 그것을 깨달을 정도로 그 과정은 어려울 것이지만, 무엇보다 스기하라와 사쿠라이가 앞장서서 그 길을 개척하여 갈 것이다. 그리고 가토 등 두 사람의 주위에 있는 사람들이 그 뒤를 따라갈 것이다. 요컨대 사쿠라이의 변화에 의하여 사쿠라이 친구가 변하고 그녀의 가족이 변할 것이다. 그리고 더 많은 사람들의 노력이 필요하겠지만 이러한 일본의 다수 집단의 변화는 다수집단과

소수집단이 차별 없이 살아가는 공정한 사회 시스템의 변화로까지 이어
질 수 있을 것이다.

가네시로의 『GO』의 의미는 오랫동안 내려와 그대로 굳어져 버린 재일
한국인에 대한 잘못된 고정관념이 두 사람의 만남을 통하여 변화해 가는
데 있다. 이 작품의 의의는 주류계급의 일본인 여학생과 소수집단인 재일
한국인 남학생이 만남을 통하여 소통한다는 것이다. 즉 다수집단 사람과
소수집단 사람이 연애(戀愛)를 통하여 소통하는 것이다. 그리고 이러한
소통을 통하여 다수집단 사람들의 잘못된 인식이 바뀌어 가는 것이다.

이러한 소통의 배경에는 구세대가 만들어 놓은 일반적인 틀을 무시하
고 자신만의 개성을 가진 신세대 여학생 사쿠라이라는 인물이 있었다. 사
쿠라이는 스스로의 공부를 통하여 기존 사회에 뿌리내린 재일 한국인에
대한 잘못된 고정관념을 깬다. 재일 한국인에 대하여 기존사회에 뿌리내
린 잘못된 고정관념, 즉 '무지와 무교양과 편견과 차별' 의식을 깨는 일은
쉬운 일이 아니다. 고정관념으로 굳어진 '무지와 무교양과 편견과 차별'
의식을 깨는 데는 막연한 두려움을 동반하기 때문이다. 그러나 이러한
'무지와 무교양과 편견과 차별' 의식은 올바른 지식을 받아들이는 것을
통하여 깨진다. 여기에서 중요한 것은 사쿠라이가 누구의 강요도 없이 그
녀 스스로 변한다는 사실이다. 그녀는 많은 책을 읽고 생각하면서 그녀
스스로 자신을 둘러싸고 있던 재일 한국인에 대한 잘못된 인식을 깨닫는
다. 그녀는 공부를 통하여 순수 혈통의 일본인이라는 벽을 스스로 깨부수
는 것이다.

한편, 정일을 죽인 일본인 학생도 신세대의 청년이었다고 할 수 있다.

무엇보다 그가 재일 조선인 여학생에게 말을 건다는 것은 우선 재일 조선인을 자신과 같은 세계(世界)의 인간으로 인정한다는 의미가 숨어 있다고 볼 수 있다. 만일 그가 재일 조선인을 같은 세계의 인간으로서 인정하고 있지 않았다면, 그는 결코 그녀에게 말을 걸지 않았을 것이다. 자신과 다른 세계의 사람을 여자친구로 삼고자 하는 사람은 없다. 그는 재일 조선인 여학생에게 말을 걸음으로써 그녀를 자신과 같은 세계의 사람으로 이해하고 있었던 것이다. 자신과 다른 민족의 사람을 열린 마음으로 이해하는 그 역시 신세대 학생이었다. 신세대 학생인 일본인 학생은 자신의 잘못된 행동에 대하여 자살을 함으로써 책임을 진다.

그러나 구세대의 사람들은 그렇지 않다. 그 일본인 학생이 사쿠라이의 아버지였다면 그는 결코 재일 조선인 여학생에게 말을 걸지 않았을 것이다. 재일 한국인과 중국인의 피가 더럽다고 생각하는 그가 재일 조선인 여학생에게 말을 걸 리가 없는 것이다. 무엇보다 사쿠라이의 아버지와 같은 구세대의 사람들은 재일 조선인 여학생을 자신과 같은 세계의 사람이라고 생각하지 않기 때문이다.

이것은 지하철역에서 정일이 죽어가는 데도 모른 체하고 있던 일본인들에게도 마찬가지로 적용된다. 그들은 피를 흘리며 쓰러져 있는 정일이와 재일 조선인 여학생을 본체만체하며 그 자리를 피해간다. 자신들 옆에 사람이 다쳐 피를 흘리고 있어도 그들에게는 상관없는 다른 세계의 일이었다. 치마저고리를 입은 재일 조선인 여학생은 그들과 다른 세계의 사람이었다. 지하철역의 일본인들은 치마저고리를 입은 여학생을 자신들과 같은 세계의 사람으로 인정하지 않는 것이다. 하지만 만일 기모노를 입은 여학생이 이러한 사건에 말려들었다면 그들은 결코 이 상황을 모른 체하지는 않았을 것이다. 그들과 같은 세계의 사람이기 때문이다. 이렇게 지하철역에 있던 사람들은 사쿠라이의 아버지처럼 닫힌 마음의 구세대 사람들이라고 할 수 있다. 그들은 기존 사회에 물든 사람들이다. 일본에 이러한 사람들만이 존재하는 한 일본의 미래는 없다. 그러나 사쿠라이와 일본인 학생과 같은 신세대(新世代)가 있으므로 일본의 미래는 밝다.

다시 만난 사쿠라이는 스기하라에게 '가자'라고 말한다. 사쿠라이가 스기하라에게 '가자'라고 말하는 의미는 스기하라에게 문제가 되는 차별을 일본인인 자신과 함께 극복해 가자는 목소리인 것이다. 이것은 이제부터 일본인인 자신이 재일 한국인인 스기하라를 지켜주겠다는 약속의 말이라고 생각할 수 있다. 가네시로는 사쿠라이의 '가자'라는 말을 통하여 재일 한국인의 차별을 극복하는 방법을 제시하고 있다고 생각된다. 즉 차별의 극복은 차별받는 사람의 저항도 중요하지만, 사쿠라이가 울고 있는 스기하라의 눈물을 닦아주는 것처럼, 근거 없는 차별을 무시할 수 있는 다수집단의 동반자가 필요하다는 사실이다. 가네시로가 좋아하는 사람의 손을 절대 놓아서는 안 된다고 하였듯이, 이제 사쿠라이는 결코 스기하라의 손을 놓지 않을 것이다. 사쿠라이는 스기하라가 자신과 같은 세계의 사람이라는 것을 알았기 때문이다.

사쿠라이 아버지는 닫힌 마음의 일본 구세대를 대표하는 인물이고, 사쿠라이는 열린 마음을 가지고 있는 일본 신세대를 대표하는 인물이라고 할 수 있다. 무엇보다 재일 한국인에 대하여 잘못된 인식을 가지고 있는 일본의 구세대 사람들은 시간의 흐름과 함께 사라져 갈 것이다. 구세대는

변하지 않고 신세대는 변한다. 하지만 사쿠라이 아버지와 지하철역의 사
람들과 같은 구세대의 사람들도 조금씩 변해갈 것이다. 스기하라를 만나
는 사쿠라이와 재일 조선인을 좋아하는 일본인 학생, 그리고 사쿠라이와
헤어진 스기하라를 이해하는 젊은 경찰처럼 그들도 젊은 일본인들을 이
해하고 인정해 가지 않을 수 없기 때문이다. 결국 일본 사회도 재일 한국
인과 같은 다양성을 인정하는 열린사회로 나아갈 것이다. 그것이 시대적
흐름이고, 여기에는 사쿠라이와 가토와 젊은 경찰, 그리고 일본인 학생
같은 신세대들이 있기 때문이다.

5. 나가며

이상, 가네시로 카즈키의 『GO』를 통하여 재일 한국인의 연애와 정체
성과의 관계에 대하여 고찰하여 보았다.

일본에서 소수집단으로 차별을 받고 있는 재일 한국인은 연애에 있어
서도 일본인과 다르다. 스기하라는 일본에서 태어나고 일본에서 자랐고
일본어를 사용한다. 그런데 일본 사람들은 자신을 '재일(在日)'이라고 이
름 붙여 차별한다. 차별은 단지 일본 사람들과 같이 변호사나 의사가 될
수 없다는 것만이 아니었다. 재일 한국인은 좋아하는 일본인과의 연애조
차도 불가능했던 것이다.

스기하라와 사쿠라이는 국적 문제로 인하여 헤어진다. 그러나 구세대
인 자신의 아버지와 달리, 신세대 여성인 사쿠라이는 스스로 공부를 통하

여 자신이 지금까지 가지고 있었던 한국인과 중국인의 피는 더럽다고 하는 잘못된 인식을 바로잡는다. 사쿠라이 아버지는 닫힌 마음의 일본 구세대를 대표하는 인물이고, 사쿠라이는 열린 마음을 가지고 있는 일본 신세대를 대표하는 인물이라고 할 수 있다. 구세대 사람들은 잘못된 고정관념을 아무런 생각 없이 받아들이지만, 신세대 사람들은 올바른 지식을 통하여 잘못된 고정관념을 깨뜨린다.

사쿠라이와 가토, 그리고 죽은 일본인 학생 등 신세대 학생들은 잘못된 고정관념에 대하여 스스로 깊은 사고를 거쳐 자신의 잘못된 인식을 바로잡는다. 이렇게 가네시로의 『GO』는 변화하는 신세대 모습에서 일본의 미래를 발견한다. 또한 사쿠라이와 가토, 그리고 일본인 학생과 같은 신세대가 있음으로 해서 일본에 사는 재일 한국인의 미래도 밝다고 보고 있다. 『GO』에서 사쿠라이는 스기하라에게 '가자'라고 말한다. 일본인과 재일 한국인, 두 사람은 서로가 잡은 손을 절대 놓지 않을 것이다.

역주

1 권보드래, 『연애의 시대-1920년대 초반의 문화와 유행』(현실문화연구, 2003년 11월) p.15.

2 가네시로 카즈키, 『GO』, 講談社, 2000년 3월, p.39.

3 사이코메트링(psychometrying)은 사람에 직접 접촉하거나 그 인물의 소유물에 접촉하는 것에 의하여 그 인물에 관계하는 과거와 미래에 관한 정보를 파악하는 초능력이다.

4 같은 책, p.50.

5 가네시로 카즈키, 『대화편(對話篇)』, 講談社, 2003년 1월, p.68.

6 가네시로의 연애관은 한 마디로 말하여 순정(純情)이라고 할 수 있다. 이것에 대해서는 황봉모 「『레벌루션 No. 3』『플라이 대디 플라이』의 주변인」 『일본학연구』(단국대 일본연구소, 2005년 10월)를 참조할 것.

7 가네시로 카즈키, 『GO』, 講談社, 2000년 3월, p.179.

8 1952년에 공포되는 외국인등록법은 1947년의 외국인등록령으로부터 비롯된다. 외국인등록령은 1947년 5월 2일 '천황의 이름으로 공포된 마지막 칙령'으로, 11조에서 '대만인 가운데 내무대신이 지정하는 자 및 조선인은 이 칙령의 적용에 있어서 당분간 이를 외국인으로 간주한다'고 했다. 이 칙령을 공포하는 데 있어 GHQ는 단지 새로 입국하는 이들을 등록하도록 지령을 내렸을 뿐임에도 불구하고, 일본 정부는 1952년 이전 당시 일본 국적을 보유하던 재일 조선인을 '외국인'으로 규정하여 등록을 강요하였다. (최창화, 『쟁취하는 인권이라는 것은(かちとる人權とは)』草風舘, 1996년, p.123)

9 1952년에 도입된 지문날인제도는 재일 한국인(조선인)에 대한 억압과 관리 체제를 더욱 강화시켰다. 이것은 열 손가락 모두에 대하여 일본에서는 범죄자만의 의무인 회전지문날인을 강요하는 것으로, 재일외국인을 범죄자 취급하며, 치안대책의 대상으로 삼는 제도였다. 이 제도는 재일 한국인(조선인)의 20년에 걸친 폐지 투쟁에 의하여 1999년 8월에 성립된 개정법에서 폐지되었다.(사토 노부유키(佐藤信行), 강연자료 「재일한국조선인의 법적지위를 둘러싼 20년의 싸움과 현재」『외국인등록법의 발본적 개정을 요구하는 전국 기독자 1·13 전국 집회』, 외국인등록법문제와 싸우는 전국 기독자연락협의회 편, RAIK, 2001년, p.35)

10 가네시로 카즈키, 『GO』, 講談社, 2000년 3월, p.191.

11 같은 책, pp.239-240.

11. 이양지 론

―한국에서 작품을 쓴 재일 한국인 작가―

1. 들어가며 - 이양지라는 작가

이양지(李良枝, 1955~1992)라는 작가를 전체적으로 알기 위해서는 그의 일생을 돌아볼 필요가 있다. 주요한 사건들을 작가 자필연보를 통하여 간단히 살펴보자. 이양지는 1955년 3월, 2남 2녀의 장녀로서 야마나시 현(山梨縣)에서 태어났다. 1964년 그녀가 9살 때 양친은 일본에 귀화한다. 이 양친의 귀화 문제는 재일 한국인인 그녀에게 있어 정체성의 문제를 고민하게 만들고, 후에 이것은 그녀의 첫 작품인 「나비타령(ナビ・タリョン)」의 주요한 작품 소재가 된다. 1972년 17세, 고3에 진학하지만 곧 중퇴한다. 이미 이때 양친의 불화는 이혼 재판으로 진행되고 있었다. 몇 번인가의 가출을 거쳐 교토(京都)에 가서, 관광여관에 취직한다. 이때의 모습도 「나비타령」에 상세히 그려져 있다. 1973년 학교에서 일본사 선생과의 만남을 통하여 처음으로 자신의 피, 민족에 대하여 생각하기 시작한다.

1975년 와세다(早稻田)대학에 입학하지만 중퇴한다. 한국의 가야금을 만나 매료되고, 한국 무용도 배우기 시작한다. 1976년 옥중의 재일 한국인 석방 요구 운동에 참가한다. 1980년 5월 처음으로 한국을 방문한다. 그리고 한국에서 본격적으로 가야금독주와 판소리, 그리고 토속적인 무속무용도 배우기 시작한다. 이 무렵 두 오빠가 갑자기 죽는다.

1982년 서울대학 국문학과에 입학하지만, 곧 휴학계를 내고 일본으로 돌아간다. 『군상(群像)』 11월호에 「나비타령」을 발표한다. '한(恨)'을 푼다고 하는 무속 전통무용인 살풀이에서 사용되는 길고 하얀 수건의 이미지가 당시의 자신으로서는 '생(生)'이라는 것의 상징이었다고 연보에 쓰고 있다. 1984년 서울대학에 복학한다. 1988년 서울대학을 졸업한다. 졸업 논문은 「바리공주와 관련 세계」였다. 구비문학 노래인 바리공주에 나타난 한국인의 타계 관념, 신 관념을 여성사의 시점으로 정리했다. 그녀에게는 무속에 있는 불교 수용의 커다란 의의에 대하여 다시 생각해 본 계기가 되었다고 한다.

1989년 1월 부친이 일생 걸려도 풀 수 없다고 생각되는 큰 과제를 남기고 죽는다. 「유희(由熙)」가 아쿠타가와(芥川) 상을 수상하고, 자신은 이화여대 대학원 무용학과에 입학한다. 무속과 불교의 융합 현상을 통하여, 불교의례 무용에 나타난 반복성의 미를 무용학적으로 정리하는 것을 연구 테마로 삼는다. 1991년 「돌의 소리(石の声)」 집필을 시작한다. 이대 대학원을 수료한다. 1992년 일시 귀국한 일본에서 별세하였다.

2. 이양지 문학의 특징

이양지 문학의 가장 큰 특징으로서는, 그녀가 모국인 한국에서의 유학 생활을 통하여 비로소 작품 활동을 시작한 작가라는 것이다. 이양지는 25세 때인 1980년 5월 처음 한국에 온 뒤, 이후(1982년부터 2년간을 제외하면) 줄곧 한국에서 생활하였다. 그녀는 「나에게 있어서의 모국과 일본」이라는 강연[1]에서 '모국은 정신적으로도, 구체적인 생활의 면에서도 나에게 커다란 변화를 가져오게 하였다'고 하면서, '만약 그 당시 모국에 오지 않았다면 아마 저의 첫 작품인 「나비타령」은 쓰지 못했을 것이며, 그 후의

297

작품들은 물론 「유희」도 쓸 수 없었을 것이라고 생각됩니다'라고 이야기하고 있다. 이것은 실로 그의 문학의 특색을 한 마디로 말해주고 있는 문장이라고 생각된다. 모국(母國)과의 만남, 모국인 한국에서의 유학 생활이 작가 이양지를 탄생시켰던 것이다.

이양지 문학은 제2세대와 시간적으로도 조금 격차가 있지만, 기존의 재일 한국인 문학의 정치적인 문제 의식으로부터 벗어난, 새로운 재일 한국인 문학으로서 그 의의를 높이 평가할 수 있다. 요컨대 이양지 문학은 김석범, 이회성 등이 가지고 있는 정치적인 문제가 아닌, 정치를 떠난 그 후의 재일 한국인의 의식을 반영하였다는 의미가 있다. 무엇보다 이양지는 한국에서의 유학 생활을 통하여 작품 활동을 하였다는 점에서 다른 재일 한국인 작가들에게서는 볼 수 없는 작품 세계와 그 독특한 문학적 특징을 가지고 있다고 생각된다.

부모의 이혼과 일본 사회라는 자신을 둘러싼 주변 상황으로부터의 이질감 때문에 일본이라는 사회를 벗어나고자 한 그녀에게 서울 유학의 결심은 해결책이 보이지 않는 현실 속에서 위협받고 불안해 하는 자기 존재를 확인하기 위한 시도였다. 그녀는 재일 한국인으로서 체험한 일본 사회에서의 갈등과 사회의 차별의 출구를 모국인 한국으로의 탈주를 통하여 찾고자 했다. 그녀는 한국으로의 도피를 선택함으로써 자신의 새로운 길을 개척하였다. 그리고 이러한 자기 정체성 확립에 중대한 영향을 미쳤던 것이 한국 유학 중에 본격적으로 배우게 되는 한국어와 가야금과 판소리, 그리고 살풀이와의 만남이었다. 그녀는 조국의 언어, 소리, 그리고 춤을 통하여 비로소 재일 한국인이라는 내면적 갈등을 해소할 수 있었다.

그의 문학은 차별받는 재일 한국인으로서의 일본에서의 생활과 한국어, 가야금과 판소리, 그리고 살풀이를 통한 한국에서의 생활이 격자처럼 엮여 나타나 있다. 즉 그녀의 작품에는 언제나 일본과 한국이 동시에 존재하고 있다고 할 수 있다. 이러한 그녀의 작품의 특징은 문단 데뷔작이자 아쿠타가와 상 후보에 오른 「나비타령」에서부터 보이는데, 이 작품에서 이양지는 재일 한국인의 일본에서의 차별과 함께 한국 생활을 통한 한국과 한국어에 대한 그녀의 의식을 묘사하고 있다. 그리고 이러한 한국과 한국어에 대한 의식은 이후 그녀의 전 작품을 통하여 투영되고 있다.

한편, 그녀의 작품 속에 나타나 있는 음(音)과 소리(聲)에 대한 예민한 반응 등은 모국인 한국에 와서 배우는 한국어와, 자신이 태어나고 자란 일본어와의 관계를 통하여 나타난다. 우선 그것은 일본어로 쓰인 그의 작품에서 한국어의 언어적 형태로써 나타나는데, 그의 작품에는 한국어의 가타카나 표현과 한국어 문장이 여러 곳에 걸쳐 나타난다. 그녀의 작품에는 태어난 나라인 일본과 조국인 한국 사이에 있는 작가 정체성의 혼란이 모어인 일본어와 모국어인 한국어의 갈등으로 나타나는 것이다. 또 이양지 문학에 있어서는 이러한 두 나라의 언어적 특성이 두 나라를 둘러싼 그녀의 의식을 형성한다. 그녀에게 한국어는 한국이었고, 일본어는 일본을 표상하는 요소였다.

이양지는 전 작품을 통하여 일본과 한국을 왕래한다. 그런데 그녀의 작품에서는 일본과 한국, 그리고 모어로서의 일본어와 모국어로서의 한국어의 관계가 작품의 시기에 따라 달리 나타난다. 즉 그녀의 작품에서는 시간의 흐름에 따라 일본과 한국, 그리고 일본어와 한국어에 대한 인식이

299

변화하여 간다. 본서에서는 이양지 문학 작품 전체에서 나타나는 주인공들의 한국과 한국어의 인식에 대한 변화 과정을 통하여 이양지 문학에 있는 일본(일본어)과 한국(한국어)과의 관계에 대하여 구체적으로 살펴본다. 그리고 본서에서는 이양지의 작품 속에 나타난 이러한 변화 과정을 통하여 이양지라는 재일 한국인 문학자의 문학의 특징을 고찰하여 본다.

3. 이양지 문학에 나타난 한국과 한국어

이양지의 소설 작품은 모두 10편으로 그것은 다음과 같다.

1) 「나비타령」 1982년 11월 『군상』

2) 「해녀(かずきめ)」 1983년 4월 『군상』

3) 「오빠(あにごぜ)」 1983년 12월 『군상』

4) 「각(刻)」 1984년 8월 『군상』

5) 「그림자 저쪽(影絵の向こう)」 1985년 5월 『군상』

6) 「갈색의 오후(鳶色の午後)」 1985년 11월 『군상』

7) 「내의(来意)」 1986년 5월 『군상』

8) 「푸른 바람(青色の風)」 1986년 12월 『군상』

9) 「유희」 1988년 11월 『군상』

10) 「돌의 소리」 (第一章) 1992년 8월 『군상』

이양지는 자신의 소설을 모두 『군상』이라는 잡지에만 발표하였다. 이 것은 『군상』 편집부에서 자신의 담당 편집자인 아마노(天野)라는 사람과 의 관계 때문이었다.2 아마노는 이양지와 2인 1각으로 그녀의 작품 완성 도에 기여했다. 이양지의 10편의 작품 가운데 그가 일본에 돌아가 있던 때인 1982년부터 1983년 사이에 발표한 「해녀」와 「오빠」를 제외한 소설 작품은 한국에서 쓴 것이다. 요컨대 그가 발표한 소설 작품은 대부분이 한국에서 쓴 것이라고 할 수 있다. 그러므로 그녀의 작품에는 재일 한국 인의 한국 생활이 중요한 요소로 나타나고, 한국에서의 재일 한국인의 모 습이 잘 그려져 있다. 또 그의 작품 속에는 재일 한국인으로서의 일본 생 활을 통한 일본과 일본어, 그리고 한국 생활을 통한 한국과 한국어에 대 한 갈등이 묘사되어 있다. 이양지는 재일 한국인이라는 정체성의 혼란이 일본과 한국, 그리고 모어인 일본어와 모국어인 한국어라는 언어의 혼란 으로 나타나는 대표적인 작가이다.

여기에서는 첫 작품인 「나비타령」을 비롯한 그의 전 작품을 통하여, 재일 한국인 문학자인 이양지에 있어서의 일본과 한국, 그리고 일본어와 한국어와의 관계에 대하여 고찰하여 본다. 우선 「나비타령」에서 그녀에 게 있어서의 일본과 한국이라는 나라의 의미에 대하여 살펴본다. 「나비 타령」은 1982년 11월 『군상』에 발표된 작품으로 그의 문단 데뷔작이다. 이 작품에는 일본에서 살아가는 재일 한국인이 겪는 차별과 부모의 이혼 문제로 상처받는 자식의 아픔, 그리고 모국인 한국에 대한 그리움 등이 서로 어우러져 묘사되고 있다. 「나비타령」의 주인공인 애자(愛子)는 이 러한 문제로 고민하는 작가 자신의 모습이라고 할 수 있다.

301

애자는 부모의 이혼 소송에 상처받아 교토(京都)로 가출한다. 부모의 이혼 소송이라는 번잡한 가족 관계로부터 무작정 도피한 것이었다. 그런데 교토의 여관에서 애자는 일본인들에게 '저쪽 나라 사람', '조선인이지만 꾹 참고 일을 시켜온 거야', '조선인은 은혜도 모르고 수치도 모르는 거야, 할말이 없어'라는 말을 듣게 된다. 이것은 아버지의 담당 변호사인 Y 변호사의 '당신들 나라의 여성'이라는 말과 함께 재일 한국인을 보는 일본인들의 일반적인 인식을 나타내고 있다. 요컨대 일본인에게 재일 한국인은 자기 나라 사람이 아닌, '저쪽 나라 사람'이고, '조선인이지만 꾹 참고 일을 시켜 왔지만, 조선인은 은혜도 모르고 수치도 모르기 때문에 할말이 없다'라는 것이 재일 한국인에 대하여 보통의 일본인이 가지고 있는 시각인 것이다. 무엇보다 여기에서 가장 중요한 점은 일본인이 볼 때, 재일 한국인은 자기네 나라 사람이 아니고, '당신들 나라'의 사람인 것이다. 즉 일본에서 재일 한국인은 남의 나라 사람으로 일본인이 아니다. 그들은 일본인들에게 타자인 것이다. 일본에서 재일 한국인이 어떠한 위치에 놓여 있는지 알 수 있는 것이다.

그러므로 이러한 남의 나라 땅에서 재일 한국인인 애자는 일본인에게 살해당할지도 모른다는 환각에 시달리고, 그에 반하여 자신도 살의를 느끼기도 한다. 이렇게 자포자기에 빠진 애자를 구원했던 것은 한국의 소리가 있는 한 선생 댁이었다. 애자에게 한 선생 댁은 평화 그 자체였다. 그녀에게 그곳은 자신의 모국인 한국과 같은 곳이었다. 이양지는 「나비타령」에서 한 선생 댁을 이렇게 그리고 있다.

반독재, 반외세, 반사대 그런 말로밖에 알 수 없었던 우리나라에 소리가 있

다. (중략) 뎃짱 앞에서 가야금을 타 보이자 뎃짱은 뜻밖이라는 표정으로 고

개를 끄덕였다. 내 등만 한 작은 악기 속에 우리나라가 깃들어 있는 것이 내

게는 자랑스럽게 느껴졌다. 1천 5백 년 전부터 계속 타왔다는 가야금을 탈 때

마다 실감(實感)이 없는 먼 언어로써의 우리나라가 아니라, 음색이 확실하고

굵은 밧줄이 되어 나와 우리나라를 하나로 이어주었다.

한 선생 댁에서의 몇 시간, 그곳은 나에게 있어 우리나라였다. 그곳에선 아

무리 큰소리로 노래를 불러도 좋았다. 두 시간, 세 시간, 연습이 끝나도 나는

집으로 돌아가지 않았다. 방 안에서 풍기고 있는 은은한 마늘 내음, 김치 빛

깔, 세워둔 가야금을 바라보며 끊임없는 장단에 빠져갔다.[3]

소리가 있는 한 선생 댁은 일본인에게 쫓기는 애자에게 있어서 종교적

공간과도 같은 곳이었다. 그 소리는 우리나라(ウリナラ)의 소리였다. 애자

는 한 선생 댁에서 비로소 일본인들에게 쫓기던 마음의 안정을 찾아간다.

그녀에게 그곳이 우리나라였기 때문이다. 한 선생 댁에서 반독재, 반외세

라는 부정적인 우리나라에 대한 생각이 우리나라 소리를 통하여 변화해

간다. 애자에게 있어 우리나라의 의미는 일본이라는 나라의 대칭으로서

의 한국이 아니고, 전혀 새로운 자신의 모국인 우리나라인 것이다.

우리나라의 소리는 가야금의 것이었다. '자신의 등만 한' 작은 악기를

통하여 애자는 우리나라를 느낀다. 가야금은 그녀가 이제까지 관념적으

로만 생각하였던 우리나라를 구체적이고 상징적인 나라로 만나게 해 주

었다. 가야금은 애자와 우리나라를 이어주는 통로 역할을 하여 그녀의 마

303

음을 위로하고, 평화롭게 만들어준다. 또한 한 선생 댁은 가야금의 장단이라는 청각과 함께 어렴풋한 마늘 내음이라는 후각, 그리고 김치 빛깔이라는 시각이 동시에 어우러져 있는 곳이었다. 한 선생 댁은 이러한 공감각이 모두 어우러져 있는 완벽한 공간(空間)을 형성하고 있기에 하나의 완성된 세계를 이룰 수 있는 것이다. 이러한 공간인 한 선생 댁에서 애자는 우리나라를 연상하고, 우리나라가 자유롭고 편한 곳이라는 것을 알게 된다.

결국 그녀는 오빠인 뎃짱의 죽음을 계기로 마쓰모토(松本)와 이별하고 한국에 오게 된다. 그리고 이때는 마침내 부모의 이혼 소송이 끝나기도 하였다. 애자는 하나의 결말이 났다고 생각하고 한국행을 결심하고 서울에 온다. 지난번에는 가족으로부터의 도피였지만, 이번에는 일본으로부터의 도피였다. 한국이 일본이라는 나라의 대칭의 나라가 아니고, 그것을 뛰어넘는 우리나라로서의 나라일 때, 애자가 한국행을 결심하는 것은 당연한 과정이었다. 단지 문제는 애자가 우리나라인 한국에서 얼마만큼 적응할 수 있는가라는 점에 있었다. 그녀의 생활이 일본에서의 생활과 다름이 없다면, 재일 한국인인 그에게 우리나라는 의미가 없었다.

그런데 애자는 남의 나라인 일본을 도피하여 한국에 왔지만, 그녀는 자신의 나라인 '우리나라에도 겁내기 시작한다.' 우리나라의 소리에서 마음의 평화를 얻은 애자였지만, 그녀는 '반년이 지나도 마음대로 노래를 부를 수 없는' 것이었다. 이것은 재일 한국인으로서 25년 동안 일본에서 태어나고 자란 그녀에게 어쩔 수 없는 일이었다. 그녀는 일본에도 겁내고 우리나라에도 겁나서, 당혹하고 있는 자신은 도대체 어디로 가면 마음 편하게 가야금을 타고 노래를 부를 수 있을까 하고 고민하는 것이다. 그런데 그 대답은 자신의 하숙집 동생의 '언니, 우리나라에 있으면 꼭 우리나라 사람이 될 수 있어요'라고 말하는 미숙이에게서 구할 수 있었다. 그 말대로 애자는 1년이라는 시간을 우리나라에서 보내며 유학 생활을 이어간다. 애자는 1년이 넘는 서울 생활을 통하여 일본과 한국을 비교한다. 그리고 그녀는 마침내 우리나라인 한국에서 살아가기로 결심하는 것이다. 다음은 「나비타령」의 마지막 문장이다.

우리나라는 살아있다. 풍경은 변천된다. 나는 그곳에서 살아있다. 가야금을 타고, 판소리를 하고, 그리고 살풀이를 춘다. 나는 그러한 모양대로 살아갈 수밖에 없다. 살아간다는 것은 어디서나 변함없다. 가야금이 선율을 연주하기 시작했다. 하얀 나비가 날기 시작한다. 나비를 눈으로 따르면서 나는 살풀이를 추었다. 끊임없이 가야금은 율동하고 불어대는 바람 속에 수건이 날아올랐다.

며칠 후 나는 마쓰모토에게 이별의 편지를 썼다. (중략) 걸으면서 나는 배운 지 얼마 안 되는 '사랑가'를 부르기 시작했다. 얼었던 양손에 힘이 솟고 어깨가 들먹거린다. 사랑, 사랑 하고 노래하니까 지나가는 낯선 사람들이 스쳐가면서 바보라고 한 마디씩 내뱉는다. 하지만 나는 전혀 신경 쓰이지 않았다. 신경 쓰지 않는 나를 기쁘게 생각했다. 일본어의 바카라는 울림보다 바보라는 우리말이 훨씬 따뜻하다. 돌담은 아직 이어지고 있다. 소리가 윤무하며 날고 있다.[4]

애자에게 우리나라는 살아있는 나라였다. 그리고 그 살아있는 나라에서 자신도 살아가기를 결심한다. 그것은 '뎃짱이 우리나라에 있다'는 생각이 들었기 때문이기도 하였다. 그러므로 애자는 우리나라인 한국에서 '가야금을 타고, 판소리를 하고, 그리고 살풀이를 추면서 그러한 모양대로 살아갈 수밖에 없다'라는 생각에 이른 것이다. 애자에게 있어 우리나라는 '가야금을 타고, 판소리를 하고, 그리고 살풀이를 출 수 있는' 자유로운 곳이다. 그리고 이러한 한국어의 소리가 있는 곳이다. 애자는 마쓰모토에게 보내는 이별의 편지를 우체통에 넣으며 일본과 완전히 결별한다. 그녀는 일본과 이별하고, 우리나라 노래인 '사랑가'를 부른다. 그리고 지나가는 사람들이 무엇이라고 하여도 그녀는 그것에 전혀 신경 쓰지 않는 것이다. 소리에 민감한 그녀였지만 지나가는 사람들의 어떠한 소리도 그녀에게 영향을 주지 않는다. 그녀는 오히려 바보라고 하면서 지나가는 그 소리에 신경 쓰지 않는 자신을 기쁘게까지 생각하는 것이다. 자신이 우리나라에서 살기로 했기 때문이다. 우리나라에서 살기로 결정한 이상, 이제 그녀가 거리낄 것은 아무것도 없었던 것이다.

애자에게 일본어의 대칭은 한국어가 아니고, 우리말(ウリマル)이었다. 이것은 일본의 대칭이 한국이 아니고, 우리나라인 것과 같은 의미이다. 그녀는 같은 뜻인 일본어의 '바카'라는 울림보다 '바보'라는 우리말이 훨씬 따뜻하다고 말한다. 여기에서 우리나라와 우리말은 하나의 묶음으로 볼 수 있다. 그녀는 일본과 결별하면서 일본어와도 결별한다. 즉 우리나라에서 살기로 정하고 나자, 그녀는 모어인 일본어보다 모국어인 우리말이 훨씬 따뜻하게 느껴지는 것이다. 살풀이(サルプリ)도 판소리(パンソリ)

도 모두 같은 모국어이다.

애자는 얼었던 양손에 힘이 솟고 어깨가 들먹거리면서 '사랑가'를 부른다. 그녀는 어깨가 들먹거리면서 사랑가를 부르는 것을 통하여 비로소 우리나라에서 자신의 정체성을 찾는다. 애자의 정체성은 가야금이라는 음(音)을 통하여 판소리라는 소리(聲)로 나타난다. 그리고 그 소리가 살풀이라는 행위(行爲)로 완성되는 것이다. 애자의 정체성의 완성에는 음, 소리, 행위가 서로 밀접하게 관련되어 있다. 소리가 윤무하며 날고 있는 곳, 즉 음이 소리를 통하여 행위로 나타낼 수 있는 곳, 우리나라에서 그녀는 일본에서 도피해 온 자신의 자유를 얻는다. 애자는 우리나라에서 자유를 느낌으로써 비로소 자신의 정체성을 찾는다. 이렇게 이양지는 「나비타령」에서 가야금과 판소리와 살풀이를 통하여 우리나라인 한국과 한국어에 정착한다.

「나비타령」이후 이양지는 「해녀」(1983년 4월)와 「오빠」(1983년 12월)를 각각 『군상』에 게재하였다. 서울에서 쓴 다른 작품과 달리 그녀의 작품 중에서 이 두 작품은 일본에서 쓴 작품이다. 이양지는 1982년에서 1983년까지 서울대학을 휴학하고 일본으로 돌아가 있었다. 「해녀」는 재일 한국인인 엄마의 재혼한 집 딸인 게이코(景子)라는 동생이 주인공 언니를 대상으로 그린 소설이다. 여기에서 재일 한국인인 언니는 일본인으로부터 차별당하는 인물로 그려진다. 그녀에게는 재일 한국인의 차별 의식이 일상적인 생활로 나타나, '조오선(朝鮮)이라는 울림이 그녀를 벌써 움츠려들게 하였다'라는 생각이 들거나, '관동대지진과 같은 큰 지진이 일어난다면 한국인들은 학살당하게 되겠죠?'라는 피해 의식에 사로잡힌 인물로 그려

307

진다. 이것은 「나비타령」에서 애자가 일본인에게 살해당할지도 모른다고 생각하는 모습과 연결된다. 작품에서는 이러한 강박관념이 결국 그녀를 자살로 이끈다고 할 수 있다. 「해녀」에서 주인공인 언니의 이러한 강박관념은 일본에서 살아가는 재일 한국인의 실존의 문제였다.

「오빠」는 여동생이 죽은 오빠를 그리며 쓴 글이다. 이 작품에서 묘사된 가족은 이양지 자신의 가족으로 볼 수 있다. 그리고 민족의식에 대한 활동을 하고 있는 주인공 가즈코(和子)는 일찍이 재일 한국인의 석방 투쟁을 하던 이양지이다. 이 작품의 마지막 장면에서 주인공 가즈코는 서울로 떠난다. 여기에서 가즈코가 한국으로 떠나는 것은 역시 일본으로부터의 도피와 다름없었다.

한편 이 작품에서는 재일 한국인의 한국어에 대한 인식이 그려져 있다. 요컨대 '민족의식은 우선 언어를 배우는 데서 시작되는' 것이라는 가즈코의 인식 그대로 그들은 언어(한글)가 재일 한국인으로서의 민족의식을 대변한다고 생각한다. 그런데 그들 가족들은, '한글을 배우는 것은 의외로 재미있었다. 게다가 발음이라든지 그 억양을 듣고 있으면 풍선처럼 가슴이 부풀어 오르는 따뜻한 무엇인가를 느끼게 했다'고 말한다. 그러나 또한 그들은 '우리말에 대하여 좀 저항 같은 걸 느끼는데, 그것은 "우리말"이라는 언어 자체가 나한테는 벌써 외국어이니까' 그렇다고 생각하는 것이다. 그리고 '우리(ウリ)라는 소유를 나타내는 접두어를 솔직하게 자신의 언어로 말할 수 없는 느낌이 들었다'고 한다. 요컨대 그들은 자신의 모국어인 한국어에 대하여 가슴이 부풀어 오르는 느낌을 갖기도 하지만, 역시 한국어가 외국어(外國語)라는 저항도 같이 느끼고 있는 것이다. 이것

은 한국어에 대한 재일 한국인의 일반적인 인식이라고 생각된다. 현실과 이상의 차이일 것이다. 여기에서도 우리말은 일본어의 대칭인 한국어가 아니고, 우리나라 말인 우리말로 사용되고 있다. 역시 작가의 우리나라 말에 대한 특별한 의식이 나타나 있다고 할 수 있다.

그런데 이양지가 일본에서 쓴 두 작품은 모두 죽음을 소재로 하고 있다. 이것은 몇 년 전에 죽은 자신의 두 오빠에 대한 진혼곡으로서 작품을 구상하였기 때문이다. 그리고 두 작품은 재일 한국인이 주인공이기는 하지만, 작가는 그것보다 '인간이란 어째서 태어나야만 되고 왜 살아있고, 살지 않으면 안 되는 것일까' 하는 인간 본연의 실존의 문제를 추구하고 있다고 할 수 있다. 두 작품 속에 나오는 죽음은 모두 단지 그들이 재일 한국인이었기 때문에 필연적으로 일어난 사건은 아니었다. 또 「오빠」에서 주인공은 한국행을 결심한다. 일본에서 쓴 두 작품이지만, 이양지는 아직 우리나라인 한국에 있었다.

이양지는 1984년 8월 『군상』에 「각(刻)」을 발표한다. 「각」은 새벽 3시에 시작되어 다음 날 3시까지 만 하루에 일어난 주인공의 행동을 시계 초침 소리를 배경으로 그린 작품이다. 이 작품에서 주인공 순(順)이는 서울에서 유학하고 있는 재일 한국인 학생으로 설정되어 있다. 「나비타령」과 「오빠」의 주인공이 일본을 떠나 한국에 온 것에 대하여, 「각」에서는 재일 한국인이 처음부터 한국에서 생활하는 모습을 그리고 있다. 작가의 한국 유학 생활이 안정되어 간다는 것을 알 수 있다.

「각」에서 순이는 한국에 온 지 4개월이 되는 학생이다. 순이는 후지타(藤田) 선생에게 보내는 편지에서, 사람들이 주고받는 한국어가 소음이라

309

고 말하면서 '일본의 그 촉촉하고 부드러운 공기가 그립다'고 한다. 그리고 꿈을 일본어로 꾸고 있고, 일본어를 잊을 수가 없다고 쓰고 있다. 이것은 모국 유학 4개월째인 학생에게 있을 수 있는 일반적인 현상이라고 할 수 있다. 그러나 순이는 이렇게 일본과 일본어를 그리워하며 후지타 선생에게 쓴 편지를 보내지 않고 찢어버린다. 자신이 편지에 쓴 일본과 일본어에 대한 생각이 바뀌었기 때문이다.

순이는 춘자와의 대화에서 '한국어는 단순한 외국어가 아니고, 이상하게 감정이 이입되어 거리를 둘 수 없게 된다'고 말한다. 그리고 한국에 대해서는 '이 나라에서는 당황하게 되는 일이 많지만, 그래도 애정이 가서 견딜 수가 없다'고 말하는 것이다. 순이가 일본에 보내는 편지를 찢어버린 이유가 여기에 있었다. 순이는 비록 아직 익숙하지 않지만, 한국과 한국어에 대하여 견딜 수 없는 애정을 느끼고 있는 것이다. 이러한 순이의 말에 결국 춘자도 '자신도 우리나라를 사랑한다'고 말하게 된다. 「오빠」에서 '우리말이라는 언어 자체가 벌써 외국어였'던 것이 이 작품에서는 '한국어는 단순한 외국어가 아니고, 이상하게 감정이 이입되어 거리를 둘 수 없게 되는' 언어가 되는 것이다. 이것은 작가의 한국에서의 유학 생활이 안정을 찾아가고 있었기 때문이다. 「각」은 다음과 같은 문장으로 끝나고 있다.

발바닥으로 문지르듯이 걸어서 화장실에 들어갔다. 용변을 보고 얼굴을 씻었다. 손도 발도 정성껏 씻었다.

화장실에서 나오니 부엌문이 비스듬히 열려 있다. 동시에 머리 위에서 판자가 삐걱거리는 소리가 들렸다.

방에 들어와 문에 자물쇠를 걸었다.

끈을 당겨 형광등을 켰다.

눈부신 빛에 놀라서 한순간 주위의 모든 소리가 사라져 버렸다.

화장 케이스를 들어 책상 한쪽 끝에 둔다. 뚜껑을 열고 거울에 얼굴을 가까이 한다.

나는 화장을 하기 시작했다. [5]

순이는 자신을 계속 못 알아보고 짖어대는 하숙집 개를 양손에 구두를 움켜쥐고 두들겨 팬 후, 화장실에서 손도 발도 정성껏 씻고 새벽 3시에 화장을 하기 시작한다. 순이가 개들을 두들겨 팬 것은 이제 한국에서 사는 자신을 알아보아 달라는 표현 방식이었다. 순이는 개들을 두들겨 팸으로써 그동안 자신이 한국에 대하여 가졌던 불안한 감정을 해소한다.

「각」은 순이가 화장을 하는 장면으로 시작되어 역시 화장을 하는 장면으로 끝나는 작품이다. 여기에서 화장은 자기정화라는 의미로, 즉 정체성을 찾기 위한 장치로 이해할 수 있다. 순이는 시간이 날 때마다 손을 씻고 세수를 하고 옷을 갈아입는다. 그녀는 수업을 시작할 때, 가야금 연습을 시작할 때, 심지어는 친구를 만날 때도 손을 씻고 양치질을 한다. 그렇게 그녀는 끊임없이 자신의 몸을 청결하게 함으로써 자신의 몸을 정화한다. 자신의 몸을 청결하게 함으로써 자신의 마음가짐을 다지는 것이다.

그녀에게 있어서 화장도 이러한 자기정화 의식의 연장선에 있다. 그녀는 화장을 시작할 때 화장하는 순서를 정확히 지킨다. 그럼으로써 자신의 마음을 하나씩 하나씩 정리하여 가는 것이다. 요컨대 화장이라는 방법은 자기정화라는 의미로, 자기완성을 위한 장치이다. 화장은 무엇인가 새로운 것을 시작할 준비를 하는 것이다. 화장을 시작하면서 외출할 준비를 하고, 무엇인가 새로운 행동을 할 준비를 하는 것이다. 즉 무엇인가 다시 시작할 준비를 하는 것이다. 여기에서 순이가 다시 시작하려는 것은 한국에서의 생활이라고 할 수 있다. 「각」에서 이양지는 한국과 한국어에 고민하지만 한국을 떠나지 않는다. 한국에서 계속 산다.

「각」이후, 이양지는 「그림자 저쪽」(1985년 5월) 「갈색의 오후」(1985년 11월) 「내의(来意)」6(1986년 5월) 그리고, 「푸른 바람」7(1986년 12월)을 각각 『군상』에 발표하였다. 이 작품들을 통하여 1985년과 1986년의 이양지의 모습을 알 수 있다.

「그림자 저쪽」의 주인공 쇼코(章子)는 5년 동안 한국과 일본을 반반씩 왕래하다가 서울에 있는 대학에 입학한 지 1년이 된다. 역시 이 인물도 작가의 모습이라고 할 수 있다. 주인공 쇼코는 학교에서 숙제로 내어준 '한국에 보내는 편지'를 쓰지 못한다. 그것은 이 편지가 스스로를 외국인이라고 생각하고 쓰라는 것이었기 때문이다. 그녀는 '외국인으로서 생각하고'라는 대목을 마음속 깊은 곳에서 거부하고 있는 것이었다. 그녀는 한국에서 자신이 외국인이 아니라고 생각하고 있었기 때문이다. 쇼코는 몇 번이나 쓰려고 원고지를 대했지만 쓰기 싫다, 쓸 수 없다고 생각하고, 결국 '한국에 보내는 편지'는 한 줄도 쓰지 못한다. 그녀가 한국에서 외국인이 아니었기 때문이다. 그녀는 한국에서 우리나라 사람이었다. 그러나 한편으로 쇼코는 날이 갈수록 한국어를 혐오하고 생활습관의 차이에 일

일이 화를 내고 동요하게 된다. 현재 자신은 자유롭지 않다고 생각한다. 그녀는 대학에서도 한국어로 말하는 것을 겁내고 있었다. 때로는 한국어를 혐오하고 듣지 않겠다, 받아들이지 않겠다고 필사적으로 거부하기도 한다. 지금 그녀는 일본어와 한국어의 사이에서 방황하고 있는 것이다.

그런데 일본어로 말하는 한국인 남자에게서 걸려온 전화에서 그녀는 서투른 한국어로 말한다. 남자가 단순히 외국어로 일본어를 하였기 때문에, 모어로서 일본어를 가진 그녀는 일본어를 사용하는 이러한 남자의 태도에 화가 났던 것이다. 그녀는 자신의 모어인 일본어가 단순히 외국어로 취급되는 것이 싫었던 것이다. 이것은 '한국에 보내는 편지'를 외국인으로서 쓰지 못하는 것과 같은 이유라고 할 수 있다. 그녀는 모어인 일본어를 사랑하기도 하지만, 또 모국에서 자신은 외국인이 아니라고 생각하는 것이다. 그녀에게 있어 일본어는 일본 그 자체이고, 한국어는 한국 그 자체의 의미였다. 쇼코에게는 일본어도 한국어도 모두 외국어가 아닌 것이다. 그녀에게는 일본과 한국이 모두 자신의 나라이고, 일본어와 한국어가 모두 자기 나라의 언어인 것이다. 그녀가 서투른 일본어를 쓴 사람 때문에 화가 나고, '외국인으로서 생각하고 한국에 보내는 편지'를 한 줄도 쓰지 못한 데서 이것이 증명된다.

이 작품의 마지막 장면에서 쇼코는 빗소리를 들으며 춤을 춘다. 그녀의 춤과 빗소리와 웃음소리는 「나비타령」의 애자의 '사랑가'를 부르는 모습과 연결된다. 「나비타령」에서 애자가 '사랑가'를 부르며 우리나라인 한국을 선택하듯이, 그녀는 내년 여름에 자신이 지금과 같은 장소에 서서 어떤 일을 생각하게 될까 하고 생각하고 있었기 때문이다. 그런데 그녀가 이곳에서 계속 사는 것은, 일본에서 만난 재일 조선인 노인에게 자신의 고향인 '인천에 돌아가 죽고 싶다'라는 말을 들었을 때 이미 결정되어 있었다고 할 수 있다. 「그림자 저쪽」의 주인공 쇼코는 여전히 일본어와 한국어 사이에서 방황하고 있지만, 한국과 일본과의 선택이라는 이전의 작품과 달리 한국을 선택한 후, 이제 이곳에서 어떻게 살아가야 하는가를 질문하고 있다.

「갈색의 오후」는 4년 전에 죽은 오빠를 보내고 자신을 찾아가는 이야기이다. 주인공 경자(敬子)는 오빠가 죽자 이듬해 한국에 온다. 그녀는 서울에 가고 싶어 했던 오빠가 서울에 있다고 날마다 느끼고 있다. 그녀는 지금까지 방학이 시작되면 마치 서울에서 도망치듯 비행기를 타고 일본으로 돌아갔었다. 한국에서의 유학 생활에 적응하기 어려웠기 때문이었다. 그런데 이번 방학에는 일본에 돌아갈 생각이 전혀 나지 않는다. 한국어에 적응하여 거리의 한글 간판도 거의 다 외우고 있다. 처음에는 풍경 하나하나가 거슬리고 그것을 거부하고 있었지만, 춤이 잊게 해 주었다. 경자에게 있어 춤은 살아가는 것의 표징이었다. 그리고 경자는 춤으로 말미암아 계속 서울에 있을 수 있는 것이다. 「나비타령」에서 '사랑가'를 부르며 우리나라인 한국을 선택한 작가가 계속 그것을 이어가고 있는 것이다.

경자는 쓰레기장인 난지도에 가서 죽은 오빠와의 관계를 정리한다. 쓰레기장인 난지도였지만 엄숙한 계시와 같은 순간이 경자의 몸을 움츠리게 하고, 그곳에서 경자는 오빠의 49제에 입었던 빨강 슈트와 상복 차림의 자기 사진을 버린다. 이렇게 경자는 한국에서 살아간다는 결심이 선 후, 비로소 자신의 마음으로부터 죽은 오빠를 보낼 수 있는 것이다. 이제 그녀는 오빠를 보내는 것에 의하여, 오빠와의 관계가 아닌 자신만의 한국 유학 생활을 해나갈 수 있다고 생각된다.

한편, 이양지는 1988년 11월 『군상』에 「유희」를 발표한다. 「유희」는 이양지의 대표작으로 그녀가 이 작품을 쓰는 데는 2년여의 시간을 필요로 하였다. 「유희」는 이양지 문학 중에서 독특한 작품이다. 「유희」에서 그녀는 한국과 한국어에 대하여 이제까지와 전혀 다른 모습을 보이고 있기 때문이다. 「유희」는 이양지 문학의 터닝 포인트였다.

이제까지 보아왔던 것처럼, 이양지의 일본과 한국, 일본어와 한국어에 대한 갈등은 첫 작품인 「나비타령」에서부터 시작되어 그녀의 전 작품에 걸쳐 묘사되어 있다. 작품의 주인공들을 통한 이러한 고민은 말할 것도 없이 작가인 이양지 자신의 고민을 대변하고 있다고 할 수 있다. 작가는 이렇게 일본과 한국, 일본어와 한국어에 대한 갈등을 계속하면서 한국에서의 유학 생활을 이어간다. 그리고 그녀는 일면 한국과 한국어의 적응에 성공한 것처럼 보인다. 그러나 「유희」에서 그녀는 달라진다. 이양지는 「유희」에서 한국과 한국어에 대하여 지금까지와는 전혀 다른 모습을 보이는 것이다. 이러한 모습은 물론 이전의 작품에서 언뜻 보이기도 하였다. 예를 들어 「그림자 저쪽」에서는 한국과 한국어를 혐오하는 모습이 보인다. 그러나 이 작품에서도 그녀는 계속 한국에서 살아간다. 그리고 작가는 다음 작품인 「갈색의 오후」에서 재일이라는 것과 오빠를 보냄으로써 다시 한국에 완전히 정착하는 모습을 보인다.

그러나 「유희」에서 유희는 한국과 한국어에 정착하지 못한다. 「유희」에서 유희는 바위산의 바위에 매혹되었으나 결코 바위산에 오르지 않았고, 대금 소리가 진정하게 아름다운 소리라고 생각하면서도 대금을 배우지 않는다. 한국에 대한 막연한 동질감을 가지고 있지만 한국에 대하여 알려고 노력하지 않는다. 그리고 한국어도 마찬가지였다. 평소 그녀는 일본 소설만 읽는다. 시험 때는 한국어를 외워서 쓴다. 숙모와 언니의 한국말이 좋다고 하면서도 자신은 그런 한국어를 배우려고 노력하지 않는다. 결국 「유희」에서 이양지는 한국에 정착하지 못하고 일본으로 돌아간다. 「나비타령」에서의 자유롭고 편한 곳인 우리나라가, 그리고 그 뒤의 작품에서도 줄곧 한국과 한국어에 적응하여 살던 작가가, 「유희」에서는 한국이 '우리나라'가 아니고 부자유스럽고 편하지 않은 '이 나라'가 된다. 유희는 하숙집 언니에게 한국과 한국인을 '이 나라', '이 나라 사람'으로 부르고, 이 나라에 계속 있을 수 없다고 하면서 일본으로 돌아가 버린다. 다음은 「유희」의 마지막 장면이다.

이 나라에는 이제 없다. 아무데도 없어…… 가슴속에 자신의 중얼거림이 퍼져 나갔다. 작은 응어리가 희미하게 떨렸다. (중략) 작은 응어리가 기우뚱하고 움직이며 터져, 유희의 얼굴이 떠올랐다.

－아

나는 천천히 눈을 깜박이며 중얼거렸다. 유희의 문자가 나타났다. 유희의 일본 문자가 겹쳐지면서 유희가 쓴 한글 문자도 떠올랐다. 지팡이를 빼앗겨 버린 것처럼 나는 걷지도 못하고 계단 밑에 그대로 서 있었다. 유희의 두 종류의 문자가 가느다란 바늘이 되어 눈을 찌르고 안구 깊은 곳까지 그 날카로운 바늘 끝이 파고들어 오는 것 같았다. 다음이 이어지지 않는다. '아'의 여운만이 목구멍에 뒤엉킨 채 '아'에 이어지는 소리가 나오지 않았다. 소리를 찾아, 그 소리를 목소리로 내놓으려고 하고 있는 자신의 목구멍이, 꿈틀거리는 바늘 다발에 짓찔리며 불타오르고 있었다.8

한국어의 '아'와 일본어 '아(あ)' 사이에서 방황하던 유희는 일본으로 돌아간다. 언어의 기준을 세우기 위해서는 일본어와 한국어에 같이 있는 하나의 음에 대하여 어느 쪽을 선택해야 하는데, 여기에서 그녀는 일본어를 선택하는 것이다. 앞에서도 설명한 것처럼, 「나비타령」 이후, 내내 이양지는 한국과 일본과의 사이에서 방황한다. 그리고 역시 한국어와 일본어 사이에서도 방황한다. 그런데 이제까지 우리나라인 한국에 잘 적응하고 있던 이양지가 시간이 많이 지난 「유희」에 와서 언어의 기준을 잃어버리고 갑자기 일본으로 돌아간 이유는 무엇 때문이었을까.

이양지는 가와무라 미나토(川村湊)와의 대화9를 통하여 그 이유에 대하여 '서울대에 입학하여 일본어로 쓰고 싶고, 한국어로부터 스스로 일본어를 지키고 싶어졌습니다. 지켰습니다, 어떻게 하여도. 정말로 처음에 어머니에게서 들은 언어, 모어(母語)라는 것은 일종의 폭력 같은 것이었습니다'라고 설명하고 있다. 재일 한국인인 이양지에게 있어 일본어가 모어인 이상, 그녀가 모국인 한국에서 아무리 오랫동안 유학 생활을 해도 그녀는 그 폭력과 같은 일본어에서 결코 벗어날 수가 없었던 것이다. 한국과 한국어가 익숙해졌다고 하지만 그것은 표면상의 것으로, 그곳이 모국이라고 할지라도 자신이 태어나고 자란 곳의 언어와 그 언어가 스며 있는 공기를 맡을 수 없다는 사실은 마음속에 늘 어쩔 수 없는 공동감(空洞感)

317

을 만들고 있었던 것이다. 이것이 「유희」에서 유희가 한국에 적응하지 못하고 일본으로 돌아간 이유였다. 이양지의 작품 속의 주인공들은 한국에서 계속 살고 있었지만 그것이 어느 시점에 도달하면, 잊었다고 생각했던 모어인 일본어의 폭력과 같은 그리움에 부딪치게 되는 것이다. 유희가 일본에 돌아간 때는 바로 그때였다고 할 수 있다.

이양지는 유희가 모어인 일본어, 그리고 일본으로 돌아가는 것에 의하여 「나비타령」에서 한국에 온 애자가 유희가 되어 일본으로 돌아가는 모습을 보여준다. 그러나 사실은 「나비타령」의 애자가 일본으로 돌아간 것이 아니고, 「유희」에서 유희가 일본으로 돌아간 것이었다. 여기에서 「나비타령」의 애자가 일본으로 돌아간 것과 「유희」에서 유희가 일본으로 돌아간 것은 전혀 다른 의미이다. 만약 「나비타령」에서 그때 애자가 일본으로 돌아갔으면, 「유희」라는 작품에서 유희가 한국에 오지도 않았을 것이다. 이 두 작품 사이에는 6년이라는 시간이 존재한다. 즉 6년이라는 시간 동안 작가는 모국에서의 유학 생활을 통하여 일본과 한국, 그리고 일본어와 한국어 사이에서 재일 한국인으로서의 자신의 정체성을 어느 정도 확립해 놓고 있을 것이었다. 요컨대 비록 「유희」에서 유희가 일본으로 돌아갔지만, 그것이 일시적인 귀국인지 아니면 완전한 귀국인지는 작가의 다음 작품을 기다려 보아야 할 것이었다.

이양지는 1992년 8월 『군상』에 「돌의 소리」(제1장)를 발표한다. 이 작품은 전 10장을 예정하고 있었지만, 그녀의 죽음으로 미완으로 끝났다. 그런데 이 작품에서 이양지는 다시 한국과 한국어에 돌아와 있다. 「유희」에서 일본으로 돌아간 유희가 다시 우리나라인 한국으로 돌아온 것이다. 이것은 일본으로 돌아가 모어의 세례를 받고난 후, 그녀가 비로소 한국과 한국어를 정면으로 응시할 수 있었기 때문이라고 생각된다. 「유희」에서 유희가 일본으로 돌아간 것은 일시적인 귀국이었다. 「유희」에서 유희가 일본으로 돌아간 것은 모어의 세례를 받기 위한 어쩔 수 없는 선택이었던 것이다. 작가는 모어인 일본어의 세례를 한껏 받은 후, 비로소 모어와 모국어와의 관계를 완전히 정립할 수 있었다.

「돌의 소리」의 주인공 수일은 이전의 무작정 일본에서 모국인 한국으로 '도피해 온' 이양지가 아니고, 이제는 당당히 일본에서 한국으로 '돌아온' 이양지인 것이다. 요컨대 모국인 한국에서의 긴 유학 생활을 통하여 작가는 다시 일본에서 한국으로 돌아올 수 있는 용기와 힘을 기른 것이다. 유희가 다시 한국에 돌아온 이유에 대하여 이양지는 '유희는 기죽을 필요 없이 더욱 그 현실을 직시하여 그 현실 속으로 뛰어 들어가지 않으면 안 된다'고 하면서, '현실이 아무리 절망적이고 부정적이라고 하여도, 그 길 이외에는 유희에게 진정한 의미에서의 정신적 해방은 있을 수 없었기 때문이었다'[10]고 설명하고 있다. 그것은 무엇보다 한국이 자신의 모국이고, 한국어, 가야금, 그리고 판소리와 살풀이가 있는 나라이기 때문이었다.

「돌의 소리」에서 수일은 '한국어는 육친(肉親)의 언어이다'라고 인식한다. 그는 한국어가 몸에 붙기 시작하고 한글을 익숙하게 사용하게 됨에 따라 한글로 간단히 쓸 수 있기 때문에 어느덧 현저하게 한자를 쓸 수 없는 것을 느낀다. 이것을 이양지는 「돌의 소리」에서 다음과 같이 말하고 있다.

319

일상 쓰고 있는 것이 한국어이기 때문에 그것은 어쩔 수 없는 것이라고 인정은 하여도, 「아침 나무」에서도 단어를 한글로 써버리게 되는 것이었다. 예를 들면 圖書室이라고 써야만 하는 곳을 도서실이라고 생각 없이 써버린다. 도서실이라는 소리 쪽이 먼저 떠오르기도 한다. 한글 쪽이 한자를 쓰는 것보다도 쉽기도 하고 시간도 걸리지 않는다. 이러한 한글 문자가 가진 장점에 의하여, 보통 무슨 메모를 할 때에도 많은 단어를 한글로 쓰게 되어 버렸다. 대학 수업에서도 한글로 쓰기 때문에 강의를 그럭저럭 노트할 수 있다는 한글의 효능에 도움 받고 있는 면도 있었다. 한자를 잊어가는 것은 당연하였다.

자신도 모르는 사이에 설마하고 생각할 정도로 간단한 한자조차도 머릿속에서 한글로 바뀌어 있었다.[11]

'아침나무'는 주인공이 일본어로 쓰는 문장 노트이다. 그런데 이렇게 일본어로만 쓰려고 생각한 노트에서도 단어를 한글로 써버리는 것이다. 작가가 얼마나 한국어에 익숙해져 버렸는지 알 수 있다. 이렇게 이양지는 「돌의 소리」에서 다시 한국과 한국어에 돌아온다. 이것은 앞에서도 말했듯이, 「유희」에서 일본으로 돌아가 모어인 일본어의 세례를 한껏 받은 후에 작가는 비로소 정면으로 한국과 한국어를 응시할 수 있게 되었기 때문이었다. 그러므로 「돌의 소리」에서의 한국행은 이전 작품의 한국행과는 의미가 다르다고 할 수 있다. 이 작품에서의 한국은 이전의 일본으로부터의 탈주 행동이 아니고, 모국에 대한 적극적인 의지를 가진 한국행인 것이다.

모어인 일본어의 세례를 한껏 받고 한국에 돌아온 작가는 일본과 일본어, 그리고 한국과 한국어가 모두 자신의 나라이며 자신의 언어인 것을 안다. 일본어는 자신의 모어이고, 한국어는 자신의 육친의 언어이기 때문이다. 요컨대 이양지의 일본과 한국에 대한 생각은 「후지산」[12]에서 '한국을 사랑하고 있다. 일본을 사랑하고 있다. 두 나라를 나는 사랑하고 있다'고 말하고 있는 것에서 나타난다. 이것은 일찍이 「그림자 저쪽」의 주인공 쇼코의 일본과 한국이 모두 자신의 나라이고, 일본어와 한국어가 모두 자신의 나라의 언어인 것과 같은 의미이다. 이양지는 일본에서 태어난 재일 한국인으로서 일본과 한국의 두 나라, 그리고 일본어와 한국어의 두 언어를 모두 사랑한 작가였다.

4. 나오며

이상 본서에서는 재일 3세대 작가이며 한국에서 작품 활동을 해온 이양지라는 작가에 대하여 그녀의 전 작품을 통하여 일본과 한국, 그리고 일본어와 한국어와의 관계를 살펴보았다.

「나비타령」과 그 이후의 일련의 작품에서 모국인 한국에 정착할 수 있었던 작가가 오히려 많은 시간이 경과한 「유희」에서는 일본과 한국, 일본어와 한국어의 문제를 극복하지 못하고 일본으로 돌아간다. 그러나 작가는 이후 「돌의 소리」에서 다시 한국과 한국어에 돌아온다. 본서에서는 이양지의 전 작품 속에 나타난 이러한 변화 과정을 통하여 작가의 한국과 한국어에 대한 의식을 고찰하고, 이양지라는 재일 한국인 3세 작가의 정체성의 혼란 문제에 대하여 살펴보았다.

　이양지는 작품을 통하여 내내 일본과 한국을 왕래한다. 요컨대 작가는 그녀의 첫 작품인 「나비타령」에서 일본을 도피하여 한국으로 온다. 이후 작품의 주인공들은 모국인 한국에서의 유학 생활을 계속한다. 그러나 한국에서의 유학 생활을 계속하던, 작가의 작품 속의 주인공은 재일 한국인의 모어인 일본어와 모국어인 한국어와의 혼란을 견디지 못하고 다시 「유희」에서 일본으로 돌아간다. 재일 한국인인 그녀에게 있어 모어인 일본어는 폭력과 같은 것이었기 때문이다. 그러나 모어인 일본어와 육친의 언어인 한국어와의 관계를 정립한 작가는 「돌의 소리」에서 다시 한국으로 돌아오는 것이다. 무엇보다 이번의 한국행은 일본으로부터의 도피의 대상이 아니고, 육친의 나라라는 적극적인 의지를 가진 한국이었다고 생각된다. 요컨대 이양지라는 작가는 일본에서 태어난 재일 한국인으로서 일본과 한국의 두 나라, 그리고 일본어와 한국어의 두 언어를 모두 사랑하고 있었다.

역주

1 1990년 10월 26일 재단법인 한일문화교류기금 주최에 의한 강연회의 강연록. 대학 리포트 이외에 처음으로 자신이 한국어로 쓴 문장이다. (초출 『한일문화강좌』 15, 1990년 10월)

2 이양지, 「춤 사랑은 숙명적인 것」 『춤』 162호, 1989년 8월, 금연제, p.74.

3 「나비타령」 『이양지 전집』 1993년 10월, 강담사, pp.31-32.

4 같은 책, p.60.

5 「각」 『이양지 전집』 1993년 10월, 강담사, p.220.

6 「내의」는 이양지의 작품 중에서 재일 한국인과 가족, 그리고 한국이라는 소재가 전혀 나오 지 않는 작품이다. 이 작품에서 이양지는 자신의 이제까지의 작품과는 다른 새로운 소재를 시험해 보았다고 생각된다.

7 「푸른 바람」은 일본을 배경으로 한 작품이다. 가족이 소재가 되고 있지만 역시 이양지 작품 중에서 한국과 한국어가 나오지 않는 작품이라고 할 수 있다.

8 「유희」 『이양지 전집』 1993년 10월, 강담사, p.450.

9 이양지 「재일문학을 넘어서」 『문학계(文学界)』 1989년 3월, 문예춘추, pp.270-271.

10 앞의 글 「나에게 있어서의 모국과 일본」 p.665.

11 「돌의 소리」(제1장) 『이양지 전집』 1993년 10월, 강담사, p.486.

12 「후지산」 『이양지 전집』 1993년 10월, 강담사, p.625.

12. 이양지(李良枝)의 「유희(由熙)」

−그 언어적 특성−

1. 들어가며

재일 한국인 문학은 재일 한국인이라는 특수한 시대적, 실존적 상황과 환경에서 생겨난 문학으로, 모어인 일본어와 모국인 한국을 매개체로 하여 작품 활동을 전개하고 있는 일본 문학에서 독자적인 영역 안에 존재하는 소수집단 문학이다. 재일 한국인 문학은 재일 한국인의 정치적, 민족적인 입장과 그들의 정체성에 대한 고민을 정면으로 묘사함으로써 타국인 일본에서 살아가는 재일 한국인의 세계를 가감 없이 일본 사회에 드러내 주었다. 재일 한국인 문학은 일본 문학의 영역과 범위를 넓혀 주었다.

재일 한국인 문학자가 일본어로 문학 활동을 함으로써 대두되는 가장 첫 번째 문제는 일본어와 한국어 사이에서의 언어 갈등이라고 할 수 있다. 한국에서 작품 활동을 한 작가 이양지는 누구보다도 현실 사회에서 이러한 문제에 대하여 직접 부닥친 경우였다.

본서에서는 재일 한국인 3세대 작가인 이양지(李良枝)의「유희(由熙)」를 대상으로 이 작품에 나타난 언어적 특성에 대하여 생각해 본다.「유희」에 나타난 언어적 특성을 서술상 특징과 언어 일반적인 측면에서 살펴보는 작업은 이양지가 작품의 주인공인 유희의 언어에 대한 고민 과정을 통해 우리에게 전달하고 싶었던 핵심을 발견하게 해줄 것이다.

326

2. 작가 이양지와 「유희」

이양지는 1988년 11월호 『군상』에 「유희」를 발표한다. 「유희」는 이양지의 대표작으로 그녀는 이 작품으로 1989년 상반기 아쿠타가와 상(芥川賞)을 수상한다. 「유희」는 이양지의 한국과 한국어에 대한 인식이 잘 나타나 있는 작품이라고 할 수 있다. 「유희」에서는 재일 한국인인 주인공 유희가 모국에 와서, 모국어인 한국어를 습득하는 과정 중에서 발생하는 문화적 차이와 모국어인 한국어에 대한 고민이 사실적으로 묘사되어 있다. 이양지의 일본과 한국, 일본어와 한국어에 대한 갈등은 첫 작품인 「나비타령」에서부터 시작되어 그녀의 전 작품에 걸쳐 묘사되어 있다. 작품의 주인공들을 통한 이러한 고민은 말할 것도 없이 작가 이양지 자신의 고민을 대변하고 있다.

이양지의 「유희」는 일본어로 쓰인 문장 중에서 그 표기 방법이 여러 가지로 나타나고 있는 독특한 작품이다. 특히 이 작품에는 여러 가지 일본어 표기 방법과 함께 한국어만으로 되어 있는 문장도 보인다. 대부분의 재일 작가들처럼 일본어에는 존재하지 않는 한국어도 가타카나 표기를 통해 온전히 일본어로 표현할 수 있었는데도 작가 이양지는 한국어 문자인 '한글'을 표현 수단으로 택하고 있다. 이양지가 선택한 한글 사용은 일본어와 한국어 사이에서 말의 지팡이를 잡으려고 부단히 애쓰는 주인공 유희를 통해 언어란 한 인간의 의식과 정체성을 대변해 주고, 삶의 도구로서 뿐만 아니라 삶의 목적을 실현하는 의미를 가진 살아있는 실체라는 것을 말해 주려는 의미가 담겨 있다.

「유희」에서 유희가 겪는 모어와 모국어간의 갈등은 언어와 문화 사이의 긴밀한 유대관계에서 비롯된다. 긴 역사를 거치면서 그 사회에서 형성된 언어는 그 언어공동체의 공통 인식이 들어 있는 하나의 문화유산이며, 그 민족은 자신의 언어를 배우면서 사회적으로 축적된 공통 인식을 가지게 된다. 말은 사실 그 자체가 아니라 사물이나 현상을 추상화시킨 언어의 해석이므로, 말 속에는 그 말을 쓰는 사람들이 공통적으로 가지고 있는 인식이 들어 있다.

이처럼 언어와 문화의 밀접한 관계를 고려해 볼 때 타 문화권에서의 언어 장애를 극복하려면, 먼저 그곳의 문화 극복을 시도해야 한다. 비록 그 지역의 언어를 만족스러울 만큼 구사한다고 할지라도 문화를 극복하지 못하면 그 언어를 충분히 활용 또는 실제 생활에 적용하지 못할 가능성이 있기 때문이다. 또한 문화 오해와 문화 충격은 언어 사용자의 언어적 불능(不能)보다는 오히려 두 나라 간의 사고방식과 문화적 형태의 차이에서 기인하므로 다른 문화에 노출되는 사람은 언어적 비언어적 의사소통에 있어서 정기적으로 문화적 함정에 직면하게 된다.

위와 같은 입장에서 바라볼 때, 유년 시절을 모국에서 보낸 재일 1세대와는 달리, 일본에서 태어나 성장한 재일 2, 3세대에게 있어서 모국인 한국은 외국이나 다름없으며, 모국어인 한국어는 거의 외국어에 가깝다고 할 수 있다. 한국어에 배어 있는 한국의 오랜 전통과 역사, 그리고 이들과 함께 축적되어 온 문화를 경험하지 않았으므로 한국어라는 언어 이전에 한국 문화를 쉽게 이해할 수 없는 것이다. 그렇기 때문에 모국어이긴 하나 거의 외국어에 가까운 한국어의 후천적 습득은 이미 감성과 사고 체계를 지배하고 있는 모어인 일본어와의 충돌을 불가피하게 만든다.

　이양지는 가와무라 미나토(川村湊)와의 대화에서 모어인 일본어와 한국어의 충돌에 대하여 다음과 같이 말하고 있다.

　　내가 이곳에 온 것은 한국인이 되고 싶어서였습니다. 한국어로 글을 쓸 수 있어야만 하겠다는 생각이었지요. 올 당시에는 교조주의적 민족주의 개념을 갖고 있었던 거예요……. 그러나 서울대에 입학하여 일본어로 쓰고 싶고, 한국어로부터 스스로 일본어를 지키고 싶어졌습니다. 지켰습니다, 어떻게 하여도. 정말로 처음에 어머니에게서 들은 언어, 모어라는 것은 일종의 폭력 같은 것이었습니다.[1]

　이양지는 한국인이 되기 위하여 그리고 한국어로 글을 쓰기 위하여 모국인 한국에 왔다. 그러나 재일 한국인인 이양지에게 있어 일본어가 모어인 이상, 그녀가 모국인 한국에서 아무리 오랫동안 유학 생활을 하여도 그녀는 그 폭력과 같은 일본어에서 결코 벗어날 수가 없었다. 모국어를 익혀 한국을 이해하고 한국인이 되고자 하는 명분과 이상은 모어(母語)가 지닌 폭력성에 휘둘리는 것이 현실이었다. 한국과 한국어가 익숙해졌다고 하지만 그것은 표면상의 것으로, 그곳이 모국이라고 할지라도 자신이 태어나고 자란 곳의 언어와 그 언어가 스며 있는 공기를 맡을 수 없다는 사실은 마음속에 늘 어쩔 수 없는 공동감(空洞感)을 만들고 있었던 것이다. 이것이 「유희」에서 유희가 한국에 적응하지 못하고 일본으로 돌아간 이유였다. 이양지의 작품 속의 주인공들은 한국에서 계속 살고 있었지만

329

그것이 어느 시점에 도달하면, 잊었다고 생각했던 모어인 일본어의 폭력과 같은 그리움에 부딪치게 되는 것이다. 유희가 일본에 돌아간 때는 바로 그때였다고 할 수 있다.[2]

재일 한국인이 한국인이라는 입장에서 자신의 정체성을 확보하고 확인하려고 할 때, 가장 중요하게 다가오는 문제가 언어의 문제이다. 즉 한국어 습득이 모국인 한국에 접근하기 위한 가장 절실한 문제가 되는 것이다. 그러나 일본어에 길들여진 재일 2, 3세대가 후천적 학습에 의해 한국어를 습득하는 데에는 한계가 있다. 이 한계를 절감하면서 그들은 교포로서의 자신의 입장을 새삼 돌아보게 되고 좌절감을 경험하기도 한다. 그러나 이 좌절감은 단순히 언어습득의 어려움만을 의미하지 않는다. 모국어이긴 하나 거의 외국어에 가까운 한국말의 후천적 습득은 이미 감성과 사고 체계를 지배하고 있는 모어, 즉 일본어와의 충돌을 불가피하게 만드는 것이다.

또한 이러한 언어의 한계는 사고(思考)의 한계를 가져오기도 하고, 사고를 속박하기도 하는 억압성을 가지고 있다. 그것은 생각하고 있는 것을 언어로 표현하기에 앞서, 우리는 사고 체계를 통하여 언어를 표현하기 때문이다. 그래서 같은 언어를 사용하는 사람들끼리는 어느 정도 같은 사고 체계를 갖게 된다. 이 사고 체계에는 같은 문화 속에서 태어나 자라면서 자연스럽게 형성된 정서적인 코드가 자리 잡고 있다. 이 코드를 바탕으로 우리는 언어라는 기호를 통해 상호작용하고 있는 것이다. 이 정서적인 코드는 모어를 습득해 가는 과정에서 무의식적으로 체득(體得)해 가는 것이기 때문에 우리는 거의 의식하지 못한다. 하지만 이러한 언어의 문제는 일본어를 모어로 이미 습득한 상태에서, 모국어인 한국어를 외국어처럼 배울 수밖에 없는 재일 한국인들에게는 가장 근본적이고도 극복하기 어려운 과제 중의 하나가 되는 것이다.

이러한 한국어에 대한 거부감 이면에는 문화적 차이에서 오는 부적응(不適應)이 깊게 자리 잡고 있다고 할 수 있다. 언어의 습득은 정서적인 코드로써의 문화적 차이의 수용을 동반하여 재일 2세와 모국, 모국어 간의 거리는 쉽게 좁혀질 수 없는 것이다. '일본 말은 유창하게 하면서 우리나라 말도 제대로 못한데서야 어디 동포랄 수 있나'라는 식의 폭력적 발언과 시선, 그리고 이들이 자라온 환경과 상황은 배려하지 않은 채 무조건 우리와 같아지기를 강요하는 일방적인 태도. 이러한 것들은 그들에게 모국어는 단순한 기호체계를 넘어 억압과 구속에 가까운 또 다른 폭력으로 다가오는 것이다.

이것은 유희와 '나'와의 관계를 보아도 알 수 있다. 유희는 한국인인 '나'에게 정서적인 교감을 느끼고 있다. 유희는 언니인 '나'와 아주머니의 한국말이 좋다고 이야기한다. 그러나 유희는 결코 한국어를 쓰려고 하지는 않는다.

나와 이야기를 하고, 나에게 무엇을 던져오면서도 자신이 뱉은 말과 표정의 씁쓸한 여운을, 유희는 그렇기 때문에 한국어를 더 자신의 것으로 하고, 더 이 나라에 접근하려는 것으로 극복하려고 하는 것이 아니고, 그것과는 반대로 일본어 쪽으로 되돌아가려고 하고 있었다. 일본어를 쓰는 것으로 자신을 나타내고, 자신을 안심시키고, 위로하고, 그리고 무엇보다도 자신의 생각

331

과 흥분을 일본어로 생각하려고 하고 있었던 것이다.[3]

이처럼 유희는 낯선 땅에서의 이질감과 그에 따른 불안감을 일본어로 해소하고 있다. 그녀는 그녀의 존재의식까지 위협하는 언어를 받아들이려고 노력하기보다는 이를 배척하고, 모어인 일본어로써 자신의 정체성까지 회복하려고 하고 있는 것이다. 이러한 사실은 언어가 얼마만큼 한 인간, 한 민족의 정체성을 형성하고 있는지 잘 보여주는 예라고 할 수 있다. 즉 일본어는 단지 말의 한 종류가 아니라, 일본, 일본인, 일본문화라는 복합적인 요소가 녹아들어 있는 상징체이다. 한국인은 일본어를 통해서 일본을 알아가는 과정에서 많은 위화감과 거부감을 느끼기도 한다. 이미 모어인 한국어를 통해 체득된 한국적인 정서 코드가 무엇이든지 일본 것과 우리 것을 비교하게 만들기 때문이다. 하지만 한국인에게 일본어는 외국어일 뿐이고, 한국인이라는 확실한 정체성이 있다. 성대를 통해서 소리 내는 일본어 'あ い う え お'는 한국어 '아 이 우 에 오'를 떠올리며 내면 되고, 이질적인 일본의 문화는 '이런 문화도 있다'라고 객관적으로 받아들이면 된다. 하지만 유희는 한국어라는 언어 속에서 자신의 존재 근거를 찾으려했고, 정체성을 확인하려고 했기 때문에, 한국과 한국어를 자기 안으로 수용해야 한다는 강박관념을 가질 수밖에 없었다. 그러므로 그녀는 자신이 소리 내는 '[a]'가 '아'인지 'あ'인지, 말의 지팡이를 잡지 못해 혼란을 느끼게 되는 것이다.

유희는 '우리말'인 한국어의 중압에 시달리면서, 그 해결책을 말(의미)의 전단계인 음(音)의 세계에서 찾으려고 한다. 그녀는 '우리말의 음향은 이 소리의 음향'이라며, 대금소리에 매료된다.

대금 소리로 상징되는, 소리가 언어가 되기 전의 언어 미생성, 의미 미분화의 상태는 언어에 의한 차이와 억압으로부터의 자유를 의미한다. 아무에게도 방해받지 않는 자신만의 공간을 만들어 그 속에서 대금 소리를 듣는 순간, 유희에게 그것은 '우리말'의 본래의 아름다움을 발견하는 기쁨의 순간이며, 순수한 개체로서의 자신과 만나는 순간, 억압이 없는 상태에서 자신을 무한히 해방시키는 순간이었음에 틀림없다.4 그녀에게는 분명한 의미를 가지고 발성되고, 들어야만 하는 폭력적인 언어보다, 언어의 의미를 가지지 않는 대금 소리가 보다 구체적이고 상징적인 조국의 표상으로 나타났던 것이다. 이미 일본어 발음에 굳어버린 서툰 한국어 발음은 재일(在日)이라는 불분명한 자기 존재를 끊임없이 일깨우지만, 대금은 모국의 전통적 정서를 언어가 아닌 핏줄에서 끓어오르는 무의식의 교감을 통해 느낄 수 있었기 때문에, 유희는 대금 소리를 통해서 자신의 정체성을 확인할 수 있었던 것이다.

유희가 우리나라에서 대금소리가 더불어 또 하나 좋아하던 것은 바위였다. 이양지는 「유희」에서 바위를 표기할 때 일본어 '岩(いわ)'가 아니고, 한국어로 '바위'라고 쓰고 있다. 유희에게 있어서 바위는 일본어 '岩(いわ)'가 아니고 한국어 '바위'였던 것이다. 유희에게 있어서 한국의 '바위'는 일본의 '岩(いわ)'와 달랐던 것이다. 유희에게 이 바위는 일본어 '岩(いわ)'로는 자신이 떠올린 '바위'와 같지 않았다. 그녀는 한국의 '바위'를 좋아한 것이고, 이는 결코 일본어 '岩(いわ)'로 번역될 수 없었던 것이다.

즉 「유희」에서 한국어 혹은 한국어와 일본어로 병용하여 표현된 부분은 한국의 '바위'를 보면서 일본어로 '岩(いわ)'가 아닌 한국어인 '바위'로 사고했듯이, 그것들을 대하는 그녀의 의식이 한국인에 가까웠다고 생각된다. 이것은 유희 자신의 내면에 한국어가 자리 잡아가고 있다는 증거라고 볼 수 있다. 이러한 과정을 통해서 그녀는 한국, 한국어에 가까워지고 있었다고 생각된다. 이렇게 '바위'뿐만 아니라, 작품 곳곳에서 보이는 많은 한국어 표기는 언어의 억압에 더 이상 얽매이지 않고, 자신의 내면의 소리에 충실했고 그것을 솔직하게 나타내고 싶었던 작가 이양지의 의도된 표현이었다.

3. 「유희」에 나타난 일본어 서술 방식의 특징

「유희」에서 이양지는 일본어와 한국어를 교차하면서 서술하고 있다. 일본어나 한국어 둘 중 한 언어만 알고 있는 독자에게 이해하기 어렵고 복잡하다고 느껴질 수도 있는 이 같은 서술 방식은 유희의 상황을 정확하게 묘사하려는 작가의 의도적인 방법으로 쓰였다고 생각할 수 있다. 앞에서 언급한 바와 같이 유희는 양국의 언어와 문화의 범주 내 어딘가에서 그 중심이 어딘지 파악하지 못한 채 한국 체류 기간 내내 혼란스러워 할 수밖에 없는 상황에 있었다. 또 그녀의 성격상 이러한 혼란으로 인한 모호성을 있는 그대로 받아들이지 못했기 때문에, 그 정도는 갈수록 더욱 악화될 뿐이었다. 이러한 유희의 사고 체계 혼란의 시작, 반복, 심화 이들

334

로 인한 외적·내적의 갈등 상황을 꼭 집어 묘사해 내기 위해 작가 이양지가 선택한 방법이 일본어의 서술 상에 차이를 두는 것이었다.

　이양지의「유희」에 나타난 일본어 서술 방식은 전부 8가지 표기 방법으로 나타난다. 즉「유희」에서는, 한국어를 가타카나로 쓰고 괄호 안에 일본어 뜻 표기를 하는 방법, 한국어 위에 한국어 발음을 가타카나로 토 달고 괄호 안에 일본어로 뜻을 표기하는 방법, 한국어를 가타카나로 표기하는 방법, 한국어만 표기, 한국어 단어를 한자로 쓰고 그 발음을 가타카나로 토 달고 괄호 안에 일본어 뜻 표기, 뜻을 가타카나로만 표기, 한국어 위에 한국어 발음을 가타카나로 토 달은 표기, 한글로만 쓰고 그 뜻을 일본어로 번역한 것 등 모두 8가지 종류의 서술 방식을 발견할 수 있다.

　여기에서「유희」에서 보이는 8가지 종류의 표현 방법에 대하여 구체적으로 살펴보기로 한다.[5]

표1) 한국어를 가타카나로 쓰고, 괄호 안에 일본어 뜻 표기

쪽수	내 용
10	ヌグセヨ?(誰ですか)
10	チョエヨ(私です)
14	でも空港に着いてからオンニ(おねえさん)には電話をかけますって言ってたわ。
22	チャル・カ(元気で)
23	ユヒ、カジマ(由熙、行ってはいけない)
27	私もね、S大生がどうしてまたこんな遠いトンネ(町)に下宿を捜そうとしているんだろうと思って訊いてみたんですよ。

쪽수	내 용
39	コマプスムニダ(ありがとうございます)
44	みんな結婚していて、私だけがこんな歳なのにオモニ(母)から送金してもらって勉強しているんです。
50	日本でもウリマル(母国語)はかなり話せていたの?
55	チョヨンハン(静かな)という形容詞の発音は正確だった。
59	由熙、あれだけ言ってきたのに、どうしてテイオスギ(分かち書き)ができないの。
61	由熙はびっくりし、心底驚いたように、チョンマリエヨ(本当ですか)、と繰り返した。
80	ハナ、トウル、セッ、ネッ(いち、に、さん、し)と聞こえてくる音を数えながら、ベッドから飛び起き、廊下に出た。
89	トウブチゲ(豆腐鍋)は、あの子の大好物だったわね。
89	もう少し煮込まないと味が出ないのにって私が言っても、何度もそうやって食べて、マシッソヨ(おいしい)って言って私に抱きついてきたわ。
96	大笒を聴き、その音をウリマル(母語)と言い、音以外の実際のハングルを読むことも書くこともせずに、ある日は日本語の朗読をしてもいたのだ。
104	あなたは、由熙からアボジ(おとうさん)のこと、聞いた?
106	こういう音を持って、こういう音に現れた声を、言葉にしてきたのがウリキョレ(我が民族)だと、ウリマルの響きはこの音の響きなんだと、由熙は言ったわ。
114	クロニカ、アツカプチャナヨ(だから、もったいないじゃないですか)

336

표2) 한국어 위에 한국어 발음을 가타카나로 토달고, 괄호 안에 일본어로 뜻 표기

쪽수	내 용
9	바위^{バウイ}(岩)
20	이 나라^{イ ナ ラ}(この国)
20	이 나라 사람^{イ ナ ラ サ ラ ム}(この国の人)
55	우·리·나·라^{ウ リ ナ ラ}(母国)
82	언니^{オン ニ}(オンニ) 저는 위선자입니다^{チョヌン ウイソン ジャイム ニ ダ}(私は 偽善者です) 저는 거짓말쟁이입니다^{チョ ヌン コ ジンマルジャン イ イム ニ ダ}(私は 嘘つきです)
83	우리나라^{ウ リ ナ ラ}(母国)
83	사랑할 수 없읍니다^{サ ラン ハル ス オブスム ニ ダ}(愛することができません)
83	대금 좋아요^{テ グム ジョ ア ヨ}(テグム好きです) 대금소리는 우리말입니다^{テ グ ム ソ リ ヌン ウ リ マル イム ニ ダ}(テグムの音は 母語^{ウリマル}です)
98	우리나라^{ウ リ ナ ラ}(母国)って書けない。
107	<u>우리말^{ウ リ マル}(母語)</u>と泥酔した由熙が書いた亂れた大きな文字も、はっきりとよぎっていった。
108	そうだわ、고문^{コ ムン}(拷問)をひいてみよう。

표3) 한국어를 가타카나로 표기

쪽수	내 용
18	タンスはアジュモにかオンニが必要だったら使って下さいって。
21	オンニ、お願いがあるんです。 それをオンニに預かっておいてほしいんです。 オンニ、と私を呼んで話し始めたのだった。 オンニが負担に思う必要は全くないんです。 オンニ、できればオンニが処分して下さい。
22	でも、オンニには読めないはずだから、 由熙の最後の言葉は、別れの言葉としては当然の、オンニ、 アンニョンヒケセヨという挨拶だった。
24	まだ時折オンドルを温めなければならないほど肌寒かった。
26	うちはチョンセで部屋を出しているって言ってごらんなさい、 という叔母の言葉を伝えた。
27	ようやくここだと思えるトンネを捜せた。 アジュモニにちょっと訊いてもらえませんか。
30	こんなトンネにまで下宿を捜しに来るなんて。
36	狭い回り廊下のように二階をハングルのㄷの字形にとり囲んでいた。
37	アジュモニ、冬の間中オンドルは温かくもらえますか? オンドル、温かくもらえますか?
39	叔母はチョンセで部屋を貸し、
40	今はどこのトンネに下宿しているの?
41	こんなに静かなトンネでもありませんでした。 こういうトンネの家を捜そうとは思いませんでした。

338

쪽수	내 용
42	アジュモニは日本語がおできになるんですか?
43	アジュモニの発音、なかなかいいですよ。
45	オモニはおいつくなの? このオンニはね、E大の国文科を出たのよ。 オンニは何を専攻されたですか。
53	このトンネは、本当に静かなんですね。
54	オンニ、見てください。
55	静かなトンネだし、 トンネが静かなだけでなく、 茶封筒の上に四文字のハングルを書いた。
57	オンニ、明日は私のために少し早起きして私を起こしてね。
60	オンニ、一人にさせて下さい。
61	そのトンネの名前は知っていたが、 オンニって、ソウルを意外に知らないのね。私がいままでいた下宿のトンネも、 本国のオンニだって行ったことがないんだったら、
62	私よりもさまざまなトンネの名前を知り、
63	オンニ、韓国人て、
68	オンニ、大丈夫だよ。
69	私が差し出したハンカチを取り、コマプスムニダ、と小さく言いながら、目許とはずした眼鏡を拭いた。 オンニ、行く、机、買いたい。
71	近くのトンネにある叔母の知り合いの家具屋に行くことに決まった。

339

쪽수	내 용
72	ハングルにそのまま現われていたことを
74	由熙が書くハングルを見慣れてきたせいか、
75	オンニ、韓国語にはね、 オンニ、それを知っていますか?
86	オンニとアジュモニの韓国語が好きです。
89	トウブチゲの汁を叔母はすすり、 いつかトウブチゲを作っていた時のことを思い出すわ。 アジュモニ' ちょっとごめんなさいって言って、
91	オンニ、ハングルは何故横書きに書くようになってしまたの? 李朝期のハングルも、 ハングルは縦書きに書かれてきたのに、 オンニ、訊きたいの。 横書きに書かれているハングルを見てびっくりしないかしら。 ハングルを民衆の誰もが使える文字として ハングルが本当に韓国人の国語となって、
92	ハングルは婦女子の使う文字として オンニ、夢がかなったのよ。
93	日本語をアジュモニに教えてくれない?
96	ハングル文字を読むことも書くこともせずに、
99	この韓国で使われているハングルは、
100	オンドルの床は生温かかった。 オンドルはそのももの硬い床だった。
105	由熙のオモニの実家は 由熙のアボジは韓国人を悪しざまに

쪽수	내 용
	アボジは女性の八字(運)^{バルジャ}も悪かったみたいね。 三人目が由熙のオモニだったらしいわ。 由熙はアボジが亡くなったから アボジに自分の国のことを弁護したかったって。
106	―いいアボジだったけれど、韓国人の悪口を言うアボジを見るのが、一番辛かったって言ってたわ。 由熙はたったひとりでハングルを習い始めたらしいの。 アボジが死ぬ前に、 ウリマルの響きはこの音の響きなんだと、由熙は言ったわ。
107	アジュモニ、今夜のおかずは何ですかって。 自分をね、オンニ、
109	叔父さんの生まれたトンネはね。 そういうトンネに生まれて、あの人のアボジも反日感情が強かったから、
117	アジュモニとオンニの声が好きなんです。
121	オンニ、ここももちろんソウル市なのね。 そうね、オンニ。
122	オンニはそう思わない? オンニ、ソウルの岩山って、
123	オンニ。 オンニは朝、目が醒めた時、一番最初に何を考える?
124	オンニ、おかしいでしょう、と笑って続けた。
126	由熙が書いたハングルの文字も浮かび上がった。

4) 한국어만 표기

쪽수	내 용
50	ㅋや、ㅌ、ㅍ、などの類い破裂音が全く出来てはいない上に、ㄲ、ㄸ、ㅃ、などの音もはっきり出せず、ㄱ、ㄷ、ㅂ、と区別されないまま発音されていた。
83	由煕はページをめくり、そこにさらに大きく우리나라、と両側のページいっぱいに書いた。
96	由煕の書いた、우、리、나、라、の四文字がノートの白さの中に浮び、よぎった。
98	答案用紙を書いていて、そのうちに우리나라と書く部分に來て、先に進めなくなった。
99	誰に、とはっきりわからないけれど、誰かに媚びているような感じを覚えながら、우리나라、と書いた。 なのに、우리나라って書いている。
118	目を一度閉じ、ゆっくりと薄く目を明けながら、ある日の由煕と同じように、아、とまた呟いた。
124	아であれば、아、야、어、여、と続いていく杖を掴むの。
126	아の余韻だけが喉に絡みつき、아に続く音が出てこなかった。

342

5) 한국어 단어를 한자로 쓰고, 그 발음을 가타카나로 토 달고, 괄호 안에 일본어 뜻 표기

쪽수	내 용
78	大笒^{テグム}(横笛)の音が思い出された。
85	叔母は日曜日の早朝には必ず登山をし、藥水^{ヤクス}(山水)を組んできていた。
105	―アボジは女性の八字^{パルジャ}(運)も悪かったみたいね。

6) 뜻을 가타카나로만 표기

쪽수	내 용
11	肩の後ろ辺りから、イイニオイ、と遠い日に呟いた由熙の日本語の声が聞こえてくるような気がした。
43	アリガトウゴザイマスとゴメンナサイ、くらいね。
53	イイニオイ。

7) 한국어 위에 한국어 발음을 가타카나로 토 달은 표기

쪽수	내 용
118	아^ア
124	아^アなのか、それとも、あ、なのか。아であれば、아^ア、야^ヤ、어^オ、여^ヨ、と続いていく杖を掴むの。

343

8) 한글로만 쓰고 그 뜻을 일본어로 번역한 것

쪽수	내 용
107	저는 위선자입니다(私は 偽善者です) 저는 거짓말쟁이입니다(私は 嘘つきです)

이렇게 이양지의 「유희」에서는 모두 8가지의 일본어 서술방법이 나타난다. 이러한 각각의 표기 방법은 이양지가 모어와 모국어 사이에서 갈등하는 유희의 모습을 적확히 표현하고 싶어서 각각의 표기 방법을 달리하였던 것이라고 생각된다.

「유희」에서는 이러한 표기 방법과 함께 작품의 후반부로 갈수록 한글 부분이 그 빈도수를 더해간다는 사실을 알 수 있다. 그리고 'オモニ(母)'라고 쓰고, 그 다음에는 단지 'オモニ'라고만 쓰고 있듯이, 한 번 사용한 단어는 독자들이 이미 그 단어를 알고 있다는 전제 아래 생략하거나 한다. 이것은 トンネ(町), オンニ(おねえさん), アジュモニ(おばさん) 등도 마찬가지이다.

요컨대 「유희」에서의 이러한 일본어의 여러 가지 표기방식은 일본어와 한국어 사이에서 방황하는 유희의 고민을 독자들에게 분명하게 인식시키기 위해서 사용된 것이라고 생각된다. 이양지의 고민은 유희의 고민이었다. 재일 한국인으로서 한국에서 공부하는 이양지의 고민은 재일 한국인으로서 한국에서 유학하는 유희의 고민에 다르지 않는 것이었다. 유희는 이양지였다.

4. 「유희」에 나타난 한국어 표기의 의미

한편, 이양지가 「유희」에서 일본어 문장 가운데 한글을 사용한 또 다른 이유는 무엇일까.

「유희」는 일본어로 쓰인 작품이다. 「유희」는 등장인물들이 각자 자신들의 언어인 한국어와 일본어로 사고하고 의식하는 상황에서 각 등장인물들 간의 의사소통(대화 장면)을 두 언어로 재현하지 않고 오직 하나의 언어인 일본어로만 재현하는 극적 장치를 사용한다. 그러면서도 작품 속에서 유희가 언니인 '나'에게 노트가 담긴 봉투를 부탁하자, '나'가 '노트 내용을 보면 안 되는 거지'라는 물음에 유희가 'でもオンニには読めないはずだから、日本語だから。(내용을 봐도 언니는 읽지 못할 거예요, 일본어니까.)'라는 대사와, 숙모가 아는 일본어라고는 'アリガトウゴザイマス'와 'ゴメンナサイ' 밖에 없다는 대사들을 통해 등장인물인 숙모와 '나'가 일본어를 전혀 모른다는 것을 언급하게 함으로써, 일본어로 써 있지만 작품 속의 모든 의사소통이 한국어로 행해지고 있다는 것을 우리에게 상기시켜주는 기발함을 보이고 있다.

하나의 언어로써 두 개의 언어를 재현하는 이러한 극적 장치는 한국인과 재일 한국인이라는 두 집단을 각각 대표하는 '나'와 유희의 언어를 매개로 한 내면적 갈등을 효과적으로 보여준다. 구체적으로 일본어를 모르는 작중화자인 '나'의 유희에 대한 심리적 고민과 '나'에게 자신을 있는 그대로 드러낸 유희의 언어적 갈등을 선명하게 드러내 준다고 할 수 있다. 즉 이것은 한국어로 사고하는 '나'의 의식을 일본어로 표현하여, 유희

345

가 재일 한국인으로서 자기 조국의 말을 배우러 온 학생답게 한국어와 한국에 대한 관심을 가지고 열심히 발음 연습도 하면서 한국 방송과 잡지를 읽기 바라지만, 그와 반대의 행동을 취하는 유희의 방황과 한국에의 반감에 대한 '나'의 불쾌감을 드러내는 것이다.

또한 유희는 '저는 위선자입니다. 저는 거짓말쟁이입니다. 우리나라 사랑할 수 없습니다'로 친언니 같은 '나'에게 자신의 정체성에 대한 반감과 혼란과 방황을 그대로 솔직하게 한글로 표현한다. 다시 말하여 유희가 언어를 통한 자기 정체성의 확립 과정에서 모어인 일본어와 모국에서 사용하는 한국어 사이에서 겪고 있는 갈등과, 한국 생활과 한국 사회 속에 담긴 '우리'라는 집단의식에 적응하지 못하는 괴로움 등이 한국인 작중화자인 '나'의 의식 속에서 수단적 언어를 떠나 이해되면서도, 한편으로 문장의 의미로는 한 개인의 정체성을 상징하는 이데올로기인 언어의 본질적 작용에 의해 유희가 '나'에게 한국인으로서의 정체성마저 부정하는 것 같은 이질감(異質感)을 동시에 표현하고 있다.

이렇게 '나'와 유희의 부조화(不調和)를 더욱 효과적으로 드러내기 위해 이양지는 하나의 언어로 두 개의 다른 언어를 재현하는 극적 장치 속에 일본어와는 이질적인 문자인 한글을 집어넣었다. 외면적인 일본어 속에 한국어를 구사하는 동시성을 가미하면서 유희가 가장 고민하고 있는 것이 무엇인가를 이질적인 언어인 한글로 표현해 놓음으로써 유희의 고민을 보다 명확히 하고 있는 것이다. 여기에서 한글은 문자로써의 의미뿐만이 아니라 자신과 혼연일체 시키고 싶은 욕망과 노력이 엿보인다. 요컨대 일본어로 의식하고 사고하는 것에서 단순한 외국어가 아닌 모국의 언어로서 한국어를 익혀야 한다는 강박관념과 재일 한국인이라는 이유로서 한국 사람들이 가지는 시선과 기대에 대한 압박감에 시달리며 자기의 정체성을 부정하고, 모국어인 한국어를 외국어보다 더욱 멀리하게 되고, 제3자의 입장에 서서 모국인 한국을 비판하는 유희의 태도는 오히려 다가가고 싶은 모국과 모국어에 대한 안타까움이 애증으로 바뀐 결과라고 볼 수 있다. 이러한 이해를 통해 '왜 이양지가 언어 속에서 갈등하는 재일 한국인의 이야기를 온전히 일본어로 표현하지 않고 한글을 문학적 요소로 가미시켰는가'라는 물음에 대한 해답이 가능할 것이다.

또한 일본어로 쓰인 작품 속에서, 일본어를 전혀 알지 못하는 등장인물 '나'와 숙모의 대사를 통해 이 작품이 한국어로 사고하는 작중화자에 의해 회상되고 있고, 유희와의 의사소통을 비롯한 등장인물간의 의사소통이 한국어로 이루어지고 있다는 것을 독자에게 넌지시 상기시켜 주는 기발한 착상은 작가 이양지만의 독특한 언어적 탈영토화 전략의 하나라고 생각된다. 그녀는 일본인 작가와는 다른 독특하고 개성적인 요소를 가미시키기 위해 일본어 속에 이질적인 한글을 사용하였다. 이것은 작품의 소재와도 연관이 있는데 모어에 해당하는 일본어와 모국어인 한국어 사이에서 말의 지팡이를 제대로 잡기 위해 언어적 갈등을 겪는 재일 한국인을 주인공으로 하는 인물의 탈영토화와, 이 주인공이 한국에서 하숙생활을 하고 언어학과에 재학 중인 학생이라는 한국적인 소재의 탈영토화가 동시에 이루어지고 있다.

요컨대 현재의 외국어명과 외래어, 전문용어, 강조의 표현에 한하여 사용하는 가타카나로 'チョンセ, トンネ, オンドル, オンニ, アジュモニ,

ヌグセヨ、チョエヨ、アンニョンヒケセヨ、チャルカ'를 표현하는 것만으로는 이 작품에서 말하고자 했던 유희의 언어적 갈등과 이질적인 한국에 대한 인상을 효과적으로 드러내지 못한다. 이 작품에서 한국인은 스스로 의식하지 못하고 마치 말버릇처럼 사용하고 있는 경향이 많은 '우리'라는 개념에서 느끼는 유희의 거부감과 이질감을 '우리나라 사랑할 수 없습니다'라는, 일본어와는 다른 이질적인 한글을 사용하여 효과적으로 표현함으로써 독자로 하여금 유희의 언어적 갈등과 고민에 주목하게끔 만들고 있다. 굳이 일본인 독자를 염두에 두고 썼다고 단정하지 않아도, 일본 문단에 발표한 이 작품을 접하게 될 일본인 독자에게 그림 같이 보이는 한글은 분명 이질적인 요소로서 작용하여 주인공 유희가 그 속에서 느끼는 거부감과 부조화를 어느 정도 느낄 수 있도록 해놓은 것이라고 볼 수 있다.

유희가 모국어이지만 외국어 같은, 어쩌면 심리적 억압으로 인해 외국어보다 더욱 거리감을 느끼는 한국어를 배우는 것은 모어로서 익힌 일본어의 필터를 통해 번역하는 과정이 필수적이다. 이와 같은 과정을 일본인 독자는 한글로 쓰인 문장을 일본어로 쓰인 문장을 통해 번역해서 읽음으로써 어느 정도 재일 한국인인 유희의 언어 습득 과정의 어려움을 알게되고, 작품에 쓰여 있는 한글을 보면서 이질감을 잠시나마 느낄 수 있는 것이다. 각 개인은 개인적이면서도 사사로운 '개인 언어'를 가지고 있기때문에 단일 언어 내에서도 개인들 간의 의사소통에 번역이 요구되고, 말할 것도 없이 다른 나라의 언어를 배우는 과정에서의 번역은 필수불가결하다. 즉 단순한 언어로서가 아니라, 언어 속에 담겨져 있는 그 나라의 사상, 문화, 정신 등의 본질을 담고 있는 살아있는 실체인 언어를 습득하는 과정에는 번역이 동반되기 마련이다.

이양지는 「유희」에서 이러한 번역을 동반하는 언어의 특성에 주목하여 일본 문학 속에서 재일 한국인 작가로서의 독특함을 드러낸다. 이양지는 독자가 문학을 읽는 것 또한 개인의 성장 배경 및 지식 등을 통해 나름대로 해석하는 번역이 동반된다는 것에, 작가 개인의 체험담인 유희의 모국 체험과 모국어 습득 시 발생되는 언어적 갈등을 한글을 사용하여 나타냄으로써, 다시 한 번 더 언어의 번역을 요하는 형식을 취하고 있는 것이다. 작품 속에서 작가는 유희가 말한 한국어를 한국인인 '나'의 의식과 언어로 해석한 다음 그것을 일본어로 표현하되, 유희가 고민하고 있던 가장 핵심적인 갈등의 실체를 한글로 표현하는 형식을 취하고 있다. 구체적으로 말하면 표3)에서 보이는 것과 같이, 유희에게 한국어는 모어인 일본어로 자리 잡은 의식의 체계(필터) 속에서 걸러지면서, 의식 속에서 거부감 없이 재일 한국인이 아닌 일본인에게도 하나의 한국적 문화로서 받아들일 수 있는 'オンドル, チョンセ, アジュモニ, オモニ, オンニ, ヌグセヨ, アリガトウゴザイマス(숙모가 말한 일본어)'와 같은 말들은 외국어를 표기하는 일본어인 가타카나로 표기를 하고 있다. 여기에서 전세(チョンセ)와 같이 일본에는 없는 주거제도는 유희의 의식 속에서 일본과는 다른 문화 차이로 이해되고 받아들여져 한국어로 전세라고 말을 해도 거부감이 들지 않는 언어가 된 것이다. 다시 말해, 가타카나로 표현한 한국어는 유희가 아무런 자기의식 속의 벽을 느끼지 못하고 일상용어처럼 사용하는 말로서, 이때 가타카나는 한국어를 표현하기 위한 하나의 기호에 불과하다.

그러나 이와 달리, 표2)에서 나타나는 것처럼 '바위, 대금, 이 나라 사람, 우리나라, 저는 위선자입니다, 저는 거짓말쟁이입니다, 대금 좋아요, 대금소리는 우리말입니다'와 같이 한글로 표기해 놓은 것은, 첫째 일본어와 다른 이질적인 요소인 한글을 사용함으로써 강조의 효과를 노린 것이며, 둘째 그 강조한 부분은 유희가 고민하고 있는 언어적 갈등의 핵심을 한 눈에 알아볼 수 있게 해준다. 위의 예에서 바위와 대금은 거부감보다는 한국적인 것, 즉 우리의 모습과 우리의 것을 대변해 준다고 유희 스스로도 인정하고 있듯이, 유희가 애착을 가지고 주의 깊게 인식하고 있는 대상이다. 작중화자인 '나'가 느끼지 못하는 유희만의 해석이 들어간 바위와 대금은 유희의 개인적인 언어로 번역되어 유희에게 의미 있는 대상이 되어있는 것이다. 바위는 한국인의 모습을 상징하는 것으로 제각기 다른 형태를 취하고 있으며, 일본의 바위(岩)와는 전혀 다른 느낌으로 유희에게 인식되는 것이다. 즉 바위의 '위'의 발음을 어색할 만큼 정확히 하려는 유희의 모습에서 이질감을 느끼는 '나'의 의식을 한글로 표현하고 있다고 볼 수 있다.

그리고 대금은 정해져있는 정확한 발음과 문법과 같은 언어적 규칙들의 제어가 없는 언어 이전의 소리(音)로서 유희에게 편안함을 주는 대상으로, 한국어 또한 자신에게 대금소리처럼 다가오기를 바라는 유희의 기대와 안타까움이 배어있다. 요컨대 「유희」에서는 한 나라의 정체성과 문화, 역사, 민족의식이 담겨져 있는 심오한 언어의 장벽을 넘지 못하고 모국어인 한국어 속에서 좌절과 정신적 괴로움을 느끼는 유희의 언어에 대한 갈등을 이질적인 요소인 한글을 사용하여 더욱 도드라지게 드러내고 있다고 할 수 있다. 한글로 자신의 고민을 의식하며 말하고 쓰는 행위는 그 한글로 쓴 내용 자체가 유희 자신의 뇌리와 의식 속에 박혀 항상 그녀를 따라 다니는 고민의 근원이며 핵심임을 나타내 준다.

5. 나가며

이상, 이양지의 「유희」에 나타난 일본과 한국, 그리고 일본어와 한국어와의 관계를 살펴보았다.

살펴본 바와 같이 「유희」에서는 모두 8가지의 일본어 표기 방법이 나타난다. 즉 「유희」에서는, 한국어를 가타카나로 쓰고 괄호 안에 일본어 뜻 표기를 하는 방법, 한국어 위에 한국어 발음을 가타카나로 토달고 괄호 안에 일본어로 뜻을 표기하는 방법, 한국어를 가타카나로 표기하는 방법, 한국어만 표기, 한국어 단어를 한자로 쓰고 그 발음을 가타카나로 토달고 괄호 안에 일본어 뜻 표기, 뜻을 가타카나로만 표기, 한국어 위에 한국어 발음을 가타카나로 토 달은 표기, 한글로만 쓰고 그 뜻을 일본어로 번역한 것 등 모두 8가지 종류의 서술 방식이 발견된다. 이러한 각각의 표기 방법은 이양지가 모어와 모국어 사이에서 갈등하는 유희의 모습을 적확히 표현하고 싶어서 각각의 표기 방법을 달리하였던 것이라고 생각된다.

「유희」에서 유희는 일본과 한국의 문화 차이, 재일 한국인의 모어인 일본어와 모국어인 한국어와의 혼란을 견디지 못하고 일본으로 돌아간다. 재일 한국인인 그녀에게 있어 모어인 일본어는 폭력과 같은 것이었기 때문이다. 그러나 유희의 귀국은 일시적인 귀국이었다. 모어인 일본어와 육친의 언어인 한국어와의 관계를 정립한 작가는 「돌의 소리」에서 다시 한국으로 돌아온다. 무엇보다 이번의 한국행은 일본으로부터의 도피의 대상이 아니고, 육친(肉親)의 나라라는 적극적인 의지를 가진 한국행이라고 생각된다.

역주

1 이양지 「재일문학을 넘어서(在日文学を越えて)」 『文学界』 문예춘추, 1989년 3월, pp.270-271.

2 황봉모 「이양지 론- 한국에서 작품을 쓴 재일 한국인문학자」 『일어교육』 한국일본어교육학회, 2005년 6월, 을 참조할 것.

3 『유희』 강담사, 1989년, p.77.

4 신은주 (2004) 「서울의 이방인, 그 주변-이양지 『유희(由熙)』를 중심으로」 『일본근대문학 3』, 한국일본근대문학회, p.146.

5 텍스트는 1989년 2월 강담사(講談社)에서 간행된 「유희(由熙)」를 대상으로 한 것이다.

13. 김사량(金史良)의
「빛 속으로(光の中に)」

─일본인에서 조선인으로의 정체성 찾기─

1. 서론

김사량(1914-1950)의 「빛 속으로(光の中に)」는 1939년 10월 『문예수도(文芸首都)』에 발표되어 아쿠타가와 상의 최종 심사에 오른 작품이다. 「빛 속으로」는 식민지 시대에 일본에서 살아가는 한 지식인이 조선인으로서의 정체성의 문제로 고민하는 모습을 그린 것으로, 공식적으로 현상공모의 최종 심사에 오른 최초의 재일 조선인 문학작품으로 평가된다. 여기에서는 식민지 시대를 살아가는 이주 조선인의 여러 가지 모습이 섬세하게 그려져 있다.

「빛 속으로」에서 주요한 등장인물들은 다른 사람과 구별하는 명칭, 즉 이름에 의하여 일본인과 조선인으로 구별된다. 당연한 일이지만 일본어 이름을 가진 사람은 일본인이고, 조선어 이름을 가진 사람은 조선인이다. 「빛 속으로」에는 한 사람이 가지고 있는 두 가지 이름, 즉 일본어 이름과 조선어 이름에 따른 정체성의 문제가 작품의 중요한 요소로서 나타난다. 이 작품의 등장인물들은 일본인과 조선인 사이에서 자신들의 정체성을 고민한다. 등장인물들은 일본인에서 조선식으로 살아가려는 조선인으로 변화함으로써 자신들의 정체성을 회복하게 된다.

본서에서는 김사량의 「빛 속으로」에서 보이는 등장인물들의 이름과 정체성의 관계에 대하여 생각해보기로 한다. '나', 야마다 하루오(山田春雄), 그리고 야마다 테이준(山田貞順) 등 이 작품에 나타난 인물들의 의식의 변화를 일본인과 조선인이라는 관점에서 살펴본다.

2. 한 사람의 두 가지 이름 – 일본인과 조선인의 구분 –

1) 미나미(南) 선생에서 남 선생으로

김사량의 「빛 속으로」는 1939년 하반기 제10회 아쿠타가와 상 선고 심사에서 심사위원들의 좋은 평가를 받았다. 다키이 코사쿠(瀧井孝作)는 '김사량 씨의 「빛 속으로」는 조선인의 민족 신경이라는 것이 주제가 되어 있다. 이 주제는 지금까지 누구도 이렇게 확실하게 묘사하고 있지 않은 것으로 오늘의 정세에 비추어 커다란 주제라고 생각한다. 조선에서 이렇게 역량 있는 작가가 나온 것은 반가웠다'라고 평가하였고, 구메 마사오(久米正雄)는 「빛 속으로」는 '실로 나의 기질에 가까워 친근감을 느꼈고 또 조선인 문제를 취급하여 그 시사하는 바는 국제적인 중대성을 가지는 점에서 당연히 수상할 가치가 있는 것으로 생각되어 추천해야만 한다고 생각했다'라고 말했다.

또 가와바타 야스나리(川端康成)는 '김사량 씨는 좋은 것을 써주었다. 민족감정이라는 커다란 것에 언급하여 이 작가의 성장은 매우 바람직하다. 문장도 좋다. 그러나 주제가 앞서 인물이 주문대로 움직여서 다소 불만이었다'라고 평했으며, 사토 하루오(佐藤春夫)는 '김사량의 사소설 중에서 민족의 비통한 운명을 마음껏 엮어 짜서 사소설을 일종의 사회소설로까지 만든 공적과 치졸하면서도 좋은 맛이 있는 필치도 좀처럼 버리기 어려웠다'라고 평가하고 있다. 그리고 우노 코지(宇野浩二)도 '좀처럼 쓸 수 없는 "유망"이라는 단어를 김사량의 머리에 붙여도 그다지 틀리지 않

355

겠다'[1]라고 높이 평가하였다. 만약 김사량이 조선인이 아니고 일본인 문학자였다면 그해의 수상자가 바뀌었을지도 모른다. 「빛 속으로」는 수상작인 사무카와 코타로(寒川光太郎)의 「밀렵자」와 함께, 1940년 3월호 『문예춘추』에 게재된다. 이것만 보아도 이 작품이 수상작에 버금가는 평가를 받았던 사실을 알 수 있다.[2]

「빛 속으로」에 대하여 심사위원들이 말한 민족의 비통한 운명이라는 것은 식민지 시대를 의미한다. 무엇보다 이 작품이 발표된 1939년 무렵은 제국주의 일본이 식민지 조선에 창씨개명을 강요한 시기였다.[3] 이름은 그 민족의 정체성을 나타내고, 또한 그 사람의 정체성을 나타낸다고 할 수 있다. 이름은 정체성의 상징이고 사람은 그의 이름에 의하여 정체성이 결정된다. 한 민족에게 있어서 구성원 개개인의 이름이라는 의미는 민족의 존재 여부와 동일시된다고 생각할 수 있다. 그러므로 식민지 시대 창씨개명을 요구받던 조선인들은 이러한 이름의 중요성을 알았기 때문에 많은 사람들이 반발하여 그것에 따르지 않으려 했고, 스스로 정체성을 잃지 않으려고 했던 것이다.

이름은 그 사람을 규정하고 드러내며, 또한 한정시키는 역할을 한다. 이름을 보고 우리는 그 사람의 국적과 민족이 어디인지, 즉 그가 일본인인지 조선인인지를 알 수 있다. 또한 이름은 사회성을 지니고 있다. 만약 자신의 이름이 어떠한 사회에 살아가는데 방해가 된다면, 그는 이름을 바꾸면서까지 그 사회의 사람들과 섞이고 싶어 할 것이다. 그 바뀐 이름은 또 다른 자신의 정체성이 된다. 이렇게 사람은 자신의 이름을 통하여 자신의 정체성을 인식하게 되는 것이다.[4]

356

여기에서는 김사량의 「빛 속으로」에 나오는 등장인물들의 이름과 정체성의 관계에 대하여 생각해보기로 한다.

우선 주인공으로 설정된 '나'라는 인물을 살펴보자. 「빛 속으로」에서 나오는 주인공 '나'의 이름은 매우 상징적인 의미를 가지고 있다. 하나의 이름이 두 가지의 의미로 해석될 수 있기 때문이다. 두 가지의 이름을 가진다는 것은 두 가지의 정체성을 가진다는 의미로 생각할 수 있다. 이름은 그 사람의 정체성을 나타내는 표징이기 때문이다.

나는 S대학 협회에서 레지던트(기숙인)로 일하고 있는데 학생들에게 미나미(南) 선생으로 통하고 있다. 그런데 사실 '나'는 조선인으로서, '나'의 원래 이름은 미나미가 아니고 '남(南)'이다, '南'이라는 성은 일본어로 읽었을 때는 미나미이고, 조선어로 읽었을 때는 '남'이다. 말할 것도 없이 '미나미'는 일본인이고, '남'은 조선인이다. '나'는 사람들이 미나미로 부르는 것에 대하여 처음에는 그런 호칭이 매우 신경에 거슬렸지만 아이들과 같이 뒹굴고 놀기 위해서는 그것이 더 나을지도 모른다고 생각한다. 그리고 이것은 위선을 부리는 것도 아니고, 또한 비굴한 것도 아니라며 스스로에게 몇 번이나 타이른다. 그리고 만약 아동부 학생 중에 조선 아이가 있었다면 자신을 억지로라도 '남'이라는 조선어로 부르도록 했을 것이라고 스스로 변명도 한다. 이렇게 '나'는 일본어 이름인 미나미로 불리는 것에 대하여 위선을 부리는 것도 아니고, 또한 비굴한 것도 아니라며 스스로 열심히 합리화하는 조선인이다. 그러나 사실상 S대학 협회에서 '나'는 일본어를 사용하고, 이름이 미나미인 일본인이라고 할 수 있다.

그러던 어느 날 '나'는 이(李)라는 조선인 학생으로부터 어째서 선생님

357

같은 분조차 성을 숨기려고 하는 것이냐는 추궁을 받는다. 그는 미나미 선생의 눈과 광대뼈, 콧날을 보고 분명 조선인이 틀림없다고 생각한다. 그런데 미나미 선생은 그런 내색을 전혀 하지 않았던 것이다. 이(李)는 '이'라는 이름 때문에 여러 가지로 거북한 일이 많지만, 자긍심을 가지고 자신의 이름을 지켜나간다. 이(李)에게 이름은 민족 그 자체이고 언제까지나 지고 가야 할 것이었다. 이름이 일본 사회에서 문제가 되더라도 이름을 바꾸는 것은 그에게 비굴한 일이었기 때문이다. 이(李)에게 이름이라는 것은 일본인과 조선인간의 구별을 의미했다. 이러한 이(李)는 미나미 선생 정도의 지위에 있는 사람이라면 조선어 이름을 써도 큰 문제가 없다고 생각하고 미나미 선생을 추궁하였던 것이다.

　미나미 선생은 이(李)에게 물론 자신은 조선인이라고 대답한 뒤에, 자신은 '조선인이라는 것을 감추려고 했던 것은 아니'고, '유난스럽게 내가 조선인이라고 떠들고 다닐 필요를 느끼지 않았을 뿐'이라고 설명한다. 여기에서 미나미 선생과 이(李) 사이에 미묘한 간격이 발생한다. 미나미 선생의 '조선인이라는 것을 감추려고 했던 것은 아니'고, '유난스럽게 내가 조선인이라고 떠들고 다닐 필요를 느끼지 않았을 뿐'이라는 말은, 즉 자신은 조선인이라는 것을 '내색하지 않았다'라는 것이다. 이(李)는 그것을 미나미 선생이 '자신이 조선인이라는 것을 감추려고 했던 것'으로 인식한다. 요컨대 조선인임을 '감추려고 했던' 것과 '내색하지 않았던'것의 인식 차이가 미나미 선생과 이(李) 사이에 있는 차이인 것이다. 그 차이는 적다고도 할 수 있고 크다고도 할 수 있다. 그런데 미나미 선생은 그 차이를 적다고 보았고, 이(李)는 그 차이를 크다고 생각하는 것이다.

358

　그러나 미나미 선생은 이(李)와의 대화에서, 자신이 조선인이라고 대답하는 목소리가 어딘지 약간 떨리고 있었고, 적어도 그를 대하는 동안은 아마 자신의 호칭이 신경 쓰였던 것 같다고 생각한다. 미나미 선생은 그런 점에서 태연한 마음으로 그를 대할 수 없었으며 또한 그것은 자신 안에 품었던 비굴한 마음의 증거임이 틀림없다고 생각하는 것이다. 미나미 선생은 '자신은 비비꼬고 싶지도 않고 또 비굴한 흉내도 내고 싶지 않다'는 이(李)의 말에 '자신은 아이들과 유쾌하게 지내고 싶었을 뿐'이라고 말한다. 미나미 선생 입장에서 그 말은 사실이었다. 실제로 미나미 선생은 자신의 말 그대로 아동부 아이들과 유쾌하게 지내는 선생이었던 것이다.5

　미나미 선생은 아이들을 위한다는 명분으로 자신이 조선인이라는 사실을 아무에게도 '말을 안 하고' 있었다. 그것이 그에게는 위선으로 생각되지 않았고 무엇보다 아이들과 잘 지내기 위해서는 어쩔 수 없는 선택이었다고 생각한다. 식민지 시대에 일본어 이름을 부정하지 않고 조선인임을 '말을 안 하고 있는' 사람의 가치관은 기본적으로 문제를 만들지 않기 위한 생각을 그 바탕에 두고 있다. 「빛 속으로」의 미나미 선생이 바로 그런 모습이다. 미나미 선생은 문제를 만들지 않기 위해서 조선인임을 내색하지 않고 일본인식으로 행동하고 있었다고 할 수 있다.

　실제로 미나미 선생이 조선인이라는 사실이 알려지자 학생들 사이에서는 동요가 일어난다. 미나미 선생이 이(李)와 조선어로 이야기하는 것을 본 야마다 하루오라는 학생은 미나미 선생에게 '야, 조센진(朝鮮人)!'이라고 부를 정도로 태도가 돌변하는 것이다. 미나미 선생은 자신의 조선어 이름을 내색하지 않음으로써 학생들과 친하게 지낼 수 있었다고 생각할 수 있다.

그러나 하루오는 자신의 정체성에 고민을 하던 아이였기에 예외로 해야 한다. 사실 대부분의 아이들은 그가 일본인이든 조선인이든 아무런 상관이 없었다고 생각된다. 아이들은 그들끼리 어울리는 데 피부색이 달라도 아무런 문제가 되지 않았던 것이다. 이러한 아이들에게는 그가 일본인 미나미 선생이든 혹은 조선인 남 선생이든 역시 아무런 상관이 없는 것이다. 아이들은 단지 자신들을 잘 대해주는 선생이 좋은 것일 뿐이다. 그는 자신이 조선인이라고 하면 아이들이 이상한 선입견을 가지고 자신을 대할 것이고 그것은 무서운 일이라고 말하지만, '아이들이 선입견을 가지고 자신을 대할 것'이라는 생각 자체가 아이들에 대한 자신의 선입견이라고 할 수 있다. 아이들은 어떠한 경우라도 선입견을 가지지 않는다. 아이들은 순수하다. 실제로 이(李)와의 대화에서 미나미 선생이 조선인이라는 사실이 밝혀져도 그 뒤 아이들은 아무런 변화 없이 그와 논다. 그가 이(李)와 대화하면서 허둥대기까지 한 것은 자신의 논리가 맞지 않는 것을 알고 있기 때문이라고 할 수 있다. 미나미 선생이 조선인의 자긍심, 즉 민족정신이 부족하다는 사실은 분명하다. 그는 자신의 현실에 대하여 정면으로부터 생각하려고 하지 않았다. 요컨대 미나미 선생은 단지 아동부 아이들과 유쾌하게 지내면서 식민지 조선의 비참한 현실을 잊고 싶었던 것이었을 뿐이라고 생각된다.

그런데 미나미 선생은 하루오를 둘러싸고 이(李)와 말싸움을 벌이게 되는 사건을 계기로 비로소 자기 자신을 둘러보게 된다. 그는 자신이야말로

위선자가 아닐까 하는 생각을 하는 것이다. 그는 놀란 듯이 언제나 그래
왔듯 스스로를 변명하는 이유를 생각해내려고 했다. 그러나 이제는 소용
이 없게 된다.

"위선자, 넌 또 위선을 부리겠다는 거군."

내 옆에서 하나의 목소리가 들렸다.

"너도 이제는 끈기가 바닥나서 비굴해지기 시작한 거 아닌가."

나는 깜짝 놀라 그 목소리를 깔보듯이 대답했다.

"왜 나는 비굴해지지 않겠다, 않겠다며 늘 큰 소리를 치지 않으면 안 되었을
까? 그게 오히려 비굴의 늪으로 발을 집어넣기 시작한 증거는 아닌가……."

그러나 나는 말을 끝까지 마칠 용기가 없었다.[6]

미나미 선생은 무조건 곧이곧대로 자신의 이름을 고집하는 이(李)와 같
은 시대를 자신은 이미 지나왔다고 생각한다. 그는 곧이곧대로 자신의 이
름을 고집하는 것보다 상황에 맞게 처신하는 것이 모두에게 좋다는 생각
을 가지고 있었다. 무엇보다 여기는 식민지 시대의 일본 땅이었다. 미나
미 선생은 자신이 조선인임을 숨긴 것은 아니었으나 그것을 내색하지 않
았다. 그는 적당한 선에서 타협하였다. 문제를 만들고 싶지 않았기 때문
이다. 그러나 그렇다고 해서 모든 상황이 정리되는 것은 아니었다. 미나
미 선생은 이(李)와의 만남을 통하여 이러한 그의 모습이 위선이며 비굴
한 행동이라는 생각에 도달한다. 그는 자신의 행동이 위선이라는 것을 알
고 있기에 더 큰소리로 비굴하지 않다고 외치고 있었던 것이다. 그는 지

금까지 미나미 선생으로 불리는 것이 편하다며 스스로에게 합리화시키고 그동안 덮어두려 했던 자신 내면의 비굴함을 발견하게 된다.

그것은 확실히 위선(僞善)이었다. 그리고 그는 위선이라는 것을 알면서도 더 큰소리로 비굴하지 않다고 외치는 이유를 너무나 잘 알고 있었다. 그는 일본 땅에서 조선인임을 의식할 때, 늘 무장을 하고 '혼자만의 부질없는 연극'을 하고 있었던 것이다. 그는 일본 땅에서 언제나 의식적으로 행동을 하지 않을 수 없었던 것이다. 조선인이었기 때문이다. 그러나 그는 자신의 또 하나의 목소리를 통하여 '혼자만의 부질없는 연극'에 지쳐 있는 현재의 모습을 발견한다. 그가 무장하고 있던 무게만큼 피곤하였을 것이다. 그는 이제 자신의 무장을 해제하고 '혼자만의 부질없는 연극'을 끝낼 때가 온 것을 깨닫는다. 미나미 선생은 자신의 위선적이며 비굴한 행동에 대하여 그것을 인정할 용기를 가지는 것이다.

한편, 미나미 선생을 변화시키는 또 하나의 중요한 인물은 하루오이다.

하루오는 그와 비슷한 처지였다. 미나미 선생은 일본인 아버지에 대한 무조건적인 추종과 조선인 어머니에 대해 맹목적인 배척을 하는 하루오와 만나면서 그가 자신과 비슷한 처지에 있는 것을 안다. 미나미 선생은 자신이 조선인이 아니라고 외쳐대는 하루오에게서 자기 자신의 모습을 발견하게 되는데, 그는 조선인 어머니에 대해 비뚤어진 애정을 가지고 있던 하루오에게 올바른 애정을 느끼게 함으로써 그를 변화시킨다. 이것은 그의 공이었다. 그런데 그는 이러한 하루오를 통하여 자신도 위선과 비굴한 행동에서 벗어날 용기를 얻게 된다. 미나미 선생은 하루오를 지도함으로써 그와 함께 자신도 변하게 되는 것이다. 그는 자신과 비슷한 처지에 있는 하루오를 도움으로써 자신도 조선인으로서의 자긍심을 되찾는 과정을 걷는 것이다.

어머니의 병문안을 다녀온 하루오는 미나미 선생이 사준 언더셔츠로 갈아입고 남루한 웃옷을 옆구리에 낀 채로 때로 휘파람까지 분다. 그는 이러한 하루오가 뭐라고 말할 수 없을 정도로 귀엽게 느껴졌으나 그다지 아이에게 말을 걸 수가 없었다. 아직 자신이 하루오에게 미나미 선생이었기 때문이었다. 물론 그는 하루오가 자신을 잘 따르고 있다는 것은 알고 있었지만, 하루오의 마음이 어떠한지는 아직 모르는 상태였다. 그는 하루오가 자신을 조선인 남 선생으로 인정해줄 때까지 완전히 마음을 놓을 수가 없는 것이었다. 그러나 하루오는 이미 조선인 남 선생을 인정하고 있었다. 하루오는 조심스럽게 그의 손을 잡아끌며 그의 몸에 바짝 다가와 응석부리듯이 다음과 같이 말한다.

"선생님, 저는 선생님 이름 알고 있어요."

"그래?"

나는 멋쩍음을 감추려고 웃어 보였다.

"말해 보렴."

"남 선생님이시죠?"

이렇게 말하고 그는 나의 손에 제 옆구리에 끼고 있던 윗옷을 내던지고 즐거워하면서 돌계단을 뛰어 내려가는 것이었다.

나도 겨우 구제받은 것 같은 가벼운 발걸음으로 쓰러질 듯이, 재빨리 그의 뒤를 쫓아 내려갔다.[7]

하루오에게 남 선생님이라고 들음으로써 일본인 미나미 선생은 조선인 남 선생이 된다. 하루오가 자신의 옆구리에 끼고 있던 낡은 윗옷을 남 선생에게 내던지는 것은 낡은 것을 버리고 새롭게 태어나고 싶다는 그의 의지의 표현일 것이다. 이렇게 그는 하루오가 자신을 조선어 이름인 남 선생님으로 불러주었을 때, 자신의 조선인으로서의 정체성을 되찾는다. 그러므로 하루오로부터 자신의 조선어 이름을 들었을 때, 그는 비로소 구제받은 것 같은 마음이 되어 가벼운 발걸음을 내디딜 수 있는 것이다.

조선인 어머니가 없다던 하루오가 조선인 어머니를 인정한 이상, 그가 조선인 남 선생을 인정하는 것은 어려운 일이 아니었다. 하루오가 남 선생을 따라 나왔을 때 이미 그는 조선인 남 선생을 인정하고 있었다고 볼 수 있다. 그러나 미나미 선생이라는 이름에 부담을 느끼고 있던 남 선생은 하루오의 입에서 자신의 조선인 이름을 들을 때까지 안심할 수 없었다. 그는 하루오의 입에서 남 선생님이라는 조선어 이름을 듣고서야 비로소 자신의 조선인으로서의 정체성을 확인받는 것이다. 하루오가 미나미 선생이 아닌 남 선생님이라고 불러주었을 때, 그는 그동안 내내 가지고 있었던 마음의 짐으로부터 벗어날 수 있게 되는 것이다. 그의 가벼운 발걸음이었지만 '쓰러질 듯'한 모습이 그 기쁨의 정도를 말해준다. 그가 자신의 조선어 이름이 불려지는 것을 얼마나 애태우고 있었던가를 알 수 있다. 여기에서 비로소 일본인 미나미 선생은 조선인 남 선생이 되는 것이다.

이렇게 그는 하루오를 통하여 일본인 미나미 선생이 아니고 조선인 남 선생이라는 자신의 정체성을 되찾는다. 일찍이 그가 조선인이라는 사실이 알려지자 자신의 선생을 '야 조센진!'이라고 부르던 하루오였다. 그러

나 지금 그러한 하루오가 자신을 조선인 남 선생님이라고 인정하는 것이
다. 하루오가 자신을 남 선생님으로 부르면 협회의 다른 아이들도 그렇게
부를 것이다. 그는 남 선생이라는 이름으로 아동부 아이들과 올바른 관계
를 맺게 될 것이다. 이렇게 자신의 정체성을 찾았을 때 인간은 비로소 당
당해질 수 있다. 이름은 자신의 정체성을 드러내는 가장 직접적인 상징물
이어서 그 이름에 대하여 언제 어디서라도 당당해질 수 있을 때, 인간은
정체성을 찾을 수 있는 것이다.

남 선생에게 자신을 뒤돌아볼 계기를 만들어준 것은 이(李)와 하루오였
다. 두 사람의 역할은 중요하다. 남 선생이 두 사람과의 만남을 통하여 자
신의 문제를 객관적으로 살피게 되었기 때문이다. 그러나 여기에서 중요
한 사실은 남 선생이 비록 두 사람의 도움을 받기는 하였으나, 궁극적으
로 그는 자신의 힘으로 정체성을 되찾는다는 것이다. 남 선생은 조선인임
에도 일본인 취급을 받는 것에 대하여 정체성의 혼란을 겪지만, 곧 합리
화시키며 이에 적응하는 듯이 보인다. 하지만 적응했다고 해서 조선인인
남 선생이 일본인 미나미 선생이 되지는 않는 것이다.

결국 그는 '혼자만의 부질없는 연극'에 지치게 되어, 자신의 무장을 스
스로 해제하고 '혼자만의 부질없는 연극'을 끝낸다. 그는 또 하나의 자신
의 목소리에 귀를 기울여 현재 자신의 모습을 알게 된다. 그리고 남 선생
은 또 하나의 자신에게 따져들고 몰아붙이며 싸워서 자신의 정체성을 찾
았던 것이다. 그는 하루오의 어머니에게 자신이 하루오의 선생인 남이라
고 분명하게 밝힌다. 여기에서 그는 조선인 남 선생이 되었다. 그리고 하
루오가 그 이름을 확인시켜 주었던 것이다. 그는 자신의 힘으로 조선인

남 선생이라는 자신의 정체성을 회복하는 것이다.

여기에서 간과해서는 안 되는 것이 있다. 이 작품에서 정순 사건 때 남 선생은 그녀를 돕기 위하여 아이쇼(相生)병원의 윤 의사에게 전화를 걸어 도움을 요청하는 장면이 있다. 그런데 여기에서 남 선생은 윤 의사에게 자신을 남 선생이라고 말한 뒤, 정순의 일을 부탁했음에 틀림이 없다는 사실이다. 남 선생은 윤 의사에게 자신이 미나미 선생이 아닌 남 선생이라고 말했을 것을 상상하기는 어렵지 않다. 왜냐하면 만약 그가 윤 의사에게 자신이 미나미 선생이라고 하면 윤 의사는 그가 누구인지 알 수가 없기 때문이다. 남 선생이 환자를 부탁할 정도로 친한 사이인 윤 의사는 분명히 남 선생이 조선인이라는 사실을 알고 있었을 것이다. 요컨대 남 선생이 조선인이라는 사실은 적어도 협회 밖에서는 모두가 알고 있는 사실이었다고 생각할 수 있다. 남 선생이 미나미 선생으로 통하는 것은 협회 안에서 뿐이었다. 그러나 마침내 협회안의 미나미 선생까지 조선인 남 선생이 되는 것이다.

한편 「빛 속으로」에서 중요한 요소로 작용하는 것은 조선어이다.

이 작품에서는 조선어를 통하여 새로운 사실이 발견되거나, 중요한 인식의 전환이 이루어진다. 이 작품에서 마음속의 깊은 대화는 일본어가 아니고 조선어로 이루어진다. 요컨대 이(李)는 '나'를 '선생님'하고 부르는데 그것은 조선어였다. 이(李)는 일본어로 말을 걸어야 할지 조선어로 말을 걸어야 할지 망설였지만 생김새로 보아 남 선생이 조선인이 분명하다고 생각하고 조선어로 말을 건다. 그리고 이러한 이(李)의 질문에 '나'도 역시 조선어로 대답하는 것이다. 조선어로 이야기를 하는 것은 그것이 내면에 감추어져 있는 중요한 이야기이기 때문이다. 조선어로 이야기하는 것에 의하여 미나미 선생이 조선인인 남 선생이라는 사실이 밝혀진다.

2) 야마다 하루오 - 자신의 정체성을 찾아가는 과정 -

다음에는 야마다 하루오에 대하여 살펴보자.

하루오는 '나'가 가르치는 S대학 협회의 학생이다. 그는 처음에 '나'에게 '참으로 이상한 아이'로 인식된다. 하루오는 다른 아이들의 무리에 들어가려고 하지 않고 항상 겁먹은 듯 그 옆을 맴돌기만 했다. 하루오가 다른 아이들과 어울리지 못하고 그 옆을 맴돌기만 한 이유는 자신의 가족에게 있었다. 그가 일본인 아버지와 조선인 어머니를 가졌기 때문이다. 하루오는 자신의 집(가족)에 대하여 고민을 가지고 있었기 때문에, 밤이 깊어질 때까지 절대 집으로 가려고 하지 않고 또 제가 사는 곳을 절대로 가르쳐 주려고 하지 않았다. 그는 자신의 아버지가 일본인이고 어머니가 조선인이라는 사실 때문에 학교에서 다른 아이들과 어울리지 못할 정도로 정체성에 많은 혼란을 느끼고 있는 것이다.

남 선생은 기묘한 사건으로 일본인 아버지와 조선인 어머니 사이에서 고민하는 하루오를 만난다. 그리고 이(李)에게 일본어 이름에 대한 추궁을 받고 고민하고 있던 남 선생은 자신과 비슷한 처지에 있던 하루오를 지켜보게 된다. 일본인과 조선인이라는 관계로부터 볼 때, 자신과 하루오는 비슷한 처지였던 것이다 자신의 몸에 조선인의 피가 흐르고 있다는 사

실을 혐오하는 하루오는 미나미 선생이 조선인이라는 사실이 밝혀지자
자신의 선생임에도 불구하고 '야 조센진!'이라고 부를 만큼 조선인을 경
멸하고 있었다. 그의 어머니가 아버지의 칼에 맞아 병원에 실려 갈 때도
하루오는 '조센진 따위 우리 어머니가 아니'라고 하면서 자신의 조선인
어머니를 부정한다.

이렇게 하루오가 조선인을 부정하게 된 이유는 그의 아버지인 야마다
한베에(山田半兵衛)의 영향 때문이었다. 그의 아버지인 한베에가 자신이
일본인(내지인)이라는 이유로 조선인 아내에게 폭행을 일삼는 것을 보아온
하루오는 조선인이라는 사실이 부끄러운 것이고, 숨겨야 할 대상으로 인
식된다. 그에게는 자신의 어머니가 조선인이라는 것이 부끄러운 일로서
남에게 숨겨야 할 대상이었던 것이다.

남 선생은 머리 색깔이 다른 터키인 아이조차 이쪽 아이와 다투면서 천
진스럽게 장난치는 걸 보면서, 어째서 조선인의 피를 받은 하루오만은 그
렇게 안 되는 것이었을까를 생각해본다. 그런데 그는 곧 그 까닭을 알게
된다. 하루오는 조선인 어머니를 가지고 있는 자신의 존재를 의식하고
'늘 무장을 해왔던' 것이다. 남 선생 자신이 늘 일본 땅에서 무장을 해왔
던 것처럼 하루오도 이곳에서 자신의 존재를 의식하고 무장하고 있었던
것이다.

하루오는 학교가 파하고 집에 갈 때 일부러 멀리 돌아간다. 이것은 사
람들이 자신의 집을 알지 못하게 하려는 그의 의식적인 행동이었다. 그가
다른 아이들의 무리에 들어가려고 하지 않고 그 옆을 맴돌기만 했던 것도
역시 의식적인 행동이었다. 어린이들끼리는 설사 머리 색깔이 달라도 아

368

무런 문제가 없는 것이다. 그러나 하루오가 아이들과 어울리지 못하였던 이유는 그가 의식적인 무장을 하고 있었기 때문이었다. 자신은 조선인이 아니라고 울부짖는 하루오와 자신의 행동은 위선이 아니라고 외치는 남 선생은 같은 처지에 있었던 것이다. 남 선생은 자신과 비슷하게 일본인과 조선인 사이에서 고민하는 하루오를 이해한다.

> 그가 조선인을 보면 거의 충동적으로 큰 소리로 조센진, 조센진 하고 말하지 않고는 견딜 수 없었던 심정을 나는 희미하게나마 이해할 수도 있을 것 같기도 하였다. 하지만 그는 나를 본 맨 처음 순간부터 조선인이 아닐까 하는 의구심을 품으면서도 늘 나를 따라다니고 있었던 것은 아닐까. 그건 분명 나에 대한 애정이지 않을까. '어머니 것'에 대한 무의식적인 그리움일 것이다. 그리고 그것은 나를 통해 할 수 있는 어머니에 대한 애정의 비뚤어진 하나의 표현임에 틀림없었다.[8]

남 선생은 하루오를 보면서 일본인의 피와 조선인의 피를 물려받은 한 소년의 내부에 있는 조화되지 않은 분열의 비극을 생각한다. 하루오에게 는 '아버지의 것'에 대한 무조건적인 헌신과 '어머니의 것'에 대한 맹목적인 배척, 그 두 가지가 늘 상극하고 있었다. 그러나 남 선생은 하루오가 '어머니의 것'에 대한 맹목적인 배척 뒤에 역시 어머니에 대한 따뜻한 숨결이 배어 있을 것이라고 생각한다. 본능적인 어머니에 대한 애정이 하루오에게만 결여된다고 생각할 수 없는 일이었기 때문이다. 이렇게 남 선생은 조선인을 보면 거의 충동적으로 큰 소리로 조센진, 조센진 하고 말하

369

지 않고는 견딜 수 없었던 하루오의 행동이 사실은 조선인 어머니에 대한 애정의 비뚤어진 표현 방식이라는 것을 발견한다.

그는 단지 하루오가 비뚤어져 있는 데 지나지 않는 것이라고 생각한다. 그가 남 선생을 '조센진'이라 부르는 것이나 남 선생 앞에서 일부로 어린 여자애를 두고 '조센진 잡아라'와 같이 조선인을 멸시하고 있는 행동의 배경에는 조선인 어머니에 대한 무의식적인 그리움이 숨겨져 있었던 것이다. 그렇기 때문에 하루오는 조선인일 것 같은 남 선생 옆에서 언제나 맴돌았던 것이다. 그것은 분명히 조선인인 남 선생에 대한 애정과 더불어 자신의 조선인 어머니에 대한 애정의 비뚤어진 표현 방법이었다. 남 선생은 하루오가 그와 친해진 것도 실은 어머니에 대한 사랑의 또 다른 표현이라는 것을 알게 되는 것이다.

그러나 하루오의 조선인 어머니에 대한 비뚤어진 애정은 남 선생을 통하여 바뀌게 된다. 하루오는 자신과 비슷한 처지에 있던 남 선생을 만나면서 변화하기 시작한다. 그는 억수같이 비가 내리던 날, 자신의 집에 가지 않고 남 선생을 찾아온다. 하루오는 자신을 애정으로 대하는 남 선생에게 마음을 열게 되는 것이다. 남 선생은 하루오에게 따뜻하게 대하고 그의 상황을 이해해줌으로써 하루오의 조선인 어머니에 대한 비뚤어진 애정을 올바른 애정으로 이끌어준다. 남 선생은 따뜻한 손길을 내밀어 지도해 간다면 반드시 하루오가 차츰 자신의 깊은 인간성에 눈뜨게 될 것이라고 믿었던 것이다.

한편 아버지에 대한 하루오의 생각도 바뀌어 간다. 아버지에 대해 무조건적인 추종을 하던 하루오였지만, 아버지가 병원에 갔었냐는 남 선생의 말에 하루오는 '가긴 뭘 가요'하고 약간 반항하는 투로 말한다. 이것은 지금까지 일본인 아버지를 추종하던 하루오에게 있을 수 없었던 행동이었다. 하루오는 아버지가 있는 자신의 집에 가지 않고 남 선생의 방에 있을 수 있도록 떼를 쓴다. 그도 자신의 아버지가 잘못하고 있다는 것을 알게 되는 것이다.

그리고 하루오는 자신을 이해해주는 남 선생을 통하여 자신의 어머니에게 찾아갈 용기를 얻고, 마침내 어머니의 병실을 찾아가는 것이다. 조선인 따위가 자신의 어머니가 아니라고 했던 하루오는 남 선생과의 만남을 통해 어머니에 대한 올바른 애정을 가지게 되고, 어머니의 병원에 자신이 나름 약이라고 생각하는 것을 가지고 찾아온다. 남 선생의 따뜻한 보살핌으로 하루오는 조선인 어머니가 부끄럽고 숨기고 싶은 대상에서부터 애정의 대상으로 바뀌게 되는 것이다.

남 선생은 하루오를 우에노(上野)공원에 데리고 가서 백화점에서 그에게 옷을 사준다. 백화점에서 에스컬레이터를 나란히 탔을 때 하루오는 행복한 듯 표정이 환해져 있었다. 이러한 하루오를 보고 남 선생도 넘칠 듯한 기쁨을 온몸으로 느낀다. 이것은 자신이 하루오를 변화시켰다는 설레는 감정의 표현이라고 할 수 있다. 또 선생으로서 자신이 가르치는 학생을 올바른 길로 인도하였다는 긍지도 있을 것이다. 하루오는 남 선생이 사준 언더셔츠로 어느새 갈아입고 남루한 웃옷을 옆구리에 낀 채로 때로 휘파람까지 분다. 음울하고 회의적이었던 하루오는 남 선생과의 만남을 통하여 밝은 표정의 얼굴로 변해가는 것이다.

무엇보다 하루오는 남 선생과의 만남을 통하여 자신의 꿈을 찾아간다.

하루오의 꿈은 무용가가 되는 것이었다. 하루오가 '난 무용가가 될 거예요'라고 말할 때, 잠시 그의 몸이 광채를 뿜어내는 것처럼 보였다. 그는 '난 춤추는 것을 좋아해요. 하지만 밝은 곳에서는 안 돼요. 무용은 전깃불을 끄고 어두운 곳에서 하는 걸요'라고 말한다. 하루오가 춤을 아주 잘 춘다는 것은 그의 어머니에게서 이미 들은 이야기였다. 남 선생은 자신도 춤을 아주 좋아한다고 말하며 하루오가 춤을 추는 모습을 그려본다.

> 내 눈앞에는 이 불우한 환경 속에서 태어나 상처받고 삐뚤어져 살아온 한 소년이 무대 위에서 다리를 벌리고 팔을 뻗어 쏟아지는 빨강, 파랑, 여러 빛깔의 빛을 쫓으며 빛 속에서 춤을 추는 영상이 어른거렸다. 내 온몸에 생생한 기쁨과 감격이 넘쳐오는 게 느껴졌다. 그도 만족스러운 듯 미소를 지으면서 나를 바라보았다.[9]

하루오는 어두운 곳에서 춤을 추는 것을 좋아하여 밝은 곳에서는 안 된다고 하였으나, 그러나 무용은 그가 말한 것처럼 전깃불을 끄고 어두운 곳에서 하는 것이 아니었다. 무용은 남 선생이 그려보는 것처럼 무대 위에서 여러 빛깔의 빛을 쫓으며 빛 속에서 춤을 추는 예술인 것이다. 하루오가 밝은 곳이 아니고 어두운 곳에서만 춤을 추었던 것은 그가 밝은 곳을 모르고 어두운 곳에서만 생활하고 있었기 때문이다. 그러나 남 선생은 어두운 곳이 아니고 빛 속에서 춤을 추고 있는 하루오를 생각한다. 비뚤어진 어머니에 대한 애정을 바로잡은 하루오는 이제 어두운 곳이 아닌 빛 속에서 춤을 출 것이 틀림없다.

이렇게 하루오는 자신의 꿈을 발견하고 남 선생은 이러한 하루오를 통하여 그를 지도할 꿈을 가진다. 남 선생은 오랜 식민지 시대를 겪어서 지쳐 있었지만 어린 하루오를 통하여 미래를 꿈꾸는 것이다. 이들에게 빛이라는 것은 그들이 함께하는 민족의 미래였다. 하루오는 남 선생의 도움으로 어머니에 대한 올바른 애정을 찾고 자신의 정체성을 찾는다. 또 하루오는 무용가가 되고 싶다는 자신의 꿈을 찾았다. 지금의 하루오는 이제까지 자신의 존재를 부끄러워하던 하루오가 아니다. 당당하게 자기 자신을 세우고 무용가가 되겠다는 자신의 꿈을 말하는 하루오인 것이다. 또한 하루오에게는 그를 애정으로 감싸주는 남 선생이라는 조선인이 있었다.

그런데 앞에서 말했듯이 남 선생도 하루오의 도움으로 비로소 자신의 정체성을 되찾는다. 이렇게 이 작품에서 남 선생과 하루오는 서로의 정체성을 되찾아 주는 역할을 한다. 하루오가 남 선생의 가르침으로 어머니에 대한 올바른 애정을 알게 되듯이, 남 선생도 하루오를 통하여 미나미 선생에서 남 선생이 된다. 하루오는 어머니의 애정(愛情)의 세계로 발을 내딛고, 남 선생도 미나미 선생이라는 일본어 이름에서 헤어나는 것이다. 하루오는 자신의 조선인 어머니를 조선인으로서 이해하고, 또한 남 선생을 조선인 선생으로 받아들인다. 하루오는 조선인 어머니를 인정함으로써 조선인의 피를 가진 자신의 정체성도 찾게 되는 것이다.

3) 야마다 테이준에서 정순(貞順)으로의 변화

야마다 테이준은 하루오의 어머니로 조선인이다. 야마다 한베에는 테이준을 칼로 찔러 그녀는 병원에 입원한다. 한베에가 테이준을 칼로 찌른 이유는 자신이 감옥에 있을 때, 그녀가 이웃인 조선인 이(李)의 어머니 집에 다녔다는 것이었다. 그만큼 한베에는 조선인을 싫어한다. 한베에가 조선인을 극도로 미워하는 이유는 그가 일본인 아버지와 조선인 어머니 사이에서 태어났다는 배경이 있었다. 그것은 자신에게 흐르고 있는 조선인의 피에 대한 거부라고 볼 수 있다. 그에게는 아마도 자신의 아내와 같이 무력했을 조선인 어머니가 콤플렉스로 존재하고 있음에 틀림없다.

앞에서 살펴보았듯이 이러한 한베에의 의식은 아들인 하루오에게 조선인을 부끄러운 존재로 인식시켜 자신의 조선인 어머니를 부정하도록 만든다. 그러나 테이준은 이러한 한베에를 나쁜 사람으로 인식하지 못하고 그곳에서 안주하려고 하는 인물로 그려진다. 그녀는 아무런 이유도 없이 핍박받으면서도 자신과 자신의 아들이 세상 밖으로 나가는 것을 두려워하여, 남 선생에게 하루오를 그냥 혼자 내버려두라고 말하는 것이다. 이러한 테이준이라는 인물은 폭력에 침묵하고 참아내는 대다수의 식민지 조선인들을 대변하고 있다고 생각된다.

야마다 테이준은 일본 이름이다. 그런데 야마다 테이준이라는 이름은 일본어와 조선어가 혼합된 것으로, 즉 성(姓)은 일본 이름이고 이름은 조선 이름으로 볼 수 있다. 그녀는 야마다라는 일본인과 결혼하였기에 야마다라는 일본 성을 사용하지만, 이름은 그녀의 실제 이름인 조선어의 정순이라는 이름을 사용한다. 단지 일본식으로 읽을 때 이것이 테이준이 되는 것이다. 하지만 앞의 '남'의 경우와 같이 테이준은 일본식 이름으로 잘못된 것으로, 이 이름은 조선어로 정순이라고 읽어야 맞다.

이 작품에서 야마다 테이준의 정체성은 그녀의 이름 그대로 일본인적 사고와 조선인적 사고가 동시에 존재한다. 즉 그녀의 일본인적 사고는 일본어를 통하여 말해지고, 조선인적 사고는 조선어를 통하여 나타난다. 예를 들어 테이준은 윤 의사가 일본어 억양과 그 조선식 이름으로 보아 조선인임을 추측하고 조선어로 물어도 그녀는 일본어로 대답한다. 그리고 남 선생이 그녀의 병실을 방문하여 자신이 하루오의 선생인 '남'이라고 말하였을 때도 역시 그녀는 일본어로 이야기를 시작한다. 그녀는 테이준이라는 일본인적 사고로 윤 의사와 남 선생을 대하고 있는 것이다. 테이준은 남 선생에게 일본어로 말한다.

> "하루오는 내지인입니다…… 하루오 역시 그렇게 생각하고 있지요…… 그 아이는 제10 아이가 아닙니다…… 그걸…… 선생님이 방해하는 것은…… 저는 나쁘다고 생각합니다……"11

테이준은 하루오가 일본인으로 자신의 아이가 아니라고 거짓말을 한다. 여기에서 테이준의 생각을 알 수 있다. 요컨대 자신이 조선인이어서 자신의 아들에게 조선인의 피가 섞여 있지만, 그녀는 하루오를 식민지 조선의 영향에서 벗어난 완전한 일본인으로 만들고 싶은 것이다. 그때문에 그녀는 하루오가 자신의 아이가 아니라고 부정하면서 남 선생에게 하루오를 방해하지 말라고 말하는 것이다. 물론 이러한 테이준의 말은 자신의 진정을 숨기는 것으로 그녀의 진실한 마음이 아니었다. 그런데 이러한 테이준의 말은 일본어로 말해진다. 또한 테이준은 남 선생과의 대화에서 자신이 조선인이라는 사실을 밝히면서도 계속 일본어로 이야기한다. 그녀에게는 자신이 조선인이라는 사실이 부끄러운 것이었다. 그녀는 그녀의 일본식 이름인 테이준이라는 이름대로 일본인적 사고로 생각하고 있다고 할 수 있다.

그러나 남 선생과 이(李)의 어머니의 도움으로 마음을 연 테이준은 곧 조선어로 이야기를 하게 된다. 그녀의 조선인적 사고가 발생하는 것이다. 이(李)의 어머니가 와서, 병원을 나서는 남 선생에게 기어 들어가는 조선어가 들리는데 그것은 그녀가 이(李)의 어머니에게 애원하며 말하는 조선어였다.

아주머니…… 나 돌아가지 않아요…… 게다가 내 얼굴에 끔찍한 상처가 생긴다는군요…… 그렇게 되면…… 그 사람…… 저를 팔아 버리겠다고도 하지 못하겠지요…… 아무도 이런 나 같은 여자 따위 사지는 않을 테니까……[12]

상처가 나으면 조선으로 돌아가라는 이(李)의 어머니의 말에 그녀는 자신은 돌아갈 수 없다고 말한다. 그리고 그녀는 이제 자신과 같은 여자는 팔아 버리려고 해도 아무도 자신 따위는 사주지도 않을 것이라고 말하는 것이다. 그녀의 말은 유곽 언저리에서 일하다 겨우 탈출해 온 여자의 항변으로 자연스럽게 이어진다.[13] 그녀는 자신의 얼굴에 끔찍한 상처까지

내고 자신을 팔아 버리겠다고 한 한베에라는 사람에게 분노하거나 복수 하기는커녕 오히려 자신을 비하하는 무기력한 인물인 것이다.

이러한 그녀는 하루오가 왔다고 하며 이(李)의 어머니에게 '아주머니 나가주세요!…… 숨으라고요!'라고 까지 말하는 것이었다. 자신의 아들 인데도 불구하고 그가 왔다고 해서 아주머니에게 숨으라고까지 할 정도 로 그녀는 무기력한 사람이었다. 그녀는 자신의 어린 아들조차 두려워하 는 사람인 것이다. 그런데 그녀가 이렇게 이(李)의 어머니에게 말하는 말 은 이제까지 자신이 말하고 있던 일본어가 아니고 조선어였다. 그녀가 일 본어가 아니고 조선어로 말하는 이유는 그것이 마음으로부터 나오는 말 이었기 때문이다. 비록 무기력한 생각이었지만, 그녀는 조선어를 사용함 으로써 자신의 마음속에 숨겨져 있는 목소리를 내게 된다. 그녀는 조선어 를 사용함으로써 비로소 일본인 야마다 테이준에서 조선인 정순이 되는 것이다. 물론 그녀가 조선어로 이야기하여도 그녀에게 실질적으로 변화 된 것은 아무것도 없다. 그러나 그녀가 조선어를 사용한다는 것은 조선을 인정한다는 뜻이다. 그녀는 자신이 부정하고 있던 조선이라는 존재를 인 정함으로써 이전과는 다른 행동을 할 수 있는 가능성을 열어 놓았다는 것 에 의미가 있다고 생각된다. 이렇게 이 작품에서는 외면만의 언어인 일본 어와 내면으로부터 나오는 언어인 조선어를 분명하게 구별하고 있다. 그 리고 그것은 일본인식으로 살아가는 조선인과 조선식으로 살아가려는 조 선인이라는 관계로 나타난다.

야마다 테이준은 무기력한 존재였다. 그녀는 자신을 칼로 찌르기까지 한 한베에에게로부터 떠날 생각을 가지지도 않고 혼자서 생활할 의지도

377

없다. 자신의 아들인 하루오가 다른 학생들에게 따돌림을 당하는 것도, 하루오의 옷이 어느 아이보다 차림새가 지저분하고 이미 가을도 깊었는데 아직 회색의 너덜너덜한 여름옷을 입고 있는 것도, 학교에 어머니회가 있음에도 한 번도 학교에 찾아오지 않는 것도, 사실은 모두가 무기력한 그녀의 책임이었다고 할 수 있다. 하루오가 사랑하려고도 하지 않았고 또 사랑을 받는 일도 없었던 것도 어머니인 그녀의 책임이 크다고 생각할 수 있다.

그러나 보다 근원적으로 생각해보면, 불우한 환경에서 상처받고 살아온 하루오와 역시 상처받고 무기력한 정순의 인생은 모두 가장으로서 자신의 가정을 책임지지 않는 한베에의 책임이라고 할 수 있다. 하루오가 조선인을 미워하는 것도, 정순이 그러한 하루오를 겁내는 것도, 모두 그렇게 만든 한베에의 잘못이다. 그런데 이 작품에서 한베에의 모습은 보이지 않는다. 한베에는 철저하게 숨어 있다. 김사량은 「빛 속으로」에서 일본인인 한베에를 철저하게 무시하고 있어, 이 작품에서 한베에라는 존재는 나타나지 않는다. 이 작품에서 한베에가 언급된 것은 단지 남 선생이 만난 과거의 한베에의 모습뿐이고, 현재의 한베에는 그려지지 않는다. 하물며 김사량은 남 선생이 이사해 하루오와 둘이서 살 계획까지 세우도록 한다. 김사량은 이 작품에서 하루오의 아버지인 한베에라는 존재를 전혀 인정하지 않는 것이다.

이렇게 김사량이 이 작품에서 한베에를 배제시킨 이유는 일본인 한베에의 문제가 아닌 조선인의 문제로 생각하였기 때문이다. 김사량은 한베에가 아무리 나빠도 그것은 그의 문제이고, 자신들은 그러한 한베에를 극복할 수 있어야 한다고 생각하는 것이다. 궁극적으로 자신의 인생은 다른 사람이 아닌 자신이 결정해야 하기 때문이다. 이것은 실제로 이 작품에서 남 선생과 하루오 두 사람 모두 자신의 의지로 자신의 정체성을 회복하는 과정을 걷는 것에서 알 수 있다.

이것은 정순에게도 같은 의미로 말할 수 있다. 그녀가 일본어가 아니고 조선어로 이야기하는 것에 의하여 비로소 그녀에게는 한베에라는 구속으로부터 자유로워질 가능성이 발견된다. 조선어로 이야기를 한다는 것은 그녀가 조선인이라는 사실에 대하여 더 이상 부끄러움을 느끼지 않는다는 것이다. 그녀가 조선인이라는 사실에 더 이상 부끄러움을 느끼지 않는 이상, 한베에와의 관계에서도 자유로워질 수 있다고 생각할 수 있다. 미나미 선생에서 남 선생으로 됨으로써 남 선생이 자유로워졌듯이, 그녀도 테이준이 아니고 정순이 됨으로써 자유로워질 수 있는 것이다. 그녀는 조선어로 이야기함으로써 일본인 테이준에서 조선인 정순이 된다. 정순은 자신의 언어인 조선어를 찾음으로써 조선인으로서의 정체성을 회복해 갈 수 있다고 생각된다.

무엇보다 이러한 정순에게는 자신의 조선인의 피를 인정하고 어머니에 대한 올바른 애정을 찾은 하루오라는 아들이 있었다. 하루오가 어머니에 대한 애정을 깨우친 이상, 그녀도 하루오에게 어머니로서의 순수한 애정을 쏟을 수 있을 것이다. 이것은 그녀가 새로운 삶을 살아갈 수 있는 힘이 될 것이다. 그녀 옆에는 새롭게 태어난 하루오라는 희망이 있기 때문이다. 하루오가 남 선생을 통하여 변하였듯이, 정순도 하루오를 통하여 자신의 무기력한 생각을 바꿀 수 있을 것이다. 정순에게는 하루오가 있음으로써 새로운 가능성이 열려 있다고 할 수 있다. 정순은 어머니에 대한 애정을 확인하고 자신의 꿈을 발견한 하루오를 통하여 조선인으로서의 자긍심을 회복해 갈 것임에 틀림없다.

3. 결론

이상, 본서에서는 「빛 속으로」에서 나타나는 등장인물들이 일본인에서 조선식으로 살아가려는 조선인으로 자신들의 정체성을 찾아가는 과정에 대하여 생각해보았다. 요컨대 이 작품에서 일본어 이름에 고민하던 '나'는 학생인 이(李)와 하루오의 도움으로 조선인으로서의 정체성을 되찾는다. '나'는 일본 이름인 미나미(南)선생에서 조선 이름인 남 선생이 되면서 일본인에서 조선인으로서의 정체성을 회복한다. 그리고 일본인 아버지와 조선인 어머니 사이에서 정체성을 못 찾아 방황하던 하루오는 '나'의 도움으로 어둠에서 나와 빛의 길로 들어선다. 하루오는 '나'의 도움으로 조선인 어머니에 대한 올바른 애정을 찾으며 조선인의 피를 가진 자신의 존재를 인식한다. 이렇게 '나'와 하루오는 조선인이라는 정체성을 찾는 데 서로 도와주고 또 도움을 받는 관계를 가지게 된다.

한편 하루오의 어머니인 야마다 테이준은 '나'와 조선인 이(李)의 어머니의 도움으로 하루오와 올바른 관계를 맺게 된다. 앞에서 살펴본 것과 같이 야마다 테이준은 일본어로 이야기하는 것으로부터 조선어로 이야기를 시작하면서 그녀의 내면의 소리를 내게 된다. 이렇게 이 작품에서는 일본어가 아니고 조선어를 통하여 새로운 사실이 발견되거나 중요한 인식의 전환이 이루어진다. 일본인 야마다 테이준은 조선어를 사용함으로써 조선인 정순이 된다. 야마다 테이준은 조선인 정순(貞順)이 되면서 자신의 아들인 하루오와 함께 희망의 길을 걸어갈 것에 틀림없다. 이렇게 이 작품에서 등장인물들은 일본인으로부터 조선식으로 살아가려는 조선인으로 변화하면서 자신들의 정체성을 되찾는다.

역주

1 『아쿠타가와 상(芥川賞)전집』, 제2권, 문예춘추사, 1982년 3월, pp.392-401.

2 1940년 3월 6일 김사량은 도쿄(東京) 레인보 그릴에서 열린 문예춘추사 주최 아쿠타가와 상 수상식에 참석한다.

3 창씨제도는 1939년 11월 제령 제19호 조선민사령 중 개정의 건과 제령 제20호 조선인의 씨명에 관한 건이 함께 공포되어 이듬해 1940년 2월 11일부터 시행되었다.(정주수 『창씨개명 연구』 도서출판 동문, 2003년 7월, p.3)

4 예를 들어, 가네시로 카즈키(金城一紀)의 『레벌루션 No. 3(レウオリューション No. 3)』 (2001년 10월, 강담(講談)사)에서 이름과 정체성의 상관관계를 알 수 있다. 이 작품에 나오는 인물들은 자신의 이름이 정체성을 대변한다. 즉 이타라시키는 오키나와 출신이고, 가야노는 홋카이도(北海道) 출신이며, 그리고 박순신은 재일 조선인임을 나타내는 이름이다. 이렇게 이름은 자신을 드러내는 상징으로 나타난다. 때때로 이름은 자기 자신 그 자체다. 이타라시키, 가야노, 그리고 박순신이라는 이름은 일본 주류사회에서 필연적으로 아웃사이더로 남을 수밖에 없는 이름들이다. 그런데 그들을 주변부로 내모는 결정적인 요소는 이름

이다. 그들의 이름은 밝히는 순간 고개를 갸우뚱할 수밖에 없게 만들기 때문이다. 자신이 어떤 이름으로 불리고 그 이름이 어떤 뜻을 지니는가는 곧 자신이 어떤 정체성을 가지는가와 불가분의 관계에 있는 것이다.

5 미나미 선생은 S협회에서 아동부 아이들에게 인기 있는 선생이었다. 아이들은 '미나미 선생'을 부르면서 서로 자기를 안아달라고 한다. '수업을 끝내고 교실을 나오려고 하는 나는 금세 아이들에게 붙잡혀 마치 비둘기 사육사 아저씨처럼 되는 것이다. 한 놈은 어깨를 타고 한 놈은 팔에 매달리고 다른 한 놈은 쉴 새 없이 내 앞을 덩실거리면서 뛰어오른다. 몇은 내 양복과 손을 잡아끌고 혹은 뒤에서 소리를 지르고 밀어대며 내 방까지 온다. 거기서 문을 열려고 하면 벌써 들어가 기다리고 있던 아이들이 용을 쓰며 문을 열지 못하게 잡아당기고 있다. 이쪽에서도 아이들이 개미와 같이 모여들어 자꾸 열려고 한다. (중략) 드디어 이쪽이 개가를 올려서 밀려들어가면 방안에서는 먼저 와서 기다리던 예닐곱 명의 소녀들이 꺄악꺄악 소리를 지르며 좋아했다.' (『빛 속으로』강담사, 1999년 4월, pp.12-13)

6 『빛 속으로』강담사, 1999년 4월, p.33.

7 같은 책, p.56.

8 같은 책, p.30.

9 같은 책, p.54.

10 그녀는 자신을 첩(妾)이라는 말로 지칭한다. 그런데 첩이라는 말은 본처 이외의 여자를 나타내는 단어이다. 야마다 한베에가 자신의 남편이라고 하면서도 첩이라는 말로 자신을 표현하는 것을 보면 그녀가 자신의 존재를 얼마나 보잘것없이 생각하는지 알 수 있다.

11 『빛 속으로』강담사, 1999년 4월, p.44.

12 같은 책, p.46.

13 김응교「김사량『빛 속으로』의 이름, 지기미, 도시유람」,『민족문학사연구』민족문학사학회, 2002년 6월, p.401.

초출일람

1. 현월(玄月) 「그늘의 집(蔭の棲みか)」 – '서방'이라는 인물 –
   (『일본연구』 2004년 12월, 한국외대 일본연구소)

2. 현월(玄月) 「그늘의 집(陰の棲みか)」 – 욕망과 폭력 –
   (『일어일문학연구』 2005년 8월, 한국일어일문학회)

3. 현월(玄月)의 「나쁜 소문(悪い噂)」 – 료이치(涼一)의 변화 과정 추적을 통한 읽기 –
   (『일어교육』 2006년 3월, 한국일본어교육학회)

4. 현월(玄月)의 「나쁜 소문(悪い噂)」 – '소문'이라는 폭력 –
   (『일본연구』 2006년 6월, 한국외대 일본연구소)

5. 현월(玄月) 『무대 배우의 고독(舞台役者の孤独)』 – 노조무(望)의 페르소나(persona) –
   (『일본연구』 2008년 3월, 한국외대 일본연구소)

6. 현월(玄月) 「땅거미(宵闇)」에 나타난 성(性) – 공동체의 남성과 여성 –
   (『일본연구』 2009년 3월, 한국외대 일본연구소)

7. 현월 문학 속의 재일 제주인
   (『외국문학연구』 2011년 5월, 한국외대 외국문학연구소)

8. 소수집단 문학으로서의 재일 한국인 문학 – 가네시로 카즈키(金城一紀)의 「GO」를 중심으로 –
   (『일어일문학연구』 2004년 2월, 한국일어일문학회)

9. 『레벌루션 No. 3(レヴォリューション No. 3)』 『플라이 대디 플라이(FLY DADDY FLY)』의 주변인
   (『일본학연구』 2005년 10월, 단국대학교 일본연구소)

10. 재일 한국인의 연애와 정체성 – 가네시로 카즈키(金城一紀)의 『GO』 –
    (『일본연구』 2007년 3월, 한국외대 일본연구소)

11. 이양지 론 – 한국에서 작품을 쓴 재일 한국인 작가
    (『일어교육』 2005년 6월, 한국일본어교육학회)

12. 이양지(李良枝)의 『유희(由熙)』 – 그 언어적 특성 –
    (『일본연구』 2009년 9월, 한국외대 일본연구소)

13. 김사량(金史良)의 「빛 속으로(光の中に)」 – 일본인에서 조선인으로의 정체성 찾기 –
    (『외국문학연구』 2005년 11월, 한국외대 외국문학연구소)

재일 한국인 문학 연구

초판 1쇄 발행일 2011년 9월 5일

지은이 황봉모
펴낸이 박영희
편집 이은혜·김미선
책임편집 김혜정
펴낸곳 도서출판 어문학사
    132-891 서울특별시 도봉구 쌍문동 525-13
    전화: 02-998-0094 / 편집부: 02-998-2267
    팩스: 02-998-2268
    홈페이지: www.amhbook.com
    트위터: @with_amhbook
    블로그: 네이버 http://blog.naver.com/amhbook
            다음 http://blog.daum.net/amhbook
    e-mail: am@amhbook.com
    등록: 2004년 4월 6일 제7-276호

ISBN 978-89-6184-253-2 93810

정가 22,000원

이 도서의 국립중앙도서관 출판시도서목록(CIP)은 e-CIP홈페이지(http://www.nl.go.kr/ecip)에서 이용하실 수 있습니다. (CIP제어번호 : CIP2011003682)